사색으로 본
한국인의 삶

사색으로 본
한국인의 삶

임종찬

국학자료원

책을 내면서

　　나의 남은 세월이 그렇게 많지 않겠지만 이 세월이라도 어찌 보내야 하느냐가 요즘 내 고민거리입니다. 질정할 수 없었던 젊은 날의 격랑은 사라지고, 이제야 비로소 잠잠한 고요가 나를 찾아왔습니다. 그리고 이것은 세상을 사색으로 바라보는 눈을 가지게 하였습니다. 늙어서야 비로소 삶을 의미하고 관조할 수 있어, 이런 글이라도 쓰게 되니 늙음이 서글픔만은 아님을 알았습니다.

　　씨는 과육 안에 숨어 있기 때문에 과육을 잘 걷어내면 씨가 보입니다. 현상은 내부에 의미의 씨를 품고 있습니다. 가린 겉옷을 벗기면 몸이 보이듯이 과육이란 현상의 겉옷을 벗기고 의미의 씨를 찾아내는 일은 쉽지는 않지만 그렇다고 어렵지도 않습니다.

나이 들면서 나는 눈앞의 현상을 해부해보는 버릇으로 글쓰기를 하였습니다. 이렇게 쓴 글들이 앞에 낸『한국문화 다시 읽기』1권과 2권이었습니다. 이번에도 철학적 사유, 사회학적 근거를 바탕으로 이 글을 썼습니다. 그러나 이건 나의 욕심이고 역시 독서의 빈곤, 현실을 보는 약한 시력 때문에 자랑할 만한 글이 못되고 말았습니다.

어찌 보면 이런 책을 낸다는 건 자기 무식을 드러내는 일이라 좀은 걱정입니다만 모자라는 부분, 논리에 모순이 있는 부분은 독자 여러분들의 고견을 보태어 읽어주시기 바랍니다.

원고 정리를 잘 해주신 민 병관 박사, 우 은진 박사에게, 그리고 어려운 여건에서도 이 책을 출판해주신 출판사 측에 감사드립니다.

2018년 3월

저 자 임 종 찬

차 례

제2부 철학에 대한 생각, 생각에 대한 철학

제3부 돌아보는 우리의 삶

제1부

세상살이
따져 읽기

미스 김 라일락 꽃 유감

　지구가 탄생하고 한참 있다가 생물체가 나타났습니다. 이것들이 여러 가지 형태로 번식하면서 오늘날까지 유지 보존되어 왔지요. 있던 종이 없어지기도 하고, 있던 종이 다르게 진화되기도 하고, 더러는 신생물체의 탄생도 진행되었다지요. 잘 하는 일인지 못 하는 일인지는 모르지만 인간은 인공적으로 이종의 동물끼리 또는 이종의 식물끼리 교배시켜 잡종 만드는 일을 흔하게 합니다.

　현존하는 생물체가 여태 멸종하지 않는 이유는 상호의존적 공존 관계를 형성하여 왔기 때문입니다. 약 3억 년 전부터 식물과 곤충, 식물과 포유류 사이에는 서로가 서로에게 유익한 관계로 진화해 왔습니다. 벌과 나비는 꽃가루가 몸에 잘 붙도록 진화하였지요. 이것은 식물의 수정을 돕는 데에 아주 유익합니다. 반대로 식물은 꽃을 통해 냄새를 멀리 날려 보내 벌 나비를 유인하고 꿀과 꽃가루를 챙겨 가서 먹을 수 있게 진화했으니 서로 유익한 관계로 발전했습니다. 식물과 초식동물 사이에도 상호 의존적 공존관계를 만들었지요. 풀을 뜯어도 뿌리는 남겨 다음을 기약할 수 있게 합니다. 포유동물의 배설한 똥으로 씨앗을 멀리 퍼뜨리는 것은 물론이고 똥거름을 냅다 부어주니 식물로서는 고마운 일이지요. 멋진 공생관계 아닙니까.

동물과 동물 사이에도 공생관계가 잘 유지되는 경우가 흔합니다. 바닷물고기인 흰동가리와 물속 바위에 붙어사는 말미잘은 서로 도우며 삽니다. 흰동가리는 말미잘 속에 숨어 있으면서 적으로부터 보호를 받고, 그 보답으로 말미잘의 병든 촉수를 자르고 찌꺼기를 청소해 주는 것이지요. 또한 흰동가리가 먹다 남은 것은 말미잘의 먹이로 활용되니 멋진 상호협동 관계 아닙니까. 인간과 동물 사이엔 공생이라고 말하기 어려운 인간중심적 관계가 있습니다. 어부와 가마우지, 사냥꾼과 매, 인간과 애완동물 등에서 보면 인간중심적 관계 아닌가요.

인간끼리도 서로 돕는 관계여야 합니다. 내 나라만 잘 살 수도, 나만 그럴듯하게 살 수도 없다는 걸 배우고 이를 실천해야 합니다. 이 이치를 어기면 지구촌이 시끄럽게 되고 지구촌 자체가 험악한 환경이 됨은 역사가 증명하고 있습니다.

프랑스 루이 14세는 외국과 많은 전쟁을 벌인 인물입니다. 1667년과 1672년 두 번이나 스페인령 네덜란드를 침략, 네덜란드 전쟁을 일으켰지요. 그러나 네덜란드의 오렌지 공 윌리엄의 완강한 저항과 영국과 오스트리아, 스페인, 프로이센의 간섭 때문에 성공을 거두지 못했습니다. 그는 1688년 라인강 서부 지역으로 영토 확장을 위해 아우크스부르크 전쟁(1688~1697년)을 또 일으켰습니다. 이번에도 거의 전 유럽이 동맹하여 그에게 대항하였고, 영국이 제해권을 장악하자 프랑스에 결정적인 패배를 안겼습니다. 루이 14세는 전쟁을 거듭함으로써 재정을 탕진하였고, 그가 한때 꿈꾸었던 대 프랑스 절대 왕정, 유럽의 최대 국왕의 자부는 사라지고, 엄청난 재정 적자를 남긴 불명예스러운 왕이 되고 말았지요.

자기 권위의 확보와 영토 확장을 위해 전쟁을 일으킨 경우는 너무 많습니다만 그 결과는 루이 14세처럼 대단하지 않게 기록되고 말았습니다. 알렉산더, 칭기즈칸, 나폴레옹, 히틀러 등 이런 인물들은 이웃 나라와 잘 사는 길을 택하지 않고 오로지 자국의 영토 확장에 골몰하다 그들 일생도 기구하였고, 일시 빼앗은 땅조차 도로 환원되고 말았으니 부질없는 일을 저지른 셈이지요.

나만 잘 살려 해도 안 됩니다. 인간은 사회로부터 많은 것을 얻어야 살 수 있지요. 그러므로 사회에 협동하지 않으면 삶이 어렵다 이겁니다. 국가든 개인이든 상대에서 얻고 구할 것만 아니라 나누고 줄 것을 생각하지 않는다면 서로가 생존하는 데에 어려움이 생기기 마련입니다. 파멸이 올 수도 있지요.

자연에 존재하는 생물을 인간 위주의 활용가치로만 보면 안 됩니다. 자연에 존재하는 생물은 인류에 큰 기여를 하고 있습지요. 식량의 공급원일 뿐 아니라, 의류, 의약품, 연료, 건축 재료, 대기 및

물·토양의 정화, 침식 방지, 기후의 조절, 홍수와 가뭄 조절, 병·해충 발생의 조정 역할 등 인류에게 무한한 서비스 제공처가 바로 자연계이고 생물의 다양성에서 이것들이 비롯되고 있습니다. 그런데 문제가 생겼습니다. 생물다양성을 적극 이용해서 돈을 버는 수혜자들이 생긴 겁니다. 이 수혜자들은 생물자원의 보유국이 아니라 생물자원의 이용 기술을 개발한 선진국에 편중되어 있고, 이들에 의해 생물 다양성의 훼손이 가중되고 있다는 것입니다. 생물 다양성을 보전해야 합니다. 그러려면 생물자원으로부터 이익을 얻을 수 있는 이용 기술을 보유하고 있는 선진국과 생물자원을 보호해야 하는 원산지 국가 간에 공정한 배분이 일어나야 합니다. 생물자원의 멸실(滅失)이 없도록 보존해야 한다 이겁니다.

2001년 10월 독일 본(Bonn)에서 국제회의가 열렸지요. 「유전자원의 접근과 유전자원의 이용으로부터 도출되는 이익의 공정하고 균등한 배분에 대한 Bonn 지침(안)」은 선진국과 개도국, EU와 농산물 생산국 간의 첨예한 의견 대립이 있었으나 동지침(안)의 보완·수정 과정을 통하여 마침내 Bonn지침이 채택되었습니다. 골자는 이렇습니다. 향후 외국의 유전자원을 수집, 이용하고자 할 경우, 사전에 유전자원 보유국의 동의를 얻어야 하며 유전자원을 제공하는 국가에게 이것의 보존을 위한 대가를 지불해야 한다는 것입니다.

'미스 김 라일락'이란 꽃이 있지요. 미 군정기인 1947년에 캠프잭슨에 근무하던 미국 군정청 소속 식물 채집가 엘윈 M. 미더(Elwin M. Meader)가 서울 도봉산에서 자라고 있던 토종 라일락의 종자를 채취, 미국으로 가져가 개량해서 '미스 김 라일

락(Miss Kim Lilac, Syringa patula "Miss Kim")'이라는 품종을 여러 개 만들었습니다. 당시 식물 자료 정리를 도왔던 한국인 타이피스트 미스 김의 성을 따서 미스 김 라일락이란 품종으로 명명하였다나요. 1970년대 이후 우리나라에도 수입되어 가정용 관상식물로 사랑받고 있는데 바로 이 꽃입니다.

우리 꽃이 불법으로 유출되는 것, 이걸 막지 못한 우리의 아둔함은 그렇다 치고 이걸 친정으로 데려 오는데 돈이 들어야 한다는 게 말이 됩니까. 이 꽃만 그렇겠습니까. 가치 있는 생물자원이 도둑질 당하여 세계에 유포된 경우가 얼마나 되는지 우리가 제대로 파악이라도 하고 있는지 의문입니다. 지금이라도 도둑맞지 않게 우리가 잘 보존해야 하겠지요. 과학을 잘 발전해야 하겠지요.

공존하는 관계로 발전해야 국가 간에 개인 간에 화평이 보장됨니다. 원산지 자원의 보호를 위해서 도둑질하는 일 없어져야 하지 않겠습니까. 과학이 앞섰다고 해서 그 과학을 이용하여 남의 나라 자원을 도둑질하는 일은 괘씸하고 괘씸한 일입니다.

---

* 아우크스부르크 전쟁(1688~1697년)
9년 전쟁, 흔히 대동맹 전쟁(War of the Grand Alliance) 혹은 아우크스부르크 동맹전쟁(War of the League of Augsburg)이라고 부른다. 유럽 본토뿐만 아니라 아일랜드와 북 아메리카를 포함한 전투였다.

내 몸에 맞는 내 옷 입기

초등학교 때 배운 노래 '바닷가에서'(윤복진 작사, 홍난파 작곡)
노래 기억납니까. 노래가 이랬지 않습니까.

바닷가에 모래밭에 어여쁜 돌 주워보면
다른 돌만 못해 보여 다시 새것 바꿉니다.

바닷가에 모래밭에 수도 모를 둥근 차돌
어여뻐서 바꾼 것도 주워들면 싫어져요

바닷가에 모래밭에 돌멩이도 너무 많아
맨 처음에 버린 것을 다시 찾아 해가 져요

선택할 것이 많으면 많을수록 선택하기가 어려운 게 인생살이입니다. 막상 하나를 어렵게 선택하고 보면 이것이 다른 것만 못해 보여 다시 선택하려 덤비는 게 인생이라 이 말이지요. 한번 이혼한 경력이 있는 사람은 다시 이혼하는 경우가 흔하다는 말을 들었습니다. 내 마음을 채우려는 헛된 욕망이 이런 짓을 한다나요. 주어진 것에 대하여 만족하거나 아니면 주어진 것이 설혹 미흡하다 해도 그것이 인생이라고 생각하면 탈이 없겠지요. 이런 이치를 모르는 채 참고 견디는 인내가 부족하다 보면 이런 짓을 하게 되겠지요. 내 어머니 생전에 하시는 말씀에 "오뉴월 통시간(화장실) 안 구린 집 없다." 알고 보면 인생살이 다 오십 보 백 보이고 그게 그거라는 의미로 이런 말씀을 자주 들려 주셨습니다. 조금씩은 누구나 모자라는 구석이 있는 게 인생살이라는 의미이지요. 더 잘나고 완벽한 게 있을 수 있다는 착각이 인간을 어렵게 만든다 이것이지요.

윌리엄 베네드가 쓴 『위즈덤 스토리북』(유소영 역, 일빛 2008.)에 이런 재미있는 이야기가 실려 있더군요.

제자 두 명이 고명한 스승을 찾아와 조언을 구했습니다. "선생님, 인생은 어떻게 살아야 옳은 건가요?" 스승은 대답을 하지 않고 제자들을 데리고 사과밭으로 갔습지요. "여긴 맛있는 사과들이 많다. 그 가운데 가장 마음에 드는 사과를 하나만 따오너라. 단 조건이 있다. 절대 길을 되돌아가서는 안 된다." 이런 말을 남기고 스승은 사과밭 후문에서 제자들이 사과를 따오는 걸 기다렸지요. 잠시 후 두 제자는 사과를 한 알씩 따 왔습니다. 스승이 물었지요. "너는 어떤 사과를 땄느냐?" "예, 저는 사과밭을 들어서자마자 맛있어 뵈는 사과를 발견하였는데 바로 따려다 더 좋은 사과가 있을 것 같아서 그걸 안 따고 계속 걸어오다가 후문에 막상 도달하고서는 황급히 이걸 딸 수밖에 없었습니다. 한번만 돌아가게 허락해 주십시오." 다른 제자에게 물었지요. "너는 어떤 사과를 땄느냐?" 이렇게 답하였습니다. "저는 사과밭을 들어서자마자 맛좋아 보이는 사과가 보이기에 바로 땄습니다. 그런데 오다가 보니 이보다 더 맛있어 뵈는 사과가 많이 보였지요. 선생님 꼭 한번만 다시 돌아가게 해주시면 안 될까요?" 두 제자 앞에 스승은 이렇게 말했다고 합니다. "그게 바로 인생이다. 인생은 되돌아갈 수도, 다시 시작할 수도 없는 법, 한 번 지나면 끝이니라."

이 이야기가 뭘 의미한다고 봅니까. 내가 선택한 손 안에 든 이 사과에 만족하지 못하는 인간의 욕심, 이것 때문에 인간의 방황이 있게 되고, 삶의 어려움이 생기게 되고, 다른 사람들까지 걱정하게 하는 일을 만든다 이것 아니겠습니까. 되돌아가고 싶은 건 후회를 말하지요. 후회는 과거의 것이고 이미 사라진 시간이지요. 그러지 말고 현재에 살고 미래를 꿈꾸며 사는 것이 인생이어야 한다는 것을 이 이야기 속 스승이 가르치려고 한 것 아닌가요. 다른 것을 선택해도 그게 그거라는 것이지요. 이상적인 것, 그것을 찾는 것 자체가 모순이고 헛된 욕망이라 이 말 아닌가요. 주어진 여건과 상황을 벗어나고자 하는 욕망은 긍정만 있는 게 아니지요.

이번에는 인생은 주어진 여건에 맞추어 살아야 한다는 이야기를 해보겠습니다. 여기서 벗어나고자 하는 것은 헛된 욕망이고 이것의 실행은 비참입니다. 우선 남자의 헛된 욕망을 그림으로 그린 허버

트 드레이퍼의 '이카로스에 대한 애도'라는 작품을 감상해보지요.

그리스 신화에 의하면 다이달로스와 그의 아들 이카로스는 크레타 섬의 미노스 왕의 분노를 사 미궁에 갇히는 몸이 되었습니다. 부자는 새의 깃털과 밀랍으로 만든 날개를 이용하여 미궁으로부터 탈출을 합니다. 다이달로스는 아들 이카로스에게 밀랍 날개는 열에 녹을 위험이 있으니 하늘 높이 날고 싶어도 참아야 한다고 당부하였지요. 이카로스는 하늘을 높이 나는 즐거움을 만끽하다가 너무 높이 날다가 밀랍이 녹아내려 '에게 해'에 추락하고 말았답니다. 아버지 다이달로스는 아들의 시신을 건져 섬에 묻었는데, 그 섬이 이카로스의 이름을 따 '이카리아 섬'이라고 한답니다. 위 그림에서는 이카로스가 에게 해에 떨어지는 순간을 그렸고, 바다의 요정들이 그의 죽음을 슬퍼하는 내용을 삽입하였습니다. 절제가 없는 욕망의 끝은 추락이고 자기 파멸임을 암시한 작품 아니겠습니까. 성공도 한계가 있다 이것 아니겠습니까. 주어진 것에 만족하면서 절제하는 삶이 성공이라 이르는 것 같기도 하네요.

추락한 여자의 욕망을 주제로 한 그림도 있습지요. 아래 그림은 워터하우스의 '샬롯의 여인'이라는 작품입니다. 우선 이 그림 배경 이야기가 이렇습니다. 영국 아더 왕의 최고의 기사 렌슬렛은 여행 중 샬롯 성에 잠시 머물게 됩니다. 성주에겐 아름다운 딸 샬롯이 있었는데 그녀는 잘생긴 렌슬렛을 보고 첫눈에 반하게 됩니다. 그녀는 렌슬렛에게 구애를 합니다. 그러나 그에게는 사랑하는 여인이 있었지요. 아더 왕의 아내 왕비 귀네비에였지요. 왕비의 전속 기사였던 렌슬렛과 귀네비에는 신분을 떠나 그들은 사랑의 포로가 되어 있었다나요. 아름다운 여인 샬롯이 렌슬렛에게 사랑을 호소하였건만 귀네비에와 사랑에 빠진 렌슬렛의 마음을 붙잡을 수 없었습니다. 그는 떠났지만 렌슬렛에 대한 샬롯의 사랑의 불은 꺼질 줄 몰랐습니다. 절망에 빠진 그녀는 그가 머물고 있는 성 캐멀롯으로 가서 렌슬렛의 얼굴을 마지막으로 보려 사공도 없이 배를 타고 홀로 캐멀롯에 도착하는 순간 죽음을 맞이하고 맙니다.

위 그림을 그린 존 워터하우스는 영국의 시인 테니슨이 쓴 '샬롯의 여인'이라는 시를 읽고 그 영감으로 아래 그림을 그렸다고 전해오고 있지요.

　포기하지 못하는 사랑의 욕망 때문에 비극으로 삶을 마감한 이야기 아닙니까. 예술 속에는 이런 사랑을 담는 것이 예사롭겠지만 정작 그런 삶의 연주자는 죽을 맛이겠지요. 자기를 다스릴 지혜를 준비하지 않으면 안 된다는 말이 숨어 있는 작품입니다. 혼자만의 사랑은 자신을 슬프게 만드는 것이지요. 나만의 욕망은 비극이지요. 무모한 선택으로 자기를 파멸하는 일은 우리 주위에 쉽게 찾아볼 수 있습니다. 내 손에 쥐어진 것에 만족하고, 내가 감당할 수 있는 여건을 사랑하면서 이것만으로도 넉넉한 행복임을 생각하는 사람, 그런 사람은 깨달음과 배움이 가득히 차 있는 그런 사람 아니겠습니까. 인생살이 별 것 아닙니다. 대통령이라 해도 재벌들이라 해도 하루 세 끼 밥입니다. 세 끼 밥도 기름진 밥보다는 소박한 밥이

어야 건강하게 오래 삽니다. 백도 못 채우는 인생살이임을 명심할
일이지요. 소박하게 내 몸에 맞는 내 옷을 차려 입고 나머지 인생 잘
살다 갈 일이지요. 그러면 남들이 그 인생 잘 살았다 할 겁니다.

* 아놀드 하우저(Arnold Hauser, 1892-1978)의 『문학과 예술의 사회사』
이 신화를 서양의 오랜 역사가 비로소 그리스 문명과 더불어 지탱해온 신비주의
시대의 종말을 고하고 비로소 이성의 시대, 합리적 사유의 시대로 진입함을 암시
한다고 하였다.

결혼과 여자 선물

김유정의 '봄봄'에 이런 장면이 나옵니다.

내가 다 먹고 물러섰을 때, 그릇을 챙기는데 난 깜짝 놀라지 않았느냐. 고개를 푹 숙이고 밥함지에 그릇을 포개면서 날더러 들으라는지, 혹은 제 소린지, "밤낮 일만 하다 말 텐가!" 하고 혼자서 쫑알거린다. 고대 잘 내외하다가 이게 무슨 소린가, 하고 난 정신이 얼떨떨했다. 그러면서도 한편 무슨 좋은 수가 있나 없는가 싶어서 나도 공중을 대고 혼잣말로, "그럼 어떡해?" 하니까, "성례시켜 달라지 뭘 어떡해." 하고 되알지게 쏘아붙이고 얼굴이 빨개져서 산으로 그저 도망친다. 나는 잠시 동안 어떻게 되는 심판인지 맥을 몰라서 그 뒷모양만 덤덤히 바라보았다. 봄이 되면 온갖 초목이 물이 오르고 싹이 트고 한다. 사람도 아마 그런가 보다, 하고 며칠 내에 부쩍 (속으로) 자란 듯싶은 점순이가 여간 반가운 것이 아니다. 이런 걸 멀쩡하게 아직 어리다구 하니까….

점순이와 성례할 목적으로 주인공 '나'는 데릴사위 감으로 와 3년

7개월 새경 한 푼 안 받고 노동만 제공하고 있었지요. 이를 보고 점순이가 애 터져 "성례시켜 달라지 뭘 어떡해" 하며 아버지에게 적극적으로 성례를 요구하란 말을 하는 장면이지요.

손진태의 '朝鮮率壻婚制考'란 글에 이런 말이 있더군요.

> 高句麗 시대에는 壻가 처가에 寄留하고 장기간 그 노동력을 제공하였으며 産子가 상당히 장대한 연후에 비로소 自家에 돌아오든지 또는 독립의 생활을 한 것이었다. 그 과정을 今日에 있어서는 혼례의 식을 女家에서 행하고 그 뒤 長期에 亙한 女家往復의 형식으로 남겨있는 것이다. 그러고 이 고구려의 率壻制婚俗은 고래로 滿洲 蒙古 西伯利亞 등 隣近諸民族 사이에 있었든 보편적 제도이었으며 이 率壻制度도 그 前代婚俗의 유형일 것이며 그 前代의 원형은 壻가 전연 女家의 가족이 되는 母權時代의 결혼형식이었을 것이다. 이에 의하여 우리는 上古의 母權이 漸漸 약하여짐을 따라 혼인의 형태상에도 그 영향을 나타내게 되었던 것을 명료히 알 수 있으나 그것은 姑捨之하고 有史以來로 우리 민족의 가젓든 가장 보편적인 결혼형태가 이 率壻制이었던 것을 다음에 考證코저 하는 바이다. 그런데 上述한 민속과 문헌만으로써는 양자의 사이가 너머 시간적으로 相距가 멀며 또 그것이 오직 高句麗만의 婚俗이었든지 또는 朝鮮全體를 통하여 보편적 婚俗이었든지도(적어도 민중 사이의) 단언하기 곤란하다.

우리나라의 전통적 혼인 형식에는 취가혼(聚嫁婚)과 초서혼(招壻婚) 이 둘이 있었습니다. 취가혼은 처음부터 여자가 남자 집에 들어가서 사는 경우이고, 초서혼은 솔서혼(率壻婚)이라고도 하는데, 여자 집에서 사위를 맞아들이는 혼인인데 남자가 여자 집에 들어가서 일정기간 사는 경우를 말합니다.

고구려 때엔 혼사를 목적으로 남자가 여자 집으로 오면 집 안에 서옥(婿屋)을 만들어 거기서 처가생활을 하게 하였습니다. 처가살이를 그냥 하는 것이 아니라 처가에서 노동 등 일정한 노력을 제공하고 아내를 집으로 데려 오는 풍습이라 할 수 있습니다. 서옥은 사위집이란 말인데 우리가 보통 사위를 서방(婿房)이라 하는 말이 여기에서 근거합니다. 여자가 혼인하여 남자 집에 가서 사는 걸 시집간다고 하는데 이는 시가(媤家)를 시집이라 고쳐 말한 것이지요.

세계에 산재해 있는 결혼 풍습으로는 혼사가 결정되면 신랑 집에서 신부 집에 귀중한 물건 이를테면 가축 혹은 비단 혹은 일정의 돈 같은 걸 보냅니다. 이것은 신부 값이라 할 만한데 왜 이러느냐 하면 딸이 친정집에 제공한 생산적 노동 등을 앗아가는 데에 대한 보상이라 할 수 있지요. 이와 반대로 여자는 결혼지참금을 갖고 시집을 가는 경우가 있습지요. 미국의 문화인류학자 마빈 해리스(Marvin Harris)가 쓴'식인과 제왕'(원 책명은 The Origins of Culture, 1977)에 의하면 신부의 아버지와 형제들이 신랑 또는 그 아버지에게 결혼지참금을 제공합니다. 이것은 경제적으로 짐스러운 여자를 데려가 부양하는 비용의 일부를 메워준다는 의도에서, 혹은 신부의 아버지나 형제들에게는 매우 소중한 정치적, 경제적, 신분적, 또는 인종적 동맹관계를 맺은 데 대한 대가를 지불한다는 의도에서 보내진다고 적고 있습니다.

프랑스 인류학자 레비 스트로스(Claude Levi-Strauss)는 남자가 여자를 선물로 받는 것이 결혼이라 한 바 있습지요. 이 말이 무슨 말인가요. 여자가 선물이라니. 대체 선물이 뭔가요. 사람들은 인식하기를 선물은 대가 없는 증여라고 생각한답니다. 되돌려 받기 없는 주기, 혹은 어떤 보상이 존재하지 않은 헌증, 채무를 느끼지 않은 받음이라 생각할 수가 있지요. 그래서 사람들은 뇌물과 선물을 구별하려 합니다.

   1) 지인과 지인 사이에 주고받는 정표로서의 선물
   2) 익명의 사람이 (또는 이름을 밝힌 사람이) 익명의 어떤 사람
에게 (또는 이해관계가 없는 사람에게) 전하는 선물

  1)의 경우는 ① 신세진 것에 갚음으로서의 선물이거나 ② 관계의 유대를 위한 확인 절차로서 건네는 선물이 대부분이지요. 신세질 것을 예비해서 미리 보내는 선물은 선물이 아니고 뇌물이 확실한 것 아닙니까. 신세진 것에 대한 답으로서의 선물도 순서가 바뀐 것이지 뇌물과 그리 멀리 있는 것 같지 않네요. ②는 일단 사교 차원에서의 인간성 확인이지만 결국은 선물 주고받기에 해당하는 절차라 해도 되겠지요.

  2)의 경우는 그야말로 대가 없는 보살핌이지요. 익명의 선행이지요. 이 경우는 선물이라 하면 속된 기분이 들기 때문에 기부라 하고 이런 문화를 기부문화라 하지 않습니까. 그런데 레비 스트로스는 왜 결혼이란 여자를 선물로 증여하는 절차라고 했는지 궁금합니다. 그의 책 '슬픈 열대'에 이렇게 적혀있더군요. 한 집단의 생존을 위해 다른 집단과 힘을 합칠 필요가 있는데, 이때 가장 가치 있는 선물로 여자를 준다면서 이 절차를 결혼이라 적고 있습니다. 아마존 유역 부족 간에 벌어지는 전쟁의 가장 큰 이유는 여자와 식량을 얻기 위함이라 합니다. 레비 스트로스는 타 부족과의 호혜성을 가능하게하기 위해서는 동족 안에서의 근친상간을 금기시할 수밖에 없다고 하였습니다.

  동서고금을 통해 국가 간의 정략결혼이 많이 있어 왔지요. '고려'와 '원' 간의 왕실통혼은 약 100년 동안 계속되었습니다. 고려 국왕이 되려면 세자 시절에는 원에 머물면서 원 공주와 혼인한 후 귀국하여 왕위에 오르는 것이 통례였습니다. 물론 원 공주는 정비가 되고 그 아들이 왕위를 계승하는 것이 원칙이었지요. 이렇게 함으로써 원은 고려를 부마국으로 묶어놓고 조공을 받을 수 있었으니 원으로 보면 괜찮

은 제도 아니었겠습니까. 반면 고려는 원의 침략을 예방하면서 원의 세력을 빌려 무신정권을 물리칠 수 있었으니 나쁜 제도가 아니었던 거지요. 그러나 원 공주들은 왕비로 들어앉아마자 친정 나라의 배경을 믿고 얄궂은 일들을 많이도 했다지요? 어쨌든 이 경우는 국가 간의 정략을 앞세운 선물로서의 결혼이라 할 수 있습니다. 덕혜옹주는 정략결혼의 희생자입니다. 고종과 귀인 양씨 사이에서 태어났지만 일제 강점기라 옹주 칭호를 받기까지도 너무 힘들었지요. 강제로 일본 유학을 해야 했고, 아버지 고종이 독살당하고 어머니마저 병환으로 돌아가자 인질로 잡혀온 부자연스러운 몸이라 정신병(정신분열)이 들었습니다. 그런 환자를 강제로 쓰시마 36대 도주 24세 백작 소 다케유키(宗武志)와 강제 결혼시켰지요. 도쿄제대 영문과 3학년이던 소 다케유키도 덕혜옹주와 마찬가지로 정략결혼의 희생자입니다.

조선조 양반사회에서는 자식들 혼사만큼 중요한 것이 없었지요. 당시의 결혼은 신랑 신부간의 혼인이 아니라 가족과 가족의 유대 강화 혹은 권력 유지 혹은 관계 진출 등을 위한 정략적인 절차가 자식들 혼사였습니다. 정략결혼이든 뭐든 레비 스트로스가 남성 위주의 사회적 관점에서 볼 때엔 남자의 성적 욕구를 여자가 해결해 준다는 의미에서 남자는 받음이라면 여자는 줌의 관계로 본 것 같습니다. 그래서 결혼은 남자가 여자를 증여받는 선물로 간주되는 절차라고 한 것 같이 들리지 않습니까요.

따지고 보면 선물은 그냥 공짜로 부담 없이 받아서는 안 되는 것이지요. 그것이 무상이라 해도 무상일 수 없는 것이 선물의 속성이기 때문입니다. 선물을 선물로 증여 받는 순간부터 선물은 더 이상 선물이 될 수가 없다는 것이지요. 여기엔 크든 작든 부채 관계, 암묵적 수수 계약, 결속과 담합으로서의 간접적 의사 표명이 숨어 있는 것입니다. 선물을 주고받음으로써 당사자들은 경제적, 정치적, 사회적 어떤 역할 선상에 노출되므로 선물이라는 이름의 유가물은 유효적 효과를 기대하는 기대치에 지나지 않는다고 할 수 있지요.

하이데거는 주는 자에게든 받는 자에게든 선물은 선물로서 나타나자마자 경제적 순환의 여정에 놓인다고 했습니다. 의미 있는 말 아닙니까.

요즘 청와대 민정수석을 지낸 우 아무개가 화재의 주인공으로 등장하고 있습니다. 시골 학교 교사의 아들 아무개는 검사가 되자 많은 검사들이 그러했듯이 그도 부잣집 사위가 되었습니다. 재벌들이 검사나 판사를 사위로 고르는 건 자신의 보호막으로서의 역할 담당을 기대하기 때문이 아닐까 하는 생각이 들더군요. 아무개는 처가 부동산 처리 과정에서 무리하게 역량을 발휘했다지요. 민정수석 자리에 있을 때 무리한 일을 한 것도 문제가 되어 지금 곤혹스런 삶을 살고 있습니다.

이런 생각은 어떻습니까. 결혼으로 인해 혜택 받을 일도 혜택 줄 일도 없는 집, 어떤 형태로든 결혼지참금과 신부 값이 필요 없는 그저 사람이 좋아 평생을 살아보고 싶은 사람과의 만남, 아 이런 만남이라면 별다른 걱정 없이 한 평생 잘 살 수 있을 것 같다는 게 내 생각입니다. 그게 정답이라 생각 드네요.

---

* 손진태의 `朝鮮率壻婚制考
「조선솔서혼제고」는 민속학자 손진태(1900~미상)가 1934년 12월 『개벽』(신간 제2호)에 발표한 논설이다.

눈물겨운 부부애

성경 창세기 2장 21절-24절에 의하면 하나님은 흙으로 남자를, 남자의 갈비뼈 하나로 여자를 빚었다고 하였습니다. 그리스 신화에 의하면 애초 인간은 남녀 한 몸이었는데 제우스가 인간을 벌하기 위해 두 쪽으로 나누어 하나는 남자, 다른 하나는 여자로 분리시켜놓았다고 합니다. 본래대로의 결합은 완성이라면 둘로 나누어짐은 결핍이지요. 그래서 인간은 완성을 향해 노력한다는 것이고, 이 노력을 남녀 간의 사랑(eros)이라고 합니다. 프로이드(Freud)는 인간의 모든 행동의 밑바닥에는 libido, 즉 인간이면 누구나 지니고 있는 성적 욕구인 성본능(性本能), 성충동(性衝動)을 가지고 있다 주장하였지요. 이것 때문에 삶과 문명 건설의 의욕이 발생한다고 보았습니다.

우리는 연애 중인 사람을 두고 아무개는 사랑에 푹 빠졌다고 합니다. 이 말은 상대의 끌어당김에 의해 연못 같은 곳에 풍덩 빠져 거기서 나오기 힘든 상태, 아니면 구렁텅이에 푹 빠져 꼼짝없이 갇힌 상태로, 연애 말고 다른 데 신경 쓸 겨를이 없다 이 말이지요. '푹'이란 단어는 깊이가 예사롭지 않다는 말 아닙니까. 사랑에 푹 빠지려면 상대방에 대한 끌림이 확실해야 합니다. 내면으로부터 솟아오르는 열정적 유대감을 느껴야 하지요. 너나없이 젊은 날에는 이런 열정이 있었지만 나이 환갑이 넘고 칠순을 넘고 보면 열정의 숯불이 사그라져 아름다운 미인을 봐도 신통한 생각이 안 듭니다. 그렇지 않던가요. 한 여자와 부부되어 평생을 살다 보면 아내는 질그릇같이 반들반들 윤기가 나고, 아내가 하는 일이 밉지 않게 뵈는 게 부부 아니겠습니까. 몇 십 년을 같이 살다보면 그렇게 되고 말지요.

이유는 모르지만 동물 중에도 한 번 짝이 되면 평생을 함께하는 동물들이 있음이 놀랍습니다. 늑대는 평생 한 마리의 암컷만을 사랑하다 죽는다고 합니다. 암컷이 먼저 죽으면 높은 곳에 올라가 수컷은 슬프게 호곡하는데 그 소리가 처연하게 들려온다고 하네요. 수컷은 어린 새끼를 혼자 돌보다 새끼가 성장하면 암컷이 죽은 장소에 가서 자신도 굶어죽는다고 하니 대단한 부부애 아닙니까. 부엉이도 한 번 부부가 되면 평생 곁에 있고 함께 새끼들을 돌보다 죽는다고 하고, 너구리 역시 일부일처를 고집하는 동물임이 밝혀졌습니다. 펭귄도 마찬가지라네요. 그런데 인간은 어떤가요. 한국은 이혼율이 세계적이란 말을 어디서 들었습니다. 그러나 평생 동안

한 남편을 또는 한 아내를 그리워하다 여생을 마치는 사람들이 있어 오늘은 이런 사람들 이야기를 해볼 참입니다.

서구문학상에 나타난 남편을 위한 사랑의 지순한 모습의 여인은 오디세이(Odyssey)에 나오는 페넬로페(Penelope)라는 여자이지요. 다 아시는 일이지만 기원전 11세기 호메로스가 구전하여 오던 신화들을 잘 편집하고 엮어서 만든 대서사시 오디세이에 나오는 이야기는 이렇습니다. 트로이 전쟁이 일어나자 희랍 연합군에 편승된 이타카 왕 오디세우스는 트로이 원정을 마치고 20년 만에 아내가 기다리는 집으로 돌아옵니다. 1, 2년도 아닌 오랜 세월을 무수한 남자들의 유혹을 물리치고 페넬로페는 남편이 무사히 돌아올 걸 확신하고 혼자 기다렸지요. 트로이의 목마를 만들어 10년 간의 전쟁을 승리로 마감한 장군이자 왕이었던 오디세우스. 그는 귀국길에도 10년 동안 온갖 고초를 겪으며 드디어 그의 고향 땅을 밟았습니다. 오디세우스는 그가 거처하였던 왕궁에 들어갈 때는 늙은 거지꼴로 변장하였습니다.

거지꼴로 왕궁에 들어가자 페넬로페 구혼자들은 그를 조롱하고 때리기까지 하였습니다. 페넬로페는 거지를 친절히 대해 주었지요. 거지 차림의 오디세우스는 그녀에게 트로이로 가는 길에 오디세우스를 본 일이 있다고 거짓말하자 페넬로페는 한정 없이 눈물을 흘리었고, 페넬로페는 노 하녀에게 분부하여 그에게 목욕을 시키고 묵어가게 하였지요. 노 하녀는 그의 발의 상흔을 보고, 그가 오디세우스임을 단방 알아차렸지만 오디세우스는 그녀에게 이 사

실을 입 밖에 내지 말도록 다짐하였습니다.

다음 날 궁중엔 잔치가 벌어졌고 구혼자들이 모두 한자리에 모였습니다. 말석엔 오디세우스도 여전히 거지꼴로 앉아 있었다지요. 페넬로페가 유난히 큰 활과 화살을 가지고 와서 궁술대회를 선언하고 누구든지 그 활로 멀리 떨어진 도끼 구멍을 관통하는 사람과 결혼하겠다고 선언합니다. 자루를 뺀 도끼 구멍 속으로 화살을 쏘아 관통한다는 건 누구나 할 수 있는 일이 아니지 않습니까. 구혼자들은 큰 활을 제대로 가누지도 못하고 가누었다 해도 도끼 구멍을 관통하는 사람이 없었습니다. 이건 오디세우스 말고는 누구도 못하는 일인 줄 페넬로페는 알고 있었고, 오디세우스 말고는 결혼할 생각 없다 이 말 아닙니까.

마지막으로 거지가 나와 자기도 한 번 쏘아보겠다고 하자, 구혼자들은 우리가 못하는 걸 거지 주제에 해 내겠다는 말에 화를 내기도 하였지만 겨우 기회가 주어졌습니다. 이 활은 과거 오디세우스가 쓰던 활이라 쉽게 과녁을 관통하였습니다. 그는 남은 화살로 구혼자들을 하나씩 쏘아 죽이고 위층으로 올라갔습니다. 낮잠을 자고 있는 페넬로페를 깨워 꿈에 그리던 남편과의 상봉이 이루어졌습니다. 우리의 고전 춘향전도 부부애를 잘 나타낸 대단한 소설 아닙니까. 이젠 실제 이야기를 좀 해보지요. 내가 즐겨 보는 TV프로에 '남도 지오그래피'가 있습지요. 전라도 혹은 경상도 벽지에 사는 노인들의 삶을 구경하는 내용입니다. 모두 일흔은 족히 넘은 분들을 대화 대상으로 삼는데 늙을수록 아름다운 부부애를 주제로 삼고 있습니다. 촌로들의 가식 없는 대화, 욕심 없는 삶에서 느끼고 배울 점이 많아 이 프로를 즐겨 봅니다. 하나같이 부부애가 돈독하고 그래서 자식들 일 다 잘 풀리어 부모 잘 섬기며 사는 것도 부럽지만, 넉넉하지 않아도 모자람 없이 행복해 하는 모습들을 구경하고 있으면 저게 바로 행복 아닌가 하는 생각이 들지요. 다음과 같은 애달픈 부부애도 있습니다.

전북 전주에 이○○ 할머니란 분이 살고 있답니다. 이 할머니 집 주위는 모두 현대식으로 새 단장을 하였지만 이 분의 집은 빗물이 새어 지붕을 약간 수리하였을 뿐, 6·25 전쟁 때 헤어진 남편과 살던 그 당시 그 모습 그대로 유지하고 있다고 합니다. 모 신문의 보도에 의하면 서울에 사는 자녀들이 같이 살자고 권유했지만 할머니는 남편이 혹시 찾아오면 내 여기 당신을 기다리며 사노라를 입증하기 위해서도 이사를 못 가겠다는구먼요. 할머니의 남편은 1950년 한국전쟁 때 북한군에게 끌려간 뒤 할머니는 남편의 생사를 알기 위해 무진 애를 썼지만 허사였습니다. 할머니가 남편을 위해 할 수 있는 것은 살고 있는 집을 남편과 헤어질 당시 그대로 보존하는 것뿐이라고 하였습니다. 할머니 집은 성심여중·고의 학교 담과 걸쳐 있어 부지를 넓히려는 학교 측은 시세보다 높은 가격에 집을 팔라고 수차례 설득했지만 할머니는 거절할 수밖에 없었습니다. 언젠가 남편이 돌아온다는 신념 하나로 사는 이 할머니 대단하지 않습니까.

부산에는 의술로써 큰 공헌을 하다 돌아가신 분이 있습지요. 장기려 박사입니다.

그립고 보고 싶은 당신께

기도 속에서 언제나 당신을 만나고 있습니다. 부모님과 이이들이 힘든 일을 당할 때마다 저는 마음속의 당신에게 물었습니다. 그때마다 당신은 이렇게 하면 어떠냐고 응답해 주셨고, 저는 그대로 하였습니다. 잘 자란 우리 이이들, 몸은 헤어져 있었지만 저 혼자 키운 것이 아닙니다.

택용 엄마, 어느덧 40년이 흘렀소. 6.25 참화로 가족과 생이별한 이가 어찌 나뿐이오만 해마다 6월이 되면 뭉클 가슴 깊은 곳에서 치미는 이산의 설움을 감당하지 못하고 기도로 눈물을 삭이곤 하오. 후퇴하는 국군을 따라 평양을 떠날 때 둘째 가용이만 데리고 월남한 것이 지금 내 가슴에 못이 되었소.

1980년대에 남북관계가 개선되자 편지 왕래가 있었습니다. 이때 남편 장기려 박사는 부인 김봉숙 여사의 편지를 받았습니다. 그예 답을 다시 보낸 것이 뒤의 편지입니다. 장 박사는 1950년 12월 아내와 5자녀를 북에 두고 둘째 아들 하나만 데리고 월남, 45년 동안 아내를 그리며 혼자 살다 1995년 돌아가셨습니다. 남들이 재혼이 옳다고 권했고, 그를 흠모하는 여인도 있었다 하지만, 그럴 때마다 아내를 그리워하는 노래 "울밑에 선 봉선화야"를 울먹이며 불렀다는 장 기려라는 남편이 부산에 살았지요. 아내 봉숙을 봉선화로 빗대어 불러보는 애달픈 심정 상상이 가지요.

부산시 서구 아미동 송도해수욕장 옆에는 고신대학교 복음병원 건물이 있습니다. 복음병원 본관 7층 20평의 옥탑방, 책상 하나와

침대 하나, 책 몇 권이 전부인 살림살이. 그는 여기서 평생을 살았고, 아내의 젊었을 때의 사진과 아내가 편지 속에 보내온 늙은 아내 사진을 보면서 살다 갔지요. 바로 이 사진입니다.

그는 사랑하는 아내 사진을 머리맡에 두고 아내의 안녕을 기도하며 살다 갔지요. 물론 아내 쪽도 그리하였겠지요. 가난하고 힘든 사람들을 치료하며 살다 간 위대한 의사, 평생을 아내 사랑으로 살다간 위대한 남편을 오늘 여러분들은 만난 겁니다.

* 페넬로페

오디세우스가 돌아오지 않는 동안 많은 구혼자들이 끈질기게 결혼을 요구해오자, 페넬로페는 시아버지의 수의를 짜는 일을 마무리하면 그들 중 한 사람을 남편으로 맞겠다고 약속한다. 그런 뒤 낮에는 천을 짜고 밤에는 그것을 풀어버리는 일을 3년 간 계속했다.

며느리는 집안의 기둥

형사취수(兄死娶嫂)를 줄여 취수혼(娶嫂婚)이라 합니다. 형이 죽으면 동생이 형수와 결혼하여 함께 사는 혼인 제도이지요. 고구려 때 이야기입니다. 삼국지 동이전(東夷傳)에도, 삼국사기에도 이런 이야기가 나옵니다. 고구려 고국천왕이 죽은 뒤 왕비인 우씨가 고국천왕의 바로 아래 동생 발기(發岐)를 제쳐두고 막내 동생인 연우(延優)와 혼인하였습니다. 발기가 형수를 아내로 맞기를 거부했거나 우씨가 발기보다 연우를 선택했거나 하였겠지요. 어쨌든 연우가 왕위에 올라 산상왕(山上王)이 되었다는 이야기가 전해옵니다.

형사취수는 유목 민족에게는 흔한 이야기입니다. 고구려뿐 아니라 흉노와 부여에서도 시베리아의 척치(Chukchee)족에서도 이런 풍습이 있었다 합니다. 왜 이런 제도가 생겨났을까요. 그야 여자가 재산적 가치가 있었기 때문이 아닐까요. 신부를 얻으려면 신랑 집에서는 상당한 재산을 신부 집에 주든지 아니면 신랑감이 신부 집에 가서 일정 기간 노력 봉사를 해야 가능하였겠지요. 전쟁의 주요 원인 중 하나는 식량 쟁탈전, 노예 확보전, 그리고는 생산이 가능한 여성의 확보였습니다. 여성이 이렇게 중요했다는 것 아닙니까.

고구려에서는 형이 죽으면 형의 재산과 권위를 형수가 물려받게 되었던 모양입니다. 만약 형수가 혈족이 아닌 다른 사람과 재혼하면 어찌 될까요. 형의 재산이 다른 혈족에게로 가게 되겠지요. 이걸 막아야 했겠지요. 형의 남긴 재산이 없고 어린 조카들이 여럿 있다면 이것도 문제입니다. 오도 가도 못하는 형수와 조카를 부양해야 하는 책임이 동생에게 있기 때문에 이런 제도가 생긴 것 같다는 생각도 듭니다. 그래야 씨족이 안녕하게 되는 것 아니겠어요.

형사취수제(兄死娶嫂制)를 영어로 'Levirate marriage'라 합니다. 영어에 이런 단어가 있다는 건 영어권에서도 이런 풍습이 있었던 모양입니다. 그 반대도 있습니다. 자매연혼(姉妹緣婚)을 영어로 'Sororate marriage'라고 합니다. 아내가 죽으면 처제를 새 아내로 맞아들여 부부생활을 계속하는 제도이지요. 혼인으로 맺어진 인척 관계를 깨지 않기 위해서도 유용하였겠지만 새엄마가 들어옴으로 인하여 유발될 수 있는 자녀들과의 갈등을 예방하기 위한 제도라 여겨지네요. 아니면 시집 간 딸이 죽으면 처가는 다른 딸을 제공해야 하거나 그렇지 못하면 신부 값을 되돌려주어야 하는 제도 때문인지.

베트남의 소수민족 중 머농족이 있습니다. 머농족은 아직도 모계제 사회를 고수한다고 합니다. 신혼부부는 남편의 집이나 아내의 집 어느 곳에서나 생활할 수 있지만 아내의 집 거주를 더 선호하며, 결혼한 부부를 받아들이는 쪽의 가족이 결혼에 드는 비용을 더 많이 부담해야 한다나요. 아이들은 어머니의 성을 따릅니다. 형제연혼이나 자매연혼의 풍습이 아직 지켜지고 있고, 모계 가족이 사회 중심을 이루고 산다고 하네요. 티베트 어느 지방에서는 여러 형제가 한 명의 여자를 아내로 공유해서 사는 일처다부제가 있다네요. 신부를 데려 오기가 어려워서도 그랬겠지만, 농지가 부족한 산악지대이기 때문에 인구 증가를 억제하는 방법 중 하나로 보여진다고 인류학자들은 말하고 있더군요. 한 여자가 아이를 출산하는 데는 한계가 있지 않습니까.

일부다처제가 있는 나라도 있습지요. 아프리카의 대다수 나라, 동남아의 인도네시아, 말레시아, 브루나이, 방글라데시, 미얀마 등, 중동에서도 한 남자가 여럿 아내를 데리고 사는데 아내의 숫자는 부와 권력의 상징이라고 합니다. 코란에는 4명의 아내를 둘 수 있다고 적어놨더군요. 절대 권력을 행사하던 왕권중심 사회에서는 후궁을 많이도 거느리고 살았습니다. 조선조 양반사대부 집안에서는 첩 두는 걸 당연한 것으로 받아들이고 있었지요. 어쨌든 결혼 비용, 가족 부양을 감내할 수 있는 특수층의 남자들은 이런 짓들을 하고 살았습니다.

고려 이전은 아내가 당당한 위치를 갖고 있었는데 조선조 후기로 내려올수록 부계 중심사회가 되었지요. 생명체를 이루는 기본 물질을 기(氣)라 하고 이 기는 아버지가 아들에게 전해질 뿐, 딸에게는 전해지지 않는다 하여 딸은 부모로부터 피를 받았음에도 족보에 올리지 않았고, 대를 잇는 자식으로 대접받지도 않았습니다. 조상이 누구냐 하면 누구의 몇 대 손이라고 말할 뿐 자손을 있게 한 모계는 들먹이지 않지요. 심지어는 고종, 외종도 사촌 간이지만 성을 공유하는 친사촌보다 거리를 두고 사는 희한한 사회가 한국사회입니다. 고종4촌, 이종4촌 외4촌이란 말은 있지만 외6촌, 고종6촌, 이종6촌 이런 말 흔하게 쓰지 않지요. 그러나 요즘은 친사촌보다 외사촌, 이종사촌과 더 많은 유대를 갖고 사는 집들이 많아지고 있습니다. 세상이 달라지고 있지요.

설이며 추석이 되면 민족 대이동이 벌어집니다. 교통대란을 겪으며 먼 데서 힘겹게 찾아온 며느리들은 조상을 위한 차례상 준비에 바빠야 합니다. 차례를 마치면 설거지까지 해야 합니다. 재미있는 통계가 발표된 적 있지요. 설 추석 시기에 부부 싸움이 잦고, 급기야는 이혼이 이때 자주 발생한다고 합니다. 차례상 때문이지요. 한편으로는 차례상 문제를 해소하기 위한 새로운 풍속도가 만들어지고 있더군요. 추석 때는 가족끼리 해외여행 가고, 설은 양력으로 쇠면 교통대란, 물가상승으로부터 자유로워진다고 이것을 고수하는 가족들이 많아지고 있다지요. 물론 제사도 설 한 번으로 끝내고. 벌초는 무슨 벌초, 그냥 자연으로 돌아가도록 놔두는 건 물론, 아예 분묘문화 자체가 퇴색되어가고 있다 들었습니다.

농경사회에서 산업사회, 산업사회에서도 후기 산업사회로의 이행이 지금 가속화되는 세상에 우리들은 살고 있지요. 세상이 바뀌어가고 있음을 모르면 낭패 당한다 이 말입니다. 며느리를 귀하게 여기지 않으면 큰 일 납니다. 민법에는 이미 자식이 어머니 성을 가질 수 있도록 해놨습니다. 대가족 중심사회에서 부부 중심사회로 이행하고 있음도 눈여겨봐야 합니다. 엊저녁 뉴스에 나오더군요. 설 연휴에 외국 여행가는 부부 중심의 가족 수가 늘어나고 있음을 보여주더군요. 제사를 절대 가치로 여겼던 사회에서의 이탈이 시

방 행해지고 있음을 말해주는 것 아닙니까. 자식들 부부 싸움 안 하도록 어른들이 잘 헤아려야 합니다. 그렇지 않으면 며느리나 아들이 괴로워합니다. 시대를 초월해서 살긴 어렵다 해도 시대를 역행해서 살면 안 되지요. 안 그런가요.

　미래학자 Alvin Toffler가 1980년에 출간한 『제 3의 물결』(The Third Wave)을 우리들은 현실감 있게 느끼고 삽니다. 여태 경험할 수 없었던 새로운 문명의 창조기를 맞고 산다 이거지요. 인류가 제 1의 물결인 농업혁명, 제 2의 물결인 산업혁명을 거쳐 이젠 컴퓨터와 정보통신의 혁명을 맞은 제 3의 물결 시대로 이행되면서부터 인간의 삶도 탈규격화, 탈획일화가 가속되었습니다. 그로 인해 개인의 창의성이 재산 가치 1호로 급부상하고, 타와 구별되는 개성사회가 강조되는 사회로 나아갔습니다. 낯선 삶의 물적인 변화 앞에 우리들이 지불해야 하는 갈등과 혼란, 새로운 문화적 패러다임에 대한 이해, 열린사회와 다원주의 지향성을 빨리 인식하면 할수록 낙오와 도태를 최소화할 수 있겠지요. 추석이나 설 행사 때문에 가족 구성원들의 화목에 금 가는 일 없어야 합니다. 고래의 풍습을 지고의 가치로 여겨 며느리 어렵게 하면 며느리는 물론 아들에게서도 대접받기 어려운 시대가 되었습니다. 이 점을 아서야 합니다.

* **형사취수제**(兄死娶嫂制)

이 혼인 풍습에는 아내가 봉임일 경우, 신부 값에 대한 대상 의무로 처제와 중혼(重婚)하게 하는 것도 포함되어 있었다고 한다.

미국 포크록 가수와
노벨문학상

올해 노벨 문학상(2017년)은 시인도 소설가도 아닌 미국 포크록 가수 '밥 딜런(Bob Dylan, 1941년 5월 24일∽)'에게 돌아갔다 하여 이 상에 관심이 많은 세계 사람들을 놀라게 했습니다. 노벨 문학상은 작가의 정신세계가 세계인에게 깨우침을 주는 바 있다 해서 주는 상이므로 어느 상보다 값진 상으로 간주되어왔지 않습니까. 그런데 노벨상 116년을 겪어오면서 다른 상도 아닌 문학상이 대중가수에게 주어졌다는 데에 놀라지 않은 사람은 아마 없었겠지요. 왜 이런 일이 벌어졌을까요.

첫째 이유는 스웨덴 한림원이 밝힌 대로 "위대한 미국 노래의 전통 안에서 새로운 시적 표현을 창조해 냈다"는 선정 이유와 함께 딜런의 노래를 '귀를 위한 시(詩)'라고 했으니 노래하는 가수이긴 하지만 시인 자격이 있어 상을 주는 것 같은 인상입니다. 일단 시인 이라면 최소한 그럴싸한 시집 한 권이라도 출판해야 하고, 그것에 맞춰 그럴싸한 작품 평이 곁들여져야 합니다. 그런 일이 없으니 '귀를 위한 시'란 생소한 말을 만들어낸 것 아닐까요.

미국 최대 일간지 <뉴욕 타임스>는 10월 14일 사설을 통해 '딜런이 위대한 까닭은 그가 음악인이기 때문'이라며 '딜런은 이미 음악계에서 충분한 영예를 누렸고, 노벨상이 꼭 필요하지 않지만 문학인들에게는 필요하다'면서 지금이라도 문학인들 중에서 문학상을 줘야 한다는 취지를 밝혔습지요. 권위를 한껏 내세우는 스웨덴 한림원에서 결정한 걸 갖고 뭐라 말하긴 어렵지만 어색한 결정은 맞는 것 아닙니까. 이참에 한림원에서 귀를 위한 시에 대해 구체적 설명이 없었으므로 조금 설명해보는 게 괜찮을 것 같네요.

옛날 시(특히 정형시)는 율조 있게 읽도록 되어있었지요. 이런 시 풍으로 분위기를 흥겹게 하기 위해 암송하기도 하고, 즉흥적으로 시를 만들어 음악적으로 읊어대기도 한 직업인들이 있었습니다. 중세 때에는 프랑스를 중심으로 유럽 각지에는 봉건제후의 궁정에 불려 다니며 시를 읊어주던 직업 음유시인들이 바로 그런 인물들 이었지요. 그들은 영웅과 그들의 행적 또는 그들의 연애담을 시로 지어 낭송하는 재주꾼들이고 직업시낭송자들이었습니다. 켈트족 들 사이에는 bard라는 시낭송자들이 있어서 왕을 송덕하기도 현실 을 풍자하기도 하였습니다. 지금도 웨일즈의 전통이 되어 해마다 전국대회가 열리는데 이를 일러 Eisteddfod라고 합니다. 그런데 시는 낭송하는 사람에 따라 시가 더 생생히 살아나기도 하지만 반대로 시가 볼품없이 느껴지기도 합니다. 시의 낭송은 청자에게 더 유효하게 시를 전달하는 작업이기 때문에 시를 새로 만드는 작업이라 할 수 있습니다. 어느 시든 낭송하는 사람의 감정, 시를 이해한 각도와 깊이에 따라 시가 음성화되지요. 그래서 시는 낭송자의 감정과 음성에 조정되어 새로운 의미를 획득하게 된다 이겁니다.

시 중에는 낭송으로서는 이해하기 어려운 시들도 있습지요. 이런 시는 듣는 시가 아니고 읽는 시, 읽어도 천천히 의미를 파악해가야만 하는 시인 셈입니다. 들어서 이해할 수 있는 시는 즉물적(卽物的)이고 즉경적(卽景的)이어서 듣는 순간 마음 속에 그림이 확 그려집니다. 그러나 주지주의적 시풍의 시들은 앞서 말한 바대로 들어서 쉽게 이해되지 않고 시를 읽고 또 읽어서 의미 관계를 따져봐야 하는 까다로운 시인 셈입니다. 그런데 시를 노래로 부른다면 어떨까요. 그것도 부르기 까다로운 성악곡이 아니라 부르기 쉬운 유행가조(調)로 작곡되었다면 시의 대중화에 한 몫 하는 셈 아닙니까.

노벨상에는 음악상, 미술상 이런 게 없어요. 그래서 장르의 벽을 허물자는 의미에서 '귀를 위한 시'란 듣도 보도 못한 말을 만들어낸 것 같네요. 밥 딜런의 노래는 내가 청년 시절에 멋도 모르고 불렀던 '바람 속에 날려간 것'(Blowing in the wind)이 인상적인 노래로 기억됩니다. 이 노래는 베트남 전쟁에 미국이 참전하는 것이 가당찮다는 걸 비꼬고 있는 반전가요입니다. 밥 딜런의 출세작이지요.

How many roads

must a man walk down

Before you call him a man

How many seas

must a white dove sail

Before she sleeps in the sand

사람이 얼마나

많은 길을 걸은 후에야

어른이 될 수 있을까요

흰 비둘기가 얼마나

많은 바다를 건넌 후에야

백사장에서 잠자게 될까요

How many times

must the cannonballs fly

Before they're forever banned

The answer, my friend,

is blowing in the wind

The answer is blowing in the wind

포탄이 얼마나 하늘을 난 다음에야

영원히 날지 못하게 될까요

그 답은 친구여

바람 속에서 윙윙대고 있다오

그 답은 바람 속에서 윙윙대고 있다오

How many years

can a mountain exist

Before it is washed to the sea

How many years

can some people exist

Before they're allowed to be free

산이 얼마나 많은 세월을 버틴 후에야

씻겨서 바다로 흘러들게 될까요

사람이 얼마나 많은 세월을 견딘 후에야

자유를 얻게 될까요

How many times

can a man turn his head

And pretend that he just doesn't see

The answer, my friend,

is blowing in the wind

The answer is blowing in the wind

사람들은 언제까지

고개를 돌리고

모른 척 할 수 있을까요

친구, 그 해답은

불어오는 바람에 실려 있어

바람만이 그 답을 알고 있지

How many times

must a man look up

Before he can see the sky

How many years

must one man have

Before he can hear people cry

사람이 하늘을

얼마나 쳐다봐야 하늘을 볼 수 있을까요

얼마나 많은 세월이 흘러야

그가 사람들의 비명을 들을 수 있을까요

How many deaths

will it take till he knows

That too many people have died

The answer, my friend,

is blowing in the wind

The answer is blowing in the wind

얼마나 더 많은 죽음이 있어야

너무도 많은 사람들이

죽었다는 걸 그가 알게 될까요

그 해답은 나의 친구여

바람 속에 날리고 있다네

그 답은 바람 속에서 날리고 있다네

이 노래가 오늘의 밥 딜런을 있게 한 노래입니다. 율조가 있다는 건 인정하고 싶네요. 그러나 사실은 밥 딜런을 있게 한 건 '시거'(Pete Seeger)가 있었으므로 가능한 일이라 생각됩니다. 시거는 전쟁으로 인해 수많은 사람들이 죽는 것, 특히 한국전쟁에서 미국 청년들이 죽어간 것을 추모해서 1955년에 작곡한 '꽃들은 다 어디로 갔나'(Where have all the flowers gone)이 유명합니다. 이 곡은 나중에는 미국의 베트남전 참전을 반대하던 미국 청년들이 반전 데모할 때마다 불렀을 뿐 아니라 반전을 찬성하는 전 세계 젊은이들이 즐겨 불렀던 곡입지요. 밥 딜런은 시거에게서 많은 영향을 받았지요.

Where have all the flowers gone, long time passing
Where have all the flowers gone, long time ago
Where have all the flowers gone
Young girls (have) picked them everyone.
When will they ever learn
When will they ever learn

꽃들은 모두 어디로 가 버렸는가 오랜 시간이 흘렀는데
꽃들은 모두 어디로 가 버렸는가 오래 전에
꽃들은 모두 어디로 가 버렸는가
아가씨들이 모두 꺾어갔지.
사람들은 도대체 언제쯤 알게 될까
사람들은 도대체 언제쯤 알게 될까

Where have all the young girls gone, long time passing
Where have all the young girls gone, long time ago

Where have all the young girls gone

Gone to young men, everyone.

When will they ever learn

when will they ever learn

아가씨들은 모두 어디 가고 없는가 오랜 시간이 흘렀는데

아가씨들은 모두 어디 가고 없는가 오래 전에

아가씨들은 모두 젊은 청년에게로 가버렸지

사람들은 도대체 언제쯤 알게 될까

사람들은 도대체 언제쯤 알게 될까

Where have all the young men gone, long time passing

Where have all the young men gone, long time ago

Where have all the young men gone

Gone to soldiers, everyone.

When will they ever learn

When will they ever learn

청년들은 모두 어디로 가 버렸는가 오랜 시간이 흘렀는데

청년들은 모두 어디로 가 버렸는가 오래 전에

청년들은 모두 어디로 가 버렸는가

그들은 모두 다 군인이 되었지

사람들은 도대체 언제쯤 알게 될까

사람들은 도대체 언제쯤 알게 될까

Where have all the soldiers gone, long time passing

Where have all the soldiers gone, long time ago

Where have all the soldiers gone

(They have) Gone to graveyards everyone.

When will they ever learn

When will they ever learn

군인들은 모두 다 어디로 가버렸는가 오랜 시간이 흘렀는데

군인들은 모두 다 어디로 가버렸는가 오래 전에

군인들은 모두 어디로 가버렸는가

군인들은 모두 무덤으로 갔지.

사람들은 도대체 언제쯤 알게 될까

사람들은 도대체 언제쯤 알게 될까

Where have all the graveyards gone, long time passing

Where have all the graveyards gone, long time ago

Where have all the graveyards gone

Gone to flowers everyone.

When will they ever learn

When will they ever learn

무덤들은 모두 어디로 가 버렸는가 오랜 시간이 흘렀는데

무덤들은 모두 어디로 가 버렸는가 오래 전에

무덤들은 모두 어디로 가 버렸는가

무덤은 모두 꽃이 되어버렸지

사람들은 도대체 언제쯤 알게 될까

사람들은 도대체 언제쯤 알게 될까

이 노래는 앞 노래가 그랬듯이 반복되는 율조를 갖고 있습니다. 이 노래는 시거의 '우린 승리하리라'(We shall overcome)란 곡과 더불어 많은 가수들이 불렀습니다. 바에즈(Joan Baez)란 여가수가 시거 곡을 많이 불렀지요. 밥 딜런의 저항 가요는 뭐 가사 내용이 새롭지도 신통하지도 않아 보이지 않습니까. 잔뜩 잔소리만 늘어놓았고 의미는 심장하지만 시적인 여과가 영 없지 않습니까. 시거의 앞 노래가 더 반전적 요소가 강하게 드러나지 않습니까. 이것도 시라면 그래서 문학상을 줄 판이면 시거에게 먼저 주었어야 했지요. 노래 때문이라면 밥 딜런을 출세시키고(무명의 그를 무대 위에 처음 세우고) 더 많은 반전활동을 한 바에즈는 또 어째야 하는지. 못난 시도 음유시인의 목소리 때문에 멋지게 되는 것 같이 밥 딜런의 노래 가사가(시라 해야 할지는 모르지만) 유명한 유행가수의 목소리를 타면서부터 '귀를 위한 시'로 둔갑된 것일까요.

둘째, 어찌 되었건 밥 딜런은 반전가요를 불러재끼는 바람에 유명 가수가 되었고, 반전 내용이 미국인 모두가 나아가 세계인 모두가 고민하는 문제를 노래했다는 측면에서 이 상이 주어졌다고 한다면 이건 조금은 그럴싸합니다.

미국은 트루먼 대통령 이후 케네디 대통령에 이르러서는 한창 번영을 누렸던 시기이고 이 에너지는 공산 세력에 대항하는 자유주의 국가를 대표한다는 자부심으로 발전하였습니다. 그래서 미국은 공산 세력에 대항하는 자유주의 국가들을 지원하는 것이 당연하다는 생각이 바로 베트남전 참전이었지요. 1965년 들면서부터 미군은 베트남전에 본격적으로 참전하였습니다. 거기다 호주, 뉴질랜드, 한국은 전투병을 파병하였고, 다른 나라도 비전투병을 파병하였습니다. 중국과 소련은 무기 원조와 대규모 병력 투입으로 말이 베트남 전쟁이지 미국과 소련이 각축한 냉전시대의 최후 전쟁이 벌어졌던 것 알지 않습니까.

베트남의 기후 조건과 익숙하지 못한 지리 때문에 외국 참전 군인들은 베트콩의 게릴라 전투에 고전할 수밖에 없었습니다. 그 결과 제 1차 세계 대전 당시 미군 사상자 수를 뛰어 넘는 희생을 치루었을 뿐 아니라, 이 전쟁으로 인한 전사자 및 유족들을 위한 뒤처리 문제, 상이군인, 고엽제 후유증, 살아 돌아온 군인들의 사회 부적응 현상 등 막대한 사회적 문제를 유발시켰지요.

미국은 엄청난 군자금 사용, 미국 내부에 마약 확산, 패배라는 굴욕, 미국 국민들에게 정신적 혼란을 주었기 때문에 실패한 전쟁이라고 역사는 적고 있습니다. 미군이 280만 명이나 참전했지요. 한국군도 31만 명이 참가한 전쟁이었으니 우리로서도 희생과 부담이 큰 전쟁이었지만 다행히 우리는 경제 도약의 발판, 국제사회의 발언권 확보, 수출 활로 개척이라는 이득은 챙긴 전쟁이었습니다.

베트남 정글에는 6가지 고엽제가 살포되었습니다. 그 중 제초제를 섞어 만든 합성물질 에이전트 오렌지가 가장 많이 살포 되었다지요. '지옥의 목장'이라는 작전명으로 4톤 트럭으로 2만 3천 대의 고엽제가 마구 뿌려졌다지요. 물론 고엽제는 화학무기는 아닙니다. 식물을 말라죽게 하는 물질인데 이 물질은 다이옥신을 배출하므로 피부질환은 물론 정신적 고통, 기형아 출산을 초래한 무서운 물질이므로 화학무기라 아니할 수도 없습니다. 북 베트남의 삼림 지대 산악지대에 무차별 고엽제를 살포한 결과 생태계에 큰 피해를 입혔고, 농작물은 물론 400만 명이 넘는 북 베트남인들에게 지독한 후유증을 유발시킨 것은 물론이고 전쟁 참가 병사들 모두가 다이옥신 중독에 노출되고 말았습니다. 제조업체가 이 물질의 독성을 몰랐을 리야 없지요. 미국의 국방부가 이걸 몰랐을 리야 없지요. 다만 어쨌든 전쟁에서 이기고 볼 일이라는 것 때문에 묵인한 것 아닙니까 나중에 사실을 은폐한 자료가 밝혀지면서 비로소 고엽제 살포가 중지되었던 것입니다. 31만 명 넘는 한국군 중 고엽제 피해자 판정은 2천여 명 정도라니 적은 숫자가 아닙니다. 제대로 치료와 보상을 받았는지가 궁금하군요. 우리나라 비무장지대에도 1967년에서 70년 사이에 이 고엽제가 살포되었답니다. 대체 미국이란 나라는 왜 이런 짓까지 해야 하는지 모르겠습니다. 어쨌든 전쟁이란 양심도 도덕도 없는 살인 행위 그것임을 알 것 같습니다.

과거 전쟁, 이를테면 활과 칼로써 전쟁하던 시절이 아니고 보니 (활과 칼로 싸우는 전쟁이라도 참혹한 일이지요.) 오늘날의 전쟁은 인간을 한 순간에 집단으로 무참히 도륙하는 잔인한 행위이므로 전쟁은 막아야 합니다. 어떠한 이유에서든 인간이 인간을 죽이는 이 행위를 반대하는 지성적 목소리, 아 그 목소리의 우렁참이 세상을 일깨웠으니 과히 상 줄만 하다고 판단하여 밥 딜런에게 이 상이 주어지는 걸까요. 그렇다면 평화상을 줘야지요.

수상 소식을 듣고도 한참이 되었지만 밥 딜런은 한 마디 소감을 밝히지 않았습니다. 그래서 스웨덴 한림원에서는 밥 딜런이 거만을 떤다고 한 모양입니다. 이 상을 받을까 말까를 저울질했던 모양일지도 모르지요. 그렇지 않겠습니까. 평화주의자를 자처하는 그가 다이너마이트라는 폭탄을 제조해서 번 돈으로 주는 상을 어찌 선뜻 받겠다 이러겠습니까.

1958년 러시아 작가 보리스 파스테르나크는 정치 탄압 등의 이유로 수상을 거부, 1970년 솔제니친 역시 정치 탄압을 우려해서 시상식에는 불참했지만 1974년 그가 망명한 뒤에야 상금을 받았지요. 사르트르(Jean Paul Sartre)는 1964년 노벨문학상 수상자로 결정되었지만 수상을 거부했지요. 그 이전에도 그는 프랑스 최고 훈장인 레지옹 도뇌르 훈장을 거부했습니다. 공적으로 주어지는 상은 자신이 '제도권에 의해 규정되기' 때문에 수상하지 않겠다는 이유와 자신의 저술이 사회에 던져주는 영향력을 제한하게 될 우려가 있기 때문에 이 상 뿐 아니라 공적인 상은 받지 못하겠다 했으니 범상한 인물입니다.

뉴욕 타임스의 사설이 딱 맞는 말입니다. 노벨문학상은 아무리

생각을 넓게 해도 밥 딜런에게 주어지는 게 어색합니다. 이걸 알고 선뜻 상 받겠다 하지 못하는 모양이지요. 이미 노벨문학상 시상식의 현장에 나타나지 않는다 해도 상을 받은 거나 마찬가지 몸값이 되었으니 까짓 상을 두고 고민할 것 없이 안 받겠다 외치면 더 괜찮은 모양새가 될 것 같기도 합니다. 지금 그런 용기를 기르고 있는 것 같기도 하지만 상금 800만 크로나(약 10억 2천 만 원)가 장난이 아닌 돈이므로 역시 예전에도 시상식에는 불참하고(오스카 주제상 때도 그랬지요.) 돈은 챙길 것 같은 감이 듭니다. 그럴 것이라 봅니다.

* 밥 딜런
밥 딜런은 2016년 노벨문학상 수상자로 선정되었었다. 그러나 수상소감을 말하지 않았고 그해 12월 노벨상 시상식에도 참석하지 않았다. 그러다 2017년 4월, 비공개로 상을 받았다.

천천히 서둘러라

로마의 역사학자 수에토니우스(Suetonius)가 저술한 책『De vita Caesarum』에 ’천천히 서둘러라‘(Festina lente)는 말이 나옵니다. 신통한 말 같이 들립니다. 그렇지요? 그래서 황제 아우구스투스(Augustus)는 이 말을 그의 좌우명으로 삼고 밤낮 이 말을 중얼거렸다는 것 아닙니까. 아우구스투스는 로마의 영웅 카이사르가 암살된 이후 복잡하게 벌어진 피비린내 나는 내란을 종식시킨 인물입지요. 그가 내전을 수습하면서 바로 이 말 ’천천히 서둘러라‘를 의미 있게 해석한 뒤 대업을 이루었다고 전해오니 신통한 말이 아닙니까.

‘Festina lente’라는 말은 ‘서둘러라’를 의미하는 ‘festina’와 ‘천천히’를 의미하는 ‘lente’의 합성어입니다. 서두르다보면 천천히 할 수 없고, 그렇다고 천천히 하다보면 서두를 수 없습니다. 따라서 ‘천천히 서둘러라’는 말은 논리적 모순입니다. 서로 반대 의미의 두 단어를 병치시켜 파격을 구사하는 어법, 예를 들면 유치환의 시 '깃발'에 나오는 '소리 없는 아우성' Simon & Garfunkel의 노래 'Sound of silence' 같은 걸 일러 모순어법이라 하지요. 이렇게 모순어법이란 표층적 의미로는 모순되지만 심층적 의미로 보면 의미가 새롭게 탄생되므로 시에 자주 쓰여 왔습니다. 전후좌우를 따져보면서 신중하게 천천히 그러나 쉼 없이 일을 부지런히 계속해야 한다가 '천천히 서둘러라.'란 말이지요. 우리들은 방향과 목적의식을 잃고 자신이 왜 빨리 서두르는지를 망각하는 경우가 있습니다. 목적 없는 질주는 가만히 앉아 있는 것만 같지 못하지요. 그래서 멈출 시기를 아는 결단도 있어야 하고, 서두름 없는 질주도 있어야 합니다.

초등학교 일학년 때 이솝우화 '토끼와 거북이' 이야기를 배운 것 같습니다.

옛적에, 토끼와 거북이가 살고 있었다. 토끼는 매우 빨랐고, 거북이는 매우 느렸다. 어느날 토끼가 거북이를 느림보라고 놀려대자, 거북이는 자극을 받고 토끼에게 달리기 경주를 제안하였다. 경주를 시작한 토끼는 거북이가 한참 뒤진 것을 보고 안심을 하고 중간에 낮잠을 잔다. 그런데 토끼가 잠을 길게 자자 거북이는 토끼를 지나친다. 잠에서 문득 깬 토끼는 거북이가 자신을 추월했다는 사실을 깨닫게 되고 빨리 뛰어갔지만 결과는 거북이의 승리였다.

빠르게 달린다고 교만할 일도 아니고 느리게 걷는다고 한탄할 일도 아닙니다. 다만 쉬지 않고 꾸준히 자기 할 일을 하면 성공한다는 교훈이, "느리지만 꾸준하면 경주를 이긴다"(Slow but steady wins the race) 이 말을 이솝이 하고 있지요. 재주를 믿고 계속 노력하기를 게을리 하면 실패한다는 말이면서 꾸준히 차근차근 노력하는 자가 성공한다는 의미를 담고 있습니다.

우리나라 이야기로 말을 돌려 볼까요.

식민지를 경험한 여타한 나라들은 아직도 정치적으로 민주화를 달성하지 못하고, 경제적으로 빈곤을 벗어나지 못한 경우가 허다합니다. 그러나 우리나라는 단시간에 이 두 단계를 달성하였으니 세계가 놀라워하지요. 한국의 국력은 2017년 3월 15일 미 주간지 US뉴스&월드 리포트에 의하면 세계 11위입니다. 군사력, 국제동맹, 경제력 정치력 등을 고려한 등위로 보면, 1위 미국, 2위 러시아, 3위 중국, 4위 영국, 5위 독일, 6위 프랑스, 7위 일본, 8위 이스라엘, 9위 사우디아라비아, 10위 아랍에미리트 다음이 한국이라나요.

한국의 형편에 대해 좀 더 구체적으로 알아보는 것도 괜찮을 것 같아 이런 이야기 더 진행해 봅시다.

앞서 말했듯이 한국은 2차 세계대전 이후 식민지에서 독립한 국가 85개국 중 단시간(70여년) 만에 산업화와 민주화를 동시에 이룩한 나라입니다. 후진국에서 개발도상국으로 이제는 선진국 대열에 어깨를 견주는 나라가 된 것 다 아는 이야기입니다. 1964년 1억불 수출을 달성했다고 야단한 게 엊그제인데 1977년 100억불 수출, 1995년 1000억불 수출, 2017년엔 5739 억불 수출을 달성하여 세계 6 위의 수출대국이 되었습니다. 거기다 지금은 세계 9 위의 외환 보유국이 되었으니 놀랍지요.

미국 영국서도 엄두를 못내는 100% 전 국민에게 보편적 의료보장을 해주는 건강보험시스템을 갖춘 나라, 중화학(자동차, 조선, 제철, 화학 외)제품과 최첨단 스마트폰, 반도체, 2차 전지, 명품TV를 비롯해서 IT제품으로 세계 수출 규모 6 위, 세계적인 조선강국이 되어 LNG 선, 드릴쉽,FPFO 같은 해양플랜트, 쇄빙선, 세계 최대 규모의 크루즈 선을 만드는 나라, 2017년 현재 글로벌 완성차 생산국 세계 6 위에다가 세계 반도체(메모리) 산업의 시장 점유율70% 그리고 세계 최고의 스마트폰 생산국, 거기다 탱크, 잠수함, 초음속 전투기 등 세계 10위권의 무기 수출국에다 세계 5번째 잠수함 제조 수출국, 세계 6 위의 건설업, 2017년 1인당 GDP 3만 달러에 인구 5천만 명을 넘어서는 세계 7번째 국가에 돌입하였습니다. 이게 보통일입니까. 이것 다 하면 된다는 자신감을 갖고 서두른 결과입니다. 우리는 그야말로 앞을 보고 막 달려왔고 그래서 이런 나라 만들었다 해야 하나요.

어쨌든 여기까지는 좋습니다. 그러나 세계가 다른 방향에서 놀라워하는 사건들이 한국에서 자주 일어나고 있습니다. 세월호 참사는 후진국에서나 구경할 수 있는 사건이고, 연일 대형화재의 발생도 부끄러운 일입니다. 재난에 대비한 세밀하고 촘촘한 안전망 구축, 이런 방면에서 보면 대한민국은 후진성을 면치 못하는 것 같습니다. 삶의 안전을 최우선으로 삼는 선진국에서 배울 게 많다는 걸 누누이 지적당하면서도 우리는 이걸 소홀히 하고 있으니 말이 안 되는 일 아닙니까. 재난 방비체계의 구축과 실천만 문제가 아닙니다. 사회 안전망(social safety net) 구축이란 측면에서 보면 우린 선진국 대열과는 거리가 있어 보입니다.

사회 안전망이란 사회복지용어사전의 해설에 의하면 "광의로 볼 때 모든 국민을 실업, 빈곤, 재해, 노령, 질병 등의 사회적 위험으로부터 보호하기 위한 제도적 장치로서, 사회보험과 공공부조 등 기존 사회보장제도에 공공근로사업, 취업훈련 등을 포괄한다."라고 정의하고 있습니다. 실업이나 소득의 감소 등으로 인해 근로자들이 경제적 어려움에 처할 경우 정부가 나서서 이를 경감 또는 구제해주는 일련의 사회보장 프로그램을 사회 안전망이라 합니다. 사회보장과 같은 의미로 쓰이는 말이지요.

쉽게 설명하자면 정책주체인 국가 또는 지방정부에서 '자력만으로는 생활을 유지할 수 없는 상태에 놓인 사회구성원을 정상적인 노동 및 사회활동이 가능할 때까지 최소한의 생활유지가 가능하도록 해주기 위해 준비, 보유하는 수단'을 사회 안전망이라 한다면 선진국에 비해 우린 아직 걸음마 단계 아닌가 생각 듭니다.

『대한민국, 복지국가의 길을 묻다』(조흥식 엮음,이매진 2012)란 책을 보니 이런 말이 나오더군요.

한국은 아직 실업보험제도를 확대할 여지가 있다. 한국의 실업보험은 적용 범위가 좁은 편이다. 적극적 노동시장 정책은 사회투자 전략을 강화하고 공식 실업 기간을 최소화하는 데 도움을 줄 뿐만 아니라 경기 불황기의 자동안정장치의 기능을 강화하는 데에도 도움을 줄 수 있다. 최근 스웨덴의 정책 전문가들은 경제위기 때는 실업급여 수준을 증액하고 대신 경기 호황기에는 실업급여 수준을 감액하는 방안에 관해 논의하고 있다. 하지만 한국의 경우에는 소극적 노동시장 정책과 적극적 노동시장 정책을 단계적으로 확대하고 그 적용 범위도 넓히는 것이 더 유리한 전략이 될 것이다.(p.145)

노동과 복지는 복지국가를 떠받치는 두 축이다. 상품이 아닌 노동, 공정한 노동을 보장하는 것은 복지국가의 기본 전제이지만 공정한 노동을 보장할 경우에도 발생할 수밖에 없는 불가피한 상황 또는 사회적 위험을 사전에 차단하거나 사후적으로 치유하는 사회적 재분배가 결합되지 않으면 사람은 상품으로 바뀌어 시장의 급류에 휩쓸린다. 따라서 두 시장, 두 노동, 두 시민이 존재하는 곳에서는 복지국가는 없다. 복지국가로의 길을 지향할 때 불평등하고 차별적인 노동시장 구조 개선을 우선해야 하는 이유가 여기에 있다. 더불어 사회 안전망 등의 복지 정책의 결합이 필요하다. 특히 사회보험의 사각지대가 넓고 근로 계약이나 근로 기준조차 지켜지지 않는 비공식 노동의 비중 역시 높기 때문에 사회 안전망에 대한 고민은 공정 노동만큼이나 중요하다.(p. 383)

내가 이 방면에 무식해서 뭐라 말하긴 어렵고, 다른 학자들의 다른 이야기를 듣지 못해서 자신은 없지만 앞의 조흥식 교수의 견해를 참고하지 않는다 해도 현재대로의 사회 안전망이 부실하다는 생각은 듭니다. 왜냐구요. 인터넷 헬조선에서 들은 말인데, OECD 국가 중, 자살률 1위, 산업재해 사망률 1위, 가계부채 1위, 남녀 임금격차 1위, 노인 빈곤률 1위 등 감추고 싶은 방면에서의 1위 국가라네요. 이렇다면 사회 안전망 구축이 절박하다는 것이지요. 빠진 구석을 잘 챙겨 넣어서 보다 건강한 사회를 만드는 일을 서둘러야 했는데, 그러지를 못하고 대충 대충 건너뛰어 달려오다 보니 이런 어처구니 없는 이야기를 듣는 것 같습니다. 그래서 말인데 조급함을 배제한 천천히 따져보고, 미흡한 구석을 채워 넣고, 그리고 방만하지 않고 늘어져 나태함이 없는 서두름을 갖춘 나라, 그래서 바람직한 방면의 우뚝한 나라 대한민국 만들어야 할 것 같습니다. 서두르지만 천천히 따지는 일에 빠뜨림 없는 안전한 나라 만들어 보면 좋겠지요. 정말 그랬으면 좋겠지요.

사회복지와 반면교사

'만물의 근원은 물'이라 말한 이는 탈레스(BC 624년~546년 경 추정)입니다. 물이 얼음이 되고 눈이 되고 비가 되고 안개가 되고 하듯이 물렁한 것이 되었다가는 단단한 것이 허연 기체 같은 것까지 되는 물. 단단한 철도 열을 가하면 구리나 아연, 금과 같이 물이 되는 것 아닙니까. 돌 녹은 물을 용암이라 합니다. 주위 여건과 환경 때문에 현상이 변해서 그렇지 실지는 물로 환원할 수 있는 게 만물이라 이 말이지요.

헤라클레이토스(BC 540년~489년경 추정)는 '인간은 같은 강물에 두 번 들어갈 수 없다.'는 유명한 말을 남겼지요. 오늘도 어제와 같은 태양이 떠올랐다고 해서 어제의 복사가 오늘이 아니라는 겁니다. 늘 바뀐 환경이 새롭게 만들어지고 그 속에서 사는 인간 역시 어제와 약간은 달라도 다른 모습의 인간으로 살기 마련이라는 것 아니겠는가요. 만물은 물같이 변하고 변화를 감수해야 삶이다 이렇게 말하는 것 같기도 하고. 거기다 헤라클레이토스는 이 세상의 물질은 찬 것이 있고 더운 것이 있는데 이것들이 싸워 오늘의 안정된 상태가 되었다고 하였다지요. 찬 공기와 더운 공기가 대류현상을 일으킵니다. 온도가 올라가면 공기의 부피는 증가하면서 밀도는 낮아지지요. 찬 공기 보다 더운 공기가 밀도는 낮습니다. 찬 공기는 아래로 더운 공기는 위로 올라가는데, 위로 올라간 공기는 식어서 다시 찬 공기가 되고 이것이 아래로 내려옵니다. 이 반복을 대류현상이라 합니다. 물을 데울 때 밑바닥 물이 가열되면 이게 위로 올라가고 대신 위의 차가운 물은 아래로 내려옵니다. 이 현상이 대류현상이라 이 말이지요. 헤라클레이토스가 이런 물리적 현상을 두고 그런 말을 했는지 어떤지는 모르지만 찬 것 더운 것이 왔다 갔다하는 대류 현상 비슷한 것, 그것이 세상 이치라 말한 것 같습니다.

자본주의는 모든 것을 시장의 원리에 맡기고 정부의 간섭을 줄이거나 배제하면서 자유로운 경제 활동을 하자는 주장, 자기 능력대로 벌어먹고 살도록 내버려 두는 게 좋다는 주장이 자본주의입지요. 인간은 남보다 멋지게 잘 먹고 잘 입고 살 자유가 있다, 자기 능력을 발휘하여 재벌된 것을 존경스럽게 봐야지 이걸 못마땅하다 하면 안 맞고 틀린다, 이 생각입니다.

사회주의는 어떨까요. 자유로운 시장 경제 체제는 문제가 많다는 주장입니다. 그래서 이 문제점의 극복을 위해서는 국가가 경제에 간섭할 수 있어야 한다, 지구상의 재화는 한정되어 있는데 특정한 자가 독점한다면 다른 사람의 몫을 빼앗는 결과이니 이게 될 일이 아니라 생각합니다. 토지는 국가 소유여야 하고, 개인은 다만 경작권 혹은 토지 이용 권한을 허여해야 한다 이겁니다. 경제의 불평등을 줄이고 부를 고루 분배해야 한다는 주장입니다. 사람들 사이에 존재하는 빈부의 불평등을 없애거나 줄여 삶을 좀 공평하게 하면 좋지 않겠느냐에 주목하니 생각이야 좋지요. 그런데 이런 논리로 사회주의를 주창한 나라들이 어렵게 사니 어찌 된 일입니까.

여기서 중국을 잠시 생각해보면 좋겠네요. 사회주의가 표방하는 경제는 계획경제이지만 중국은 1978년을 기점으로 시장경제 체제를 도입하기 시작했습니다. 1978년 덩샤오핑(邓小平)을 중심으로 한 실용주의자들은 '중국적 특색을 지니는 사회주의 건설'을 주창하고 개혁개방 노선을 택하였지요. 중국 지도자들이 사회주의 계획경제로는 인민을 먹여 살리기 바쁘다는 생각을 하게 되었다 이겁니다.

정치는 공산당 1당 체제이지만 경제는 시장경제 체제를 상당 부분 받아들였습니다. 그 결과 국민의 삶의 질이 향상하였고, 신흥재벌들이 등장하였습니다. 2015년 당시의 경제 규모는 세계 2위이며 무역 규모는 세계 1위였습니다. 국내총생산(GDP)은 2015년 현재 약 11조 3,847억 달러이며 1인당 GDP는 8,280달러입니다. 놀라운 일 아닙니까. 부작용도 있지요. 자본주의 사회에 볼 수 있는 빈부격차가 날로 심화 되어가고 있고, 도농 간의 갈등도 예고되어 있는 것 같습니다. 어쨌든 중국을 정치적인 면에서 사회주의 국가로 말하기는 쉽습니다. 그러나 경제적인 면에서 중국을 시장경제의 자본주의 국가라고 말하기는 현재로서는 곤란한 나라입니다.

국가 운영은 시대에 맞게 자기 조절을 해야 합니다. 자본주의 국가 체제 안에는 보수를 지향하는 우파와 진보를 지향하는 좌파가 있습니다. 이들은 늘 충돌하면서 타협을 합니다. 여기에 가장 민감한 부분이 사회복지 문제이지요. 사회복지란 인류가 천부적으로 가지고 있는 행복 추구의 본능에 대한 장해 요인을 제거하자는 것을 말합니다. 장해 요인을 사회적 문제 또는 사회적 책임으로 보고 이에 대한 대응책을 강구하자는 의미에서 사회복지란 말이 시작되었습니다. 이러한 사회적 책임의식은 산업혁명 후 근대적 산업자본주의가 발달하면서부터였고, 이때의 가장 큰 사회 문제로는 도시근로자들의 삶이었습니다. 그래서 당시에는 도시근로자들의 가난을 해소하기 위한 여러 가지 시책과 노력이 나타났다 이겁니다.

중국이 사회주의 경제 체제 하에서도 자본주의 시장경제 체제를 일부 수용하였듯이, 자본주의 시장경제 체제라 해도 사회주의의 장점 부분을 인정하고 이를 부분적으로 받아들이면 좋지요. 이것 중 하나가 바로 사회복지 문제입니다. 더불어 살아가는 삶이 중요하다는 의미입니다. 그러나 복지에 너무 치중하다 보면 다른 각도에서의 우려가 생깁니다. 이 우려를 조선일보 '강천석 칼럼(17.09.02)' 이 잘 지적하였더군요.

제도가 무서운 것은 중독(中毒) 증상을 유발하기 때문이다. 그리스와 베네수엘라는 잘못된 제도의 해악(害惡)을 보여주는 시범 케이스다. 한때는 '천국(天國)에서 가장 가까운 나라'로 불렸던 나라라서 국민 고통이 더하다. 베네수엘라는 석유 매장량이 가장 많은 나라, 그리스는 조상(祖上) 덕에 관광 수입이 굴러들어오는 나라다.

2016년 베네수엘라 물가는 700% 폭등했다. 빈곤 인구 비율은 82%로 치솟았다. 끼니를 거르는 가정이 많아 국민 75%의 체중이 평균 8.6kg이나 줄었다는 믿기지 않는 연구도 나온다. 국민 생계(生計)는 나라가 책임진다던 호언장담의 말로(末路)다. 공영방송 KBS가 2006년 2월 18일 "베네수엘라 차베스 대통령이 미국 일방주의와 신자유주의에 대항하는 대안(代案)으로 떠오르고 있다."며 1시간짜리 특집 방송을 내보냈던 나라 현실이 이렇다.

2010년 국가 부도(不渡)의 절벽에서 구제 금융을 신청했던 그리스도 비슷하다. 출근하는 젊은이 모습을 구경하기 힘들다. 근로자 4명 중 1명이 공무원이고 회사 상당수는 문을 닫았기 때문이다. 조선(造船) 강국 소리를 듣던 이 나라 제조업 비율이 5.7%다. 긴축 재정과 연금 삭감에 반대하는 노조 시위대가 개근(皆勤)하듯 시가지를 쓸어간다.

불행의 씨는 1980년대와 90년대에 걸쳐 세 차례 13년 동안 총리를 지낸 파판드레우 시대에 뿌려졌다. 하버드대 경제학 교수 출신인 그는 공무원 대폭 증원·의료보험 적용 확대·연금 인상·저소득층 자녀 해외 유학 지원 등 파격적 복지 시대를 열었다. 몰락은 그때 시작됐다. 그리스 국민 48%는 지금도 파판드레우를 '역사상 가장 훌륭한 총리'로 꼽고 있다. 베네수엘라 친(親)정부 시위대는 여전히 차베스 사진을 앞세우고 행진한다. 중독은 이만큼 무섭다.

문재인 정부 내년 예산은 '복지 시대', '노동 시대'의 개막(開幕) 선언문 같다. 이 선언문에 후발 국가의 이점을 이어갈 지혜(智慧)가 담겨 있을까. 문재인 시대는 한국이 선진국으로 가는 막차 시간과 겹친다. 막차를 놓치면 그만이다. 500만 실업자와 '유럽의 병자(病者)'라는 불명예를 떠안고 나라 운명을 개척해야 했던 슈뢰더 전 독일 총리의 자서전이 출간됐다.' 독일 경제 재생(再生) 계획 10개 항'에 담을 노동 유연성 확보와 의료보험·연금 개혁을 놓고 번민(煩悶)의 밤을 보냈던 슈뢰더와 책을 통해서나마 대화해보기를 권하고 싶다.

파격적 복지 이것이 나라를 어렵게 합니다. 그런 나라는 그렇다 치고 우리는 이 경우를 보고 잘못을 깨치면 되는 것 아닙니까. 반면교사(反面敎師)란 말이 이때 유효한 단어입니다. 본이 되지 않는 남의 말이나 행동이 도리어 자신에게 깨우침을 주는 경우를 이르는 말입니다. '강천석 칼럼'이 지적한 것은 복지를 하지말자는 게 아니라, 복지를 우선하긴 해도 너무하다가 국가 재정이 거덜 난 베네수엘라, 그리스 짝 되면 안 된다 이 말을 하고 있습니다. 사회가 요구하는 변화에 넘치게 행사할 일이 아니고, 그렇다고 변화에 인색해서도 안 되겠지요. 인기 영합적 선심, 이게 나중엔 재앙이 됩니다.

이왕 반면교사 이야기가 나왔으니 하나 더 이야기해 보지요.

인구 감소 문제가 심각합니다. 일본 인구 감소는 2007년 이후 10년 넘게 사망자 수가 출생아 수를 능가하고 있습니다. 출산율도 1.44 포인트입니다. 현재 일본 인구 1억 2691만이지만 곧 1억 이하로 하락할 추세라네요. 한국 역시 인구 감소 시작쯤을 2032년으로 잡고 있지만 출생아 수가 늘지 않기 때문에 2024년부터 인구 감소 추세에 들어간다는 것입니다. 2017년 2분기 한국 출산율은 1.04이니 인구절벽이란 말이 그냥 나온 말이 아닙니다.

오래 전에 이미 미국의 세대간평등연구소장 폴 휴잇 씨는 동아일보 인터뷰(2009.02.14.)에서 "현재와 같은 인구 감소 추세라면 한국은 경제적인 재앙을 피할 수 없다. 13세기 유럽의 흑사병으로 경제가 위축된 것에 견줄 정도다."라고 하면서 "출산율 하락과 함께 빠르게 진행되는 한국 사회의 고령화는 국가적인 위기라는 인식을 가져야 한다."라고 조언하였지만 조언하면 뭐 합니까. 알아듣고 실천해야 말이지. 일본이 반면교사로 가르침을 줬지만 가르침 줘봐야 배울 생각이 없으면 허사 아닙니까. 사회 변화를 파격적으로 이행하면 낭패를 당하지만 사회 변화를 수용하지 못해도 국가는 위기를 맞습니다. 어쨌든 현 한국 사회가 걱정 많이 되어 한 소리 적었습니다.

소선과 용기와
양심이 있는 지도자

　문학인을 비롯한 예술가는 예술이란 수단으로 인간 가치를 느끼도록 하는 사람이지요. 우리가 초등학교 다닐 때 방학만 되면 숙제의 첫 장은 독후감 쓰기였습니다. 독서를 통해 사람됨을 배우라는 것 아닙니까. 명작일수록 던져주는 삶의 가치가 깊고 큽니다. 예술은 인간을 돌아보게 하고 다시 생각하게 하는 인생살이의 필수품이라 이겁니다. 가르침은 사람이 배우려고만 하면 어디에도 있습지요. 신문을 통해서도 이웃 사람들의 귀한 말씀을 통해서도 익히고 배우는 것 아닙니까.

　요즘 한창 대통령 선거철이라 대통령에 눈독들이던 인물들이 대거 등장하였습니다. 정치 지도자는 어떤 인물이어야 합니까. 정치

지도자는 대중을 위하여 자기 소신과 양심으로 행동할 때 대중이 지도자라 여기고 그의 말에 따릅니다. 처음에는 지도자의 행동이 미처 번역되지 않은 난수표 같은 것이라 해도 나중에 그것이 국익에 기여함을 깨닫고 나면 놀라워하기도 하지만 기대치에 못 미치면 당장 국민들은 화를 내고 욕설도 심하면 그 자리에서 물러나도록 하지 않습니까.

아프리카 수단에 살고 있는 Nuer족 사회에서는 사제가 한 사람 그럴듯한 복장을 하고 삽니다. 표범 가죽을 어깨에 항상 걸치고 다니면서 위엄을 부리지요. 서양인들은 이를 두고 표범가죽 두른 우두머리(Leopard-skin chief)라고 부릅니다. 이 사람은 Nuer족이면 누구나 존경하고 누구나 그의 말에 따른다고 합니다. 이유는 신의 신성한 소리를 전하기 때문인데, 그는 권위를 자신을 위해 쓰임하지도 않고 자신의 안락을 위해 어떠한 일을 하지 않으면서 부족 내 존재하는 알력과 갈등을 가치중립적 판단으로 해소해주는 지도력 때문에 존경을 받는다고 합니다. 그에게는 최고 지도자로서의 특권이라는 게 없습니다. 지도자가 이 정도라면 누구나 믿고 따르지 않겠습니까. 그렇습니다. 이런 태도는 존경 받아 마땅하지요. 더 나아가서는 일반 백성들이 미처 생각하지 못했던 행동으로 모범을 보임으로써 국가 발전에 크게 기여하는 경우는 더 멋지지요.

오늘은 우리가 알고 있는 인상 깊었던 한 정치가의 멋진 모범적 사례를 다시 생각해보기로 합시다. 1970년 12월 7일 서독 수상 Willy Brandt가 폴란드를 방문하였습니다. 2차 대전 후 25년 만에 독일 수상으로서는 폴란드를 처음 방문하고 양국 간 화평을 위한 조약에 서명한 뒤, 바르샤바의 유대인 희생자 위령탑을 찾아 갔습니다. 1943년 4월 19일, 바르샤바 게토에 거주하던 7만의 유대인들이 나치에 저항하다가 56,000명이 사살되거나 체포된 곳이 바로 여기입니다. 브란트 총리가 위령탑 앞에 섰을 때 현장 사람들 모두는 의례적인 사죄 연설 또는 추도사 정도를 예상 했겠지요. 그러나 브란트 총리는 비에 젖은 기념비 앞 콘크리트 바닥에 털썩 무릎을 꿇은 것 아닙니까. 무릎을 꿇고 브란트 총리는 눈을 감고서 두 손을 모았습니다. 그제야 주변 사람들은 브란트가 독일 국민들을 대표해서 희생된 영령들 앞에 참회하고 있다는 것을 알아차렸습니다.

이 소식은 급전으로 전 세계에 알려졌습지요. 세계는 그의 진정한 참회에 얼마나 놀랐겠습니까. 그는 나치와 싸웠던 사람입니다. 그러나 나치가 저지른 만행에 대해서 독일 국민을 대표하여 세계에 사죄하는 절차를 해야겠다는 생각을 하였고 그런 행동을 용감하게 감행하였습니다. 당시 독일 국민들의 41%는 적절한 행동이라 평하였지

만, 48%는 아무리 그렇지만 무릎을 꿇는다는 건 독일 국민의 자존심을 해하는 행동으로, 나머지는 모르겠다는 반응을 보였다지요.

어떤 언론은 이 사건을 이렇게 적었다 합니다. '무릎을 꿇은 것은 한 사람이었지만 일어선 것은 독일 전체였다' 근사한 표현 아닙니까. 다른 언론은 '나치와 싸웠던 빌리 브란트 총리는 그 곳에서 무릎을 꿇을 필요가 없는 사람이었다. 하지만 그는 실제 무릎을 꿇어야 함에도 용기가 없어서 꿇지 못하는 많은 사람들을 대신하여 무릎을 꿇었다'라고 평하기도 하였다지요.

그의 이 행동은 독일인 내부에 살고 있는 양심을 솔직하게 드러낸 사건 아닙니까. Time지의 표지 인물로 등장함은 물론, 유럽 동서 문제 해빙에 기여한 공로로 그는 노벨 평화상을 수상하였고, 1972년 선거에서도 대승하였습니다. 이 사건은 다른 데로 파급되었습니다. 독일 사람들은 제품을 양심으로 만든다로 세계인들이 인식하여 독일 제품이 국제적 신임을 확 얻었다 이것 아닙니까.

일본 정치인들을 보면 독일에 비해 영 하수 짓을 하고 있음을 누누이 보아왔습니다. 세계인이 다 아는 그들의 만행을 감추는 게 그들의 자존심이라 생각한다면 그것은 영 하수 짓이라 이겁니다. 독일 한 정치인의 용기 있는 행동 때문에 국격이 높아졌다면 오늘 우리가 당면하고 있는 대통령 후보자들 중 누가 우리의 국격을 높여줄 만한가를 생각해보게 됩니다. 그런 인물이 선뜻 보입니까. 표만 얻으면 되고 정권만 잡으면 된다가 아니라 이 나라의 미래를 위해 행동해줄 인물, 그는 과거에도 이런 점에 용감했고 그걸 위해 대통령이 되려 하는 바로 그 인물, 아무리 들추어봐도 거짓이 없고 비리가 없는 인물, 이 나라 발전을 위해 헌신한 공로가 뚜렷하여 앞으로도 대통령직을 맡긴다 해도 국민이 마음을 턱 놓을 인물, 국민에게 희망을 주는 동시에 희망을 이룰 수 있도록 하는 인물, 이런 인물을 찾고 싶은데 그 사람이 누굽니까. 혼자 생각이지만 그 사람이나 저 사람이나 오십 보 백보, 피장파장 같은 생각이 자꾸 들지 않습니까. 내가 말을 잘못 했나요.

아이들이 행복해야 합니다.

예전에는 한 집 식구가 대여섯은 보통이었습니다. 형제와 자매가 셋은 예사이고, 대여섯 되는 경우가 허다했으니 식사 때가 되면 좁은 방이 꽉 찼지요. 그런 가족 구성이고 보니 나이 많은 형에게서 누나에게서 더불어 사는 이치를 배우고 이것을 아래 동생에게 다시 가르쳐 주어서 사회성을 교육받았습지요. 동네에서도 마찬가지입니다. 나이 서너 살 많은 형뻘들과 어울리다 보면 가르침을 받기도 하고, 금기에 접하면 얻어맞기도 하면서 인간으로서 성숙을 다져갔습니다. 공기놀이를 할 때도 줄넘기를 할 때도 지켜야 할 규칙을 배워야 합니다. 콩서리, 밀서리를 할 때도 협동을 어찌 해야 하느냐도 배우고, 어른들을 대할 때에 어찌 해야 하느냐도 배우고, 동네에서 결혼 잔치가 벌어지면 같이 기뻐하고, 초상집이 생기면 같이 슬퍼하는 것도 배웠습니다.

그런데 요즘은 세상이 많이 달라졌습니다. 과거에는 아이들이 득시글거려 아이들 소리가 중심이었던 가정이 조용해졌습니다. 골목이 조용해졌습니다. 한 집에 아이가 하나 아니면 둘이 고작이니 집에서 사회성을 교육 받을 기회가 적어졌습지요. 동네에서도 놀 친구가 적으니 자연 학교에 가서 또래 반 친구들하고 노는 게 고작이 되고 말았습니다. 같은 또래끼리라도 실컷 놀 수만 있다면 이것도 좋겠는데 수업을 마치고 집에 부리나케 돌아오면 학원에 가야 하니, 아이들은 쉴 틈이 적고 놀 틈이 적고 친구들을 통해 사회성을 교육 받을 기회가 적어졌다 이겁니다. 아이들은 놀이를 통해 세상을 새로 만들고 놀이를 통해 즐거움을 찾습니다. 그런데 요즘은 놀이할 수 있는 환경이 마땅하지 않다 이겁니다.

흙은 물, 바람, 햇빛 그리고 수많은 생명과 더불어 끊임없이 움직인다. 이처럼 끊임없이 움직이기에 흙은 살아 있으며, 살아 있기에 생명이다. 흙은 그 자체가 생명이면서 수많은 생명을 살리는 생명의 원천이기도 하다. 흙은 미생물, 풀, 나무, 벌레, 곤충, 사람들의 삶의 터전이다. 그러므로 흙을 떠나 건강하거나 행복하기를 바라는 것은 나무에서 물고기를 찾는 것과 다름없다.

아이도 생명이다. 아이는 세상에 태어나는 순간부터 오감으로 세상을 알아간다. 눈, 코, 귀, 입, 손으로 세상을 알기 위해 애를 쓴다. 그중 아이들의 손은 세상을 알아가는 도구이자 수단이다. 어린 영아반 아이들이 모래놀이터를 많이 찾는 반면, 유아반 아이들에게는 모양이 정해져 있지 않은 흙이 더 매력적인 장난감이다. 일곱 살 반 아이들이 흙산에 모였다. 흙산에 계곡을 파고 계곡의 곳곳에 다리를 놓는다. 다리가 완성되자, 유진이가 친구들에게 "야! 물 좀 떠다 줘"라고 하자. 여진, 세호, 준영이 달려가 주전자며 냄비, 밥그릇에 물을 길어온다. 자신들이 만든 계곡에 흘러내리는 물줄기가 내심 성에 안 차는지 "더 많이, 더 빨리 떠와"하며 주변의 친구들까지 불러댄다. 그러자 네댓 명의 아이들이 합세해 물을 길어다 붓는다. 흙산을 흘러내리는 물결이 거세진다. 거세게 흐르는 물을 보고 기분이 좋은지 아이들이 박수를 친다.

(하정연 지음, 『세상에서 가장 행복한 아이들』
라이온북스, 2013, 53-54면.)

우리들이 아주 어렸을 때엔 조무래기들끼리 모이기만 하면 소꿉놀이를 하면서 하루를 지냈습니다. 사금파리로 그릇을 대신하고 그릇 위에는 오줌을 누어 흙을 반죽해서 밥을 떡을 만들어 놓고, 작은 돌을 둘러 울타리를 만들고, 그리고는 남자애는 신랑이 되고 여자애는 각시가 되어 가정을 만들고 노는 재미는 해지는 줄 몰랐지요. 모형 장난감이 귀하던 시절에는 흙과 돌이 그대로 장난감이었습니다. 말하자면 흙에 돌에 생명을 불어넣었지요. 이게 장난감의 전부였으니까요. 화장실은 돌 네 개로 칸을 만들어 화장실로, 연못은 둥글게 흙을 파고 고무신으로 물을 길어와 부으면 연못이 되고, 나뭇잎을 띄우면 배가 되고 이렇게 상상의 세계에서 놀았다 이겁니다. 조무래기 판에는 빈부가 없고, 잘난 놈 못난 놈이 없습니다. 코를 손등으로 닦으며 흙바닥에 퍼지고 앉아 놀이판을 벌이면 여기에 뭐 귀천이 있고 빈부가 있을 수 있겠습니까. 호박잎 하나면 양산도 우산도 되고 보릿대로 만든 피리는 색소폰을 클라리넷을 능가하는 악기가 되지요. 궁핍이 없는 놀이, 이것을 요즘 어린이들은 할 틈이 없고 공간이 없으니 안타깝지요.

> 아이들은 숲에서 꿈과 환상을 즐긴다. 어른들이 육안만 지녔다면 아이들은 육안, 심안, 영안을 고루 갖춘 존재이다. 그래서 숲에 가면 나무와 인사하고, 공룡, 요정, 도깨비, 귀신을 만난다. 아이들은 숲에서 공룡을 만나는 순간 조마조마하고 두근거리는 마음으로 긴장을 한다. 그러고 숲을 나오는 순간 현실로 돌아와서는 안도의 숨을 쉬며 이완을 한다. 이처럼 아이들은 긴장과 이완을 통해 생명을 유지하고 스스로 자기 항상성을 가진 어른으로 성장해 간다. (같은 책, p. 38)

숲에 혼자 내버려진 존재라면 숲은 공포의 대상이 될 수 있을 겁니다. 인간은 외따로 존재하는 걸 달가워하지 않습니다. 한 순간이야 한 며칠이야 사람들로부터 피신하고 싶지만 한 달을 두 달을 혼자 산다면 괴로울 것 아닙니까. 로빈슨 크루소는 인간이 그립고 혼자가 싫었습니다. 사람들은 왁자한 인간의 소리를 소음이라 여겨 그런 장소를 피하려 하지만 로빈슨 크루소는 그 소음을 그리워하고 그 소리 속의 한 목소리이고 싶었을 게 너무 뻔합니다.

숲 속에 홀로 아이가 남았다면 공포스러운 상상 때문에 아이는 힘들어 할 것입니다. 어디서 귀신이 나올 것도 같고, 아니 동화책에서 본 늑대가 혀를 날름대며 덤빌 것 같기도 하지만, 여럿 아이들이

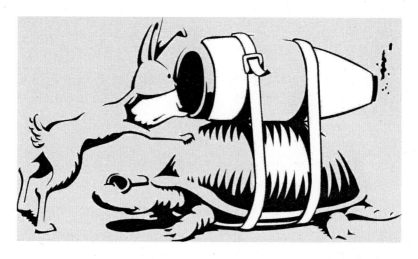

왁자히 떠드는 숲은 즐거운 놀이마당입니다. 그리고 아이들에겐
숲은 미완의 그림입니다. 그 미완의 그림을 날마다 다르게 그리겠
지요. 저 구석진 곳에는 도깨비를 살게 하고 개울가에는 요정을 살
게 할지도 모르고, 움푹 파인 곳은 공룡의 발자국일 것이고 빛 발한
나뭇가지는 공룡의 뼈 혹은 불길한 요정이 던지는 신호일 것이라
상상할지도 모릅니다. 이런 상상의 작품 만들기는 어른보다 어린이
들이 훨씬 뛰어납니다. 아니 꿈을 꾸면서 현실과 유리된 새로운 공
간을 스스로 만들 재간이 어린이들에게는 풍부합니다. 어린이에게
이런 상상의 공간을 자주 만들도록 해 줘야 합니다. 상상과 창조는
사촌쯤 됩니다. 상상에게서 힘을 얻어야 창조가 되기 때문이지요.

우리가 클 땐 어머니 혹은 할머니께서 옛 이야기를 들려주셔서 이
야기 속의 내용적 가치를 학습했습니다. 계모 구박으로 생을 마감한
장화와 홍련이 귀신이 되어 나타날 때엔 이불을 뒤집어쓰기도 하고,

원한을 갚게 되자 환호하기도 하는 동심은 이제 우리 것이 아닙니다. 이런 가치 있는 이야기들을 우리들은 많이 듣고 자랐습니다.

어릴 적 듣던 이야기 중 콩쥐 팥쥐 이야기 이젠 좀 삼삼할 것 같아 재생해 드릴까요.

콩쥐의 어머니가 돌아가시자 아버지가 새어머니를 들였는데 새어머니는 팥쥐라는 딸을 데리고 왔습니다. 새어머니는 팥쥐와 함께 콩쥐를 무척 괴롭혔지요. 하루는 새어머니가 팥쥐와 콩쥐에게 김을 매고 오라하고는 팥쥐에게는 쇠 호미를 주고 콩쥐에게는 나무 호미를 주었습니다. 콩쥐가 밭을 매다가 나무 호미가 부러져 울고 있으니 웬 노인과 사슴이 나타나 밭을 대신 매주었다 이것 아닙니까.

하루는 나라에서 잔치가 열린다는 소식이 들려왔습니다. 새어머니는 팥쥐에게 고운 옷을 입혀 잔치에 데려갔지만 콩쥐에게는 다녀올 동안 강피 한 섬을 다 찧어 놓아야 하고 밑 빠진 독에 물을 가득 채워 놓아야 한다고 일렀지요. 콩쥐는 밑 빠진 독에 물을 채울 수가 없어 울고 있으니 두꺼비가 기어오더니 자기가 독 아래에 엎드려 있을 테니 물을 채우면 된다 하였습니다. 그렇게 하여 콩쥐는 물을 가득 채울 수 있었지요.

이번에는 강피 한 섬을 다 찧을 수가 없어 울고 있었는데 어디선가 새들이 날아와 강피를 다 까놓고 간 것 아닙니까. 콩쥐가 할 일을 다 마치고 나니 암소가 나타나 비단옷과 꽃신을 주며 잔치에 다녀오라고 하였습니다. 콩쥐가 그것을 입고 잔치에 갔지요. 그 잔치는 왕비를 간택하기 위해 연 잔치였습니다. 콩쥐는 잔치에 가는 길에 도랑을 건너다가 꽃신 한 짝을 떨어뜨리고 말았지요. 한 짝 꽃신은 떠내려갔고 마침 지나가던 왕자가 꽃신을 건졌습니다. 그 꽃신이 꼭 맞는 여자를 간택하겠다고 생각했습니다. 그런데 잔치에 온 여자들에게 차례로 신겨 보아도 꽃신의 임자가 나타나지 않았지요. 팥쥐 차례가 되어 꽃신을 신으려고 하였는데, 팥쥐의 발이 너무 커서 아무리 해도 들어가지를 않았습니다. 드디어 콩쥐의 차례가 되어 콩쥐가 꽃신을 신었더니 발에 꼭 맞았습니다. 왕자는 콩쥐를 왕비로 맞이하였습니다.

하루는 팥쥐가 콩쥐를 불러 연못에 빠트려 죽이고 자기가 콩쥐 행세를 하며 왕자에게 갔지요. 왕자는 팥쥐에게 당신의 얼굴이 갑자기 왜 그렇게 얽었느냐고 물었습니다. 팥쥐는 콩멍석에 넘어지는 바람에 그렇게 되었다고 하였다나요. 왕자는 그런 줄로만 알았습니다.

어느 날 왕자가 밥을 먹다가 젓가락이 짝짝이인 것을 보고 이상하다고 중얼거렸습니다. 그런데 밖에서 누군가 젓가락이 짝짝이인 것은 알아보고 부인이 바뀐 것은 못 알아보느냐고 하는 소리가 들렸지요. 왕자가 밖으로 나가보니 어떤 꽃에서 나는 소리였답니다. 팥쥐가 이것을 보고 얼른 꽃을 뽑아 아궁이에 집어넣어 버렸습니다. 한 궁녀가 아궁이에서 불씨를 꺼내려고 들여다보았더니 웬 아름다운 구슬이 하나 있었답니다. 궁녀가 구슬을 가지고 처소로 돌아왔는데, 그 구슬이 콩쥐로 변하였습니다. 콩쥐는 왕자를 찾아가 자기가 죽어 어디 연못에 그 시체가 있는데, 궁녀에게 있는 구슬을 가지고 가서 시체에 문지르면 자기가 다시 살아날 것이라고 하였다나요. 왕자가 시키는 대로 하였더니 콩쥐가 다시 살아났다 이겁니다. 왕자는 콩쥐와 잘 살았고, 팥쥐와 새어머니는 관에서 잡아다가 볼기를 엄청 치고는 감옥살이를 시방도 하고 있다는 이야기, 이게 콩쥐 팥쥐 이야기의 대강이지요.

이런 이야기를 들으며 우리들은 자랐습니다. 불의에 분노도 하고 바람직한 결과에 기뻐하기도 하면서 사람은 정직해야 하고 착해야 한다를 단단히 학습 받은 셈이지요. 흥부 놀부 이야기에서 형제 우애를 배웠고, 탐욕이 인간을 망친다도 학습 받았지요. 그런데 요즘 어머니들은 아이들과 놀아줄 시간이, 이런 이야기를 들려줄 짬이 넉넉하지 않습니다. 할머니는 같이 살지 않는 가정이 많으니 할머니의 옛 이야기는 사라졌습니다. 유치원에는 가끔 이야기 할머니를 초빙해서 이야기를 들려주는 곳이 더러 있는 모양입니다. 그렇게라도 옛 이야기를 들려주는 기회를 많이 가지면 아이들은 얼마나 신나겠습니까. 이야기를 통해 사회성을 배우고 도덕을 배우고 인간성을 배우는 이것 참 좋은 교육방법입니다. 이런 기회를 많이 가져야 합니다. 그렇지 않으면 경상도 말로 싹수가 안 보이는 싸가지 없는 아이가 되지 않겠습니까.

* 로빈슨 크루소
다니엘 디포의 장편소설 『로빈슨 크루소』의 등장인물로, 배의 파선으로 인해 28년 간 무인도에서 생활하였다.

영혼이 반영된 내면의 아름다움

현재는 좀 모자라고 불만스러운 시간이지만 지내놓고 한참 뒤에 생각해보면 그때가 지금보다 아름답게 느껴지곤 합니다. 청춘의 시간은 빠르게 소진되고 늙어 기진한 몸으로 청춘의 그 시간들을 사진으로 보고 있으면 참으로 지내놓고 보니 그때 그 순간이 아름 다웠음을 실감하게 된다 이거지요.

이 시를 우선 읽어보면 내 말이 실감 날 겁니다.

사는 일이 너무 바빠
봄이 간 후에야 봄이 온 줄 알았네
청춘도 이와 같아

꽃만 꽃이 아니고
나 또한 꽃이었음을
젊음이 지난 후에야 젊음인 줄 알았네

인생이 길다 한들
천년만년 살 것이며
인생이 짧다 한들
가는 세월 어찌 막으리

봄은 늦고 여름은 이른
6월 같은 사람들아
피고 지는 이치가
어디 꽃 뿐이라 할까

-이 채 '6월에 꿈꾸는 사랑' 전문-

　봄을 지내놓고 보면 꽃 피었던 자리가 허전하고 무더운 여름날의 고역이 고통스러워 지난 봄이 그리워지는 것 아닙니까. 인생이 이런 이치라 이거지요. 젊은 날에는 질정할 수 없는 생각과 행동 때문에 부산하였습니다. 그런데 지나고 보니 그게 인생의 황금기의 맛스러움이었음을 나중에 알게 되지요.

　청춘은 향기로운 꽃입니다. 사랑도 젊은 날의 특권이고 행사해야 할 권리입니다. 사랑 때문에 밤잠을 설치고 마음의 갈등 때문에 눈시울이 붉어지는 것도 청춘만이 행사하는 몫입니다. 꽃이 그러하듯이 향기로운 모습의 주인공으로 행사하는 청춘은 그러니까 인생으로서의 가장 아름다운 순간이면서 고가의 명품 같은 존재 아니겠습니까.

인생의 봄철은 꽃이 피는 계절이니 20대 30대가 아닐까 합니다. 더 넉넉히 잡아 10대 후반까지 잡아도 될지 모르겠네요. 그런데 40대는 아닙니다. 40대에 들면 얼굴이 예전 같지 않고, 열정도 사그라져서 용기백배하던 20, 30대의 총명마저 사라진 뒤입니다. 사회에서도 가정에서도 책임지는 자리에 앉고 보니 매사에 조심이 앞서서 추진력이 떨어지고, 좋은 게 좋은 거라는 현실타협적 사고에 익숙하고 말지요.

한국에서의 봄은 3, 4, 5월 이 석 달을 두고 봄철이라 합니다. 6월이면 덥기 시작합니다. 철늦은 봄꽃이 어쩌다 부스럼같이 몇 송이 남아있는 계절이라고 해서 봄이랄 수야 없지요. 물론 6월에 피는 꽃이야 따로 있지만 봄에 피는 향기로운 꽃은 다 다녀간 뒤라 이 말이지요. 이 시에서의 6월은 좀 냉정을 기한다면 40대에서부터 50대가 아닌지 모르겠습니다. 이 나이는 인생행로의 좌표가 그려져 있고, 그 좌표대로 나아가는 나이 아니겠습니까. 얼굴에는 잔주름이 보이고 화장을 해도 예전과 같지 않은 나이고, 옷도 젊은이들이 차려 입는 화사함에서 벗어난 빛깔이 등장하는 나이 아니겠습니까. 그러니까 이 시에서 꽃만 꽃이 아니라 인간도 꽃이란 말을 잘 해석해봄 직합니다. 꽃이라도 향기가 시들어버린 형식만의 꽃인 나이, 초여름인 6월에 해당하는 사람들에게 우리도 과거엔 꽃이었음을 일러바치는 시 아니겠습니까.

이 얼굴 누군가 단번에 알겠지요. 내가 오드리 헵번(Audrey Hepburn)을 처음 만난 것은 로마의 휴일(Roman Holiday, 1953)이란 영화에서였습니다. 이후 이 여우가 나오는 영화는 빠지지 않고 봤습니다. 사브리나(Sabrina, 1954), 전쟁과 평화(War and Peace, 1956), 하오의 연정(Love in the Afternoon, 1957), 파계(The Nun's Story, 1959), 티파니에서 아침을(Breakfast at Tiffany's, 1961) 등 이 아름다운 여인을 만나는 재미로 이런 영화를 봤습지요.

젊은 날의 그녀는 너무 아름다웠고 세계인들이 김단하는 미모를 가졌던 게 사실입니다. 그러나 꽃이 잠깐 머물고 가는 봄날은 길 수가 없듯이 그도 늙을 수밖에 없었습니다. 꽃이 떠난 그의 얼굴은 노화가 역력하였지요. 아래 사진을 보면 인생이란 한 철 꽃임을 실감하지 않습니까. 흔히 보는 손자를 안고 있는 이웃집 할머니 모습 아닙니까.

인생은 풀꽃과 달라서 비록 벌 나비를 유혹하는 향기는 사라졌다 해도 인간으로서의 향기가 있다면 그는 아직도 아름다움의 주인으로 행사하는 중임을 알아야 합니다. 그래서 그는 "여성의 아름다움은 얼굴에 있는 게 아니다. 진정한 아름다움은 그녀의 영혼이 반영된 내면의 모습이다."라는 의미심장한 말을 남겼습니다. '영혼이 반영된 내면의 아름다움'은 두 말할 것 없이 맑은 영혼과 그 영

혼의 실천하는 내면이 꽉 찬 사람 아니겠습니까.

괴테는『빌헬름 마이스터의 수업시대』제6권에서 경건주의적 종교 도덕을 가진 한 부인을 등장시키고는 "저를 이끌어 저로 하여금 언제나 정도를 걷도록 하는 것은 충동입니다. 저는 자유롭게 스스로 생각하는 것에 따르며, 거의 아무런 구속도 회한도 없습니다." 이런 말을 했습니다. 정도를 걷는 마음의 충동을 갖기는 쉽지 않겠지요. 경건주의적 종교, 도덕의 임자가 아니라 해도 이런 마음을 내심에 심어놓고 사는 사람은 존경스럽습니다. 칸트는『판단력비판』에서 '아름다운 영혼'은 자연미의 경험을 통하여 선량한 도덕적 마음가짐에 대한 소질이 준비된 마음의 상태를 말한다고 하였습지요. '영혼이 아름답다'의 1순위는 도덕적으로 무장된 마음이 흔들림이 없는 상태를 유지하는 것이겠지요. 양심의 소리에 귀를 기울이는 사람이겠지요. 더불어 사는 인간애의 주인공이겠지요.

오드리 헵번은 미모와 연기력이 아직 스타로서 더 역할해도 될

나이에 그는 과감히 은퇴하였습니다. 남은 인생을 멋지게 마무리하고 싶어서 그랬을 겁니다. 그리고 두 아들에게 준 유언에 이런 말을 하였다지요. "네가 더 나이가 들면 손이 두개라는 것을 발견하게 될 것이다. 한손은 너 자신을 돕는 손이고 다른 한 손은 다른 사람을 돕는 손이다." 이 말을 그는 실천하였습니다. 은퇴 후 유니세프 친선 대사가 되어 세계의 그늘진 곳을 찾아다니며 구호활동을 벌였습니다. 내전과 전염병에 힘들어하는 현지 어린이의 할머니가 되었습니다. 대장암으로 숨지기 전까지 그녀는 구호활동을 열심히 하였습니다. "죄 없는 어린이가 지옥과 다름없는 곳에서 죽어가고 있는데, 제가 어떻게 편히 호텔에 앉아 페트병에 든 물을 마실 수 있겠어요? 그건 말도 안 되는 일이에요. 이건 저의 희생이 아니라, 제가 편해질 수 있도록 어린이가 제게 준 신물입니다." 이런 말을 남기고 그는 죽었습니다. 비록 몸은 늙어도 정신과 영혼이 젊었던 한 아름다운 여인이 오늘 많이 생각나네요.

70대에 들어선 나는 가을인지 겨울인지를 감 잡지 못하고 삽니다. 비록 몸이야 늙어서 단풍에 비견되지만 영혼만은 맑은 영혼, 내면의 아름다움을 가진 늙은이, 아 이런 늙은이로 살고 싶은 이 욕망만은 아직 단풍이 들지 않았습니다.

인간의 욕망 읽기

르네 지라르(René Girard, 1923~2015)는 그의 『낭만적 거짓과 소설적 진실』이라는 책에서 욕망의 삼각형이란 말을 만들어 냈습니다. 이 책에서 그는 소설의 주인공들은 중개자로부터 자극을 받아 대상을 향한 욕망을 가진다고 하면서 몇몇 명작 속의 주인공들을 예로 들었습니다. 돈키호테는 '이상적인 방랑의 기사'가 되고자 하였습니다. '이상적인 기사'가 되고자 하는 그의 욕망은 아마디스라는 전설적인 기사를 모범 삼는 데서 출발하였다 이거지요. 그의 이런 욕망은 스스로가 이런 인물이 되고자 하는 욕망의 자발적 행동에서가 아니라 아마디스라는 중개자(médiateur)를 모방함으로써 이상적인 기사가 되고자 하는 간접화된 욕망이라는 것입니다. 이처럼 나라는 주체가 중개자인 매개자를 통해서 자극을 받아 이루고자 하는 대상 혹은 목표가 설정되는 이 연관을 욕망의 삼각형이라 설명하더군요. 소설 속의 인간이든 현실 속의 인간이든 인간은 욕망을 소유함으로 해서 내일의 다행을 꿈꾸려 하지요. 인간 삶의 한 표징으로서 유명한 소설 속의 주인공들을 들추어 인간 삶이 소설 속이든 현실 속이든 이런 것임을 입증하려 한 것이 욕망의 삼각형 아니겠습니까.

인간의 욕망 중에는 스스로가 탐닉하고자 하는 욕망이 아니라 타인의 삶에 자극 받고, 자신의 욕망하는 바가 바로 그것인양 착각하는 경우가 있음을 지라르는 욕망의 삼각형으로 도식화한 셈입니다. 자신이 간절히 원하는 것이 없는 사람도 자신의 경쟁자라고 생각하는 사람, 자기가 좋아하는 유명한 사람과 관련된 삶에 대해 관심을 가지게 되고 그것을 진정으로 자신이 원하는지에 대한 깊은 고민조차 없이 매개자 그 사람의 욕망을 욕망하게 된다고 보고 있습니다.

지라르는 욕망을 욕구(Appétit)와는 다르다 했습지요. 욕구는 결핍을 채우고자 하는 것, 이를테면 식욕과 성욕 같은 동물적 본성에 가까운 것이라면 욕망은 성취하고자 하는 문화적 목표에 해당합니다. 그런 점에서 인간의 욕망이란 그 자신의 본성에서 자율적으로 우러나오는 것도 아니고, 욕망 대상의 본성 속에 놓여 있는 것도 아닙니다. 욕망이 주체적으로 만들어진다는 생각은 낭만적 환상에 불과하지요. 더 나아가서 욕망은 인간 주체와 욕망 대상 사이의 관계에서 생기는 것이 아닌 모방적 경쟁에서 나온다고 생각하면 되겠습니다.

　바로 이 점에 대해 들뢰즈(Gilles Deleuze, 1925~1995)의 말을 들어보기로 하지요. 그는 욕망(Désir)이란 어떠한 부정과 금지조차 무시하고 자유롭게 행사되는 리비도처럼 순수한 목마름이고 인간이 향유하는 에너지라고 보았습니다. 욕구는 현실적인 것의 생산이 아닌 결핍과 연결되지만 욕망은 타와의 경쟁과 대결 혹은 흠모와 일치를 배경으로 상승하려는 심리라는 것이지요. 자본주의는 이윤을 창출하고 이윤을 극대화하기 위해서는 끊임없이 새로운 욕망의 영토(시장)를 개척, 확대해 나가고 있으며 이러한 작용으로 인해 전통적 사회관계가 무너지고 욕망의 한계마저도 무너뜨린다고 들뢰즈는 보았지요.(『안티 오이디푸스』(질 들뢰즈·펠릭스 과타리, 김재인 역, 민음사, 2014.)

　들뢰즈의 이 이론을 이렇게 쉽게 설명해보지요. 한국 사회는 소위 '명품'에 대한 열기가 뜨거운 나라입니다. 뭐 한국만 그렇겠습니까만 한국이 너무 심한 것 같아 이런 말 해봅니다. 대한주부클럽연합회(2005)의 오래 된 조사를 보니 국민의 39.1%가 고가의 해외 유명 브랜드 제품을 구매한 경험이 있다고 하네요. 명품 가방을 들어야 귀부인 반열에 든다고 생각하는 여성들이 많다고 합니다. 세관에 가장 많이 걸려드는 품목이 바로 명품 가방이라나요. 그뿐 아니라 수입 외제차 수도 날로 늘어나는 추세라고 합니다.

명품 혹은 외제차를 구입하려는 것은 사용적 가치의 우수함 때문에 구매하기 보다는(그런 사람들도 있겠지요.) 나와 경쟁자 혹은 내가 좋아하는 배우 또는 소유하고 있는 친구와 어깨를 나란히 하고 싶은 갈망이 원인일 수가 있다는 것입니다. 엊저녁 텔레비전에 나오는 인기배우 누구와 같이 스스로가 명품 인산으로 둔갑하고 싶은 욕망이 명품을 선호하게 된다 이거지요. 명품을 못 사는 형편이라면 짝퉁 명품이라도 가져야 하는 이런 심리. 이것은 사용가치를 따져서 명품을 갖고 싶다는 것보다는 나를 충동한 매개자 때문에 명품을 선호하게 되고 짝퉁이라도 가져야 하는 심리작용으로 나아온다는 것입니다. 들뢰즈는 이게 문제라는 것입니다.

한차례 국회의원 선거라는 폭풍이 지나갔습니다. 왜 국회의원이 되려고 그렇게 많은 사람들이 애를 쓰고 있는지를 나는 잘 이해하지 못합니다. 명예와 특권을 거머쥐고 금배지를 달고 거들먹거리고 싶은 욕망 때문일까요. 아무개가 국회의원 되자 국가로부터 많은 혜택을 받는 것은 물론 어디를 가든 특권으로 행사하고 대우 받는 것에서 자극받은 것일까요. 선거 하는 중에 친박(親朴)이다 뭐다 하더니 친박 중에서도 진박(眞朴)이란 말까지 유행했습니다. 박근혜 대통령과 친하다는 의미에서 친박, 한 걸음 더 나아가 진짜로 박근혜 대통령 지근거리의 인물로 평가 받고자하는 진박. 이런 심리는 다름 아닌 박 대통령을 매개로 하여 자신을 부상시키려는 심리 기제지요. 대통령이 귀히 여기는 존재자로서 부상하고 싶은 욕망에서 이런 말이 나온 것 같지 않습니까. 신분이 타와 다른 명품임을 과시하는 말 같이 들리지 않습니까.

문재인 의원(나중엔 대통령이 되었지만) 경우는 노무현 전 대통령을 매개로 하여 자신도 그런 위치에 오르려는 욕망의 소유자로 보입니다. 김무성 의원도 과거 김영삼 전 대통령을 매개로 하여 대통령 될 야망을 키우는 욕망의 소유자 같이 보입니다. 과거 김 전 대통령이 거제도 앞 바다를 바라보며 개인 시위를 했던 걸 김무성 의원은 영도다리 난간에 서서 바다를 보며 개인 시위를 했습니다. 이것은 어찌 보면 김영삼 전 대통령의 거제도 앞 바다 시위를 복제한 것 같이 보이더군요.

모범적 사례를 매개로 한 자기 욕망은 꽤 괜찮은 욕망의 삼각형이지만 명품 구입에서처럼 불명확한 확신을 진정한 자기 확신으로 착각하는 데에 현대인들의 우매가 있고 자본주의의 모순이 있다고 본 것이 앞서 말한 들뢰즈의 이론입니다.

들뢰즈는 인간 삶을 '차이와 반복'으로 보았지요. 차이는 타자와의 구별이고 개성이고, 주체의 정체성이라는 할 수 있습니다. 자신은 여타의 타자와 구별되는 삶, 심지어는 어제와도 결별되는 다른 삶을 꿈꾼다는 것입니다. 이 차이가 타자로부터 새로운 집중을 유발하기를 원하지만 기실은 그것은 창조적 삶이 아니라 생성의 삶에 불과하고 그래봤자 선행한 앞서의 예와 크게 다르지 않은 삶의 변주곡에 불과하다는 것입니다. 인간은 우습게도 이것을 반복한다고 말했습니다. 유목민들처럼 새로운 목초지를 찾아 나서는 노마드 족으로서의 유랑인이 현대인이라는 것이지요. 인간이기 때문에 이런 욕망을 갖게 되고 타인과 더불어 살다 보니 타인으로부터 중계된 심상을 버리기도 없애기도 어려운 삶의 반복이 인간이라는 것, 다만 주체로서의 내가 나를 바로 볼 수 있는 시각을 갖고 있느냐 없느냐, 욕망이 비극화 되지 않으려면 현실감을 얼마나 비중 있세 느끼느냐, 또는 자기주체가 기실은 타인의 삶을 모빙한다는 걸 얼마나 알고 사느냐가 중요하다는 것이지요.

50년대에는 맘보바지가 유행하였습니다. 바지폭이 좁은 것이 대유행이었는데 세월이 한참이나 흘렀는데 지금의 젊은이들이 그때 그 맘보바지를 입는 걸 보고 유행을 만드는 사람들이 다음에는 꼭 나팔바지(바짓가랑이가 펄럭거리는 바지)를 유행시킬 것 같아 보이더군요. 인간을 유행으로 희롱하는, 그래서 구매충동을 자극하는 이것이 자본주의의 어두움이라고 들뢰즈는 보고 있는 것 같습니다. 들뢰즈가 말하는 욕망의 영토(시장)를 개척, 확대하려는 음모에 복종하는 인간적 삶이 비극이라는 것이지요. 인간은 나 자신의 의지와는 무관하게 세월의 유행에 복종하면서 살고 있는 자신을 발견하게 됩니다. 이것과는 무관하게 사는 사람은 그것 자체가 타와 구별되는 삶을 살려는 노력이라 자부하지만 이것도 다른 각도에서 타인의 모범을 흉내낸다고 할 수 있습니다.

전 국회의원 중에 강 모는 늘 고무신에 한복을 입고 수염을 기르고 국회에 등청하여 사람들의 주위를 끌었습니다. 최신 유행에 따라서 주위를 끄는 일과는 달리하는 행동으로 주위를 끄는 행위였지요. 이것조차도 어느 누구의 매개에 자극 받은 결과로 보입니다. 백범 김 구 선생 혹은 독립투사 모 씨를 모범으로 하였건, 영화 속의 배우 누구의 행위를 모범으로 하였건 우리 일체의 행위는 타와 구별되고 싶은 인물이면서 자기와의 경쟁자 또는 흠모의 대상을 복제하려 한다는 것은 맞는 말 같이 들립니다.

자신의 행위가 어디에 기인하고 있는가를 따져 보면서 살 필요가 있다는 이 말은 중요합니다. 시장경제에 매몰되어 산다 해도 자신을 바로 직시할 수 있는 투시력이 있다면 유행의 노예가 되지 않겠지요. 타인의 모범적 삶을 매개로 할 수 있다면 긍정적 가치로 상승하는 삶을 살 수도 있겠지요. 그렇지 않은 경우를 우리는 늘 염려해볼 필요가 있다 이 말을 하고 싶네요. 늘 인간은 자신과의 전쟁을 잘 해서 견뎌 남아야 하는 존재 아닙니까.

인문학적 소양 교육

고려 후기에 들면 농업생산력이 높아져 지방 중소지주들이 경제적 기반이 든든해지기 시작하였습니다. 그러자 그들 자제들은 일찍 과거에 눈을 떠 중앙 관료로 활발하게 진출하였지요. 무신의 난(武臣亂, 1170)이 일어나자 문벌귀족 사회는 붕괴하였습니다. 집권한 무신들은 그들을 보좌하여 행정실무를 담당할 인재의 필요에 따라 문학적 소양(文)과 행정실무의 능력(吏)을 갖춘 이들 인물들을 필요로 하게 되어, '능문능리(能文能吏)'한 새로운 관인 층의 출현을 보게 된 것입니다. 이게 소위 신흥사대부들입니다.

오랫동안 문벌귀족층이 중심세력으로 행사하자 이들의 부패가 심했고, 불교를 지배이념으로 삼자 승려들의 권위와 행패 또한 컸습니다. 여기에 반기를 든 새로운 세력들은 주자학으로 중무장하고, 거기다 무신정변 이후 세력화 된 무인들과 연대한 압력단체가 앞서 말한 신흥사대부들이었지요. 이때 이들 세력을 유용하게 쓰고자 하는 인물이 등장합니다. 이성계 추구세력들이었지요. 이성계는 왜구 퇴치의 공으로 인기가 높아지자 신흥사대부들과 손을 잡고 왕조 교체를 이룰 수 있었습지요. 삼봉(三峰) 정도전은 이때 상당한 이론적 근거를 제공한 인물입니다. 그는 불교를 배격할 요량으로 책을 썼습니다. 그가 쓴 『불씨잡변』(佛氏雜辨)은 불교의 교리가 갖는 윤회설(輪廻說)·인과설(因果說)·심성설(心性說)·지옥설(地獄說) 등 주요 교리를 주자학적 논리로 비판을 해댔지요. 불경은 잡설이고 잡변에 지나지 않는다는 내용입니다.

이렇게 유교로서의 새 세상이 들어서자 숙수사란 절이 소수서원이란 유학교육기관으로 바뀌기도 하고, 하루아침에 스님으로 존대받던 승려는 중놈으로 비칭 되고, 복장도 고려 때는 괴색(壞色)이라 하여 검붉은 자색 옷이었는데 거무죽죽한 죄수복 비슷한 옷이 승려 복이 되었습니다. 태국 승이나 인도 승처럼 황색 옷을 못 입게 된 이유가 뭔지는 잘 모르지만 여하간 복색이 달라졌습니다.

주자가 유학을 새롭게 해석한 걸 주자학이라 이릅니다. 중국 한나라 이후 이걸 국가 운영 원리로 삼자 조선도 이를 본받아 주자학 아니면 학문이 아니고, 주자학을 모르면 관리가 될 수 없게 과거 시험 과목에 이걸 채택하였으니 조선은 주자 천국이 되고 말았지요.

조선조 과거시험은 문과(文科)와 잡과(雜科) 두 종류가 있었습니다. 문과는 양반자제들이 관리 되고 양반되기 위한 시험이라면, 잡과는 그야말로 상놈들이 잡된 기술을 갖고 살도록 하는 기술 전문

시험이었습니다. 문과 시험은 사서오경을 제대로 외워 썼느냐 또는 그런 맥락에서 시(詩)나 부(賦)를 지었느냐를 보는 시험입니다. 잡과는 중인계층들이 치는 기술시험으로, 중국어, 여진어, 일본어, 몽고어의 역관을 뽑는 역과(譯科), 의술과 약리를 담당하는 의과(醫科). 법률에 관한 전문가 시험인 율과(律科), 천문학이나 역법이나 풍수지리학 전문가를 위한 음양과(陰陽科)라는 것이 있었습니다. 어느 것이나 하찮은 것들이 하찮은 기술로나 행사해먹고 살아가라는 시험이었습니다만 요새 같으면 이게 하찮은 게 아니지요. 의사, 검 판사, 외교관 등이 하찮은 직업입니까. 그러고 보니 상놈이라 천대 받던 중인층이 국가를 위해 상당히 요긴하게 봉사하였던 걸로 보입니다.

주자학은 국가 통치 철학으로서는 많은 결함이 있었습니다. 학문과 인격 수양만으로는 통치 철학이 되지 못하는 것입니다. 국가 관리라는 사람들이 국가 부강을 위한 정책 수립에 신경 써야 함에도 당쟁이나 일삼고, 명분을 위한 투쟁으로 날을 지새운다면 이런 나라는 싹수가 노란 겁니다. 정적과의 투쟁을 위한 학문으로 주자학이 소용된다면 안될 일입니다. 관리로서의 행정 실무를 평가하기보다 주자학의 깊이를 기준으로 인재를 뽑으니, 국가 발전에 기여하기 힘들지요. 사실 주자의 가르침은 자기 자신의 본질을 밝히기 위한 학문(爲己之學)이고, 사물을 연구[格物]하고 세상 이치를 깨달아[致知] 옳고 그름을 명확히 알아내야 한다는 게 주자학의 기본 이치 아닙니까. 이런 주자의 가르침이 과거시험을 위한 학문으로 변색되고 말았다 이겁니다. 그러니 생산적인 나라 경영이 될 수가 없지요. 그때는 그때의 한계라 치고 요즘은 어떠합니까.

각종 국가 공무원 시험에는 해당 분야의 전공과목만을 시험 과목으로 정해져 있습니다. 이를테면 사법시험은 각종 법을 얼마나 공부했느냐, 여기다 영어까지 포함시켜 이걸 얼마나 공부했느냐만 봅니다. 행정직 역시 행정에 관한 법률적 지식 위주로 시험 봅니다. 인간이 행사할 가치와 인간 상호 간에 유대할 윤리같은 방면은 몰라도 관리가 될 수 있다 이겁니다. 합격하고 난 뒤 연수 받을 때, 인격 수양이라든가 교양을 위한 수업이 몇 시간 있긴 있겠지만 이게 형식적인 것 같다 이겁니다. 이래서는 안 되지요.

인문학적 소양, 인간적 덕목을 갖추도록 이런 과목을 시험 과목에 넣으면 공부해야 할 과목이 늘어나서 안 된다고들 하겠지요. 그렇다면 합격자들이 연수교육을 받을 때 단단히 학습시키면 될 일입니다. 그렇게 하지 않은 것 같아요. 인문학은 인간이 이룩한 사상과 문화를 연구하는 학문 분야인데 이걸 모르고 사람 관리하는 행정을 한다? 죄인의 죄질(罪質)을 따진다? 이것 안 되지요.

로마 시대엔 교양인으로서 학습해야 할 인문과목에 이런 게 있었습니다. 4학(기하학, 산술, 천문학, 음악), 그리고 3학(문법, 수사학 그리고 논리학)을 포함하여, 7가지의 자유·인문 학문이 그것이지요. 이게 중세 교육의 중요 부분이 되기도 하였지만 교양인으로

서 갖추어야할 덕목(이를테면 윤리)같은 것은 중세시대엔 성경이 대신한다고 보았지요. 조선시대에도 선비가 되려는 자는 교양으로 예악사어서수(禮樂射御書數)를 익혀야 한다고 하였지만 형식적이었던 같아요.

요즘 한창 4성 장군 박 모 이야기가 시끄럽습니다. "육군 제2작 전사령부 사령관 박 모(육사 37기)의 가족이 관사에서 근무하고 있는 공관병, 조리병 등에게 갑질을 넘어 노예 수준의 취급을 하였다"는 제보 내용이 연일 지면을 더럽힙니다. 과연 그랬을까요. 정도야 다르겠지만 장군 공관의 공관병들(여기 발탁되는 것도 행운이지요.)에게 자식 과외교사는 예사이고, 온갖 잡일을 시킨 경우가 있었 겠지요. 여태 그게 그렇게 통용되어 왔던 것 아닌가요. 그러나 틀리는 건 틀리는 겁니다. 틀리는 것이 관례로 인정 되어서는 안 되지요. 남이야 어찌 했건 나는 그런 부류의 군 장성이 아니다를 외치는 군 장성 이런 사람을 우리는 보고 싶어 합니다. 이러고 보니 군 장교가 될 사람들에게도 인간 교육부터 단단히 교육 시켜야 할 것 같다 이겁니다. 국가 요직에 배치될 인물들에게 반드시 인간과 인간의 근원 문제를 알도록 하고, 사상과 문화, 덕목에 관해서 학습시킨 뒤에 일자리에 내보내야 할 것 같다 이겁니다.

조선시대의 과거는 덕목에 관한 이론만 따져 실질 학문이 제외되었는데, 오늘날의 공무원 시험에는 실질 학문만 따져 인문학적 소양과 덕목에 관한 이론이 빠진 것 같아 한 소리 해대는 겁니다. 관리가 되려는 자에게는 인문학적 소양과 덕목 교육 이것 대단히 강조되어야 할 내용이라 봅니다. 아니 관리가 되든 안 되든 늙었든 젊었든 이 방면 공부를 열심히 하여 사람다움을 풍기는 멋진 모습 서로 보여주며 살아볼 일 아니겠습니까.

* 『불씨잡변』(佛氏雜辨)

정도전은 이 책에서 불교의 교설은 인간과 세계에 대한 인식을 그릇되게 하고, 이 때문에 사람의 정의(情意)를 사리사욕에 공용하게 하여 의리와 공의(公義)를 망각, 사회적 질서 또는 인륜의 질서를 파괴한다고 주장했다. 유교적 편견에서 이루어진 책이기 때문에 자기 나름의 억측과 독단이 많다. 그러나 성리학이 전래된 초기에 이미 이기론적 관점에 입각해 불교의 교의를 파악하고 유가적 관점을 제시하고 있는 점은 조선조 유학 사상사에서 중요한 위치를 차지하는 책이다.

자유와 인권과 여성

John Stuart Mill은 『자유론』에서 "한 개인이 타인의 행복을 빼앗으려 하지 않는 범위 안에서, 또는 행복을 가지려는 타인의 노력을 방해하지 않는 범위 안에서 자신의 행복을 자신의 뜻대로 추구하는 것이 자유"라고 하였습니다. 자신의 행위가 어떠한 타인의 이해에 영향을 주지 않는 한 그는 행동의 자유를 가짐과 동시에 사회에 대한 책임이 없다는 논리이지요. 논리상 맞는 말 아닙니까. 그러나 현실은 꼭 그렇지만 않다 이거지요. 개인의 물질적 행복을 향한 과도한 집착을 보인 끝에 부자가 되었다 합시다. 그는 그의 노력의 결과를 취득하였으므로 문제 삼을 일이 아닙니다. 그런데 그는 불우 이웃돕기에 외면하고, 친척과 동료와의 유대마저 끊고 산다면 그는 주위로부터 환영 받지 못하는 이웃이 됩니다. 이것은 사회적 연대감을 외면한 처사이므로 형법상의 처벌은 없다 해도 사회로부터 무관심 또는 적대감의 대상이 되어 그의 삶은 불편할 것입니다. 단독자로서의 자유만 생각하고 사회적 연대감이란 걸 무시하면 그의 삶이 불편해집니다. 눈에 안 보이는 사회와의 통념을 못 읽어내면 이웃의 도움이 필요할 때 거절당하지요. 외톨이 인생은 살기 힘드는 것 아닙니까. 그래서 말인데 자유라는 말 안에는 나만의 해방감 또는 내 마음대로 하는 탐닉만 존재하는 게 아니라는 겁니다. 소위 눈치껏 자유를 누려야 하고 더불어 사는 삶을 생각해야 한다 이겁니다.

내 신체에 대한 나의 행위, 이걸 어떻게 해석해야 하나요. 문신을 하였다고 해서 "이 목욕탕에는 문신을 한 사람의 출입을 금합니다." 이런 글귀가 붙은 목욕탕이 더러 있는 걸 본 적 있습니다. 내 몸에 내가 그리고 싶은 문신을 타인이 왜 간섭하는가, 문신의 임자는 그렇게 말할 것입니다. 조폭들이 문신을 많이 하므로 조폭 같은 존재들은 이 목욕탕에 오지 말라는 말인데, 순전히 취미로 문신한 사람까지도 조폭으로 만들면 안 되는 일이지요. 그러나 문신도 문신 나름이지 해괴한 문신으로 타인을 혐오하게 한다면 이것도 사람 마음을 편하게 하지 않습니다.

5.16 쿠데타가 일어나자 미니스커트, 맘보바지, 장발을 한 젊은 이들에게 미풍양속을 저해한다 해서 심하게 단속을 한 적 있습니다. 당시를 경험하면서 우리는 이것 왜 이럽니까. 세계가 다 이러고 사는데 우린 옛날 식 그대로여야 합니까. 아니 미풍양식은 대체 뭔데 개인의 자유로운 차림을 강제하는 겁니까. 이게 헌법에 있는 조치입니까. 이런 생각이 나서 이렇게 규율하게 하는 군사정권에 대단히 분개하였던 적이 있지요.

동성애 이것이 심심찮게 문제로 등장하고 있습니다. 고대 그리

스인들은 동성애를 허용하였고, 다른 나라에서도 이를 허용하는 나라가 많지만 유대교, 그리스도교를 신봉하는 국가에서는 이것을 죄악시하고 있습니다. 70년 대 초 미국 정신의학협회에서는 동성애를 일종의 정신질환으로 간주하여 치료 받을 대상으로 바라봤지요. 그러나 동성애자들은 성적 기호가 다르다고 해서 죄악시하거나 정신이상자로 봐서는 안 된다고 주장합니다. 그 결과인지 어떤지는 모르지만 놀랍게도 여러 나라에서는 지금 동성애를 허용하는 추세로 나아가는 것 같습니다.

여자의 매춘행위(prostitution)를 두고도 말이 많습니다. 사회적 약자인 여자가 생계를 위한 매춘행위를 할 수밖에 없다면 이것이 어째서 죄가 되느냐. 신체의 자유 이런 게 있지 않느냐 하여 이를 긍정하자는 주장이 있습니다. 어떤 나라에서는 성매매업소를 운영하도록 허용하고,

여타의 영업행위처럼 세금을 물도록 하는 나라가 있는가 하면, 이탈리아, 프랑스, 덴마크, 벨기에처럼 집에서 개인적인 성매매행위를 허용하고 있는 나라도 있습니다. 우리나라처럼 어떠한 경우에도 성을 팔고 사는 경우는 성매매처벌법에 의해 처벌을 받는 나라도 있습니다.

이슬람 세계는 여성이 신체를 드러내는 행위는 남성을 성적으로 탈선하도록 유혹하는 행위로 간주합니다. 그래서 남성들은 여성들에게 특별한 복장을 하도록 강요하고 있지요. 머리부터 발끝까지 가리는 부르카(burqah), 눈을 제외한 얼굴 전체를 가리는 니캅(niqab), 부르카와 비슷하지만 헐렁한 외투 같은 차도르(chaddor)를 입도록 강요당하는 그 나라 여성들은 남성 위주의 이 같은 횡포를 감수하고 살아갑니다. 우리의 시각으로는 말이 안 됩니다. 자유롭게 여성다움을 나타내고자 하는 복장을 남성이 강제한다? 이게 말이 됩니까. 이러고 보니 자유도 시대에 따라 국가에 따라 사회로부터 용인되어야 하는 절차가 있고 제한이 있음을 알 것 같지 않습니까.

인권은 어떻습니까. 사람이라면 누구나 태어나면서부터 당연히 가지는 기본적 권리를 인권이라 합니다. 피부색, 성별, 신체적 특징 때문에 차별받는 경우도 있고, 인종 차별, 여성에 대한 차별, 장애인 차별 등이 자행되기도 합니다. 이건 심대한 인권 유린이라 해야 합니다. 자유는 내가 남을 저해하지 않는 범위 안에서 거침없는 행위라고 한다면 인권은 누구로부터도 차등 또는 방해 받지 않는 기본 권리입니다. 자유와 인권은 확연한 구별 없이 쓰일 때가 많지요.

이런 책 읽으신지 모르겠습니다. 『사막의 꽃』(이다희 역, 섬엔섬, 2005)이란 책이지요. 소말리아의 사막에서 유목민의 딸로 태어나 자연 속에서 자유롭게 자랐지만 여성에게 너무 가혹한 아프리카의 문화적 관습, 이것에 저항하여 고향을 떠나 온갖 역경과 고난을 극복한 뒤 유엔 인권대사가 된, 와리스 디리가 쓴 책이지요. 아프리카에서 자행된 여성 할례, 다른 말로 하자면 '여성성기절제술(female genital mutilation)' 이걸 줄이어 FGM의 실태를 고발한 책입니다. 아프리카 내 28개국에서는 지금도 이런 행위가 행해지고 있다나요. 이건 여성을 빼앗아버리는 행위지요. 여성의 음핵 덮개를 절제하기도 하고 아예 음부를 봉합하는 수술이 세계 도처에서 행해지고 있다는 믿기 어려운 야만행위가 이 책에 실려 있더군요.

여성의 80퍼센트가 이런 여성할례를 당하고 있는 아프리카 소말리아의 3살 소녀, 그녀는 녹슨 면도칼로 대음순과 소음순이 잘린 뒤 오줌이 나올 정도의 구멍만 남기고 음부가 봉쇄((infibulation)되었습니다. 13살 때 낙타 5마리에 백발의 늙은이에게 팔려가다 도망친 와리스. 우여곡절을 겪은 뒤 18살 때 세계적인 슈퍼모델이 되어 이런 사실을 세계에 알린 겁니다. 아프리카의 전통이라는 이름으로 여성에게 이런 폭력 행사를 감행하다니. 음부 봉쇄를 받은 직후에는 쇼크, 세균 감염, 요도나 항문의 손상, 흉터의 발생, 파상풍, 방광염, 패혈증, HIV감염, B형 간염 등의 증세나 합병증에 노출되고, 골반이나 비뇨기에 만성, 또는 희귀성 염증을 유발해 불임을 초래하고, 음문 주변에 낭포나 종기가 생길 수 있고, 소변을 보기가 어려워지고, 생리가 복부에 고이기도 하며, 생리통, 불감증, 우울증의 원인이 되기도 하고, 급기야는 죽음을 부르기도 한다고 적고 있습니다. (pp. 342~343)

왜 이런 폭력을 자행하는 겁니까. 성감대를 제거하여 성적 충동으로부터 멀게 하려는 이 행위, 질 입구를 꿰매버리고 십 수 년이 흐른 뒤에 생살을 찢으며 행해지는 초야는 그야말로 공포일 수밖에 없을 것 아닌가요. 이래야만 처녀로서의 입증이면서 훌륭한 신붓감으로서 매매가치(아프리카엔 아직도 매매혼의 풍습이 남아있지요.)를 확보한다고 보고, 엄마의 손에 이끌려 이 같은 행위가 저질러진다니. 엄마가 그랬고 엄마의 엄마도 그랬다 해서 이런 행위가 정당화 될 수 있을까요. 여성의 존엄성보다는 성적 쾌락을 우선하는 남성들 때문에 이런 문화가 근절되지 않고 있는 것 같습니다. 이걸 인간행위라 할 수 있습니까. 너무 잔인하고 잔인합니다.

죽기는 피하기 어렵지만
아름답게 죽기는 어렵지 않다.

의학은 인간의 생물학적 제약을 확대하였습니다. 유전자, 세포, 그리고 살과 뼈로 조직된 인간의 몸의 한계를 넓히고 튼튼하게 하여 예전보다 더 오래 건강하게 살도록 해준 것이 의학이라 이 말이지요. 그리고 의학의 발달은 앞으로도 계속될 것이므로 더 오래 더 건강하게 살 수 있는 날이 오리라 봅니다. 그렇다 해도 죽음만은 어찌 무슨 수단으로 막습니까. 못 막지요.

평균 수명을 훨씬 넘어 살다가 이렇다 할 큰 병 없이 눈 감은 사람을 두고 천수를 다했다고도 하고 죽음 복을 타고났다고도 합니다. 하늘이 점지한 나이를 꼭 채우고 죽었다 하여 복 받은 죽음이라 이거지요. 사고로 일찍 죽는 경우는 사고사입니다. 그런데 나이가 어지간

히 들어 죽는 경우는 어느 것이나 병으로 인해 죽음을 맞습니다. 자연사란 말은 억지 말입니다. 인간의 죽음은 신체 기능에 고장이 생겨서 죽는 경우와 앞서 말한 사고로 인해 죽는 경우 이 둘밖에 더 있습니까.

사고사(事故死)는 어느 날 우연히 뜻하지 않은 길로 불현 듯 찾아와 인간을 죽게 하는 경우 아닙니까. 그러나 병사(病死)는 질병에 노출되지 않으려는 노력에 의해 어느 정도 어느 기간 피해갈 수야 있지요. 돌연사 다른 말로 급사(sudden death)를 당해 죽는 이런 죽음의 대부분은 심장병이 원인이랍니다. 심장에 피를 공급하는 관상동맥이 좁아져 혈액의 공급이 잘되지 않는 심근경색, 협심증 등이 원인이지요. 이 밖에도 심장 맥박이 불규칙한 부정맥이 원인이 되기도 하고, 마라톤이나 철인 3종경기, 무리한 등산, 헬스 등과 같은 탈진적인 운동 또는 장시간 사우나로 나타나는 전해질 이상, 스트레스등도 돌연사의 중요한 원인이 된다고 하네요. 물론 이런 경우는 평소 조심하면 죽음을 상당기간 피해갈 수 있긴 있습지요.

병에 안 걸리려는 노력은 항상 필요 하지만 이것도 어느 정도이지 우리는 사고사로 죽지 않으면 병사하는 수밖에 없는 노릇입니다. 그리고 나이 들면 이런 병 저런 병이 이웃집 늙은이 마실 찾아오듯이 무시로 찾아와서 내 삶을 괴롭히겠지요.

별 게 아니지 않습니다. 혼자 화장실 다니는 일, 손 떨리지 않고 밥먹는 일, 혼자 계단을 오르내리는 일이 나이든 사람들에게는 별 게 아니지 않습니다. 기억력이야 어쩔 수가 없지요. 매일같이 만나던 친구의 이름도 쉽게 떠오르지 않은 때가 있고, E-mail의 pass word도 어떤 땐 생각나지 않습니다. 내가 힘들 때 부를 아내의 핸드폰 번호를 기억한다면 이게 별 게 아니지 않습니다. 늙은이가 치매 환자로 격리 수용되지 않은 것 이게 별 게 아니지 않습니다.

가령 늙은이라면 이런 경우를 미리 생각해 볼 필요는 없을까요.

일체의 장식은 없고 침대 위 십자가 하나 걸린 병실, 집에서 기른 나이 든 털이 듬성한 고양이 한 마리만 곁에서 졸고 있는 병실을 생각해 보십시오. 아니 집이라 해도 아내는 얼마 전 죽고 어찌지 못한 몸으로 아내가 쓰던 가구 곁에 아픈 몸으로 누었다 생각해 보십시오. 무시로 초인종 또는 전화로 삶을 확인하는 목소리에 답하기도 귀찮고 엊저녁 먹던 반찬을 데우면서 인생이 무언가를 다시 확인하는 시간은 곧 우리에게 다가올 겁니다.

장례식 추도사 같은 궂은비는 종일 내리고 무게를 이기지 못한 낙엽은 마당에 떨어져 한없이 젖고 있고, 두고 간 아내의 사진 한 장을 물끄러미 보면서 혼잣말을 중얼거릴 시간이 곧 우리에게 다가올 겁니다. 멀리 보행보조기를 끌며 지나가는 나 닮은 늙은이의 느린 걸음을 창밖으로 보면 무슨 생각이 날까요. 빈 병을 혹은 폐지를 줍지 않는다 해도 자식이 보태주는 양념 같은 돈으로는 생활비와 치료비 대기도 빠듯하여 먹고 싶은 통닭 한 마리도 자유롭게 먹지 못하지만 방구석에는 이런 저런 약봉지만 어지럽게 쌓이는 날이 우리에게 다가오면 어쩌지요.

일기예보를 앞질러 관절이 쑤셔오는 기별, 혼자 먹는 라면 한 그릇의 따끈한 국물을 입에 떠 넣으면 얼얼한 인생의 아픔이 맵게 느껴지면 어쩌지요. 아니 울혈심부전 혹은 만성 폐질환으로 수시로 숨은 헐떡이고 아니면 불규칙 맥박으로 심장의 통증이 느껴지고 식은땀이 이마에 맺히는 날, 아 이런 날이 우리에게 다가오면 어쩌지요.

어머니 제삿날 밤 어머니 돌아가신 그날처럼 싸락눈은 내리는데 자식들은 종교를 앞세워 나타나지도 않고 제사를 핵심적 문화 가치로 교육받은 나는 혼자 초라한 제사상 앞에 앉아 절을 올리면 숟가락 꼽은 제사 밥 위로 날리는 더운 김처럼 뜨거웠던 어머니 정에 왈칵 눈물이 나면 어쩌지요.

차고 있는 성인용 기저귀는 자주 젖고 동거하는 늙은 고양이의 야윈 울음소리에 또 하루가 넘어가고, 가끔은 찬거리를 들고 찾아오는 아들 혹은 딸 혹은 며느리의 발걸음 소리가 요즘 부쩍 뜸하고, 혹시나 하여 달아준 GPS 추적기를 무겁게 느끼며 노인정 쪽으로 가면 그나저나 황량한 폐품 같은 인생살이, 아 내가 이를 연출하는 날이 오면 어쩌지요.

얼마 전 양로원으로 아예 이사 간 친구의 푸념이 생각날 때가 다가오면 어쩌지요. 아침저녁 식사를 알리는 벨 소리는 어릴 적 듣던

정오 사이렌 소리(당시는 오포소리라 하였지요.)처럼 처량히 시장기를 알리고, 규칙을 위반하면 퇴소 당한다는 근엄한 글씨 앞에 저당 잡힌 내 자유는 울고 있고. 거기다 죽음은 해를 더할수록 전쟁터를 넓히어 말도 안 되는 통증이 야금야금 적군의 스파이처럼 몸 안을 뒤적거리고, 의지할 수밖에 없는 의사의 말은 녹음기의 목소리로 점점 좋아질 겁니다를 반복하고, 주사 바늘을 찌르는 간호원조차도 이렇게라도 사는 것은 하나님의 은총(하나님은 무슨 하나님 나는 내 힘으로 버티고 있는 중인데)이란 상투어를 듣는 데에 이골이 나있는 권태로운 양로원, 나도 곧 친구의 푸념을 내가 반복하면서 양로원에 자리잡게 되면 어쩌지요.

새로운 치료법을 제안한 의사의 권유로 골수이식, 고단위 화학요법을 병행하였으나 별 신통한 것 같지도 않고 병원비에 놀라 보험회사와 의논하였더니 이는 실험적 치유에 해당하므로 보험조항에 들지 않는다는 말을 듣게 되어 엄청난 치료비 앞에 망연자실하면 어쩌지요. 아 어쩌지요. 얼마 되지 않지만 재산은 세금장이 같은 자식 놈들 손에 넘어 가 있고 마누라를 위해 남겨둔 내 사는 작은 아파트를 팔아야 하는 이 현실만은 내 것이 아니면 얼마나 좋겠습니까.

신약 개발을 한 제약 회사의 시제품 실험용으로 약물복용을 하면서 구차한 목숨을 구걸하는 처량한 신세. 의료행위의 목적은 생명 연장임을 강조하면서 삶의 질을 황폐화시키는 고통스러운 수술과 독약 같은 화학약품 투입을 강요받는 중환자 입원실에 내가 눕지 않으면 얼마나 좋겠습니까.

hospice care라. 말기의 환자들을 위해 병원이 아닌 가정과 같은 시설에서 잘 훈련된 간호사의 요령 있는 위안을 받으며 성직자 혹은 사회복지사의 조언에 귀를 기울여 현재의 삶을 최대한 누리고 싶은 마음. 질환의 말기의 불편함과 통증을 벗어나 잠시 잠깐이라도 사랑하는 사람들과 만나 편안한 대화를 나누고, 평소 즐겨듣던 쇼팽의 피아노 협주곡 1번 아니면 Pablo Casals의 첼로 연주를 들으며 늘 그랬듯이 와인 한 잔의 위안에 푹 잠들 수 있으면 얼마나 좋겠습니까. 더 살아봐야 고통이라면 짧게 살아도 덜 고통스런 삶을 살고 싶은 마음이 변하지 않으면 얼마나 좋겠습니까.

미리 써둔 유서는 다시 몇 자 고쳐 놓았고 영정사진도 마련해 놓았고 내 죽음을 알릴 사람들의 전화번호도 챙겨놓았다면 이 세상에서 내가 할 일은 이제 다한 셈 아니겠습니까. 더 오래 살려 하지 않고 주어진 현실을 그대로 받아들이면서 죽음이 적이 아니라 피해갈 수 없는 소나기라 생각하고 빗방울에 몸을 천천히 적시며 몇

걸음 걸어가 이 세상 하직하면 얼마나 좋겠습니까.

'늙기는 쉽지만 아름답게 늙기는 어렵다.' 앙드레 지드의 말이지요. '죽기는 피하기 어렵지만 아름답게 죽기는 어렵지 않다.' 이런 말을 생각 해보는 오늘은 내 나이 일흔이 넘고 그 위에 몇 살이 보태진 나이입니다.

죽음에 대해 억지 부리지 말고 반갑지 않은 손님의 뜻밖의 방문 을 맞이하며 내 그대 찾아올 줄 미리 알긴 알았네 하고는 입은 옷 그대로 먼 길 나서면 얼마나 좋겠습니까. 아 그리고 싶은 마지막 소 원 이게 마땅히 이루어진다면 얼마나 좋겠습니까.

* John Stuart Mill은 『자유론』
밀은 1859년 출간한 『자유론』에서 개인의 자유가 다른 사람을 해하지 않는 한 국가나 도덕이 개인의 자유를 제한해서는 안 된다는 절대적인 개인의 자유를 주 장하였다.

화투와 조영남

    화투 그림에 대해 먼저 알아보지요. 1월은 소나무와 학, 2월은 매화와 꾀꼬리, 그런데 이 새는 철새이고 4월쯤에 일본에서 볼 수 있는 새인데 2월에 웬 꾀꼬리인가요. 우구이스(うぐいす)와 매화를 뜻하는 우메(うめ)간에 두운(頭韻)을 일치시키려는 일본인들의 풍류의식을 반영했다고들 하지만 어쨌든 계절하고 맞지 않은 억지 같네요.

    3월은 벚나무와 휘장(揮帳), 4월은 등나무(우린 흑싸리라하지만 기실은 등나무지요.)와 두견새, 5월은 붓꽃(우리는 난초라 하지만 붓꽃이지요.)과 나무다리(습지식물인 붓꽃을 나무다리를 건너며 완상한다 이거겠지요.), 6월은 모란과 나비, 7월은 싸리와 멧돼지(멧돼지 사냥철 암시), 8월은 기러기와 만월(滿月), 9월은 국화, 10월은 단풍과 사슴(사슴 혹은 노루 사냥철 암시), 11월은 오동나무와 봉황, 12월은 버드나무와 개구리, 사람, 제비 등이 그려져 있는

데, 관습적으로 1월은 솔, 2월은 매조, 3월은 벚꽃, 4월은 흑싸리, 5월은 난초, 6월은 모란, 7월은 홍싸리, 8월은 팔공산, 10월은 풍(楓) 혹은 장(獐), 11월은 오동, 12월은 비로 부릅니다.

화투는 포르투갈 상인들이 즐겼던 카르타가 일본에 전해지자 이걸 일본식으로 고쳐 화투를 만들고 이게 우리나라로 전래했다고 합니다. 앞에서 말했지만 화투에 그려진 그림은 일본에서 연유하고 있습니다. 한국 화투엔 오동이 11월, 비가 12월이지만 일본 화투엔 11월이 비고, 12월이 오동이지요. '오동'을 뜻하는 기리(きり)가 에도시대의 카드 '카르타' 맨 끝 12를 의미한데서 시작되었습니다. 오동의 광(光)는 닭 모가지 모양이 나옵니다. 막부의 최고 권력자인 쇼군의 지위를 상징하는 봉황(鳳凰)의 머리라나요. 비 광에 일본 옷 걸친 웬 늙은이가 양산을 들고 개구리를 바라보고 있습니다. 10세기 경 당대 최고 서예가 '오노노도후(小野道風; AD.894-966)'라는 일본 귀족입지요. 이 사람이 개구리의 도약에서 새로운 필법을 발견했다는 걸 암시하지요.

뭐 화투 그림이야 그렇다 치고 화투놀이 고스톱은 순전히 우리의 창작품이지요. 화투 48장에다 조커를 몇 장 첨가하여 고스톱의 재미를 더한 게 신통합니다. 어떤 땐 비 껍데기를 한 장 더 넣어 게임을 하는데 조커와는 달리 이걸 짚으면 바닥의 패를 다시 가지고 오지 못합니다. 고스톱 방식도 여러 개 있지요. 전두환 고스톱도 있더군요.

얼마 전 영화 『타짜』가 흥행에 성공하였습니다. 화투 도박판을 배경으로 상대를 속이는 타짜들의 인생을 건 한판 승부 이야기지요. 그런데 요즘 한국 사회에 화투가 시끄러운 문제로 등장했습니

다. 한국 최고 인기가수 조영남이 그림으로도 인기를 끌 마음으로 색다르게 화투 그림을 냅다 그리기 시작하였습니다. 초기엔 화투를 화폭에 붙이는 걸로 시작하더니 나중에는 추상화 된 화투 그림까지 등장하더군요. 이 친구 재간이 대단하구나를 생각 안 할 수 없었지요. 연이어 전시회를 열어 그림이 고가로 팔리기 시작했습니다. 고가로 팔리고 재미가 쏠쏠했다는 데에서 문제가 생긴 겁니다.

실지 화가는 따로 있다는 말이 새나왔습니다요. 생활이 어려운 실지 화가가 한 폭 그림 그려주고 받은 돈이 고작 십만 원. 그런 그림이 몇 백 만원에 팔렸다니 실지 화가는 좀 뭐한 느낌이 들지 않았겠어요. 이 걸 뭐라 해야 합니까. 살기 어려운 사람의 노동을 싸게 사서 그 결과를 비싸게 판다? 쉬운 말로 갑질입니까. 그 돈은 일종의 매판자본입니까.

조영남은 화가 모씨를 조수로 썼다고 했고, 조수는 주인 그림의 밑그림 혹은 완성도를 높여주는 역할인데, 이는 미술계 관행이라 했다지요. 이런 관행이 실제 있다면 말이 안 되는 이야기 아닙니까. 이런 말이 나오자 실제 그의 그림 솜씨를 사람들은 궁금해 합니다. 시청자들 앞에서 그림을 그려 보여주면서 내가 이런 사람임을 확인

시켜주면 어떨까 합니다. 조영남이 그리 할까요. 아마 안 할 겁니다.

그림을 구입한 사람들도 문제입니다. 작품의 평가에 영향론적 오류(affective fallacy)란 말이 있지요. 문학작품의 가치란 독자들의 수에 달려있지 않다는 것입니다. 많은 독자들의 좋은 반응 때문에 명작 아닌 것이 명작으로 둔갑되지 않는다는 이론이지요. 이름 있는 누구가 쓴 작품이기 때문에 그 사람의 실패한 작품마저 호평을 받아서는 안 된다 이겁니다. 인기가수 조영남이 그렸기 때문에 그 그림이 상당한 예술적 가치를 가진 작품이라 할 수 없다 이거지요. 그림의 예술적 가치와는 별도로 조영남을 좋아하여 그림을 구매했다면 그건 별도 문제입니다. 그랬건 저랬건 조영남 그림이라고 샀는데 그게 가짜라면 진짜인양 판매 행위를 한 건 사기죄에 해당합니다. 이것은 구매자를 속인 놀음판의 ㄱ 타짜 같은 행위 아닙니까.

예술가는 한 길로 부끄럼 없이 살다 가는 걸 사람들은 기대합니다. 뭐 한 가지 일하기도 바쁜데 이것저것 한다는 게 신통하게 보이지 않네요. 가수면 가수 노릇이나 열심히 할 일이지 화가로 또 명성을 얻으려는 이 욕심, 그래서 가짜 그림으로 돈을 벌려는 이런 엉뚱한 생각이 조영남을 망치고 말았지요. 내가 좋아하는 조영남 노래, 이젠 TV 실황중계를 통해 들어볼 수 없음이 섭섭하고 안타깝습니다.

   * **영향론적 오류(affective fallacy)**
윔재트(W. K. Wimsatt)와 비어즐리(M. C. Beardsley)의 용어로, 작품의 짖이 평가기준이어야지 독자의 감정적 영향이 작품의 가치 평가에 또는 해석에 중요하게 작용해서는 않는다는 말이다.

힘의 비대칭과 양심
그리고 서부영화

한국에서 50년대를 산 사람들은 서부극의 추억을 안고 있지요. 서부 개척을 하는 과정에서 착한 백인과 나쁜 인디언과의 충돌이 서부극의 주요 내용이고, 그 끝은 백인의 승리로 끝을 맺는 것 많이 봐왔지 않습니까. 카우보이가 등장하고, 백인 기업가가 등장하고, 인디언과 내통하여 총을 파는 업자가 등장하고, 무엇보다 기병대들의 펄럭이던 깃발과 목수건이 인상적이었던 서부극. 역마차 (1939), 황야의 결투(1946), 아파치 요새(1948), 리오 그란데(1950) 등은 존 포드 감독의 명작들 아닌가요. 역마차는 서부극의 걸작이 면서 존 포드 감독의 대표작이라 칭합니다. 탈옥수, 매춘부, 교양 있는 부인, 사기 도박사, 알코올중독 의사 등 당시 서부 개척시대에

있음직한 별난 인물들이 같은 마차에 동승하면서 벌어지는 코믹한 갈등이 주를 이룹니다. 아파치 요새, 리오 그란데에서는 용감한 기병대가 아파치 인디언을 물리치는 내용입니다. 지금도 들리는 듯한 기병의 출전을 알리는 나팔소리 들리는 듯하군요.

예술에서는 흔히 비대칭(asymmetry)이란 수법을 씁니다. 이 말은 점, 선, 면 또는 그것들의 모임이 한 점, 직선, 평면을 사이에 두었을 때, 같은 거리에 마주 놓이지 않는 것, 즉 사이를 경계하여 둘이 균형을 이루지 않는 것이지요. 모양 그 자체로는 균형을 이루지 못하지만 시각적인 힘의 통합에 의해 균형을 느끼게 되며 대칭의 경우와는 달리 동적인 감각과 변화를 느끼게 되는 이게 비대칭 수법입니다.

생각해보십시오. 갑돌이 갑순이 한 마을에 잘 사는 동네에 갑자기 낯선 것들이 쳐들어와서 이게 내 땅이라 하고 살던 사람을 내쫓으면 됩니까. 그런데도 그것이 정당한 것처럼 미국 영화는 그려냈고, 여기에 완강히 저항하는 인디언들이 문제 있다고 하는 깡패 영화가 서부영화였다 이겁니다. 힘의 비대칭, 당시는 어쨌든 힘의 세

상이었고, 그것 때문에 문제가 있기는 하지만 그것이 예술적 생동
감 있는 그 무엇이 되었으면 그만이지 않느냐 이게 서부극의 맥락
입니다. 크기가 서로 다른 두 개의 질량체가 맞부딪치면 한 쪽이 멀
리 튕겨져 나갑니다. 소위 역동성이 발생하지요. 서부극에서는 흔
히 한 쪽은 활로 다른 한 쪽은 총으로 전쟁하지요. 이걸 '비대칭 전
력'(非對稱戰力, asymmetric military capability)이라 합니다. 적은 가
지고 있으나 상대는 가지지 않는 전력, 또는 적이 낮은 비용으로 투자
한 전력이지만 상대가 이를 방어하기 위해서는 엄청난 비용이 드는
전력을 이렇게 말하지요. 비대칭 전력 하에서 인디언들은 살아남기
위해서는 잔인하리만큼 혼신으로 저항하는 서부극 기억날 겁니다.

　서부극도 많은 변화를 겪었습니다. 1991년 오스카상 수상작『늑
대와 춤을』(Dances with Wolves)이란 영화는 감독 케빈 코스트너
를 일약 세계적 명성의 주인공으로 등극시켰지요. 존 던버(케빈 코
스트너)는 연합군의 리더로 시민전쟁에서 승리한 영웅이었지만 변

방의 초소에 혼자 근무를 자청, 그는 어느 날 막사 근처에서 늑대 한 마리를 발견합니다. 그는 늑대와 친해지고 늑대와 함께 모닥불 아래서 함께 춤을 출 수 있을 정도가 되었지요. 어느 날 그는 인디언 수족을 만나게 되고 추장 딸인 '주먹쥐고일어서'와 사랑에 빠집니다. 수족 인디언들은 그 사람의 특징에 따라 '주먹쥐고일어서' '발로차는새' '열마리곰' '헤픈웃음' 등으로 이름 붙이는데 주인공 존 던버는 '늑대와춤을'이라 이름 붙여졌지요. 이 영화는 카우보이와 인디언과의 대결, 그리고 인디언은 용맹은 하지만 잔인하고 서부 개척의 골칫거리로 등장시킨다든가, 기병대는 선을 추구하는 용사라는 전통 서부극 의미에서 완전 탈각하여, 한 기병이 인디언 처녀(백인 고아를 인디언이 기른 처녀)와의 사랑을 통해 인디언들의 삶을 이해하고 오히려 그도 인디언 전사가 되어 인디언을 보호하고 그들을 위해 투쟁한다는 내용을 담고 있지요. 약탈자의 수단으로서의 백인 군인에서 이탈하여 적군 전사로 재등장한 내용 때문에 여태 볼 수 없었던 서부극이라 할 수 있지요. 이 영화는 사실에 기초하였다고는 보이지 않지만 있음직한 이야기이고 인디언들에게 잔인했던 미국 개척사의 한 단면을 숨김없이 보여줬다는 데에 감동적입니다. 가려진 미국 역사를 들추어내 미국인들의 양심을 바늘로 쿡 찌른 셈이기도 하고요.

2차 대전을 배경으로 하는 전쟁 영화들은 크든 작든 모조리 연합군이 승리하고 독일군이 패하는 것은 물론이고, 독일군들의 무지막지함을 그리는 걸로 되어 있습니다. 중국 전쟁 연속극도 마찬가지더군요. 언제나 중국군이 승리하고, 일본군은 패하고 포악무도합니다.

독일인이면서 독일군의 횡포에 저항하는 영화 『쉰들러 리스트』 (Schindler's List, 1993)는 실화를 밑천으로 한 영화입니다. 독일군이 점령한 폴란드의 어느 마을에 시류에 따라 사업을 하는 쉰들러. 그는 유태인이 경영하는 그릇 공장을 인수하기 위해 나찌 당원이 되고 독일군에게 뇌물을 바치는 등 갖은 방법을 동원하여 사업을 합니다. 그러나 쉰들러는 유태인 회계사인 스턴을 통해 유태인 학살에 대한 양심의 소리를 듣기 시작하지요. 마침내 그는 강제 수용소로 끌려가 죽음을 맞게 될 유태인들을 구해내는 데 최선을 다한다는 영화입지요. 이런 영화는 인간이 가져야 할 휴머니즘과 양심을 강조하고 있음을 단번에 알 수 있지 않습니까. 이와 같이 인간으로서의 양심을 지키려고 한 사건들을 대할 때 우리들은 감동을 먹게 되지요. 임진왜란 때 활약한 항왜 장수 김충선(金忠善, 1571-1642), 그는 가토 기요마사의 좌선봉장 사야가였습니다. 그가 조선 경상도병마절도사 박진에게 병력을 이끌고 귀순, 이후 조선군으로서 주로 의병과 함께 활약하였습니다. 사야가는 박진에게 다음과 같은 항복 글을 올렸지요. "이 나라의 예의문물과 의관 풍속을 아름답게 여겨 예의의 나라에서 성은의 백성이 되고자 할 따름입니다."라고 썼다는 거짓말 같은 이야기가 전합니다. 평화롭게 잘 살고 있는 남의 나라에 노략질하는 전쟁은 아주 고약한 일이라는 생각을 한 거지요. 그는 조선의 조총개발에도 큰 공헌을 한 것으로 알려져 있습니다. 그가 김충선입니다.

몇 년 전 마이니치(毎日)신문은 일본 간토 대지진 직후 조선인 학살이 감행되자 일본인 경찰서장이 조선인 수백 명의 목숨을 보호해 주었음을 보여주는 매우 신빙성 있는 자료가 발견됐다고 보도 된 적 있습니다. 일본 요코하마시 쓰루미(鶴見)구 쓰루미경찰서에 서 300여 명의 조선인을 보호한 오오카와 쓰네키치 서장과 외국인 추방을 요구했던 당시 마을 의원단과 대화를 기록한 회고록이 공 개된 것입니다. 이 회고록은 당시 쓰루미 마을 회의에 참석했던 한 의사가 기록한 걸 손자가 발견한 내용이지요. 마을 의원단은 "경찰 서장이 솔선해서 조선인을 단속, 불안을 일소해야 하는데 오히려 300명을 보호하는 것은 폭탄을 안고 있는 것"이라며 "조선인이 소 동을 일으키면 30명의 순사들이 진압할 수 있는가"라고 항의하자, 서장은 "조선인의 (약탈 등) 이야기는 근거 없는 유언비어"라며 "보 호 중인 조선인의 소지품 검사를 했으나 작은 칼 하나도 없었다. 일 단 경찰 손을 떠나면 곧바로 전부 학살될 것인 만큼 수용 인원이 늘 더라도 보호 방침에는 변함이 없다"고 맞섰고, 결국 조선인 300여 명은 살아남았다는 내용입니다.

이런 분을 아십니까. 평생을 조선인 강제 연행을 연구한 하야시 에이다이라는 분 말입니다. 이분은 1933년 출생입니다. 올해까지 편저 13권을 포함해서 70권의 사실에 기초한 기록물을 저술했지 요. 한국, 사할린, 뉴기니아, 시베리아까지 답사하면서 강제 동원된 사람들의 기구한 삶을 기록하였습니다. 일본 땅에서 강제 노동에 시달리다 죽은 이의 고향을 알아내 고인의 혈육들에게 소식을 전 하는 등 많은 일을 하였습니다.

이순신 장군이 등장하는 전쟁, 의병 혹은 독립군과의 교전을 내 용으로 하는 한국 영화는 하나 같이 일본군의 잔학과 일본인의 잔인이 주된 내용으로 전개됩니다. 일본 군인이 고등계 형사가 잔인하긴 잔인했지요. 그러나 일본인 중에는 일제 침략에 대해 사죄하는 일본인들이 있음에 대해 부각하거나 앞서 일본인의 선행 이런 이야기를 내용으로 하는 한국영화를 만들면 당장 친일이란 낙인이 찍혀 흥행이 어려울지 모릅니다. 한국인의 내심에 가라앉아 있는 일본에 대한 아픈 트라우마를 건드리면 안 되지요. 일본의 잔학무도를 내보이면서 한편으로는 인간애를 들추어내는 내용, 뭐 이런 영화는 괜찮을 것 같지 않을까요. 안 될까요. 바로 이런 내용을 일본 사람들이 만들어도 괜찮을 것 같기도 하고. 그러나 아마 한국 사람들이나 일본 사람들은 이런 영화 안 만들려 할 겁니다. 사정이 쉽지 않다면 제3국에서 만들면 대박날 것 같기도 하고.

영화는 힘의 비대칭이든 어쨌든 관객을 재미있게 해야 하고, 인간 심층에 자리 잡은 양심을 건드려야 대박이 납니다. 이건 맞습니다. 인간의 진실을 숨김없이 들어내는 영화 만들기 이것 참 쉽지 않을 것 같네요.

제2부

철학에 대한 생각
생각에 대한 철학

일차원적 인간과
행복한 바보

위대한 사상가가 힘들여 이룩한 사상체계라 하더라도 그것 자체로는 완결판이 아니기 때문에(사상에 완결판이란 게 있나요.) 세월이 가면 기워 넣어야 할 틈새가 있음을 발견하는 것은 물론, 애초설정한 내용에 흠결이 있음을 발견하기조차 합니다.

마르크스는 엥겔스와 함께『공산당 선언』(1848) 뒤이어 독자적으로『자본론 1권』(1867년에 1권을 시작으로 여러 권을 계속 저술하였지요.)을 집필하면서 맑시즘의 창시자가 되었습니다. 이 논리는 20C 초까지는 사회주의 사상으로서 사랑을 받았지만 이 사상은 자본주의 사회의 정치, 경제 부분에 치우쳐 있다고 지적하는 사람들이 등장하였습니다. 이를 일러 신맑시즘(Neo-Marxism)이라 하는

데 처음 이것은 1920년대 이탈리아의 그람시, 헝가리의 루카치 등이 주장한 마르크스주의의 분파 사상입니다. 이 신좌익 사상은 나중에 1930년대 소위 독일 프랑크푸르트 학파로 계승되었지요.

고전적 맑시즘은 자본주의에 대한 반감과 모순에서 출발한 정치경제학이 기반이었다면 신맑시즘은 여기서 벗어나 철학, 미학 등의 분야로 확대되었습니다. 이번에는 이렇게 된 것을 못 마땅하다기보다는 맑스가 이 곳 저 곳 뛰어다니면 맑스를 너무 괴롭히는 꼴이 된다는 의견들이 나오기 시작하였습니다. 아니 전통적 맑시즘의 특성인 계급 혁명, 사회주의 혁명이 서자로 밀려나는 꼴이 좀 뭣하다 이런 생각이 있는 반면, 이왕 이렇게 되었다면 프로이드 정신분석학이라든가 사회학의 지적 자양을 가미해서 맑시즘을 새로 꾸며보는 것도 마땅하다는 사람들까지 등장했다 이겁니다. 보스 격인 M. 호르크하이머와 그의 추종자 T. W. 아도르노, H. 마르쿠제, W. 벤야민, E. 프롬, F. 폴록, F. L. 노이만 등과 이들의 2세대라 할 만한 J. 하버마스, A. 슈미트 등이 등장하여 20C 새로운 각도로서의 좌파 지식인 사회를 구축했습지요. 이것이 프랑크푸르트학파입니다. 이들 중에 특히 마르쿠제는 현대사회(60년대)와 같은 닫힌 사유의 세계로서는 인간은 행복할 수 없다는 내용의 책을 내어 세계 젊은이들을 놀라게 했고 이 책은 학생운동의 지침서가 되면서부터 유명세를 탔지요.

헤르베르트 마르쿠제(Herbert Marcuse, 1898. 7, 19~1979. 7, 29) 그는 부유한 유태계 가정을 배경으로 독일에서 태어났습니다. 그는

1933년 프랑크푸르트 사회 연구소에서 활동하다 나치 탄압을 피해 세2차 세계 내전 중 미국으로 이주하여 사회주의 사회학자로 명성을 떨쳤지요. 에리히 프롬이 그러했듯이 정신분석과 사회학을 접목하는 연구방법으로 마르크스 사상을 사회적 변화에 맞게 재해석한 사회학자라고들 합니다. 20세기 후반 미국을 비롯한 정치적 좌파에 강력한 영향력을 행사하였고, 60년대 후반 학생운동의 근거를 제공한 책, 바로 『일차원적 인간』(이 책의 출간은 1964년이지만 한국에서는 한참 뒤 번역되었고, 내가 읽은 번역서는 박병진 역, 한마음사,1993)인데 이걸 읽은 지도 벌써 이십년이 넘었네요.

책 제목이 말하는 일차원적 인간은 도대체 어떤 인간을 말하는 것인가부터 알아보고 이 책을 읽으면 이해하는 데 도움이 되겠습니다. 그가 말하는 '일차원적'이란 말에 우선 주목해봅시다. 이 말은 '이차원적'이란 말과 대비시켜 설명되어야 하는 말 아닙니까. 단순성보다는 복합성, 획일성보다는 다양성에 기초해야 하는 것이 인간 삶이라고 본다면, 기존의 가치와 사고의 틀에 순응하고 여기에 편입된 순응주의는 일차원적이라는 것입니다. 인간 삶에 기초한 복합성, 다양성을 상실한 상태를 일차원적이란 말로 함축할 수 있지요. 의식의 고착화는 초월적, 자율적 의지의 상실을 의미하므로 역사적 주체로서의 역할을 소유하지 못한 상태라 이것이지요. 이러한 상태의 인간은 자신의 필요에 의한 의견을 주장하지 못합니다. 따라서 비주체적 사고를 주체적 사고로 착각하고 타율적 행동마저 자율적인 것으로 오해한다는 것이지요. 이것은 대중의 행동을 자신과 동일시하는 데서 비롯되었기 때문에 총체적 지배에 복종한 꼴이라는 것입니다. 이런 인간을 일차원적 인간이라고 한 것이지요. 아직 현실화되지는 않았지만 도래할 실현의 세계를 위해 저항정신과 도전정신을 포기하고, 현실의 순응주의를 우선하는 인간형을 그는 일차원적 인간이라고 나무란 것입니다.

마르쿠제가 강조하는 인간은 창의적인 주체성과 자율성입니다. 어느새 경제적 사회적 생활에서 인간은 기술적 노동기구에 의해 조정되고 관리되고 그리하여 인간은 기득권자들이 그어놓은 사회 규범에 갇히고, 인간의 개인적 특성은 물론 자기 결정권마저 상실하고 말았다고 보았지요. 이런 일차원적 인간은 지배와 순응의 객체로 존재한다는 것이지요.

마르쿠제가 단적으로 지적하는 것은 지배체제에 조정된 사회,

나아가 전체주의적 성격의 노출, 교환가치의 중시, 고급문화의 비속화 등에 매몰된 인간과 그 사회를 진단하였습니다. 선진화 사회의 산업화에 따른 기계화와 자동화는 육체노동을 대신하면서 생활수준의 향상을 가져왔습니다. 그러나 고통스런 노동과 빈곤에서 탈출했다는 안도감에 갇혀 있는 상태, 이것이 문제라는 것이지요. 개인은 사회구조의 총체적 조종과 지배하에 놓여 일차원적 인간으로 전락하고 말았음에도 일차원적 인간은 이를 간파하지 못하는 행복한 바보라는 것이지요.

놀랍게도 일차원적 사회는 반대세력을 흡수하는 흡인력을 갖고 있으므로 사회변동을 저지할 수 있고, 사회적 변형의 길을 봉쇄할 수 있다고 보았습니다. 이것이 60년대 선진 산업사회의 그릇된 큰 성과라고 그는 단정하였습니다. 거기다 마르쿠제가 비판하는 과학적 기술적 합리성은 컴퓨터의 출현으로 가속화 되었고, 미디어와 정보의 확산, 신기술 개발 등은 사회통제 형태의 발달로 이어져 왔다고 봅니다.

이 책에서 강조한 점은 프랑크푸르트학파가 그러하였듯이 마르쿠제 역시 미국을 비롯한 60년대 선진 산업사회는 물론이고 모든 자본주의자와 공산주의자에 대하여도 전체적 비평을 가하고 있습니다. 60년대의 미국 사회를 비롯한 서양 선진사회 전체에 대한 비판이지만 아직도 이 이론은 유효하다는 주장들과 함께 계속 이 책이 출판되고 있는 것 또한 놀랍습니다. 그런데 그가 이 책에서 당대 현실의 모순을 이렇게 비판했다면 이러한 모순에 대한 해결책까지도 아울러 밝혔어야 했지요. 현상을 규명해서 현실감을 느끼게 한 비평은 나무랄 일이 아니지만 이 모순에 대해 명확한 대안을 제시 못한 데서 이 책은 한계를 가짐과 동시에 비판을 받아왔습니다.

마르쿠제는 언젠가는 기술적 지배에서 해방된 자유와 행복 추구가 가능하다고 말하고는 있습니다. 이런 요지는 훌륭하다 해도 됩니다. 그러나 그걸 달성하기 위한 대안 제시가 흐릿하다면 안 되지요. 마르쿠제는 이점을 인정하였지요. 서론에서 선진 산업사회는 예견할 수 있는 미래에 있어서의 질적 변혁을 억제할 수 있다는 것과 더 나아가 이 억제를 돌파하여 사회를 폭파할 수 있는 세력과 경향이 존재한다는 것에 희망을 걸어야 한다는 요지를 밝히고 있더군요. 기술적 지배가 확고하다는 것을 인식한 뒤 그 내부에서 폭발할 해방의 가능성, 희망의 길을 긍정해야 한다는 것입니다. 여기까지가 그의 이론입니다.

이쯤해서 프랑크푸르트학파를 위시한 당시 서구 맑시즘 지성들에 대해서도 좀 알아볼 차례가 되었습니다. 이들 대부분은 부르주아 출신들이고, 이탈리아 공산당 지도자 안토니오 그람시를 빼면 혁명을 위한 투쟁과는 거리가 먼 사람들이었습니다. 혁명 운동을 대학 강단이나 글을 통해 표명하였을 뿐이고, 노동운동을 하거나 정당운동을 한 사람들은 더욱 아니었지요. 그들을 정치학자나 경제학자라 말하지는 않습니다. 예술, 철학, 문학, 시사 등에 관심 둔 사회학자 아니면 철학자 또는 비평가 이렇게 말하면 무난할 정도지요.

마르쿠제를 위시한 여러분들은 60년대 학생운동에 불만 지피고 정작 자신들은 여기에 참여한 적이 없는 것이 신통하지 않습니까.

우리는 흔히 도구적 이성이란 말을 합니다. 지배와 억압을 정당성 있는 것으로 강조하고 이에 봉사하는 이성을 도구적 이성이라 말합니다. 그리고 우리는 데카르트식 이성관을 흔히 도구적 이성이라고 말합니다. 그의 주장은 계산 가능성과 증명 가능성을 중심으로 한 수리적 사고 방법이 곧 이성이어야 한다고 하였지요. 수학을 모든 사고의 출발점으로 삼는 것은 과학과 기술의 절대화를 의미합니다. 과학기술 만능주의는 결국 산업 제일주의가 됩니다. 그렇다면 데카르트식 이성은 과학기술 만능주의, 산업 제일주의로 귀결됩니다. 그러나 이런 추세는 또 다른 사회문제를 야기시키고 말았습니다. 절제와 통제 없는 산업화로 인해 환경 파괴, 생태계 파괴, 자원 고갈이 지구촌을 어렵게 만들었고, 소외계층의 주택 문제뿐 아니라 불안한 도시문제와 난민문제 거기다 과학을 남용한 유전자 조작, 인간 복제 그리고 대량살상무기의 남발은 진정 오늘을 사는 지구촌민들을 어렵게 만들었습니다.

도구적 이성에 매몰되어 행복한 바보들의 행진을 일차원적 인간이라고 야유했던 마르쿠제는 이 같은 지구촌의 삶의 문제보다는 사회적 정치적 이데올로기로서의 혁명적 사고를 나타내기 바빴다고 할 수 있습니다. 이건 더 심각한 사회 문제를 외면했다는 비난에서 자유롭지 못하는 일 아닙니까.

내가 생각하는 마르쿠제는 그가 내린 사회 진단이야 그럴듯하다 여겨질 수 있고 자본주의 병폐를 잘 꼬집었다 할 수 있지만 이에 대한 진단에만 그치고 치료에는 서투른 의료행위 같다는 생각이 들었습니다. 심리학 사회학을 동원하여 전통적 맑시즘을 확대하여 해석해보려 한 의도 이것으로도 그는 대단한 학자였음을 충분히 인정하고 싶습니다. 그러나 나 같은 무식쟁이의 눈에는 이것 또한 맑시즘이 만병통치약으로 남용되는 것은 아닌지 의아해지더라 이거지요.

이십 년이 넘어서 다시 이 책을 펴보니 안 그래도 현실의 어려움 속에 갇혀 사는 우리네 같은 소시민들을 더 힘들게 만드는 논리는 아닌지 하는 생각, 현실의 모순을 모르는 바는 아니지만 이것을 격파할 무장된 이론과 실천할 용기를 배양 못한 나 같은 사람에게는 좀 황당하게 만들더군요. 일차원의 세계를 타파한 새로운 세계(그 것이 사회주의 국가이든 아니든 간에)가 건설되었다 해도 마르쿠제가 비판한 이러한 모순이 과연 싹 가셔질 수 있을까가 의문입니다. 무엇보다 정작 자기 실천은 보여주지 않고 타로 하여금 변혁과 혁명의 시위에 가담하게 한 이 책, 나로 하여금 여러 가지 의미 있는 질문을 하게 만드는 책이 바로 이 책임을 다시 확인하였습니다.

Slow is beautiful

　　인간은 잘 살기 위하여 몇 차례 산업혁명의 단계를 거쳐 왔습니다. 제1차 산입혁명(1760 - 1840)은 중기기관의 빌명으로 운송수단이 확 달라졌지요. 기차가 등장했다 이겁니다. 동시에 기계화 생산제도가 도입되자 단번에 많은 생산품이 생산되었으니 이런 생산설비를 갖춘 사람은 떼돈 벌었지요. 처음 산업혁명을 일으킨 영국이 이래서 갑자기 큰 부자나라가 된 것 아닙니까. 제 2차 산업혁명(19세기 말 - 20세기 초)은 전기의 산업화지요. 전기로 생산체제 및 생산조립라인이 크게 달라졌습니다. 번거로운 중기기관 대신 산업체 전반에 전기가 대신하게 되었습니다. 제 3차 산업혁명(1960년대 - 1990년대)은 반도체 발명, PC, 인터넷의 발달로 정보기술시대가 도래하였습니다. 바야흐로 지구촌이 한 마을이 되었습니다. 국경을 초월하여 갖가지 정보가 넘나들기 시작한 거지요.

제 4 차 산업혁명은 2000년대에 들어서면서 시작되었습니다. 초연결성(Hyper-Connected), 초지능화(Hyper-Intelligent)의 세계로 돌입, 무인운송 수단, 생산라인의 로봇화, 그뿐 아니라 유전공학, 합성생물학, 바이오 프린팅, 또 있습니다. 사물인터넷(IOT)은 사물(제품, 서비스, 장소)과 인간을 접속시킴으로써 사람살이가 편해졌습니다. 인공지능(AI)의 발달은 빅 데이터 분석과 자동화 프로그램의 가속화를 가져왔지요.

산업의 발달은 부의 축적을 의미합니다. 얼마나 빨리 그리고 많이 그리고 정확하게 목적을 달성하느냐 이것이 4차 산업혁명까지의 과정이었습니다. 참으로 숨 가쁜 과정을 인간들은 겪어왔습니다. 다르게 말하면 부를 축적하기 위한 수단 개발에 무척 힘든 과정을 겪었다 할 수 있습니다. 그런데 부를 축적함에 성공하였다 해도 부를 누리는 행복감은 어떤가요. 물질적 부와 정신적 부가 함께 병진(竝進)하였다면 얼마나 좋았겠습니까. 그렇지 못한 사회가 되었다면 어찌됩니까. 네 단계의 산업혁명은 기계가 인력을 대신하기 때문에 일자리가 줄어들었고 이런 추세는 더 가속될 전망입니다. 인간소외 현상의 초래, 그로부터 발생하는 정신적 공황, 이것이 문젯거리로 등장한 것은 어쩌면 자연스런 일이라 여겨집니다. 작은 일이 아니지요

인공이 자연을 능가한다는 교만은 늘 반성을 요구합니다. 과학의 발달은 인간의 행복과 어쩌면 반비례일 수 있다는 생각이 들자 미국의 젊은이들은 분노하였습니다. 비트 제너레이션(Beat Generation)이

란 말 들어보셨지요. 1950년대 미국의 젊은이들은 현대 산업사회는 인간 삶의 질곡이라고 단정하고 이로부터 벗어나 차라리 원시적 빈곤으로 회귀하는 것이 인간해방이라고 생각했던 겁니다. 이들은 무정부주의적 개인주의라는 이념을 신봉하고 재즈, 술, 마약을 즐기면서 동양적인 선(禪) 사상을 도입하여 현실초월을 기도했던 겁니다. 이들 뒤를 이은 1960년대 소위 히피족들은 비트 제너레이션의 이념을 적극적으로 수용하는 한편, 그들만의 새 문화를 기워 넣었지요. LSD 같은 약물을 즐기는가 하면 사이키델릭 록 음악은 그들의 상표였습니다. 제 2차 세계대전을 치르고 난 뒤, 미국을 비롯한 선진국에서 기술 관료주의가 팽배하고, 물질만능이 문명의 첨단인 양 행세하는 것에 젊은이들이 반기를 들었습니다. 또한 미국 내부의 환부인 인종차별주의와 반성이 없는 보수주의, 거기나 미국의 베트남 전쟁 개입은 이들 젊은이들에게는 반항의 결정적 동기유발이 되었지요. 그래서 이들은 기성의 굴레에서 벗어나고자 하는 초자유주의를 선언한 것입니다.

이들은 폭력과 억압에 저항하면서 원시의 자연 상태를 동경하였지요. 원시인들이 그러했듯이 다듬지 않은 장발과 제멋대로 자란 수염, 근엄함을 자랑하는 넥타이 대신 가슴에는 이상한 장식을 단 펜던트(pendant), 여자들은 미니스커트 아니면 청바지, 이상한 머리띠, 하이힐 대신 샌들을 착용하는 이러한 모습은 기성세대의 보수적 가치를 냉소적으로 보는 반항적 태도였지요.

처음 미국 내에서 비롯된 이 두 젊은 세대들의 반항이 인위적인 인간 삶, 기계주의를 타파하고자 하는 저항이었다면, 21세기 제4차 산업혁명을 당한 인간들은 산업사회의 생존전략으로 웰빙(well-being) 주의를 내세우기 시작하였습니다. 이 주장은 가진 자들, 이를테면 미국 중산층이 주도하여 자신들의 보다 나은 삶의 확보를 위해 만든 문화입니다. 첨단화된 문명사회는 인간 삶의 긍정으로만 내장된 것이 아니라 해독으로 읽힐 수 있는 반작용이 있음을 알고 이에 대한 자기 방어수단을 찾은 것이라 봅니다. 성격은 다르지만 과거 히피족이 주장한 자연주의에 대한 동경으로 돌아선 것이지요. 일단 먹거리가 소비자의 건강보다는 생산자의 이윤에 목적하는 데 반기를 들었습니다. 웰빙 먹거리는 유기농 야채와 곡물로, 육류보다 생선을, 화학조미료와 탄산음료, 술, 담배 등을 지양하는 대신 허브티나 좋은 와인을 마시는 걸로 대체하고자 합니다. 직장의 선택도 급여보다는 건강이 보장되는 직종, 여가를 보장받는 직종을 선택하고자 합니다. 여가 생활을 통한 가족 유대를 강조하면서 자신의 심리적 안정을 찾고자 함이지요. 먹거리 뿐 아니라 화장품도 친환경적, 천연자료가 원칙이고, 무방부제, 무색소, 무알콜성, 무광물성을 강조합니다. 의복도 면이나 마 같은 천연재질로 만든 것을 즐기고, 가구 역시 덧칠이 없는 자연 그대로의 목재를 선택하려 하지요. 이런 추세는 서민들이 선호할 방식이 아닌 귀족적 취미입니다. 서민들은 대량생산으로 얻은 값싼 물건과 식료품으로 살아갈 수밖에 없는 노릇 아닙니까.

제4차 산업혁명으로 이어져 오는 동안 인간은 물질적 풍요를 얻었지만 인간은 대부분의 시간을 부의 축적을 위해 소비하였음에 반성을 하게 된 게 바로 '웰빙(well-being)주의'라는 겁니다. 젊은 날에는 이렇게 진행된 삶이었다면 늘그막에 당도한 노년의 삶에서는 이제 삶의 질을 따지게 되었다 이 말과 같지요. 1980년대에서도 유럽의 중산층에서는 일하기 위해 허겁지겁 먹기 좋은 맥도날드 같은 패스트푸드(fast food) 대신 품질이 좋고, 공정한 방식에 의해 마련된 음식을 먹자는 슬로우 푸드(slow food) 개념이 등장한 적이 있지요. 지금 여기에서 한 걸음 나아가 아예 슬로우 라이프(slow life)를 강조하기에 이르렀지요. 속도를 강조하는 문명의 이기(利器) 즉 자동차, 기계, 전자기기 등이 삶의 질을 높이는 최상의 이기는 아니라고 본 겁니다. 여유를 행사하지 못하는 삶이란 불행하다는 취지, 전원에서의 목가적 삶이 본질적인 가치여야 한다는 취지. 바로 이 점이 『Slow is beautiful』이란 책(츠지 신이치 저, 권희정 역, 빛무리, 2003)에 잘 적혀 있더군요. 한국계 일본인 츠지 신이치(한국명 이규)가 주장한 내용은 대충 이렇더군요.

세상을 남보다 빠르게 살아가는 것을 생존방법으로 잘못 알고 있는 현대인에게 삶을 돌아보면서 느리게 살 수만 있다면 느리게 살고, 부지런 떨지 말고 게으르게 살아보라고 하는 내용이지요. 여기서 말하는 'Slow'란 삶의 속도를 천천히 하자는 뜻이 기본이지만, 그보다는 자연은 서두르는 일이 없고 앞질러가는 일도 없듯이, 인간도 자연을 닮은 삶을 살아보라는 말이지요. 패스트푸드를 멀리하고, 항생제, 농약에 절여 있는 먹거리를 배격하면서 자연친화적

인 먹거리를 찾아나서야 한다는 것입니다. 나아가 지구환경보호를 실천하는 삶을 소개하기도 하고, 흙집이나 짚단으로 만든 집의 장점을 말하기도 하더군요. 그리고 그는 환경 문제, 특히 온실가스 배출량을 줄여야 기후 변화를 일으키는 지구 온난화를 둔화시킬 수 있다는 주장을 하고 있습니다. 현재 선진국이란 이름을 달고 있는 국가들은 지구 온난화를 촉진시킨 주범들입니다. 그런데 이들이 국가 생존이 문제가 되고 있는 개발도상국들에게 온실가스 배출량을 줄이라고 강요하는 것이 영 사리에 안 맞다고 말하더군요. 그렇지 않나요. 이들의 삶을 도와주지 않고 온실가스 배출량만 줄이라는 선진국들의 요구는 틀리지 않나요.

우리는 여기서 좀 조심스러운 접근을 할 필요가 있습니다. 개인 혹은 가족 중심적 웰빙 생활, 이를테면 집 안에 홈시어터, 온갖 헬스 기구, 심지어는 신선한 맥주나 빵 만드는 시설, 친환경적 인테리어, 와인 저장고 등등을 갖추고 사는 걸 웰빙이라고 주장하는 사례가 생기고 있다 합니다. 그런 웰빙도 있을 수 있지요. 그러나 나를 가능하게 한 사회 구성원들과의 유대를 생각하는 소시오 웰빙 (Socio-Wellbeing)족이어야만 박수 받을 수 있는 웰빙이 아닐까요. 인간은 인간들 상호관계 속에서 사람살이의 지식을 학습하고, 생활의 도움을 받고 살아왔습니다. 말하자면 사회가 없다면 개인도 없다는 것이지요. 그리고 지구상에 존재하는 재화는 한정적이기 때문에 내가 많이 가지면 상대적으로 다른 사람은 적게 가진다는 걸 알아야 합니다. 인간환경을 생각해야 한다는 것이지요. 생활환경을 생각해서 일회용품을 줄이고, 재활용을 생활화 하는 것도 중요하고 먹거리를 걱정하는 것도 중요하지요. 그러나 인간환경을 생각해서 불우이웃을 챙기는 태도, 이건 더 중요하다 이겁니다. 소외계층을 돌보지 않으면 이들은 사회불안요소로 등장할 수 있는 것 아닙니까. 나아가 힘들게 사는 지구촌을 돌보는 일은 내 자식, 내 손자가 더 좋은 지구 환경에서 사는 데 기여함을 알아야 한다 이거지요. 지구촌이 조용해야 하지 않을까요. 아프리카 같은 곳에서 힘들게 사는 어린이들 돕는 일은 대한민국의 국격을 높이는 일입니다. 이것은 사회를, 지구를 하나의 유대감으로 이해하자는 멋진 삶 아니겠습니까. 나만 웰빙하면 된다가 아니라 사회와 더불어 나아가서 다른 국가와의 유대에서 웰빙을 생각해야 진정한 웰빙이라 이 말입지요. 이것은 누구나 언제나 기억해야 할 인간 가치라고 생각합니다. 나만 웰빙을 하면 된다는 생각은 이기적 웰빙입니다. 자랑할 일도 권할 일도 아니라는 겁니다.

4차 산업혁명

4차 산업혁명은 2011년 독일정부가 '인더스트리 4.0' 정책을 추진하기 위해 사용하기 시작한 개념이다. 이후 2016년 세계경제포럼(WEF)에서 향후 세계의 화제로 선언되면서 4차 산업혁명이라는 말은 널리 쓰이게 되었다.

소시오 웰빙(Socio-Wellbeing)족

소시오 웰빙족이란, 개인적 안위 차원의 웰빙에만 몰입하기보다 환경, 불우이웃 등에 관심을 가지고 사회 중심적인 웰빙을 실천하는 이들을 일컫는 말이다.

광인이 된 짜라투스트라, 니체를 생각하면서

누가 뭐라 해도 20C의 위대한 사상가라고 하면 마르크스, 프로이드 그리고 니체를 드는 데 주저할 사람은 없을 것입니다. 특히 니체는 신을 죽인 인물(그는 『짜라투스트라는 이렇게 말했다』란 책에서 '신은 죽었다'고 외쳤지요.)로서 기독교 윤리와 나아가 서구 합리주의 철학을 파괴하는 데서 새로 20C가 태어나야 한다고 주장한 인물입니다. 이런 그의 사상을 한 말로 함축한 말이 "신은 죽었다."입니다. 무신론자에게는 '없는 신을 죽임'이라고 할 필요가 없는 허무맹랑한 말로 들리겠지만 신을 받들고 신의 명령을 기다리고 사는 유신론자들에게는 너무 당돌한 말을 한 것 아닙니까. 니체는 과거에는 신을 잘 모심으로 잘 살아왔다 해도 그때는 그때의 신적 가치세계였지만, 이제는 현재대로의 신이라면 죽여야 하고 죽여야 할 신을 살도록 내버려 두어서는 안 된다는 걸 세상이 알아야 한다는 투였습지요. 신의 권위가 너무 커져서 인간이 살기 어려워졌다 이 말인가요. 물론 이 말을 두고 과거에도 많은 해석이 있었고 현재에도 많은 해석이 있습니다. 그는 왜 이런 당돌한 말을 했을까요.

서구 지성사회의 바탕은 말할 것 없이 플라톤 아닙니까. 이 사람 때문에 나도 젊은 날에 그의 철학을 어찌 이해해야 하느냐 하는 문제로 많은 시간을 소비하였습니다. 그 중에 이데아론은 상당히 의미 깊게 받아들여졌지요.

플라톤은 이 말을 그의 4대 대화편 중 하나인 『Phaidon』에서 보여줬습니다. 소크라테스가 죽음을 앞두고 최후의 만찬 같은 걸 하는 지리에서 소 선생(소크라테스를 이리 불러보지요. 이렇게 되면 플라톤은 플 선생이 됩니다.)께서 제자들에게 마지막 고별 강연하는 자리(이 자리에는 제자인 플 선생은 결석했다나요.)에 있었던 제자 파이돈이 그날 들었던 스승의 말을 플 선생에게 전한 내용입지요. 그때 스승이 한 강의의 주제는 '영혼 불멸'이었답니다. 소 선생이 한 말씀의 요지는 이렇습니다. '인간은 영과 육으로 결합되어 있다. 이 결합은 언젠가는 서로 떨어지게 마련되어 있다. 특히 영은 육을 떠나 따로 존재할 수 있고 영은 영원히 불변의 존재로 존재한다.' 이런 사상을 말한 겁니다.

이와 비슷한 사상을 보자면, BC 6세기경 우리가 잘 아는 수학자라 해도 되고 철학자라 해도 되는 피타고라스는 영혼불멸 사상을 이야기하면서 윤회사상까지 말했다지요. 이 영혼불멸사상은 기원전 5세기에 와서 소크라테스가 그럴듯하게 다시 말했다 이것 아닙니까. 그는 죽음은 현세의 영혼이 해방되는 걸로 생각했기 때문에 영혼의 감옥인 육신의 옷을 벗고 불멸의 존재로 돌아간다는 생각을 하였으니 독배가 무서울 리 없는 것 아니었을까요.

선생의 인상적인 죽음에 충격을 받은 그의 수제자 플 선생은 영혼불멸 사상의 열렬한 주창자가 되어버렸지요. 그런데 『유대 대백과사전』은 "영혼불멸의 신앙은 헬라 사상, 특별히 바빌로니아와 이집트 사상을 이상하게 혼합한 신비 종교를 받아들인 플라톤의 철학과 접촉함으로써 유대인들에게 유입되었다." 이렇게 말하고 있더군요.

서양에만 이런 사상이 있는 건 아니고 우리나라도 이런 사상이 있지요. 사람이 죽으면 영혼이 육체란 옷을 벗고 다른 곳(불교에선 땅속 깊은 밑바닥에 구천[九泉]이 있다고 하는데 사람이 죽은 뒤에 넋이 돌아가는 곳이랍니다.)에 가 산다고 생각합니다. 그래서 조상신을 달래기 위해 제사 지내는 것 아닙니까. 제사 때는 먼 곳에서 조상혼이 제사상 머리로 찾아온다는 겁니다. 이런 사상은 세계 곳곳에 있습지요.

소 선생의 영혼 불멸 이 말에 플 선생이 확 뭔가 떠올랐다 이것입니다. 혼은 영혼불멸이라면 인간이 만든 혼이 없는 사물은 뭐냐 이겁니다. 신체적 오감으로 느낄 수 있는 세계(이를 현상계라 해도 좋고 감각적 인식세계인 aisthesis라 해도 좋습니다.)가 있는 반면, 오감으로 느껴지지는 않지만 지성적 인식으로 있음을 알 수 있는 세계(지각적 판단세계 즉 후설의 말대로라면 지각적 판단세계 noesis라 해도 좋습니다.)로 나눌 수 있다고 생각한 겁니다. 감각적 인식세계는 개인차에 따라서 달리 인식될 수 있지요. 그러나 지각적 판단세계는 그것이 어찌 인식되었건 있는 걸 있게 하는 그 무엇이 존재해야만 있는 것이 있는 것 아니냐는 겁니다. 비록 오감으로는 느낄 수야 없지만 있는 그 실재(real)의 세계는 불변적 가치로서 존재한다고 생각한 것이 플 선생의 이데아론입지요.

분필이 있다 합시다. 눈에 보이는 분필은 곧 써서 없어지겠지요. 그런데 분필 한 개가 없어진다고 해서 분필이라는 개념이 없어집니까. 분필은 사실 분필이라는 개념에다가 횟가루를 옷 입힌 것에 불과하므로 분필은 개념(이데아)의 그림자이지요. 이게 플 선생의 이데아론입지요. 말하자면 현상계의 인간이 만든 사물(나아가 예술세계)은 본질적 세계인 이데아의 모방세계에 불과하다 이것이 플 선생의 이데아의 핵심 의미이지요. 그렇다면 이데아를 가진 자 이데아를 부리는 자는 누구냐 그게 바로 조물주요 신이라 이 말씀입지요. 아니 그러면 혼을 있게 하는 자 역시 신이어야 합니다. 그러면 신은 혼조차 이래라 저래라 있어라 없어라 이런 존재 아니겠습니까. 이렇게 세상을 이 세상 저 세상, 영과 육, 현상과 이데아 등 이분화해서 보는 게 서구의 철학세계이고 절대한 신의 권위를 인정한 게 서구의 신관이었지요.

과학이란 논리란 철학이란 앞 사람의 그림자를 밟으면서 앞의 것을 거역하는 데서 출발합니다. 칸트가 바로 그런 사람입니다. 그는 현상계의 배후에는 모든 걸 주관하는 신이 존재하고 인간은 도덕적 실천인 선을 행함으로써 다음 세상에서 행복을 보상 받는다고 하였습니다. 칸트는 기독교를 인간 이성 내에 존재하는 도덕적 인간성의 실재라 보고, 기독교 신앙에 의해 구현된 도덕적 인격이 선의 실현을 보장해 준다고 하였습니다. 기독교 신앙에 의해 극복 불가능한 타락으로부터 구출된다는 것이었지요. 인간의 도덕적 실천은 행복의 보장이 선물로 주어지므로 현세에서의 선의 추구가 인생의 목적이 되어야 하고 반대로 악의 실천으로 불행한 저 세상이 마련된다는 것이었습니다. 그래서 세상살이의 질서를 위해서는 종교의 필요성이 엄청 인정된다는 투 아니었습니까.

인간세계는 불안전한 가변의 세계이지만 신의 세계는 불변의 초월의 세계이고 따라야할 신의 계율은 도덕적 선이므로 이를 배반하는 것은 악이라는 이분법적 세계관이 과연 맞는 것인가에 니체는 회의적이었지요. 신에 조정된 삶을 인간의 진실한 삶이라 말할 수 있는가. 그렇다면 인간은 신의 피동체인가. 아니지 인간은 이런 나약이 주는 이 허무감을 무찌를 수 있는 방법이 무어냐를 생각해 내어야 인간적 삶이라 이거지요. 아니면 애초 기독교는 이러하진 않았는데 신을 잘못 인정하고(넘치게 인정하고) 있는 건 아닌지 모르겠다는 것일 수도 있습니다요.

니체는 기독교의 이 같은 형이상학적 이분법, 선과 악 또는 이 세상 저 세상으로의 분류가 과연 맞는가 하는 점에 대해 강한 의문을 가진 철학자였지요. 신은 죽었다. 현재대로의 신의 존재는 무너뜨려야 한다. 도저히 신의 권위에 위압되어 세상 제대로 살 것 같지 않으니 신을 죽여야 한다 뭐 이런 말인가요. 이 세상에서의 삶이 신에 의해 조정 혹은 신의 엄한 판가름에 기대고 산다고 해도 신이 현신해서 가르침이 없고 악의 행위가 저 세상에서의 처벌된 결과를 볼 수 없다면 뭔가 인간들은 허망하다는 것이지요. 초월적 절대 신은 영원불변한 존재이고 모든 것을 존재하게 하면서 의미와 가치까지 부여해 준다면 현실세계의 모든 것들은 스스로 자신을 있게 할 수도 없고 그 단독으로는 어떠한 의미와 가치도 갖지 못하는 것이 되고 마는 것입니다. 아니 나를 낳은 아버지 어머니는 신의 명에 따른 건가요. 그렇다면 인간의 현실세계는 무언가요.

초월적 절대 신의 지나친 신봉은 현실세계의 부정이 되고 맙니다. 이는 곧 초월세계와 현실세계와의 대립과 모순을 야기하고 인간의 자기 부정을 낳게 되므로 인간은 두 세계 중에서의 양자택일이 지금 필요한 것이다 이 말이 곧 신의 죽임에 이른 말이라고 생각됩니다. 신은 너무 비대해졌고(신이 상관 말아야 할 영역까지 상관하는 일이 생겼고) 상대적으로 인간은 나약해졌다 이 말이라 생각됩니다. 신 대신 이성을 내세운 주장도 틀렸고 그렇다고 신이 절대한 가치로 인간 위에 군림하는 것도 마음에 안 든다 뭐 그런 것인지 모르겠네요. 내가 잘 못 해석하고 있는지 모르지요.

이 모순의 대처방법으로 그는 초극(超克)이란 말을 했습지요. 초극하는 힘의 소유 이게 곧 20C 인간이 나아갈 길이라 이것이었지요. 그래서 니체는 기원전 660년 전의 페르시아 예언자 Zoroaster (본명은 Spitama Zarathustra)를 데려와 선지자로서의 목소리를 내게 한 책이 지금 내가 읽고 있는『짜라투스트라는 이렇게 말했다』뭐라 말했다고? '신은 죽었다'입니다. 니체가 생각하기론 고대의 예언자는 스스로가 도덕적 선악의 창조자였다 이건데 그렇다면 그는 그가 데려온 조로아스타로 하여금 현금 기독교에 대해 인간으로서의 자기 성실성을 다해 초극되어야 할 그 무엇을 외쳐대야 한다는 것이었겠지요.

그가 바라는 초극적 인물은 현실의 한계로부터 벗어나 더 높은 인간세상을 향해 위험을 무릅쓰고 도전하는 자, 노예도덕(slave morality, 그는 기독교를 그렇게 불렀지요.)이 아니라 당당한 주인도덕(aristocratic morality)의 향유자로서 새로운 인간 삶의 기준을 제시해줄 인간 구세주, 이런 인물이 필요하다는 것입니다.(당시 독일 나치들이 그런 인물이야 말로 히틀러라고 그의 철학을 곡용했지요.)

그가 기독교를 노예도덕이라 한 뜻은 이러합니다. '이리'는 '양'을 사냥합니다. 뿔이 없고 조직적 저항을 못 갖춘 양들은 "이리님! 양고기는 당신 건강에 해롭습니다. 그러니 서로 잘 지내봅시다.(사랑합시다.)" 로마의 막강한 군사력 앞에 억압받는 유태인의 말은 서로 사랑하면서 살자는 논리를 개발했다 이겁니다. 노예는 주인을 사랑할 자격이 없고 주인은 노예를 사랑할 이유가 없습니다. 사랑이란 대등한 관계에서나 쓰는 말 아닙니까. 노예도덕은 한 말로 말해 약자의 도덕이고 지각이 없는 군중의 도덕이라고 니체는 힐

니체([Nietzsche. Friedrich Wilhelm])

난했습지요. 지배자에 대해 품은 원한 감정 그래서 주인에 대항하지 못한 무력감을 자발적 용서로 도피하는 변명 절차라 이런 투로 니체가 힐난했다 이겁니다. 그에 비해 주인도덕은 신에 의지한 나약한 존재가 아니라 자기 확신과 미래를 향한 도전정신, 창조적 활동과 활력을 발휘하는 정신세계로 본 겁니다.

니체가 예언자 조로아스타 곧 짜라투스트라를 데려 와서 새로 정리한 예언으로서 현재 신의 죽음을 요구하고 있는 책이 바로 이 책입지요. 나는 이 책을 지금 읽고 있습니다. 그리고 그의 말을 묵묵히 듣고만 있습니다. 솔직히 철학적 기반이 없는 내가 니체의 철학세계를 바로 이해하고 있는지도 의문이지만 내 나름대로의 해석이라 해도 그걸 맞다 틀린다에 나는 별 관심 두지 않으려 합니다. 다만 세상을 투시해서 보려는 저 지적 능력이 너무 놀랍고 나와는 엄청 다른 그의 명석에 대해 심한 열등감을 느끼며 다음 페이지를 넘기고 있을 뿐입니다.

계몽주의가 가져다 준 세속적 승리에 안주하고 있는 인간들에게 현재대로의 신이라면 이를 거역해야 할 초월적 인간의 등극을 기대해야 한다. 그래서 신의 자리에 이성을 내세웠던 계몽에서 다시 새로운 신적 가치를 계몽하려 했던 신학자, 철학자, 심리학자, 나아가 시인이고 극작가이고 싶었던 니체, 루터의 경건주의 가문(그의 가문은 독실한 기독교 신자)을 파괴한 이단아, 드디어는 인간적 이성마저도 던져버린 정신분열자로서 일생을 마감한 니체, 그의 학문적 광기는 아직도 진행형으로 도처에서 다각적으로 연구 중이라네요.

사람은 재료가 있어야 무얼 만듭니다. 그런데 재료 없이 이 우주를 만들었다면 이걸 뭘로 설명할 수 있을까요. 컴퓨터는 무수한 부품의 결합이라면 이 우주는 무슨 부품으로 어찌 조립되었을까요. 과학으로 증명되지 않는 무수한 의문은 인간이 미처 발견하지 못한 미지의 과학세계에 지나지 않는다고만 말할 수 있을까요. 신이 있어 우리 인간을 규율할 수 있어 삶의 균형을 유지한다면 이것은 어떠한 가치보다 중요하다 할 수 있는 겁니다. 다만 신을 인정하되 어느 범위 어느 정도여야 하느냐는 개별적 차이, 시대적 차이가 있어야 하는 문제라 봅니다. 이를 통합하려 하고 획일화 하려 하면 신인들 얼마나 괴롭겠습니까. 니체가 말한 신의 죽음에 대한 발언도 각자가 나름대로 해석해내어야 할 철학적 문제에 지나지 않지요. 나의 신관(神觀)은 인간에게 원칙만 던져주고 나머지는 인간에게 자율성을 보장하는 존재, 이것이 신이라고 생각합니다. 이 사람 바탕에서 본다면 니체의 발언은 아예 신을 없애자의 뜻으로 해석하기 보다는 신에 대한 현실안을 제안했다 이 정도로 너그러이 해석

해보자는 것이지요. 그러면 좋지 않겠습니까. 종교 개혁이 인간 삶의 요구에 의해 진행뇌었다년 종교와 신의 직능도 시대적 추이에 따라 개인차에 따라 언제든지 재해석과 재탄생을 기다리는 기대치라 하면 영 말이 안 되는 소리일까요.

노예는 사라졌고 대신 노동을 파는 자와 노동을 사는 자가 존재하는 세상에 우린 살고 있습니다. 니체는 또 그것도 주종 관계, 즉 주인과 노예의 별칭이라 할지 모르지요. 그러나 그렇지 않지요. 내 노동을 사 갈 사람을 내가 선택하고 노동 뒤의 내 자유가 보장되고 노동을 사는 사람이라 해도 노동을 파는 사람을 함부로 대할 수 없는 사회가 되었습니다. 소위 갑질 함부로 하다 창피당하는 것 보아 오지 않습니까. 오히려 고용주는 노동자의 눈치를 봐야 하는 세상이 되어 있지요. 노예도덕 운운하는 것이 시대착오이듯이 언제까

지나 신을 고착된 해석 아래에 묶어놓는다면 이것은 인간 사회 발전에 긍정적 신호가 될 수 있을 것 같지 않습니다. 하여간 철학적 신학적 지식이 없는 맹랑한 무식쟁이인 나는 짜라투스트라 때문에 많은 억측을 하게 되었습니다. 이 정도로 해서 책장을 이제 덮으려 합니다. 오늘 괜히 무거운 주제로 힘들게 말한 것 같네요. 다 니체 이 양반 때문이지만 서도

Zoroaster(본명은 Spitama Zarathustra)

조로아스터는 다신론 사회에서 잇신론 사회로의 변화를 이끌어낸 고대 페르시아의 종교인이었다. 그리고 니체가 그에게서 발견한 것은 당대 관습의 타파였다. 그런 맥락에서 니체가 『짜라투스트라는 이렇게 말했다』에서 그의 목소리를 빌려서 말하는 초극이란 관습의 초월을 의미한다고 할 수 있다. 이때 니체는 종교적 믿음, 선과 악의 개념, 이성에 대한 관념 등을 모두 초극해야 할 관습으로 보았다.

교양이 사는 나라

　　1869년 매슈 아놀드(Matthew Arnold, 1822~88)는 『교양과 무질서』(윤지관 역, 한길사, 2006, 원명 Culture and Anarchy)를 썼다. 이 책의 배경은 영국을 중심으로 19세기 유럽 사회의 지적 공허와 허위를 '무질서'라 판단, 이를 해결하기 위해 새로운 가치로서의 '교양'의 필요성을 제시한 책이다. 당시 유럽 사회는 근대 사회를 구축하기 위한 노력들이 경주되던 시대이면서, 본격적으로 봉건적 질서를 타파하고 새 시대를 위한 이념과 가치들끼리 서로 충돌하고 있던 시대라 할 만하다. 산업혁명의 결과로 인간다운 삶의 의미보다는 물량적 향상에 초점이 모이자 이로 인한 사회 계층 간의 갈등이 심화되었다. 그가 살았던 영국 사회 역시 19세기 이념의 충돌장이면서 새로운 가치의 시험장이기도 하였다. 개혁이라는 이름의 사적 이익 챙기기에 혈안이 되면서 여기에 편입된 이기주의가 낯

설지 않게 일반화되기도 하였다.

이 현상을 본 아놀드는 당파적 또는 사적 이익에 봉사하는 '개혁' 주창자들을 향해 인간의 덕목이란 '무사심성'(無私心性, disinterestedness)이고, 이것이 교양의 진정한 의미임을 주장하기에 이른 것이다. 개혁을 반대하는 우리식으로 말해 보수꼴통(반동주의자)이 아니라 진정한 의미의 개혁은 '미래의 자유주의자'여야 함을 이 책에서 역설하였다.

명저는 세계를 꿰뚫는 지적인 투시력이 있고 세월을 더해도 변함없는 가치를 간직하는 것 아닌가.

> 만약 교양이 완성에 관한 공부라면, 그리고 조화로운 완성, 일반적인 완성에 관한 공부며 그 완성이 무언가를 가지는 것이 아니라 무언가가 되는 것이라면, 외적인 환경이 아니라 정신과 영혼의 내적인 조건에 존재하는 것이어야 한다.(중략) 정신과 영혼의 내적인 상태라는 완성의 이념은 우리가 높이 치는, 그리고 앞서 말한 대로 우리가 그 어느 나라보다 높이 평가하는 기계적인 물질적인 문명과는 어긋난다. 인간 가족의 일반적인 팽창이라는 완성의 이념은 우리의 강력한 개인주의, 개개인의 인성을 속박 없이 펼치는 것에 제한을 가하는 일체의 것에 대한 증오, '각자 뜻대로'라는 금언에 어긋난다. (p. 60)

간단히 말해 이 말은 일반화된 기계장치(machinery)에 대한 신봉은 절박한 위험이라는 것이다. 기계장치에 내재한 어떤 종류의 유익이 있는 것 같은 착각에 매몰되고 보면 추구 목적과 위배되는 경우에조차 이를 신봉하는 경우가 있어왔음을 적시하면서, 이것을 폐단시한 말이라 할 수 있다. 세상의 일체 존재(모든 부분)와 일체 존재를 포괄하는 전체(세계)는 유기적 연합으로 뗄 수 없는 연관성을 가진 톱니바퀴 같은 구조와 운행 원리를 갖추었다고 믿는 이데올로기가 있다. 이를 우리는 기계주의라 한다. 여기에 함몰된 사람들은 객체와 객체는 인과관계를 갖는 존재물이며 거대한 기계부품끼리의 맞물고 도는 기능과 역할이라는 견해이다. 세계는 거대한 기계덩어리이므로 인간은 한낱 기계의 작은 부속품처럼 작동된다는 논리가 바로 기계주의 철학이요 골자다. 그러나 아놀드는 통상 영국인들이 생각하고 길들여진 관습으로 위대함과 복리의 확신에 안주해서는 안 된다는 것이다. 비록 현재의 모순을 구할 수 없다 해도 미래의 속악을 구제할 내적인 힘을 행사해야 오늘을 사는 의미와 가치가 있다는 것, 이것이 그가 말하고자 하는 논리다. 기계주의적 사고는 창조적이지 못할 뿐더러 속물적 근성에 빠질 우려가 충분히 있다.

부분과 부분의 합이 전체이다. 전체는 부분으로 환원되고, 부분은 전체로부터 분리 가능하다는 것은 환원주의다. 그렇다면 인간 사회의 통설적 사고영역에서 이탈을 감행, 전체와 유리된 독자성을 확보할 필요가 있어야 한다. 소속된 정신 영토에 안주하지 않은 탈영토화, 즉 유목민들이 정해진 경로를 이탈하듯이 낡은 통속을 버리고 새로운 생활양식으로 자기 자주성을 단독화할 필요가 있는 것이다.

여기서 잠깐 프랑스의 철학자 질 들뢰즈(Gilles Deleuze)가 1968

년 발표한 '차이와 반복'이라는 저서에 보이는 Nomadism이란 말을 연상할 필요가 있다. 이 말은 살 곳을 찾아 끊임없이 이동하는 유목민(Nomad)을 연상시키는 문화 유목주의를 의미한다. 특정한 방식이나 삶의 가치관을 뿌리치고 비록 위험이 있다 해도 새로운 자아와 삶의 가치를 찾아 나선다는 뜻이다. 유일한 삶의 가치, 고집하는 한 생활방식, 탈각을 경계하는 정신적 영토 이것에서 벗어나 미개영역의 자국화 또는 자기 영토의 새 단장을 구가하는 삶의 방식이 인간에게는 언제나 필요한 것이다. 아놀드가 이 책에서 힘주어 말하는 '일반화된 기계장치(machinery)에 대한 신봉은 절박한 위험'이라 한 말이 질 들뢰즈의 말로 재확인된 셈이다.

아놀드는 선지식이 향유해야 하는 문화의 사회적 기능은 타를 교화하는 데 있다 하였다. 이러한 문화 주도층은 대중에서 찾기보다는 사회지도층의 각성, 그리하여 이들이 만들어 내는 고급문화에 기댈 수밖에 없고 대중에게 일반화된 대중문화는 그런 의미에서 미래지향적이지 못한 소비성향에 불과한 일회성이라는 것이다. 대중은 문화의 성숙을 기대할 수 없는 무질서에 다름 아니라고 그는 보고 있다. 그는 '교양'의 전파 능력을 주도할 수 있는 계층은 도시 중산층이라 본다.(이렇듯 계층에 따라 교화(또는 계몽)의 주체와 대상을 구별 짓고 있는 점은 비판의 대상이 되기도 한다.) 이들이 지배하는 부르주아지 문화가 이상적인 문화여야 한다는 것이다.

아놀드가 말하는 교양인이란 '자신의 계급적 위치에서 사유하지 않으며, 인간의 내면의 본성, 인문학적 정신, 아름다움에 따라서 행동하는 자'여야 하므로, 삶의 현실에 부대끼는 하층 서민에게서 교양인의 역할을 강조할 수 없다고 본 것이다. 거꾸로 상층 부르주아지는 사회 통합을 구가하는 변혁을 애써 강조할 필요를 안 느낀다.

아놀드는 문화에 대한 역사적 의미, 그것의 전파는 지적 엘리트에 의해서 구축될 수밖에 없음을 강조하였다. 현실 삶의 압박이 가중된 하층 구조의 서민들에게는 생존 그 자체의 위협으로부터 자유롭지 않기 때문에 그가 말하는 문화 창조자 다시 말해 교양의 역할담당자가 될 수 없다고 본다. 그리고 도시중산층이라 해도 양보와 타협보다는 자기이익 추구에 몰입하는 존재에 대해서도 우려하였다. 아놀드는 이익 추종의 도시 중산층을 '속물'(俗物, Philistine)이라 경멸하면서 자신까지도 '속물'이라고 자처하였다.

이 책은 앞서 언급했듯이 1860년대 후반 개혁 요구가 절정에 달했던 영국 사회가 배경이다. 사회 구성원 사이의 갈등과 도덕적 혼란에 대한 처방으로서 그 나름의 '교양'의 필요성을 제시했다. 아놀드가 쓴 이 책이 100년도 훨씬 넘었음에도 오늘을 사는 우리들에게 감명을 주는 이유는 무엇인가. 앞서 명저는 세계를 꿰뚫는 지적인 투시력이 있고 세월을 더해도 변함없는 가치를 간직한다고 한 바 있다. 철학을 두고 인간 삶에 유효한 학문이라 함은 한 시대에 근거하는 한정성을 벗어나 무한한 인간의 가치를 적재하고 있기 때문이다. 그런 이유로 좌와 우가 충돌하고 계층 간의 갈등마저 심화되고 있는 현 한국사회에 아놀드의 논리를 대응해볼 수 있는 것이다.

앞서 아놀드는 도시 중산층이 교양의 담지자가 되어야 한다고 하였다. 말하자면 부르주아지와 프롤레타리아트의 중간 계급인 프티 부르주아지(프랑스어: petit bourgeoisie 영어: small bourgeoisie), 우리가 소시민(小市民)이라는 이 층위의 각성에서 촉발되어야 한다는 논지다. 그럴 것 같다. 그렇다면 한국적 사고에서의 이들 petit bourgeois에게 기대할 수 있을까.

근대화 이전까지는 지배 계층인 양반층이 여기 속하겠지만 요즘은 교수, 전문가집단, 노동귀족, 공무원, 중소상인과 중소 경영인 등이 petit bourgeois라 할 수 있을 것이다. 그간 이들의 행동 형태는 권력과 부르주아지의 부역자 역할을 한 경우가 허다했다. 이 계층에서의 대오 각성 없는 교양 운동은 실질적 효과를 얻기 어렵다. 아놀드가 바로 이 계층의 대오 각성에서 교양 운동의 전개가 필요하다는 것이었다.

노동귀족들은 전체노동자의 권익보다 자신의 권익의 보호에 충실하거나 노동자 위에 군림하는 경우가 있어왔다. 교수 사회 역시 학문을 배경으로 권력 잡기에 힘 쓴 정치교수의 난무를 우리는 보아왔다. 당시 영국 사회인들 이러한 작태가 없진 않았을 것이다. 그러나 이 계층의 선도가 사회를 역동화시킬 수 있기 때문에 여기에 기대를 걸었다 할 수 있고, 그것의 실현과는 상관없이 한 지성인은 이렇게라도 논리를 전개해야 했던 것이다.

한국 사회에서 교양의 실천 대상은 누구인가.

먼저 떠오르는 것은 부를 외피로 치장한 장사꾼(기업가) 혹은 그 가족들의 물질화된 근성이다. 축적한 돈의 매력적 소비, 이를테면 공유하는 건전한 문화의 보급을 위한 의미 있는 투자, 아니면 사회 건설을 위하여 환원하는 모습보다는 편법과 탈법에 가차 없는 참여, 세습적 경영체계가 당연시 되는 족벌주의, 상부권력에 아부하지만, 협력업체에 냉엄한 속물주의를 노출시킴으로서 사회적 존경과 격리된 특수층 사회, 아놀드의 논리대로라면 속물에 침윤된 이런 사회는 정도는 다르겠지만 산업혁명 이후 부의 편재에 집중했던 영국 부르주아지 사회의 복사판이라 할 만하다.

정치판도 마찬가지다. 여기도 부술 수 없는 학연, 혈연, 지연의 세습화가 고착되었다. 보수와 진보라는 규범적 가치를 향유하거나 보전하지 못하고 시류편승주의에 흔들리는 정치 후진성과 졸속성, 그리고 제왕적 대통령 중심주의와 절대한 권력행사의 주인이 된 국회는 민중의 저항에 직면하고 있음을 당사자들은 모르고 있다. 관료사회는 어떤가. 행정편의주의를 담보하는 안이함, 생산적 국가 이익을 위하여 헌신하기 보다는 자기 호신에 주력하고 있다면 심한 말일까.

언론 역시 뉴스 판매 전략에 몰입, 흥미 위주로 독자나 시청자 확보에만 주력하고, 미래 지향의 문화추구를 등한시한다. 종교도 종파적 이익을 우선하고 세류에 초연하지 못하는 모습을 자주 보여주는 통속성 때문에 종교는 세력을 잃고 있다.

예술세계도 한심하기는 마찬가지다. 예술작품의 항존적 가치에 몰입하기 보다는 구매력을 높이려는 상품화 전략에 매몰된 경향이 노골화 되고 있다. 동류와 아류를 밀집시켜 문화패권주의에 복무하는 사이비 예술인들이 이미 예술 주도권을 확보하였고, 각종 예술상을 노리는 진부한 예술정치가들끼리 나누어 먹기식의 상을 주고받는 것이 일상화 되었다.

여기에 반기를 드는 교양을 갖춘 지적 엘리트 집단(각성된 petit bourgeoisie)이 형성되지 않고는 이러한 속물주의 추세는 가속화의 길을 걸을 것은 분명하다. 아놀드가 빅토리아 시대의 사회 변화로 촉발된 '무질서'에 대한 대안으로 '교양'을 내세웠듯이 현 한국 사회 역시 교양을 내세우고 이것을 전파할 '無私心性'(disinterestedness)의 지적 엘리트층이 형성되어야 한다. 이들 지적 엘리트층이 적폐의 사회 모순을 타파하기 위해 촛불을 켤 때라고 본다.

*이글은 모 잡지의 새해 권두언 청탁에 응한 글임을 밝힌다.

동굴에서의 안식하기

비교인류학자 N. Frazer가 쓴 『황금 가지』(The Golden Bough)'
를 보면 나라가 다르고 민족이 다른데도 신화나 전설 속에는 공통
적 요소가 발견된다면서 이와 같은 공통적 요소를 인간이 갖는 원
형적 상징이라고 하였지요. 이 현상은 인간이 오랜 역사를 겪어오
면서 환경으로부터 터득된 것으로 변함없이 되풀이되어왔고, 다음
세대로 계속 이어져 갈 것이라 하였습니다. C.G Jung이란 심층심
리학자는 "신화는 외부적 요인에서 유래되었다기보다는 신화는 집
단무의식 속에서 유전되어왔고, 이것이 개인적 체험의 선험적 결
정(apriori determinant)으로 문학, 신화, 종교 또는 꿈 어떤 땐 개인
의 환상 속에 나타나게 된다."고 하였습니다. 인간의 내면에 침잠
된 원시적 이미지, 심리적 잔존의 그림자가 집단 무의식의 형태로
고착되었다고 보았지요. 우리의 콩쥐팥쥐 옛 이야기와 서양의 신

데렐라 이야기가 너무 닮아 있습니다. 희한하지 않습니까.

어떤 종교에서는 세례 절차를 아주 중히 여기는데 왜 세례 절차를 거치도록 하고 있을까요. 물은 창조의 신비, 탄생과 부활을 의미합니다. 세례는 어머니 자궁 속에서의 탈출을 상징화한 것으로 보입니다. 어머니 자궁 속의 물에서 벗어나 물 밖의 세계로 고개 내밂이 생명으로서의 탄생이라면 세례 역시 새로운 삶과 생명을 얻었음을 상기하는 절차라 이거지요.

달이 여성으로 상징되는 것 역시 여성의 생리 현상과 유관하고 여성의 역할하고도 유관하지요. 자기 나라를 모국(母國)이라 하고 fatherland라는 말보다 motherland로 익혀 쓰는 이유는 땅이 여성을 의미하고 땅 위에 선 나무는 남성으로 상징하는 것과 같습니다. 씨앗이 땅에 떨어지면 땅은 그 씨앗을 발아시켜 식물로 키우지 않습니까. 어머니가 태아를 수정시켜 인간으로 탄생시키는 것과 유사하다는 의미를 함축한다고 할 수 있습니다. 여기서 한 걸음 더 나아가 지팡이나 모자는 남성을, 웅덩이나 동굴, 병, 항아리는 여성을 상징하고 문이나 입을 음문으로 상징하는 것은 인간 역사가 시작되면서 비롯된 상징체계입지요. 잘 익은 과일도 여성으로 상징됩니다.

수밀도(水蜜桃)의 네 가슴에 이슬이 맺도록 달려오너라.

이상화의 '나의 침실로(1923년 『백조』 9월호에 발표된 시로 이상화의 초기작에 해당한다.)'에 나오는 구절입니다. 말할 것 없이 수밀도는 아름다운 여성의 유방입니다. 그것도 단물이 꽉 찬 유방을 의미한다고 볼 때, 이것 또한 인간이 여성의 유방을 맛보는 성적 행위와 벗어나 있지 않습니다. 이처럼 대수롭지 않은 말 들 속에는 원형적 상징들이 살아있고 이것은 앞으로도 계속될 것입니다.

효봉 스님이라는 큰스님이 출가 후 5년이 지나도 깨달음을 얻지 못하자 1년 6개월간 금강산 법기암 뒤 토굴에 들어가 정진하고 난 후 깨달음을 얻고 많은 후학을 길렀다는 이야기가 전합니다. 그는 왜 토굴에 들어가 정진을 해야 했던가요. 효봉스님뿐 아니라 이름이 있든 없든 스님들 중에는 토굴 속에 혹은 자연 동굴 같은 곳에 칩거하여 온전히 자신을 가두고 산 분들이 많은데 왜 하필이면 이런 누추한 공간에 몸을 맡기는지 이상해도 상당히 이상한 노릇 아닙니까.

일단 토굴이나 동굴은 빛과 소리가 차단된 공간이면서 외부에 노출이 되지 않은 공간이지요. 이걸 원형상징에서 보면 어머니 자궁 속입니다. 아직 태어나지 않은 인간은 어머니 자궁 속에서 빛과 소음으로부터 자유롭습니다. 모든 행동은 스스롭고 안락이 보장되어 있지요. 눈을 감고 있으니 사물을 볼 수 없습니다. 사물을 본다는 것은 사물에 대한 이해를 요구받는 행위입니다. 토굴 혹은 동굴 속으로 들어간다는 것은 몸을 어머니 자궁 속의 원초대로의 삶의 세계에다 나를 밀어 넣는 행위라 해도 무방합니다. 나를 애초대로의 나로 재탄생시키려는 행위이지요.

옛날 구석기인들은 동굴 속에서 산 흔적이 많이 남아 있습니다. 알타미라 동굴, 라스코 동굴 같은 것이 이를 증명합니다. 동굴은 추위와 더위를 극복할 수 있을 뿐 아니라 맹수의 밥이 되는 위험으로부터도 안전합니다. 구석기인들의 동굴 속 삶은 어머니 자궁 속에서의 안락을 다시 학습하는 시간이기도 하였겠지요.

프랑스 도르도뉴 지방에 있는 라스코 동굴 벽화입니다. 1940년 9월 2일, 그 지방에 사는 소년이 우연히 발견하였다지요. 구석기인들은 이 동굴에 100여 점 이상의 큰 짐승, 작은 짐승을 그려 놓았습니다. 그려 놓은 동물 중에는 말이 많고 소, 사슴, 돼지, 이리, 곰, 새가 그려져 있습니다. 이 그림을 찬찬히 봐 주십시오. 구석기인들은 필요한 그림만 그렸지요. 산이 있고 내 [川] 가 있고 나무가 있는 동굴벽화는 없습니다. 정말 필요한 것만 간단하게, 그것도 의미 있게 그렸지요.(반구대 암석화에 산이 있고 내가 있습디까.) 위 그림의 야생동물(들소)은 창자가 나왔습니다. 창이 뱃가죽을 관통한 것도 보입니다. 그런데 누워 있는 인간은 들소의 뿔에 부딪혀 도망갈수 없는 상황에 놓인 것 같군요. 아마도 죽어있는 것 같지 않습니까. 이 사람이 사람이긴 한데 새 얼굴을 하고 있고 새 모양의 토템이 옆에 서 있는 게 수상합니다. 아 그런데 남근으로 보이는 삐쭉 나온 것 이건 뭘 상징하나요. 신화 해석에 지식이 없어서 뭐라 말하기 어렵습니다만 누워 있는 존재가 인간이면서 새를 상징한다면 이는 꼬리를 의미하겠지요. 꼬리가 있어야 새의 형상이 완성되는 것 아닙니까. 어쨌든 새가 인간화 되어 나타나 있는 게 수상쩍다 이겁니다. 우리식의 솟대도 보입니다. 솟대는 마을공동체 신앙의 하나지요. 음력 정월 대보름 때 동제를 올릴 때 마을의 수호와 풍농을 기원하기 위하여 마을 입구에 세웁니다. 솟대 위의 새는 오리인 경우가 많지만 까마귀·기러기·갈매기·따오기·까지 등을 나타내는 지방도 있습니다. 하여간 우리의 솟대가 여기 나타나 있는 것도 신통하지 않나요.

토테미즘은 한 사회 집단 속에 공통으로 존재하는 것으로 동물이나 자연물(토템)과 맺는 숭배관계, 나아가서는 친족관계를 나타내는 사상이지요. 단군신화에서 보면 곰이 인간으로 변하여 우리 선조가 되었다고 합니다. 우리는 곰 새끼라 이거지요. 이와 같은 토테미즘은 원시 부족들의 공동체 유대감을 나타내기도 하고 원시 종교로서 중요한 역할을 담당하기도 합니다.

위 그림에서 보면 무슨 새인지는 모르지만 새를 토템으로 삼고 있는 부족 중에 누가 그린 그림이라고 추정하는 학자들이 많습니다. 그럴 것 같습니다. '삼족오(三足烏)'! 들어보셨지요. 신석기 시대 중국의 양사오 문화, 한국의 고구려 고분 벽화, 일본의 건국 신화 등 동아시아 고대 문화에서 자주 세 발 달린 까마귀가 등장합니다. 이같이 새가 토템으로 등장하는 나라는 많습니다.

구석기인들은 할 일이 없어서 벽에다 동물로 환칠을 한 게 아닙니다. 의미심장한 걸 그려놓고 여기다 의미를 더하여 생활하였겠지요. 그림도 신성을 가진 사람이 신성스럽게 그렸겠지요. 그러니까 동굴은 그냥 생활하는 공간이 아니라 신성이 깃든 공간, 적어도 그 공간 안에서는 신성스러운 생활인으로서 살기를 희망하는 공간 아니었겠습니까. 이는 마치 현대 종교인들의 성당이나 법당 같은 신성한 장소 이것이 동굴이었다 이겁니다.

배철현 교수가 쓴 『심연』이란 책에 이런 말이 나옵니다.

유대 지식인들은 양적인 시간이 아닌 특별한 시간을 경험하기 위해 일상에서 벗어나 그 일상을 새롭게 관조하는 습관을 만들었다. 그것은 바로 일주일에 한 번씩 일상에서 습관적으로 해오던 일을 멈추고 자신을 '처음'의 순간으로 진입시키는 것이다. 이 행위를 하는 날을 '안식일'이라고 한다. 이것이 영어로 '사바스(sabbath)'라고 한다. 이 말은 히브리어에서 유래한 말로, 그 본래 의미가 '습관적으로 하던 일을 멈추다'이다.

현재를 버림으로써 새로운 인생으로 돌아가는 날이면서 영적인 자양을 축적하는 날이 사바스라 이것이겠지요. 동굴에 들어가서

바깥 소리와 빛으로부터 차단되고 무장무애(無障無礙)의 시간 속
에서 하루를 사는 날 이게 안식일이라 이것이겠지요. 마음속에다
골방을 만들어놓고 여기 들어가 안식해야 한다 이것이겠지요.

> 그대는 골방을 가졌는가?
> 이 세상의 소리가 들리지 않는
> 이 세상의 냄새가 들어오지 않는
> 은밀한 골방을 그대는 가졌는가?
> -중략-
> 그대 맘의 네 문 밀밀히 닫고
> 세상 소리와 냄새 다 끊어버린 후
> 맑은 등잔 하나 가만히 밝혀만 놓면
> 극진하신 님의 꿀 같은 속삭임을 들을 수 있네.

　함석헌 선생의 '그대는 골방을 가졌는가'라는 시입니다. 그런데
거룩한 이의 음성을 들으려는 자는 마음 속에 골방을 짓고 그 골방
안으로 들어갈 줄 아는 사람만 거룩한 이의 음성을 들을 수 있다 하
였습니다. 동굴 속에 살았던 석기인들 그리고 그들이 그린 엄숙한
그림 앞에서 스스로를 정화하여 다른 모습의 인간으로 새로 태어
나려 했던 석기인들을 염두에 두고 살 필요가 있겠습니다. 일부러
토굴을 짓고 동굴을 찾아 나서라는 말이 아니라 골방을 마음 속에
다 만들어두고 이 세상의 잡된 소리와 빛과 냄새로부터 해방되는
자유로운 순간을 맛보고 살면 참모습으로 둔갑된 자신을 발견하게
될 것 아니겠습니까. 그럴 때면 '극진하신 님'이 나타나겠지요.

불교수행 방법에 참선이란 게 있지요. 사려 분별을 끊고 마음을 집중한 채로 깨우침에 나아가기 위한 수행 방법이지요. 불교의 참선도 이 같은 이치와 멀지 않을 것 같네요. 종교와 무관해서 '극진하신 님'이 안 나타난다 해도 마음의 평정 뒤에 오는 힘을 얻는다면 여기에 더 좋은 게 있을라구요. 그런 세계를 꿈꾸어야 합니다. 각자 안식일을 가끔씩이라도 가져 이 세상 온갖 허접스런 생각으로부터 벗어나야 합니다. 현재의 나를 버리고 새로운 나로 거듭 태어나는 순간을 가져야 합니다. 그러면 그 순간만이라도 석기인이 추구한 정신적 행복을 만나겠지요.

『황금 가지』(The Golden Bough)
『황금가지』는 종교와 신화에 관한 방대한 자료의 분석을 통하여 인류의 정신 발전을 기술한 인류학의 고전(古典)이다. 프레이저에 의하면 과학은 주술이 진화한 것이다. 이 계몽적 저서는 폴란드의 B. 말리노프스키와 같은 인류학자를 배출하였다.

반구대 암석화
울산 울주군 언양읍 대곡리에 남아 있는 선사시대 암각화. 바위 모습이 거북이가 엎드려 있는 듯한 모습이라 하여 '반구대'(盤龜臺)라는 이름을 붙였다.

막연한 믿음은
문제를 일으킨다

아리스토텔레스(B.C.384-B.C.322)는 무얼 전공했던 사람인가 하는 물음을 한다면 간단한 답이 가능하지 않습니다. 오래 전 일본 '이와나미 서점'에서 낸 총 17권의 『아리스토텔레스 전집』의 목차만 봐도 아리스토텔레스가 서양지성사에 우뚝한 존재임을 알만하고 그의 박학 때문에 어느 하나를 전공했다고 할 수가 없을 정도임을 알 수 있지요.

1권 카테고리론, 명제론, 분석론 전서, 분석론 후서
2권 토피카, 궤변논박론
3권 자연학

4권 천체론, 생성소멸론

5권 기상론, 우주론

6권 영혼론, 자연학소론집, 호흡에 대하여

7권 동물지(상)

8권 동물지(하), 동물부분론

9권 동물운동론, 동물진행론, 동물발생론

10권 소품론

11권 문제집

12권 형이상학론

13권 니코마코스 윤리학

14권 대도덕학, 에우데모스 윤리학, 덕과 악덕에 대하여

15권 정치학, 경제학

16권 변론술, 알렉산더에게 보내는 변론술

17권 시학, 아테네인들의 정치체제, 단편집

여러 분야에 걸친 방대한 책을 저술했으니 당시 아리스토텔레스가 어떤 인물로 평가되었는가는 짐작할 만합니다. 그러니 이 양반이 한 말씀은 그대로 따르면 되고 인정하면 되지 여기에 토를 단다든가 아니면 "아 선생님! 당신의 학설이 틀렸어요."하고 반기를 들었다가는 무식한 놈이 감히 아 선생님을 능멸하려 든다고 야단이 날아올 판이 아니었겠습니까. 당시를 안 살아봐 모르는 일이긴 하지만 거의 신적인 존재로 추앙 받았던 인물로 보입니다.

말이 많으면 실수가 많듯이 지금에서 보면 그도 역시 더러 실수를 저질렀지요. 그 중 하나는 이겁니다. 아리스토텔레스가 "무거운 것은 가벼운 것에 비해 빨리 떨어진다."라고 한 이 말을 내로라하는 과학자들조차 오랫동안 사실인양 믿어왔지요. 당시 어떤 사람이 "아닌데요." 했다간 무식쟁이 소리 듣게 될 판이니 누가 그런 말 하겠으며 실지로 한 번 실험해보자고 덤볐겠습니까. 2천 년 뒤에야 아, 선생도 틀릴 수 있다는 가설을 생각한 사람이 등장했습니다. 그게 갈릴레오(1564-1642)였습지요. 그는 경사진 평면에서 가벼운 공과 무거운 공을 동시에 굴렸더니 동시에 땅에 떨어짐을 발견하고, "공기의 저항이 없다면 낙하하는 모든 물체는 같은 운동을 한다. 그러므로 동시에 떨어뜨린 것은 함께 땅에 떨어진다."는 학설을 발표했다지요. 아리스토텔레스의 이 학설이 2천년 만에 엉터리임을 증명한 셈입니다. 높은 건물 옥상에서 축구공과 솜이불을 같이 던지면 어찌 될까요. 공기 저항 때문에 공이 먼저 떨어집니다. (1971년 아폴로 15호를 타고 달에 도착한 우주비행사 David Scott

은 깃털과 쇠망치를 진공상태인 달에서 동시에 떨어뜨렸더니 동시에 땅에 떨어짐을 확인하였다지요.)

이 두 천재들은 물체는 왜 아래로 떨어지는가에 대해서 의문을 품지 않았다는 것도 이해하기 힘들지 않습니까. 이 의문은 갈릴레이가 죽은 해 태어난 뉴턴(1642-1723)을 기다려야 했던 거지요. 아리스토텔레스는 아마 그럴 것이라는 막연한 믿음을 말한 것이고 뒷사람들은 그의 말을 그대로 신빙하였다가 이게 아님을 갈릴레오가 밝혀냈지요.

태평양과 대서양을 잇는 운하는 파나마운하입니다. 공사가 시작되던 1880년 심각한 사태가 발생하였습니다. 열대성 전염병 말라리아(학질)가 창궐하여 건설 인력이 죽어가기 시작한 것입니다. 그 당시의 과학으로는 말라리아를 옮기는 매개체가 개미라고 생각하였지요. 이 막연한 믿음을 따라 침대 다리를 물 담은 세숫대야에 잠기도록 하는 예방법이 생겨났습니다. 개미는 수영을 못하니 이 방법이 말라리아 예방법이라고 생각한 것입니다. 아이디어는 괜찮지 않습니까. 그런데도 말라리아는 계속 사람을 죽이니 이게 웬일입니까. 이래서 건설 기간은 십 년이 걸렸고, 무려 2만 2천 명 인부가 죽었는데 3분의 2가 말라리아로 죽었습니다. 개미가 아니고 딴 것일 수 있다를 일찍 생각해냈어야 했지요. 왜 그런 의문을 품지 않았을까요.

한참 뒤 1889년 영국의 의사 로스 경이 말라리아의 매개체는 개미가 아니고 모기가 아닐까를 생각하였습니다. 그의 예견은 적중하였고, 그 공로로 1902년 노벨 의학상을 수상하였지요. 오히려 개미를 막기 위한 세숫대야의 물은 모기를 배양하는 데 기여를 하였음이 밝혀지면서 인간의 우매를 확인하게 된 것입니다.

　우리나라는 말라리아(학질)를 어찌 생각했던가요. 악귀가 몸을 해코지해서 이 병에 걸린다 생각하였지요.『문학울산 21호』(2015) 최영해(최현배 선생의 아들) 선생이 '남의 집 며느리'라는 수필을 실었지요. 울산지방에서는 학질에 걸린 환자는 악귀가 침범하였다 해서 악귀를 물리치는 행사를 하는데 "나무집 메누리/ 밤으로 일하고/ 낮으로 잠자네/ 땡그랭, 땡그랭, 땡그랭(중략)"란 노래를 부르고 학질 걸린 사람은 삿갓을 쓴 채 동네를 돌면 사람들은 '에끼, 더러분 년! 이거나 묵어라!' 하고 오물을 던지는 풍습이 있었다고 적고 있습니다. 부산광역시 금정구 두구동에서는 학질 환자가 여자일 경우 "남의 며느리 밤에 놀러 다닌다!"라고 외쳐 환자를 놀라게 하고, 환자가 남자일 경우 삿갓을 씌워 동네를 돌면 물벼락을 맞게 하는 풍습이 있었다 합니다. 내 어릴 적 경남 산청 지방에도 이와 비슷한 풍습이 있었습니다. 산청 지방에는 밤에 학질 환자를 삿갓을 씌우고 동네를 돌면 양철통 같은 걸 두드리며 "남의 집 며느리 낮에는 못 놀고 밤에는 놀아보세. 자구여"라는 노래를 냅다 부르면서 구정물을 퍼부었습니다. 악귀를 쫓는다 해서 이렇게 하였고, 다른 방법은 학질 환자의 얼굴을 가린 채 한 열 걸음 앞에 앉히고, 그 뒤에서 주문을 잘 외는 늙은이가 뭐라 귀신 쫓는 주문을 외면서 물을 한 바가지 퍼붓고는 부엌칼을 환자 머리 앞으로 던지는 걸 봤습니다. 잡귀를 쫓는 행위이지만 이 행위가 잘못 되어 환자를 다치게 하는 것도 봤습니다. 미련한 짓이지요. 이 병을 옮기는 매개체가 있고 그것은 모기 때문이라는 건 상상도 못하고 살았던 전설 같은 이야기지요.

　과학은 과학 그 너머까지를 의심해야 합니다. 파리 소르본 대학 물리학 교수 베크렐은 1896년 우라늄 광석엔 인간의 눈으로는 식별할 수 없지만 사진 필름을 감광시키는 어떤 빛이 있다는 걸 발견하고는 '베크렐 광선(Becquerel Rays)이라 이름 붙였습니다. 여기서 한 걸음 더 나아가 퀴리 부부가 우라늄 말고 폴로늄(polonium), 라듐(radium) 같은 다른 원소에서도 이 베크렐 광선이 있음을 발견하였습니다. 이런 원소들이 내뿜는 광선 이름을 싸잡아 방사능(radioativity)이라 이름 붙인 겁니다. 이 방사능은 알파, 베타, 감마의 세 에너지원을 방출하는 것을 발견해내 1903년 베크렐과 퀴리 부부는 노벨 물리학상을 받았지요. 그런데 문제가 생기고 말았습니다. 인간은 태양으로부터 에너지를 받고 살기 때문에 방사능 에너지 역시 인체에 유익하지 않을까하는 막연한 믿음을 갖고 퀴리부인은 늘 소량의 라듐을 포켓에 넣고 다녔습니다. 이 막연한 믿음은 결국 1934년 그녀를 암(백혈병)으로 죽게 하였지요. 그녀가 죽고 난 연후에야 방사능이 인체 세포를 파괴하는 괴물임을 알았습니다. 과학에서 경계해야 할 것 중 하나는 막연한 믿음이 문제를 일으킨다는 사실입니다. 노벨상을 두 번씩(물리학상, 화학상)이나 받은 퀴리 같은 천재도 막연한 믿음 때문에 스스로의 목숨을 단축하고 말았으니 안타깝지 않습니까.

최현배 선생
독립운동가이자 국어학자인 외솔 최현배 선생(1894~1970)을 말한다.

사람다움과 종교

논어 '선진'편에 이런 대화가 나옵니다.

어느 날 자로가 공자에게 물었다.
"죽음에 대해 알고 싶습니다."
"삶도 아직 다 모르는 판에 어찌 죽음을 알겠느냐?"
자로가 다시 물었다.
"귀신 섬기는 법에 대해 말씀해 주십시오."
"사람 섬기는 일도 다 못하는 판에 어찌 귀신 섬기는 일을 말
하겠느냐?"

어찌 보면 말장난 같지만 의미가 심장한 구석이 있습지요. 이 말
속에 공자의 사상이 함축되어 있다는 의미에서 의미심장하다는 말
입니다. 다름 아닌 공자 사상은 신본주의와는 거리가 먼 인본주의

사상이라는 것과, 인간의 죽음 뒤의 미래에 관한 것이 아니라 현재의 삶에 목적하고 있음을 말한다 이거지요. 공자 사상은 종교가 될 수 없다는 논리 중 하나는 극락이니 천당이니 하는 내세관이 없다는 것과 여호와 같은 절대자로서의 신이 없다는 것입니다. 그런 이치에서 보면 종교랄 수가 없고 정치철학이라는 편이 틀리지 않습니다. 그것도 요즘 사회에 대입하기 어려운 당시 상황에서의 정치철학이라 할 수 있지요. 그런데 논어에는 시대가 바뀌어도 인간 삶에 좌표가 되기에 넉넉한 삶의 철학이 잔뜩 들어 있어서 정치철학이라고만 말할 수 없습니다.

화이트 헤드가 쓴 『종교란 무엇인가』(문창옥 역, 사월의 책, 2015)에 의하면 종교는 애초부터 완성품이 아니고 끊임없이 변화 발전해가는 과정에 있는 미완의 세계관이라 하더군요. 그리고 만약 교리의 불변성에 매몰되면 종교적 삶은 질식을 면하기 어렵다고 하더군요. 따라서 새로운 시대에 걸맞은 비독단적 종교관으로 발전해야만 종교는 새로운 생명력을 얻는다고 보고 있습니다. 이와 같이 종교에 대한 기본적 인식이 달라져야 합니다. 그것이 내세관이 있든 없든 절대자가 있든 없든 종교가 인간 삶의 불완전성과 부족을 메우는 역할을 수행하는 정신세계라고 한다면 유교를 종교라 해서 틀리지 않다고 봅니다. 화이트 헤드의 말처럼 어느 종교든 시대에 맞게 자기 조절을 끊임없이 겪어야 살아있는 종교가 된다고 봅니다. 다만 비독단적이어야 하고 합목적적이어야 하겠지요. 공자의 말씀도 시대에 따라 새로운 해석을 기다린다고 할 수 있습니다.

어느 나라 종교든 종교는 발생기부터 정치와 무관하지 않았습니

다. 공자는 처음부터 정치가 도덕에 기초해야 한다는 주장을 했습니다. 노나라에 태어난 그는 노나라를 위해 조언을 해 보고 싶었지만 이게 쉽지 않자 제나라를 시작으로 30여 년 동안 72명의 각 국왕을 만나 그의 정치철학을 말하고 다녔지요. 그의 사상을 흔히 '인(仁)'이라 하지 않습니까. 인에 대해 후학들이 많은 의미를 달았지만 중용에서 '사람다움'(仁者人也)이라 했고 맹자에서도 역시 사람다움(仁也者人也)이라 했습니다.

『사람다움이란 무엇인가』(신정근, 글항아리, 2011)란 책이 있습니다. 이 책에 의하면 공자 이전의 인은 사회지도층이 공동체 구성원들을 다스리는 치인의 덕목 정도에 머물렀다고 보더군요.(p. 201) 그랬겠지요. 그러나 공자에 이르러 인은 아래 위 할 것 없이 사람다움으로 나아가는 인간의 길이고 그 길은 두 개일 수가 없다(p. 111)고 하면서 이것에 대한 내용을 논어 구석구석에 담아놓았습니다. 이 책을 쓴 신정근 교수는 자기 나름의 인을 현대 사회에 맞게 해석하더군요. 인은 인간다운 사람을 위한 인권의 보장과 복지 증대, 탐욕스런 경쟁에 브레이크를 거는 것이어야 하고, 상생의 윤리회복에 근거해야 한다고 정리하고 있습니다. 뭐 이런 말을 확 줄이면 사람과 사람 사이에 보여주는 사람다운 태도, 바람직한 인간미 이것 아니겠습니까. 인간은 사람다움 되기 위해 종교를 선택하고 이것을 종교에서 배움 받는 것이라 할 수 있지요.

오래 전에 별난 책 하나를 읽었습니다. 영국 옥스퍼드대학 교수 리처드 도킨스의 『만들어진 신』(이한음 역, 김영사, 2007)인데 이 책에서 그는 창조론의 이론적 모순과 잘못된 믿음이 가져온 결과를 역사적으로 고찰하고 있더군요. 인간의 존엄성이 신으로 인해 어떻게 무너졌으며 신에 대한 부정은 도덕적 타락이 아니라 인간 본연의 가치이며 진정한 사랑을 찾는 일이면서 미래 사회의 대안은 종교가 아닌 인간 그 자체에 있다고 주장하고 있었습니다. 그러나 나는 종교가 어찌 탄생하였든 그것이 과학적 근거를 가졌든 안 가졌든 그것에 관심이 없습니다. 어쨌든 종교는 현존하고 있고, 이걸 없앨 수도 없고, 종교가 모순만 있는 게 아니라 긍정적인 순기능이 많다는 점에서 이 점을 무시하면 안 된다고 봅니다. 교리의 그릇된 해석과 판단 때문에 저지르는 악행, 정치 도구로서의 종교 이용, 이것들이 문제라면 문제라 이거지요.

2015년 프랑스 파리의 폭탄 테러로 130명이 사망, 2016년 브뤼셀 폭탄 테러로 34명이 사망, 이어 프랑스 니스 해변에서 트럭 테러가 발생하여 최소 80명이 사망했습니다, 이런 자살테러의 주인공들이 그 종교나 종파 사회에서는 죽어 영웅이 되겠지요. 자살 테러를 방조하는 세력들 이 사람들은 코란을 독단적으로 해석하고 종교를 정치 도구로 활용하는 것 아니겠습니까. 코란에 알라신을 믿지 않는 자들을 청소해야 하고 알라신을 믿어도 우리와 다른 방식의 무리들은 물리쳐야 한다고 적혀있다면 분란만 일으키는 이런 식의 종교는 없어지고 사라져야 세상이 조용해지겠지요. 설사 이런 식으로 코란을 해석한다면 화이트 헤드의 말처럼 이것을 과감히 수정할 필요가 있어야 합니다. 여기 동참을 거절해야 합니다.

과거에도 흔하게 종교를 정치적 도구로 만들어 피비린내 나는 전쟁을 감행한 적이 여러 번 있었습니다. 이번에는 난데없이 IS라는 극단적 종교 단체가 세계를 공포스럽게 몰아가고 있어 걱정입니다. 이것들의 만행은 자기들만의 세상 만들기 이것인 것 같습니다. 타를 인정하지 않는 극단적 사고는 앞서와 같은 끔찍한 사건을 일으키고도 오히려 떳떳한 행위라고 자위하려 들겠지요.

종교는 인간다움을 행사하기 위한 자기 수양이어야 합니다. 더불어 잘 살 수 있는 덕목이어야 합니다. 그것이 신의 말씀이든 뭐든 종국은 인간되기 위한 노력이 종교이어야 한다 이것 아닙니까. 어디서는 인이라 하고, 어디서는 사랑이라 하고, 어디서는 자비라 하여 각기 말은 다르지만 의미는 사람됨에서 한 치도 벗어나 있지 않습니다. 여기서 역행하는 종교는 종교라는 이름을 빌린 악마행위 이렇게 말해도 되겠지요. 이 밤을 새면 내일도 또 어디선가 악마의 행위가 일어날 것 같은 예감입니다. 이런 행위가 멈추지 않는 한 또 다른 도킨스 교수가 나타나 종교의 무익과 해악을 주장하게 되겠지요.

삶의 질을 위한 환경 개선

인간은 삶의 환경을 새롭게 만들어 잘 살아보려는 노력을 끊임없이 하여 왔습니다. 사람들은 인간과 인간 사이에 존재하는 모순이 있음을 자각하고 이것들을 제거하는 일을 생각하였습니다.

18C 말 귀족 중심의 정치적, 경제적 권리를 타파한 평등주의의 탄생이 있었지요. 1789년 7월 14일 파리 시민들이 들고 일어난 시민혁명은 프랑스인의 자유와 평등을 얻기 위한 투쟁 아니었습니까. 당시 프랑스는 '앙시앵 레짐'이라는 신분 제도가 있었다나요. 성직자는 제1신분, 귀족은 제2신분으로 이들이 온갖 특권을 누리고 살았습니다. 약 2,700만 프랑스 인구 중 특권 계급인 성직자와 귀족은 40만 정도였는데 절대 다수의 제3신분인 일반 국민 위에 이 사람들이 군림하고 살았으니 말이 안 되지요. 그 특권 계급이 프랑스 전체 토지를 30% 이상 차지하고 관직을 독차지하고 면세 특권까지 누리고 살았으니 말이 되는 이야기입니까. 그래서 시민들이

들고 일어났지요. 이 사건이 바로 프랑스 시민혁명입니다. 이로 인해 제3신분인 일반 국민이 정치적, 경제적인 어려움과 억눌린 생활에서 해방되었다 이것 아닙니까. 이런 정신이 세계로 번지게 되었습니다. 조선사회에서도 귀족, 양반들이 온갖 특권, 농민 착취를 하니 이래서는 못 살겠다 하여 농민들이 들고일어난 동학농민혁명이 있었지요. 동학농민혁명(東學農民革命), 동학혁명 또는 동학농민전쟁(東學農民戰爭)이라 여러 사람이 여러 말을 하는 이 사건은 1894년 동학 지도자들과 동학교도 및 농민들에 의해 일어났습니다. 민중의 무장 봉기였으니 대단한 사건 아닙니까. 이 혁명은 관군과 일본군에 의해 토벌당하고 말았습니다.

다음은 자본주의의 모순을 발견한 사건입니다. 19C 중반에 이르러 자본주의가 발달하자 그 모순점이 드러나게 되었습니다. 자본가의 횡포에 시달리던 노동자들의 권리를 주장하기 시작했지요. 자본주의 시장 경제는 빈익빈 부익부 현상으로 말미암은 빈부 격차의 심화를 가져온다 하여 칼 맑스의 이론에 근거한 사회주의가 등장하였습니다. 사회주의자들은 이와 같은 경제적 불평등의 해소를 위해 생산 수단의 공동 소유가 불평등 문제를 해결한다고 보았고, 생산보다는 분배 문제에 초점을 맞추어야 한다고 주장한 겁니다. 실지로 사회주의 국가의 탄생을 보았지요. 이런 주장 덕분에 자본주의 국가라 해도 노동자 권익을 보장하기 시작하여 오늘에 이르렀습니다요.

이번에는 인간과 자연과의 관계를 새로 세워야 인간 삶이 복됨을 주장하는 사람들이 등장하였습니다. 인간이 자연을 삶에 보탬

되는 자원에 지나지 않는다는 생각이 틀린다, 자연의 황폐화는 결국은 인간이 스스로 무덤 파는 행위다 이걸 자각하게 되었습니다. 소위 생태주의가 그것입니다. 1970년대에 출현한 이 사상은 크게 두 개로 나누어 생각할 수 있지요.

하나는 사회 제도나 생산 제도의 개선이나 변혁보다는 자연에 대한 인간의 인식 제고와 개인의 가치관 변화, 그에 따른 실천적 행보가 환경 문제 해결에 도움이 될 수 있다는 사고였지요. 가치관의 혁신과 유포가 문화 패러다임의 교체를 형성하게 되고, 결국은 이것이 환경 위기를 극복할 수 있다는 낭만적인 논리입니다.

다른 하나는 문화나 문명의 이름으로 자연에 가한 횡포를 줄이거나 없애야 한다는 적극적 논리이지요. 정치 혹은 경제 위주 담론에서 빠져 있던 자연의 권리(자연도 권리가 있다는 주장)를 보장해야 한다는 겁니다. 이런 걸 녹색사상이라 합니다. 이것의 정치적 실현을 위한 녹색당이 출현한 것은 자연스런 일이지요.

한국에서는 아직 활동이 미약하지만 녹색당은 세계 최초의 환경 보호주의 정당입니다. 처음으로 독일 녹색당이 1980년에 정식 창당되었습니다. 이 정당은 미국의 핵미사일 배치 반대, 독일은 나토로부터 즉각 탈퇴, 동서독의 중립화, 부유층에 대한 중과세, 저소득층의 최저임금 보장, 국방비 삭감, 핵발전소 건설반대, 자연을 파괴하고 자원을 고갈시키는 공업개발억제 등을 주장하였다 이것 아닙니까. 하나밖에 없는 이 지구를 더 이상 황폐화시켜서는 인간이 살 수 없다는 것이고, 우리 자손들의 미래가 보장되지 않는다는 것이지요. 그들은 이데올로기적으로는 좌도 우도 아닙니다. 단지 생태주의자들이고 비폭력주의자들입니다. 대부분의 당원과 지지층은 20대와 30대의 순수 열정파들입니다.

그린피스(Greenpeace)란 말 들어봤을 겁니다. 이 단체는 1970년 결성된 반핵(反核)단체로 '파도를 일으키지 말라 위원회(Don't Make a Wave Committe)'가 시발점이지요. 1969년 미국 알래스카 주 알류산 열도에 있는 암치카 섬에서 진행될 예정인 지하 핵실험을 저지하기 위해 위원회를 결성, 뜻을 같이 하는 사람들이 암치카 섬으로 넙치잡이 배를 타고 선박 시위를 하였습니다. 이들이 기금을 모아 임대한 선박에 붙인 이름이 Greenpeace. 오늘날 전 세계 42개국 이상에 지부를 가지고 300여 만 명의 회원을 확보한 국제환경보호단체로 발전했습니다.

시작은 핵실험 반대운동, 나아가 핵발전소를 지어서는 안 된다고 주장하였습니다만 여기서 발전하여 현재는 콩과 옥수수 등 유전자조작의 농산물 재배 반대, 고래 포획 반대 등 다양한 운동을 하고 있는 세계적 환경단체 중의 하나이지요.

데카르트의 이원론적 자연관은 인간을 자연으로부터 유리시키는 인간중심주의 철학이지요. 이런 사상이 서구사회를 지배하면서부터 근대화를 문명화란 말로 대치시키고 그 주체를 부르주아로 고정화하면서부터 생물과 환경과의 역학 관계를 무시하고 외면하기 시작하였던 것입니다. 거기다 신자유주의(Neo-liberalism)는 모든 영역에서 상품화를 가속시키고 기후 온난화, 오존층 파괴, 자연자원의 남용과 채굴, 채무국의 자원 갈취 등 지구의 환경을 열악하게 만들었지요. 이 논리는 사회진화론(Social Darwinim)과 멀리 떨어져 있지 않지요. 사회진화론자들은 인간 사회의 생활 그 자체가 생존 경쟁이라는 겁니다. 인간의 삶도 따지고 보면 무제한적인 경쟁관계이므로 현상 유지를 위한 약육강식의 생물학적 선택과 일치한다고 봤지요. 가난한 자는 '도태된 자'로서 도움을 주어서는 안 되며, 생존 경쟁에서 부는 성공의 상징이라는 인식. 이 이론은 제국주의적·식민주의적·인종주의적 정책을 철학적으로 합리화하는 데 이용하였습니다. 그러나 20세기 이후 생물학적·사회적·문화적 현상에 대한 지식의 확대가 일어나자 사회진화론은 배격되고 말았습니다.

여러 종의 펭귄이 있지만 그들은 한결같이 자기네 집단만의 휴식처가 있고 사냥터가 있습니다. 남의 것을 넘보려 하지 않지요. 만물은 서로 돕고 산다고 주장한 Kropotkin이 살핀 바로는 적자생존보다는 상호부조하면서 질서 있게 생물체들은 살고 있다고 주장하였습니다. 새들의 둥우리 연합, 설치류 마을, 초식동물 무리에 든든히 자리 잡고 있는 평화, 이것을 인간이 배우고 이를 실천하고 살아야 한다는 주장을 한 것입니다. 원시부족사회 속에는 협동과 부조로 연결되어 있음도 밝혀냈습니다. 이런 인간의 모범적 사례를 배워야 한다 이거지요.

이 지구의 생물들은 어느 것 하나 예사로이 존재하지 않습니다. 서로 유대하고 삽니다. 쇠똥구리는 포유동물의 똥이 있어야 생존합니다. 악어와 악어새, 집게와 말미잘도 공생하고 사는 생물들 아닙니까. 생물 간에는 먹고 먹히는 먹이 사슬도 있지요. 풀이 있어야 초식동물이, 초식동물이 있어야 육식동물이 존재하게 되는 것 아닙니까. 풀을 먹는 메뚜기, 메뚜기를 먹는 개구리, 개구리를 먹는 뱀, 뱀을 먹는 매 이렇게 과잉 번식을 억제하면서 다른 개체를 살리는 먹이 사슬은 든든한 생명줄입니다. 이 든든한 생명줄을 약육강식이라 하면 안 되지요. 생태계 내에서는 한 가지 생물이 한 가지만 먹는 게 아니라 여러 생물을 먹이로 하는 먹이 그물도 있어서 좀처럼 한 종류의 생물이 멸종하기 어렵게 만들어져 있습지요. 그런데 인간이 걱정입니다. 이들 생명체들을 남획하거나 인간중심적 사고 때문에 그것들 삶의 환경을 파괴하여 멸종 위기 동물들을 만들어내니 걱정이라 이겁니다. 한 생명체가 사라지면 먹이 사슬에 문제가 생깁니다. 인간들은 무수한 생명체로부터 인체에 유효한 약을 공급 받고 있음을 아시지 않습니까. 약이 떨어지면 어찌 되나요.

자연환경이 파괴되면 인간 삶도 위협 받는다는 이치를 알기는 알지만 목전의 이익을 챙기려 하니 자연을 파괴하고 공해물질을 내뿜게 되지요. 선진공업국, 여기에 뒤따라가는 후발공업국 들이 이런 짓을 계속하기 때문에 지구는 병이 들었습니다. 병이 들어도 많이 들었습니다.

오늘도 미세먼지에 대한 공포를 방송하고 있네요. 미세먼지 속에는 황산화물, 질소산화물 등의 유해성분이 대부분이고 카드뮴, 납과 같은 중금속까지도 섞여 있다 합니다. 이것 참 걱정입니다. 자동차 매연, 난방 기구, 석탄이나 석유와 같은 화석연료가 탈 때 이것들이 많이 나옵니다. 이것들이 호흡기 질환은 물론 고혈압, 뇌졸중까지 유발시킨다니 걱정 아닙니까.

중국은 산업화를 가속화하면서 석탄 사용량이 급증했습니다. 중국통계연보(2011)에 따르면 중국의 석탄 의존율은 70%를 넘어섰다나요. 겨울철이면 석탄 사용량이 더 늘기 때문에 미세먼지 농도는 더 심해집니다. 베이징의 초미세먼지 농도는 2013년 1월에는 $993\mu g/m^3$(세제곱미터 당 마이크로그램), 10월에는 $407\mu g/m^3$에 달했다. WHO 권고 기준인 $25\mu g/m^3$와 비교할 때 상당히 높은 농도 아닙니까. 겨울철은 극심하지요. 온갖 오염물질들이 합쳐진 이것이 서풍이나 북서풍을 타고 우리나라로 날아와 한국 하늘을 뿌옇게 만들고 말지요.

공업화도 좋지만 살기 좋은 환경을 더럽히면서 공업화 추진은 결국 자해행위 아닙니까. 자국의 이익 추구로 인한 자해행위는 다른 나라에서 뭐라 말하기 어렵지요. 그러나 그들의 행위가 다른 나라 환경을 망치는 결과를 초래한다면 이것 안 되지요. 절대 안 되는 일이지요.

* 프랑스 시민혁명

프랑스 시민혁명은 루소의 문명에 대한 격렬한 비판과 인민주권론이 그 사상의 기초가 되었다.

* 인간중심주의 철학

인간과 자연을 주체와 객체로 나누어서 보는 이분법적인 자연관이다. 여기에는 주체인 인간이 객체인 자연을 지배해야 한다는 인식이 깔려 있다.

언덕너머 딸네 집 가듯이

우리들은 세월이 간다 혹은 새 해가 온다고 흔히들 말합니다. 그렇다면 세월은 움직이는 동물에 비견되는 물체라는 말인가 보네요. 이건 영어에서도 마찬가집니다. 세월이 간다를 Time goes, The days go, Time is gone, 아니면 아예 날아가는 새로 보아 Time flys 이렇게, 세월이 온다를 Time is coming 이렇게 말하는데 역시 세월을 움직이는 동물로 간주해서 하는 말 아닙니까. 그렇지요. 그러나 그렇지 않게 보는 견해가 있으니 들어 보십시다. 법정스님이 생전에 이런 말을 남겼습니다.

세월은 가는 것도, 오는 것도 아니며 시간 속에 사는 우리가 가고 오고 변하는 것일 뿐이다. 세월이 덧없는 것이 아니고, 우리가 예측할 수 없는 삶을 살기 때문에 덧없는 것이다.
해가 바뀌면 어린 사람은 한 살 더해지지만 나이든 사람은 한 살 줄어든다. 되찾을 수 없는 게 세월이니 시시한 일에 시간을 낭비하지 말고 순간순간을 후회 없이 잘 살아야 한다.

세월은 가는 것도 오는 것도 아니라면 무얼까, 그건 인간이 세월을 온다고 간다고 착각하는 것이고 그렇게 인정해서 그렇지 세월은 그냥 그대로 있는 것이란 말이겠지요, 안 그런가요. 말하자면 시간은 움직이지 않는 고체감의 바위 같은 물체라는 말이지요. 인간이 시간의 단위를 정할 때, 오랫동안 변함없이 지속되어온 일정한 사건과 사건 사이의 간격을 시간의 길이로 인식하였습지요. 가령, 봄꽃이 피어서 다음 봄꽃이 피는 이 간격을 1년이라 이름 붙인 것입니다. 이 간격은 규칙적이고 반복적입니다. 해가 떠서 지고 졌던 해가 다시 뜨는 걸 하루라 하였지요. 달이 차고 기우는 변화에서 보듯이 운동하는 물체들을 반복되는 단위로 표준화해서(보름달이 다시 보름달이 되는 시간을 한 달이라 하였습니다.) 시간을 생각해낸 것이겠지요. 그러나 어떤가요. 영원히 반복하는 등속운동은 변화가 없는 그대로인 셈입니다. 태양이 여기 이 우주 공간에 있다 다른 우주 공간으로 이사 가서는 몇 년 있다 다시 돌아오는 것도 아니고, 달이 불규칙적으로 떴다 어떤 땐 아주 안 떴다 하는 것도 아니라면 이런 등속의 규칙적 반복운동은 사실 운동이라 할 수가 없지 않는가요. 정지와 같은 것 아닌가요. 똑 같은 운동의 반복은 정지입니다.

쥐불놀이를 할 때, 똑같은 속도로 쥐불을 돌리면 쥐불은 사라지고 불의 원만 남게 됩니다. 즉 원이 있을 뿐 다른 것은 사라집니다.

그래서 등속의 규칙적 반복은 정지와 같다는 것이라 이 말입니다. 이 정지 상태의 공간에서 인간이 지극히 짧은 점 같은 순간을 점유하는 것이 인생이다(점을 이으면 선이 됩니다.) 이렇게 본 것이 법정 스님의 해석이라 할 수 있고 불교에서의 시간관이라 할 수 있겠네요.

생명체의 나고 죽음 그 자체도 운동이 아니고 순환적인 반복에 지나지 않습니다. 그러나 인간 A라는 개체 하나를 떼 내어 생각해 보면 생성 소멸을 하기 때문에 그 자체는 운동일 수 있겠지요. 그래서 이런 말 한 것인가 봐요.

우주의 순환논리로 보면 찰나보다도 짧은 사람의 일생을 길다 짧다 합니다. 이 부질없는 목숨의 순간을 두고 인간은 권력을 얻으려고도 재력을 쌓으려고도 하지요. 그러나 권력을 좇는다 해도, 재력을 좇는다 해도 기실은 그 밑바닥에는 권력이나 새력을 취득하면 보다 자유로운 삶을 살 수 있을 것이라는 욕망 때문에 이런 걸 추구하는 것입니다. 사람들은 권력과 재력을 가지면 가질수록 자유가 제한되고 스스로 행동을 구속하는 또 다른 압박이 있음을 모르고 이런 일을 시작합니다. 좁고 작은 집보다 넓고 큰 집에 살면 보다 편안하고 자유로운 공간이 확보된다고 생각합니다. 어느 정도야 그렇겠지요. 그러나 넓고 큰 집에 살다 보면 청소하는 일에서부터 잡초를 뽑고 집 구석구석을 관리하자면 작은 집에 살 때보다 일이 더 많아짐을 알 수 있습니다. 어떤 면에서는 작은 집에서 살 때보다 부자유스럽지요.

남녀 간의 사랑도 마찬가지입니다. 남자가 어떤 여자를 사랑한다는 것은 그 남자가 그리는 환상으로서의 여자상에다 상대를 끼워 넣어서 순간 해석한 것을 그녀에 대해 사랑이라고 합니다. 막상 사랑한다는 그 여자도 몇 년 살다 보면 애초 품었던 사랑의 환상에서 빈틈이 있는 걸 발견하게 되지요. 결국 사랑에 대한 생각이 시들하게 되지요. 자유라는 것도 사랑이라는 것도 채우고 싶고 갖고 싶은 욕망 때문에 저지르는 일 아닙니까. 욕망을 모조리 없애버리면 인간이 아니니 줄이고 살 수 있는 방법을 생각하게 되겠지요. 이 문제를 두고 오래 전부터 철학자들이 고심하다가 금욕주의 스토아 철학을 생각해냈습니다.

인간사에 중요한 것은 무엇인가? 권력과 이익을 추구하는 것이 아니다. 다른 사람들을 지배하는 자는 많으나 자기 자신을 지배하는 자는 매우 드물다. 중요한 것은 운명의 위협을 극복하는 정신이며, 우리의 욕구를 충족시키는 것은 아무런 가치가 없음을 깨닫는 것이다. 무슨 일이 생기든지 마치 그것이 너에게 일어나기를 네가 원했던 것처럼 그렇게 행동하라. 만일 네가 신의 결정에 따라 모든 것이 이루어진다는 것을 안다면 진정으로 자유로운 사람이 될 것이다.

세네카의 '자연의 의문들'이란 글에 나오는 말이지요. 스토아학파들은 인과 법칙에 의해 외적 사건은 자발적 필연적으로 일어나기 때문에 인간인 우리가 이를 거역하거나 변화시킬 수는 없다. 다만 인간이 변화시킨다는 것은 외적 사건에 대한 우리의 내적 태도 또는 의지에 국한할 뿐이다. 이렇게 생각했지요. 스토아학파는 바로 이와 같은 내적 태도로부터 도덕과 행복의 기초를 찾아야 한다고 본 것이지요. 즉 행복의 기초는 우리의 내적 태도를 어떻게 가지느냐에 달렸지 외적 사건 또는 조건 때문에 불행해지지 않는다는 말입니다.

플라톤도 정신이 자유롭게 지식을 또는 건전한 이성을 추구할 수 있게 하기 위해서는 육욕을 억누를 필요가 있다고 믿었습니다. 금욕주의(stoicism)란 인간의 정신과 육체가 요구하는 욕망을 의지나 이성으로 억제하여 도덕적 종교적 목적을 달성할 수 있다는 사상입니다. 육체를 이성의 명령에 복종시키기 위해 고통스러운 삶을 택하거나 육체에 대한 불신을 타개하기 위해 신체를 파괴하는 행위로까지 나아가지요. 승려들이 고행을 심신수행의 덕목으로 간주한다든가 여타 종교에서 금식을 실행하는 절차가 금욕주의의 잔재 혹은 영향이라고 볼 수 있겠습니다.

당나라 寒山이란 선승은 이런 시구를 남겼습니다.

青山元不動 청산은 원래 그대로 움직임이 없는데
白雲自去來 흰구름만 스스로 왔다 갔다 할 뿐이다.

한산 스님은 중국 당대(唐代)의 스님이지만 정확한 생몰 연대는 물론 그의 일생조차도 알려지지 않는 인물입니다. 낮이면 동네에 내려가 동냥하여 끼니를 때우거나 산을 뒤적거리어 도토리, 밤, 칡

뿌리 같은 걸로 끼니를 때우고, 저녁이면 바위 밑에 웅크리고 잤다 더군요. 그가 이 시에서 말하는 바는 본성(佛性, 眞性, 如來藏)은 본 디 청산 같이 부동한 것인데, 인연에 따라서 애증(愛憎), 희비(喜悲), 득실(得失), 시비(是非)가 잠시 발생하여 본성을 가린다는 뜻을 말 한 거지요. 이것들이 늘 본성을 가리지는 않고 본성은 그대로 남아 있다 이것입니다. 아니면 스스로는 청산 되어 산다는 자위가 깔려 있는 선시라는 생각도 들고.

　이걸 위의 법정스님 말에다 의역하여 옮기면 이렇게도 되겠지 요. 인간 개개인은 가변적 존재(白雲)라서 나고 죽음이 있고 왔다 갔다 하지만(自去來), 항존적 존재인 우주원리(青山)는 언제나 변함 없는 그대로라고 말해보면 재미있을 것 같기도 합니다.

이왕 한산시를 읊조렸으니 몇 수 더 맛을 보지요.

人生在塵夢　인생이란 흙먼지 세상에서 꿈으로 살다 가느니
恰似盆中蟲　마치 동이 속의 벌레살이와 흡사하구나
終日行遼遼　온 종일을 발버둥치고 살았다 해도
不離其盆中　끝내 동이 안을 벗어나지 못하고 마는 것을

四時無止息　세월은 사시로 쉬지를 않아
年去又年來　한 해가 가면 또 한 해 오네
萬物有代謝　만물은 바뀌어가며 변함이 있건만
九天無朽摧　구만리 높은 하늘 티끌 하나 없이 그대로구나.

東明又西暗　동녘이 밝아오면 서녘은 어둡고
花落又花開　꽃은 피었다 떨어지면 다시 피는데
唯有黃泉客　오직 황천으로 떠나간 그대는
冥冥去不廻　영영 돌아올 줄 모르는고

　이것 다 의미 있는 시들 아닙니까. 한 해를 보내고 설이 내일 모
레입니다. 올해는 좀 욕망을 버리고 줄이고, 욕망 때문에 일어나는
구속에서 탈출하여 더 자유롭게 예고된 내일을 맞으면 괜찮겠지
요. 그랬으면 하는 마음 이것은 신선한 욕망이니, 이런 욕망을 자주
많이 가질 수만 있다면 그는 행복의 문턱에 당도한 셈입니다.

　　새우마냥 허리 오그리고
　　뉘엿뉘엿 저무는 황혼을

언덕너머 딸네 집에 가듯이
나도 인제는 잠이나 들까.

굽이굽이 등 굽은
근심의 언덕너머

골골이 뻗치는 시름의 잔주름뿐
저승에 갈 노자도 내겐 없느니,

소태같이 쓴 가문 날들을
여뀌풀 밑 대어 오던
내 사랑의 봇도랑 물
인제는 제대로 흘러라 내버려 두고,
으스스히 깔리는 머언 산 그리메
홑이불처럼 말아서 덮고
엇비슷이 비끼어 누워
나도 인제는 잠이나 들까

　　서정주 시인이 말년에 쓴 '황혼길'이란 시입니다. 굳이 해석을 붙
인다면 죽음을 앞둔 시간을 황혼이라 했고, 황혼이 되면 안락을 위
해 잠을 자야 한다는군요. 잠도 그냥 자는 것이 아니라 언덕너머 사
는 딸네 집에 가서 대접 잘 받고 딸이 주는 더운 밥 먹고 애초 어머
니 뱃속에서 새우잠 잤듯이 미물(새우)의 이치대로 돌아가 죽었으
면 한다는 것 아닌가요. 근심에서부터 해방하고, 독초인 여뀌풀 밑
을 흘러오던 봇도랑 물도 이제는 제대로 흘러가도록 해놓고(사랑

이란 그것마저도 구속이고 독이니 내팽개치고) 석양 산 그리메를 홑이불로 덮고(자연을 온전히 내 것으로 만들고) 세상 하직을 하룻 밤 한숨 자는 것으로 여기며 떠날까 한다. 뭐 이런 투로 해석을 해 봅니다.

늘그막에 처한 인생은 죽음을 어찌 맞을 것인가가 제일 큰 걱정 이지요. 그러나 죽음도 언덕너머 딸네 집 가듯이(딸이 얼마나 귀엽 고 귀여운 존재라는 건 딸 가진 사람들은 아는 일 아닙니까.) 반가 운 마음을 가지고 예사롭게 가면 되는 것 아닙니까. 그렇게 할 수 있게 마음가짐 잘 해서 새 해 맞이하면 멋질 것 같습니다. 새 해는 좀 욕망을 버리고 줄이고, 욕망 때문에 일어나는 구속에서 탈출하 여 더 자유롭게 살려는 신선한 욕망을 자주 갖도록 해 보면 멋질 것 같습니다. "되찾을 수 없는 게 세월이니 시시한 일에 시간을 낭비 하지 말고 순간순간을 후회 없이 잘 살아야 한다."는 법정스님 말 씀 잘 간직하고 멋들어지게 한 해 살아볼 일이라 생각이 드네요. 내 말 맞지요?

세네카
후기 스토아 철학을 대표하는 로마 정치가로, 네로 황제의 스승이다.

영웅들의 마지막 말

네로황제는 AD 54년 그의 나이 17세 되던 해에 황제가 되었지요. 로마 귀족 자제들이 대체로 그러했듯이 그는 예술교육을 잘 받았던 모양입니다. 네로의 전기 작가 수에토니우스에 의하면 그는 알렉산드리아 출신 테르포네스를 고용해서 리라와 흡사한 7현금 키타라 악기를 배우는 한편, 유명 가수를 데려와 열심히 노래 공부를 했다고 전합니다. 그의 목소리를 잘 다듬어 시민들에게 보여주기 위해서 7년을 성악 공부를 했다지요. 황제는 "성공은 계획될 수 있다."라고 하여 박수부대를 동원하였다는 기록이 남아 있습니다. 한두 번도 아니고 이어지는 황제의 연주에 동원되어야 하는 로마인들은 고통 아니었겠습니까.

AD 68년 네로는 원로원에 의해 국가의 적으로 선언되자 31세의 나이로 자살을 감행했습니다. 죽기 전 한 말은 이렇습니다.

"한 위대한 예술가가 파멸하는구나!"

영국 함대는 넬슨 의 '빅토리'(HMS Victory)를 기함으로 하는 27척의 전열함이 주축이었고, 프랑스의 제독 피에르 빌뇌브가 이끄는 프랑스-스페인 연합 함대는 부상테르(Bucentaure)를 기함으로 하는 33척의 전열함이었습니다. 넬슨은 적의 대열을 갈라놓기 위해 2열 종대로 돌진하는 '넬슨 터치'라는 전법을 사용했지요. 빌뇌브도 다종렬에 의한 분산 작전을 예측하여 돛에 많은 저격병을 배치했습니다.

연합 함대는 수적으로는 우세하였으나 스페인 해군과 섞여 지휘 계통이 복잡하고, 사기나 숙련도가 낮고, 함재포의 발사 속도가 1발/3분 이었습니다. 그러나 영국 해군은 사기도, 숙련도도 높고, 발사 속도도 1발/1.5분으로 우수했습니다. 결국 연합 함대는 격침 1척, 포획 파괴 21척, 전사 3,200명, 포로 7,000명, 제독 빌뇌브 또한 생포되는 참패를 당했지요.

영국 측은 상실함 0, 전사 400명, 부상 1,200명이라는 비교적 가벼운 피해로 끝났지만, 넬슨은 교전 중 프랑스 측 총탄에 피격되었습니다. 피격 후에도 4시간이나 지휘를 계속했습니다. 결국 넬슨은 다음의 말을 남기고 죽었지요.

"신이여 감사합니다. 나는 내 임무를 완수했습니다.(Thank God. I have done my duty.)"

고니시는 경남 사천(泗川)에 주둔 중인 시마쓰 요시히로(島津義弘)와 남해의 시라노부(宗調信)에게 구원을 청하여 병선(兵船) 500여 척으로 노량 앞바다에 집결하였습니다. 조·명 연합수군은 200여 척. 이순신은 휘하 장병에게 진격 명령을 내려 노량 앞바다로 돌격, 적선 50여 척 격파, 200여 적병을 죽였습니다. 이때 왜군은 이순신을 잡을 목적으로 그를 포위하려 하다가 도리어 협공을 받아 관음포(觀音浦) 방면으로 패퇴하였지요. 이순신은 적선의 퇴로를 막고 이를 공격하여 격파하는 동시에 적에게 포위된 진린(陳璘, 임진왜란 당시 조선에 원군으로 파견된 명나라 해군 장수)도 구출하였습니다.

이 싸움에서 400여 척의 병선을 격파당한 왜군은 남해 방면으로 도망쳤는데, 이순신은 이들을 놓치지 않으려고 필사적으로 추격하였지요. 이 추격전에서 이순신은 적의 유탄에 맞아 전사하였습니다. 이순신은 죽는 순간까지 추격을 계속하여 적을 격파하라고 유언했기 때문에, 조선군은 왜군을 격파한 후에야 이순신의 전사 소식을 들었답니다. 이 추격전에서 왜군은 다시 50여 척의 병선이 격파당하고 겨우 50여 척의 남은 배를 수습하여 도망쳤습니다. 이 전투에서 이순신 외에도 명나라의 등자룡(鄧子龍), 조선 수군의 가리포첨사(加里浦僉使) 이영남(李英男), 낙안군수(樂安郡守) 방덕룡(方德龍), 홍양현감(興陽縣監) 고득장(高得蔣) 등이 전사하였지만 이 전투를 마지막으로 7년 간이나 끌던 조선과 왜와의 전쟁은 끝이 났습니다. 이순신의 최후의 한 말 아시지요. 이렇습니다.

"전쟁이 급하다. 내 죽음을 삼가여 말하지 말라(戰方急 慎勿言 我死)."

삼국지연의에 보면 제갈공명이 운명 연장을 위해 기도했으나 실패하자 죽음을 앞둔 상태에서 촉은 퇴각을 단행해야 했습니다. 사마의가 천문을 보니 대장성이 떨어졌기 때문에 제갈량이 죽었음을 알고는 촉군 진영으로 돌진하였습니다. 이럴 줄 미리 알고 죽기 전에 제갈량은 자신의 목상(木像)을 미리 만들어 두었다가 사마의가 쳐들어오면 이 목상을 내밀어 제갈량이 죽지 않고 건재함을 과시하라 일러놓았던 터입니다. 제갈량이 죽은 줄 알고 쳐들어왔더니 건재함을 알고는 혼비백산 퇴각하고 말았다는 이야기가 삼국지연의에 실려 있지요. '죽은 제갈량이 산 중달(사마의의 자)을 도망치게 하다(死諸葛走生仲達)' 란 말이 이래서 생겼습니다. 제갈량의 마지막 말은 이렇다 합니다.

"내 죽은 후 초상 치지 말라.(지금은 내 죽음을 비밀로 할 때다.)"

체 게바라(Ché Guevara, 1928~1967)는 남미 여러 나라의 혁명운동에 가담한 혁명투사임은 다 아시는 일 아닙니까. 아르헨티나 로사리오의 중상류층 백인 가정에서 태어나 명문 부에노스아이레스 의대를 졸업하였지요. 당시 아르헨티나는 세계 5위 아무리 에누리 해도 7위권의 경제력을 가진 나라였습니다. 이 나라 경제력이 이 정도라니 놀라겠지만 이 경제력은 백인 상류층에 몰려 있어 노동자와 농민들은(하층계급들은) 극빈의 상태였다 합니다. 체 게바라는 이래서는 안 된다 생각하여 민중의 힘으로 역사를 바꾸어야 한다는 생각을 하였습지요.

가정 환경도 좋았고 의학박사 학위를 땄으므로(25세) 편안한 삶이 보장되었지만, 그의 생각은 달랐습니다. 진보 정권이 생동하는 과테말라로 이주, 세 살 연상의 페루 학생운동 출신 여성 혁명가 일다 가데아(Hilda Gadea Acosta)를 만나 결혼을 하였지요. 게바라는 과테말라의 민주정권이 쿠데타 세력에 의해 무너지는 것을 목격한 뒤 본격적인 무장 혁명가로 변신했습니다. 그때 그가 한 말은 이렇습니다.

> "혁명은 다 익어 절로 떨어지는 사과가 아니다. 네가 떨어뜨려야 하는 열매다."
>
> (The revolution is not an apple that falls when it is ripe. You have to make it fall.)

과테말라의 독재정권의 핍박을 피해 체 게바라는 일다 가데아와 함께 멕시코로 망명, 그녀의 소개로 피델 카스트로와 운명적으로 만났지요. 카스트로 일행과 같이 쿠바 남동해안의 시에라마에스트라 산 속에 숨어 살며 게릴라 투쟁을 시작한 게바라는 그의 능력이 인정되어 반군의 2인자 지위에 올랐다나요. 쿠바 내 반정부세력과 함께 바티스타 독재정권을 무너뜨렸다 이것 아닙니까. 게바라는 카스트로 정부에서 국립은행 총재, 산업부 장관 등을 거치며 '쿠바의 두뇌'라는 별명을 얻었지만 곧 1965년 4월 체 게바라는 피델 카스트로에게 짤막한 쪽지를 남겨놓고 쿠바를 떠났지요. '쿠바에서 내 할 일은 다 끝났소.' 그리고는 아프리카 콩고로 가 혁명군을 지원했으나 실패한 뒤 남미 볼리비아의 반군사독재 혁명에 가담했습니다. 그러나 그가 이끄는 혁명군은 볼리비아 민중의 지지를 얻지 못했지요. 1967년 미군의 지원을 받은 볼리비아 정부군에 체포, 부상당한 채 포로로 잡혔습니다. 체 게바라는 볼리비아 한 하사관의 손에 총살형이 집행되었답니다. 원체 유명 인사를 총살하려하니 하사관이 발사를 멈칫거렸습니다. 그러자 게바라는 이 말을 남겼습니다.

> "네가 나를 죽이려고 왔다는 걸 알고 있어. 쏴, 겁쟁이야! 너는 그저 한 남자를 죽일 뿐이야."(I know you have come to kill me. Shoot, coward! You are only going to kill a man.)

채명신은 초대 주베트남 한국군 사령관을 지낸 대한민국 육군 예비역 중장으로 2013년 11월 25일 향년 88세에 노환으로 죽었습니다. 1926년 황해도 곡산에서 항일운동가의 아들로 태어났으며 1947년 월남해 조선경비사관학교(육군사관학교) 5기로 입학, 1949년 육사를 졸업한 뒤 이듬해 6·25 전쟁 시에는 소위로 참전하였다가 나중엔 육군 5사단장, 육군본부 작전참모부장을 거쳤지요. 1965년 8월~1969년 4월까지 초대 주월 한국군 사령관과 맹호

부대장을 맡아 4년 동안 베트남전쟁에 참가했습니다. 그는 베트남 전 당시 100명의 베트콩을 놓치더라도 1명의 양민을 보호하라고 지시하는 등 덕장으로 존경을 받았다지요.

그는 1961년 5.16에 주도적으로 가담, 박정희 전 대통령의 측근으로 활약하였습니다. 뒤에 박 전 대통령의 유신헌법 제정에 반대하자 1972년 중장으로 예편했습니다. 전역 후에는 스웨덴, 그리스, 브라질 대사 등 외교관으로 활동했습니다.

그는 죽어 8평 장군 묘에 묻히지 않고 1평 병사의 묘에 묻혔습니다. 묘비에는 이런 말이 새겨져 있지요. "그대들 여기 있기에 조국은 자랑스럽게 우뚝 서 있다.(Because you soldiers rest here, Our country stands tall with pride.) 그리고 그의 마지막 말을 이렇게 남겼다지요.

"나를 파월 장병들 무덤 곁에 묻어 달라"

전 박정희 대통령 치적으로는 조국 근대화와 경제적 자립이 있다고 할 수 있습니다. 경부고속도로 건설, 수출 증대, 국민의 소득 증대, 저축 장려, 새마을 운동 등을 통해 근대화를 이룩한 점은 누구도 부정할 수 없습니다. 그러나 민주인사와 정치적 반대자에 대한 탄압, 10월 유신 감행, 국가보안법과 긴급조치로 언론을 탄압한 일들 때문에 지금도 비판을 받지요.

여대생 신재순(申才順)은 박정희 최후의 만찬장에 초대된 인물이지요. 그의 증언은 이러합니다. 1979년 10월26일 오후 7시45분, 그녀는 김재규(金載圭)가 차지철 경호실장을 보고 "각하, 이 버러지 같은 놈을 데리고 정치를 하니 올바로 되겠습니까?" 하고는 차지철에게 한 방, 박 대통령에게 한 방을 발사했다고 증언했습니다. 신재순은 가슴을 관통당해 등에서 피를 쏟고 있던 박정희를 혼자서 안고 있었다고 합니다. 차지철 경호실장은 팔에 총상을 입고 실내 화장실로, 김계원은 바깥 마루로, 가수 심수봉은 김재규가 다가오는 것을 보고 달아났고 신씨만이 피범벅이 된 대통령을 안고 있었다네요.(이 날 저녁 가장 용감한 사람은 바로 신씨라 할 수 있지요.)

김재규는 합수부(合搜部) 수사에서 이렇게 진술했습니다. "차지철을 거꾸러뜨리고 앞을 보니 대통령은 여자의 무릎에 머리를 대고 있어 식탁을 왼쪽으로 돌아 대통령에게 다가가자 여자가 공포에 떠는 눈초리로 보고 있어 총을 대통령 머리에서 약 50cm까지 대고(후략)" 이 순간을 40대의 중년여성으로 변한 신재순은 이렇게 기억했습니다(1997년의 증언).

"그 사람의 눈과 마주쳤을 때를 영원히 잊지 못할 것입니다. 인간의 눈이 아니라 미친 짐승의 눈이었어요. 그가 대통령의 머리에 총을 갖다 대었을 때는 다음에는 나를 쏘겠구나 하고 후다닥 일어나 실내 화장실로 뛰었습니다. 저의 등 뒤로 총성이 들렸습니다. 화장실에 들어가서 문을 잠그고도 문손잡이를 꼭 쥐고 있었습니다."

바깥이 좀 조용해지자 신씨는 화장실 문을 열고 나와 보니 대통령은 실려 나갔고, 문 앞에 차실장이 하늘을 보고 쓰러져 신음하고 있었답니다. 신씨가 일으키려고 손을 당겼지만 차실장은 몇 번 힘을 써보다가 포기하는 눈빛을 하고 말했습니다. "난 못 일어날 것 같애"(난 죽을 것 같애.) 그리고는 다시 쓰러져 신음하였답니다. 권세를 쥐고 쓰잘 데 없는 만용을 부리던 사람의 최후는 이렇게 초라했습니다. 따지고 보면 김재규가 후배라도 새까만 후배 녀석이 대통령의 총애를 업고 선배를 무시하며 거만 떠는 게 아니꼬워 벌인 순간적인 살인극(?) 이게 아니었던가 생각됩니다. 여하간 차지철의 최후 말솜씨는 좀 함량 미달 아닙니까.

여대생 신이 쓰러진 전 박대통령을 안고 어떠하시냐고 물었답니다. 고통 속에서 죽음을 앞둔 박정희는 영웅답게 짧게 한 마디 하고 말문을 닫았다 이거 아닙니까.

"난 괜찮아(그러니 네 살 길이나 걱정해라.)."

완석점두(頑石點頭)와 바야돌리드 논쟁

열반경(涅槃經)에 이런 이야기가 전해옵니다. 동진(東晉)의 승려 축도생(竺道生)은 "일체의 중생 모두에게 불성이 있다(一切衆生悉有佛性)."고 하고는 "일천제(一闡提)도 성불(成佛)할 수 있다."고 주장하였던 이야기입니다. 일천제란 산스크리트어로 '이찬티카'(icchantika)인데 '욕구에 사로잡힌 사람', '불법을 훼방 놓아 구원받지 못할 존재' 이런 의미를 가진 말이랍니다. 당시 불교계는 구제할 길 없는 존재인 일천제도 마음만 먹으면 성불한다는 이런 식의 말을 수용하기 어려웠던 모양입니다. 불교계의 거센 반발에 못 이겨 축도생은 호악산(虎岳山)이라는 산중에 들어가 산 짐승들 초목들 앞에서 이 말을 풀어 설법하였다나요. 그런데 무딘 돌들도 이 말을 긍정하면서 고개를 끄덕이더라고 해서 완석점두(頑石點頭)라는 용어가 생겼다 합니다. 이 불교설화는 인간 간에는 평등으로 유대 해야 할 뿐더러 바람직한 인간 모습으로의 가능성은 언제나 누구 에게나 가능하다는 거였지요. 인간 자기 본위로 타를 제단하고 판 단할 일이 아니라 이거지요. 부처 될 사람이 따로 있지 않을뿐더러, 인간의 조소성(彫塑性)을 부정해서도 안 된다는 말이지요.

바야돌리드 논쟁을 아십니까. 콜럼버스가 아메리카 대륙을 발견 한 후에 스페인은 이 땅을 식민지로 만들었고, 그 땅의 주인이었던 인디오들을 대량 학살은 물론 노예로 부려 먹기 시작했습니다. 그 러니 인디오 숫자가 급감하게 될 수밖에요. 스페인 내부에서도 이 런 사태에 대해 비판적 시각이 일고 있었지만 귀족들의 이해가 걸 린 문제라 쉬쉬하고 지냈답니다. 이 사태를 심각하게 지켜본 칼 5 세는 아메리카 대륙의 인디오들의 지위와 권리를 확실하게 하고자 위원회를 구성하고 바야돌리드에서 이 문제에 대해 회의를 개최하 게 되었습니다.

이때 당시 스페인의 대단한 학자로 위세 부리던 세풀베다(Juan Gines de Sepulveda)는 인디오들은 이성이 없기 때문에 강압적으로 통치해야 한다고 주장하였다지요. 그 이유는 아메리카 인디오들은 우상 숭배(지금도 기독교인들은 타 종교를 우상숭배라 하는 것 같 더군요.), 식인 풍습, 인신 공양 등을 하는 야만인들이므로 강압으 로 통치를 해야 하고, 강제로라도 기독교로 개종을 시켜야 한다고 본 것이지요. 그러나 도미니크회 수사인 라스 카사스(Bartolomé de

Las Casas)는 인디오들은 우리와 다른 이성의 소유자이므로 강압적인 통치가 아닌 설득과 교육으로 인디오들을 교화시켜야 한다고 하였습니다. 더 나아가 그는 원주민들의 토지 소유권도 자연법과 국제법에 따라 존중되어야 함을 역설했을 뿐 아니라, 신대륙의 원주민들은 그들 나름의 문명을 쌓은 이성인들이므로 개종하지 않는다고 처벌해서는 안 된다고 주장하였습니다. 심지어는 타문명인들이 이 땅에 무력으로 쳐들어와 이 땅의 주인들을 죽이고 노예로 부려 먹고 하는 것이 기독교 정신에 합당하지 않다는 투로 이야기하였습니다.

결국 라스 카사스의 의견이 수용되어 인디오들에게 더 이상 노예로 삼거나 가혹 행위를 해서는 안 된다는 결론을 도출하게 되었습니다. 라스 카사스는 오랜 기간 서인도제도에 살면서 원주민들의 비참한 모습을 기록으로 남겼고, 이 기록물들은 이 방면 연구 자료로서 훌륭하게 전해오고 있지요. 그리고 그는 교황에게 원주민을 인간답게 처우해줄 것을 청원하는 등, 그들 인권보호에 평생을 바쳤으니 예사롭지 않은 사람 아닙니까. 이런 사람이 있는가 하면 인디오들을 노예로 부려먹지 못하게 되자 이번에는 아프리카 흑인들을 사냥해서 노예장사를 시작한 사람들이 생겨났습니다. 이 꼴을 보고 있던 몽테뉴는 1580년에 "야만인들의 악행에 관해서는 정죄하면서도 우리 유럽인들 자신의 악행들에 대해서는 눈이 멀어 있다"고 개탄하는 말을 남겼습니다.

콜럼버스가 1차 항해를 하면서 적은 항해일지에는 카리브 해역의 섬 주민들이 환대해주었고 많은 도움까지 받았다고 적고 있습지요. 거의 100일 동안 원주민 협력 없이 카리브해 주변을 항해한다는 것은 불가능한 일이었지요. 인디오들은 기함 산타마리아호가 좌초되었을 때도 적극적으로 협력해서 배를 구출했다고도 적고 있습니다. 콜럼버스 뒤를 이은 아메리코 베스푸치, 가브랄, 카르티 등의 방문 때도 인디오들이 환대해 주었다는 기록이 남아있습니다. 그러나 이런 유대관계는 스페인 기독교도들의 불법적 폭력에 의해 깨어지고 말았습니다. 왜 이런 일이 벌어졌느냐 하면 원주민들 고유문화에 대해 유럽인들은 알려고 하지 않았을 뿐더러 유럽 중심의 문화가 절대적 가치를 갖고 있어 여기에 편입되지 않은 문화는 야만이라는 이유 때문이지요. 기독교가 아닌 것은 사교요 이단이라는 것이기 때문에 기독교로의 개종은 인간으로서의 의무라고 생각한 겁니다.

백인계 미국민 중에는 흑인은 말할 것 없고 아랍, 아시아 계 사람들에 대해 우월감을 갖고 있으며 종교도 개신교 외의 비주류 종교인 가톨릭, 몰몬교 등의 신자들에 대해 적대적 사고를 갖고 있는 경우가 많다고 듣고 있습니다.

모든 논쟁은 편견에서 비롯되는 경우가 많습니다. 어떠한 종교 논리라도 그 안에 모순이 크게든 작게든 있게 마련이고, 긍정적인 면만 있는 게 아니라 부정적인 면이 있게 마련입니다. 이것을 아우르는 논리가 있다면 괜찮은 것 아닙니까. 원효(元曉, 617~686)의 화쟁론(和爭論)이 바로 여기에 있습니다. 모든 논쟁을 화합으로 바꾸려는 사상이지요. 모순과 대립은 애초부터 없었다는 겁니다.

원효는 근본 원리의 실상법(實相法)에 근거하여 불변(不變)과 수연(隨緣 인연에 따라 사는 본래의 성품), 염(染)과 정(淨), 진(眞)과 속(俗), 공(空)과 유(有), 인(人)과 법(法) 등이 모두 부처님 말씀이므로 일법(一法), 일심(一心), 일리(一理)의 겉과 속이라는 것이지요. 겉만 보고, 혹은 속만 보고 옳다 그르다고 싸우면 겉과 속으로 이룩된 전체에 도달하지 못한다는 겁니다. 전체를 쪼개는 것 이게 훌륭하지 않다고 본 것이지요.

화쟁(和諍)을 집착 없는 무애(無碍)의 경지로 보면 부처님 말씀은 오직 하나일 뿐이지요. 화와 쟁, 정과 반 이것을 본디 하나에서 비롯되었다면 본디대로 합이 되어야 할 논리, 비록 둘이라 해도 불이(不二)라는 것입니다. 참 괜찮은 논리입니다. 이 논리가 어디든 통한다고 하지는 않았지만 적어도 불교 이치가 이래야 된다고 본 것이지요.

성서에 기반한 유럽 사람들은 아스텍 원주민들이 사람을 제물로 바치고 제물을 나누어 먹는 식인풍습이 있다는 말을 듣고는 기절초풍했을 겁니다. 야만인이 틀림없다 했겠지요. 그러나 Michael Harner 같은 인류학자들의 견해는 다릅니다. 배고픈 인디오들은 단백질 자원의 고갈 이를테면 순록, 들소 같은 사냥감의 고갈에 이르자 식인풍습이 생기고 말았다고 봅니다. 문화는 환경이 만들어낸 부산물 아닙니까.

전쟁에서 사로잡은 포로를 신에게 제물로 바치고 그 고기를 먹었던 풍습은 인디오들의 전유물이 아닙니다. 사하라 이남의 아프리카 전역에서도 동남아시아, 말레시아, 인도네시아, 오세아니아 등 국가 성립 이전 단계의 사회에 널리 퍼져 있던 풍습입니다. 인육을 먹었단 기록은 안 보이지만 트로이 전쟁의 영웅 아킬레스는 그의 전우 파트로클루스를 장사 지낼 때 화장하는 장작더미 위에 제물로 트로이인 포로 열두 명을 불에 태워 죽이는 장면 기억나지요. 성서에 나오는 아브라함과 이삭의 이야기 들어보면 고대 이스라엘인들도 사람을 신에게 제물로 바쳤던 것으로 보입니다. 아브라함은 신이 자기 아들을 죽일 것을 요구하는 소리를 듣고 죽이려 하였지만 우호적인 천사의 도움으로 가까스로 목숨을 건집니다. 베델의 힐이 여리고를 재건할 때 그는 주님의 말씀에 따라 그의 큰아들 아비람을 희생으로 삼아 그 위에 주춧돌을 세웠고, 그의 막내아들을 희생으로 하여 대문을 세웠다 하지 않습니까.<이 점에 대해서는 Marvin Harris의 '식인과 제왕' (마빈 해리스, 정도영 역, 『식인과 제왕』, 한길사, 1995)에 상세히 기록되어 있더군요.>

구약성서엔 짐승을 신에게 제물로 바치는 일들이 잘 기록되어 있지요. '민수기'에 보니 첫 예배의 헌납식 때 황소 36마리, 양 144마리 염소 72마리를 희생 제물로 바쳤다 하네요. 사람들이 많으니 제물도 많아야 할 것 같아 이렇게 많은 가축을 죽였을까요. 이렇게 많은 가축을 제사 때문에 죽이는 일이 성스럽다 할 수 있나요.

예수는 유월절 축제 때 "빵, 이것은 나의 몸이요. 포도주, 이것은 나의 피요"라고 했답니다. 지금도 성체성사 때에 빵과 포도주를 먹

고 마십니다. 이렇게 되면 말이 심하지만 예수를 뜯어먹는 것 아닙니까. 상징이지만 식인풍습과 얼마나 떨어져 있습니까. 좀 달리 표현하면 안 될까요.

기독교는 이분법적 논리지요. 이것이 진일 뿐 여타는 위라는 논리 때문에 종교전쟁이 일어났습니다. 사람들이 많이도 죽었지요. 침략자를 물리친 이순신장군은 비기독교인이므로 사탄이고, 침략자인 소서행장은 기독교인이므로(그가 기독교인인지 아닌지는 모르지만 만약 그렇다면) 선이라 할 수는 없습니다. 흑인을 노예로 매매행위를 한 기독교인들의 행위가 정당하다 할 수 있습니까. 흑인은 비기독교인이므로 노예여야 마땅하다가 옳다고 말할 수 있습니까. 그들을 살려 준 인디오들을 기독교인이 아니라는 이유로 학살하고 약탈하고 노예화했으니 세상에 이런 일이 있어 되겠습니까.

기독교를 믿지 않는다가 죄악이 될 수 없지요. 기독교의 등장이 인류를 행복하게 한 것만은 아닙니다.

스스로 반성하고 인류를 위해 공헌하는 기독교 정신에 대해서는 박수를 보냅니다. 그러나 아직도 편파주의 이분법적 사고가 바탕이 되어 있는 종교 교파가 많다고 하니 걱정되어 한 소리 하는 것뿐이니 오해 없기 바랍니다.

지금도 세계 곳곳에서는 자살 테러가 일어나고 있습니다. 이런 죽음을 영웅시하는 풍조가 원망스럽고 이렇게까지 감행하는 이유가 극단적 종교 이념에서 이룩된다고 하니 안타깝습니다. 어느 종교든 교리를 편협된 해석으로 극단화 시키면 종교는 인간구제를 떠나 위험한 폭탄이 되고 맙니다. 축도생(竺道生) 혹은 원효의 논리처럼, 라스 카사스의 논리처럼 종교의 근본이 넓게 인간구제하기 위함에 있음에서 한 발짝도 벗어나면 안 될 일이라 생각듭니다. 그렇지 않습니까. 오늘은 잠잠하게 지나갑니다만 날이 새면 또 어디서 자살폭탄이 터져 많은 사람들을 희생 제물로 만들지 걱정이네요.

몰몬교
1830년 미국에서 창기된 그리스도교의 한 교파(모르몬교). 한국에서는 정식 명칭을 '말일 성도 예수 그리스도 교회', '예수 그리스도 후기 성도 교회', '예수 그리스도 교회' 등으로 불렸다.

종교전쟁
16세기 후반에서 17세기 후반에 걸친 유럽에서 종교개혁을 계기로 한 신교와 구교, 양 교파 간의 대립으로 야기되어 국제적 규모로 진전된 일련의 전쟁을 가리킴.

인간은 죽음을 생각한다

까뮈 『이방인』(알베르트 카뮈, 김화영 역, 『이방인』, 민음사, 2011)
의 주인공 뫼르소가 독방에 갇혀 처형을 당하기 직전에 이렇게 혼자
중얼거리는 장면이 나옵니다.

> 내가 다른 사람보다 먼저 죽는다는 것은 명백한 사실이지만,
> 인생이 살아갈 가치가 없다는 것은 누구나 알고 있다. 결국, 서른
> 에 죽든 일흔에 죽든 별다른 차이가 없다는 것을 내가 모를 리 없
> 다.

인생이 살아갈 가치가 없다고 판단한 것은 부조리한 세상에 부
조리하게 죽는 걸 의미하지요. 모친의 장례식장에서 눈물 한 방울
흘리지 않은 채 내처 졸았고, 다음 날 애인과 영화를 보고 해수욕을
즐기면서 그렇고 그런 일을 했다는 것은 어머니에 대한 불효라는

것입니다. 판사가 십자가를 갖고 와서 하느님을 믿느냐고 물었을 때 믿지 않는다는 게 또 재판에 불리하게 작용하였습니다. 우연히 살인을 저질렀지만 살인죄 자체에 주목하지 않고 다른 이유까지도 살인죄에 덮어씌우는 현상을 뫼르소는 부조리하다는 것이지요. 부조리한 논리가 인간 삶에는 곳곳에 숨어 살고 있어 가소롭다는 것이지요. 이런 세상이라면 살 가치가 없다 이거겠지요. 맞습니다. 그러나 세상 곳곳에는 이런 모순, 이 비슷한 모순이 살고 있는 걸 어떡합니까. 없애도 새로 생기는 모순은 또 어떡합니까.

인간은 삶의 의미를 두 가지 각도에서 생각하고 있습니다. 첫째는 현재적 삶보다 나은 미래의 삶에 희망을 품는 겁니다. 현재적 삶은 삭막하고 혼란스럽고 하루 한 날도 행복한 것 같지가 않아서 보다 나은 저 세상에 희망을 가져보는 것입니다. 이전 중세 종교 미술 좀 보시지요. 이 그림들은 지옥의 공포와 부활과 구원으로 점철된 묘사 참 지루했던 현실 초월의 세월 아닙니까. 둘째는 현실에 충실한 인식세계이지요. 개똥밭에 굴러도 이승이 좋다는 겁니다. 16C 들자 네덜란드를 시발점으로 정물화가 등장하여 성인(聖人)의 거룩한 모습, 교회 건물의 거대함 같은 것들이 화폭에서 사라지고 일상생활의 단면이 등장하였습니다. 뭐 천상 세계의 꿈을 깨고 지상 세계의 현실로 돌아왔다 해야 하나요. 이걸 금욕의 복음은 멀어지고 진보의 복음이 울려 퍼졌다고 미술평론가들은 말합디다. 현실 초월의 공간에서 탈출하여 생활현실의 공간으로의 이행이라 할 수 있지요.

어제 돋은 해가 오늘 다시 떠오르고 익숙한 경험의 반복이 삶의 현장이라 해도 인간은 지상에서의 존재 가치는 충분히 있는 법입니다. 어린이의 천진함에서도 행복을 느끼고 자연의 아름다움에서도 감탄하고 문살 틈의 빛과 그림자에서도 안도의 행복이 깃들어 옴을 놓칠 필요가 없지요. 문학, 음악, 미술, 무용은 일상적 삶에서의 휴식 공간이면서 삶을 다시 생각하게 합니다. 비록 잠시이긴 하지만 예술 세계에 몰입하다 보면 불만스러운 현실을 일탈할 수 있으니 천국이 있다 해도 지상에서의 복된 시간이 먼저라는 생각을 하게 된 겁니다.

인간은 누구나 죽음을 생각합니다. 죽음에 대해서는 몇 가지 방법으로 해석을 할 수 있습지요.

1) 죽음은 유에서 유로 돌아가는 행위
2) 죽음은 유에서 무로 돌아가는 행위
3) 죽음은 무에서 유로 돌아가는 행위
4) 죽음은 무에서 무로 돌아가는 행위

1)은 물론 조물주 혹은 신으로부터 하명 받아 목숨을 입고 이 지구상에 와서는 다시 저 세상으로 간다는 종교적 기반의 사고이지요. 2)는 현실적 사고로 자연과학적 이치로 육체가 탄생되고 육체가 다하는 날은 종교에서 뭐라 하는 천국이며 극락이며가 존재할 것 같지 않다는 생각을 하는 무신론자의 내세관이 여기 있습니다. 3)이나 4)는 현실 불가능합니다. 생존체의 근거 이유와 실재가 있으니 무에서 출발한다 할 수 없는 것 아닙니까.

이 대목에서 Epikouros(BC 342?-BC 271)의 말을 한번 들어보기로 하지요. '메노이케우스에게 보내는 편지'에 이런 말이 나오더군요.

"죽음이 우리에게 아무것도 아니다"라는 믿음에 익숙해져라. 왜냐하면 모든 좋고 나쁨은 감각에 있는데, 죽으면 감각을 잃게 되기 때문이다. 따라서 "죽음이 우리에게 아무것도 아니다"라는 사실을 알게 되면, 可死性도 즐겁게 된다. 이것은 그러한 앎이 우리에게 무한한 시간의 삶을 보태어주기 때문이 아니라, 불멸에 대한 갈망을 제거시켜주기 때문이다. "죽음은 두려운 일이 아니다"라는 사실을 진정으로 깨달은 사람은, 살아가면서 두려워할 것이 없다. 그러므로 "내가 죽음을 두려워하는 이유는, 죽을 때 고통스럽기 때문이 아니라, 죽게 된다는 예상이 고통스럽기 때문이다"라고 말하는 사람도 헛소리를 하는 셈이다. 왜냐하면 죽음이 닥쳐왔을 때 고통스럽지 않은데도 죽을 것을 예상해서 미리 고통스러워하는 일은 헛되기 때문이다. 그러므로 가장 두려운 악인 죽음은 우리에게 아무것도 아니다. 왜냐하면 우리가 존재하는 한 죽음은 우리와 함께 있지 않으며, 죽음이 오면 이미 우리는 존재하지 않기 때문이다. 그렇다면 죽음은 산 사람이나 죽은 사람 모두와 아무런 상관이 없다. 왜냐하면 산 사람에게는 아직 죽음이 오지 않았고, 죽은 사람은 이미 존재하지 않기 때문이다.

이 사람은 철학의 목적이란 행복하고 평온한 삶을 영위하는 데 있고 인간은 평정과 평화, 공포로부터의 자유, 고통 없는 삶을 살 필요가 있음을 역설한 철인이었지요. 꽤 괜찮은 인생관 아닙니까. 그래서 말인데 죽음은 혼자 걷는 산보길이라 생각하면 좋을 것 같습니다. 두리번두리번 주위를 살피면서 한적하게 산보 길을 걷다가 저승으로 건너가면 괜찮은 거지요 뭐. 살아가기도 바빠 허둥대는 세상에 아직 오지도 않은 죽음을 미리 겁내고 두려워해서야 사람살이라 할 수 없는 것 아닙니까.

저 완적(阮籍)과 함께 죽림칠현 중 한 사람이었던 혜강(嵇康)은 앞 뵈르소와는 달리 폭군 사마소에 의해 억울한 죽임에 임하자 형리(刑吏)에게 마지막으로 평소 즐기던 '광릉산곡(廣陵山曲)'이나 탄주하게 해 달라 간청하고 이를 허락받자 멋지게 한 곡 척 탄주하는 걸로 아무 군담 없이 이 세상 기꺼이 건너갔다 합니다. 아 그런데 태어나면 죽기 마련인 게 철칙이라면 죽음이 오면 오히려 잘 맞이하여야 함에도 그게 잘 안 되는 게 인생 아닙니까요.

저 세상이 있다 하면 그건 저 세상 이야기고 이 세상도 아직 남았는데 있는지 없는지도 모르는 저 세상 때문에 오늘의 삶이 간섭받아서야 되겠습니까. 아니 저 세상의 황홀이 기다린다는 확신이 있다면 구차한 이 세상 빨리 끝내는 게 옳은 일이고 좋은 일이지요.

그러나 이 세상 사는 대로 살다 갈 일이지 저 세상의 황홀을 택함이 옳다는 이유 하나로 자살을 완수한 사람이 누구였습니까. 있기나 한 겁니까.

햇빛이 밝은 어느 하루의 아침, 커피를 마시는 한 때 한 순간의 상쾌한 기분으로 생을 마감할 수 있다면 얼마나 다행이겠습니까. 활동적 삶으로 복귀할 수도 없고 그렇다고 죽음이 속히 완성되지 않아 병마로 삶이 고통스럽다면 이거야 말로 지상의 지옥이지요. 이것만은 나에게 없었으면 하는 생각을 하여 보지만 이것도 타고 난 복이 있어야 되는 것이겠지요. 이런 복을 내가 갖고 태어났는지 는 모르지만 이런 복을 기대해봅니다.

까짓 죽음이야 언제 오기야 하겠지만 그런 생각은 팽개칠 일이 고, 오늘 내 걱정의 가장 큰 것은 꽃 피는 내 봄 하루를 누구와 즐길 것인가 뿐입니다. 쫀쫀하고 자질구레한 친구 말고 제법 술맛을 알 면서 도도한 취흥 뒤에 통 큰 소리를 꽥꽥 지르면서 생을 즐기기에 바쁜 그런 친구를 찾고 있습니다. 누구 없나요.

Epikouros(BC 342?-BC 271)
헬레니즘 시대 그리스 철학자로 에피쿠로스학파의 시조이다.

죽림칠현
중국 위나라 말기에 부패한 정치를 떠나 노장사상을 지향했던 지식인들을 지칭하 는 말이다.

자기를 사랑하는 사람은 불행하다

빅톨 위고의 『안나 카레니나』 소설 첫 머리에 이런 말이 나옵니다.

"행복한 가정은 모두 엇비슷하지만 불행한 가정은 제 나름으로(인하여) 불행하다."

이 말이 무슨 말인고 하니 불행한 가정은 개인이 자기중심의 행복론을 펼치기 때문에 본인은 물론 식구 모두를 불행하게 만든다 이 말입니다. 다르게 말하면 불행의 원인은 자기 내부에 살고 있는 또 다른 자기를 잘 다스리지 못한 데서 비롯된다 이 말이지요.

인간은 제 자신 말고는 거의 적이 없습니다. 자신 내부에 적을 키우기 때문에, 자신과 스스로 싸움질을 하기 때문에 불행해 진다 이렇게 말하는 것이 더 멋질 것 같습니다. 사랑할 줄을 모르는 사람은 상대를 아무리 바꾸어도 사랑을 할 수가 없어요. 수영할 줄 모르는 사람이 수영장 바꾼다고 수영이 잘 된답니까. 문제의 본질이 타인도 아니고 자기 내부에 숨어 있다는 이 간단한 이치를 놓치고 사는 사람은 행복할 자격이 없어요. 내 마음을 평안하게 가꾸는 공부를 잘한 사람이어야 행복합니다. 마음의 욕심(짐)을 내려놓을 줄 알아야 행복합니다. 마음의 짐을 내려놓는 일은 자기 내부에 기생하는 적을 무참히 죽이는 일이지요. 어떻게 죽입니까.

이 문제에 대해 우선 칸트의 말을 들어보지요.

"너의 의지의 준칙이 항상 동시에 보편적 입법의 원리로 타당할 수 있도록 행위하라."<윤리적인 결단의 상황에서 나는 내가 아닌 다른 누구라도 선택할 수 있는 보편적인 법칙을 수립하고 바로 그 법칙에 따라 행동해야 하는 것을 의미한다.("순수한 이성 법칙에 의해 행위들이 직접 규정된다.")>

칸트는 실천이성비판에서 이성이 의지에 명령하는 방법 두 개를 설명하고 있습니다. 하나는 정언(正言)명령이고 다른 하나는 가언(假言)명령입니다. '네가 X이고 싶으면 Y를 해라'와 같이 조건이 따라붙는 명령을 가언명령이라 했지요. 가령 '거짓말 하면 성공할 수 없다. 그러니 거짓말하지 말라'라는 말이 있다 합시다. 이 말은 성공이란 욕망 달성을 위해서 거짓말 안 하기 행동을 하라는 말 아닙니까. 자기 욕망 달성을 목적으로 하는 이런 행위를 칸트는 가언명령이라 했습니다. 그러나 칸트가 일러준 "너의 의지의 준칙이 항상 동시에 보편적 입법의 원리로 타당할 수 있도록 행위하라"는 말은 행위가 합리성의 표출이어야 함을 표현하고 있지요. 그는 이 말을 쉽게 이렇게도 말하더군요.

"너 자신이나 다른 사람의 인격을 항상 목적으로 다루고 결코 수단으로 다루지 말라."

어떠한 조건 없이 그래야만 하는 당위의 세계 이것으로 행위하는 이것을 칸트는 정언명령이라 한 겁니다. 행위의 기초가 항상 보편적 관점에 서 있어야 하고 모든 도덕 문제는 인간 자신의 자기중심적 태도에서 벗어나는 데 있다는 말 아닙니까. 인간이면 모두에게 공통으로 적용될 수 있는 보편타당성을 간직한 행위와 판단 이것을 자신의 도덕성으로 선택하고 자율적 존재자로서의 인격(person)이 되어야 한다고 했지요. 보편타당성이 배제된 자기중심적 태도 바로 이게 나의 내부에 기생하는 적인 셈이고 이런 태도를 버려야 한다는 겁니다.

불교에서는 뭐라 했던가요.

"사(捨, upeksa)의 마음을 가져라.(구사론俱舍論)"

일체를 내려놓고, 버리고 그래서 마음이 고요하고 평정한 상태,

괴로움이나 즐거움에 치우치지 않고, 너무 가라앉거나 들떠 있지도 않은 완전한 평정 상태에 있는 마음을 가지라는 말이지요. 사(捨)는 혼침(惛沈: 무기력, 침체), 도거(掉擧: 흐트러짐, 들뜸, 딴 데로 달아남)에서 벗어난 마음의 평등성, 그리하여 무경각성(無警覺性: 동요됨이 없는 것)으로 사물을 대하여야 한다 했습니다. 내 욕망 달성을 위해 타(他)와 사물을 보면 안 된다 이것 아닙니까. 이기적 사고를 내려놓고 어떠한 선입관 어떠한 자기 편의의 관점을 버리고 타와 사물을 보고 받아들여야 한다 이것 아닙니까. 말하기는 쉬워도 마음을 내려놓기의 실천은 쉽지 않지요.

기독교에서는 뭐라 했던가요.

"진리가 너희를 자유롭게 하리라(요8:32,36)."

여기서 말하는 진리는 예수 그리스도 안에 있는 진리입니다. 예수님의 제자 되어 진리(하나님 말씀)를 신봉하고 예수님을 영접하면 이기심과 탐욕의 노예에서 벗어나 참된 자유를 누린다 이거지요. 그러나 보통사람들은 진리에 몸담는 일이 어디 쉬운 일이던가요. 내 경우가 그렇습지요.

앞서 예들은 철학적 종교적 말들은 조금씩 다르긴 하지만 마음을 평정하게 하라는 말이니 들을만한 말들입니다. 평정심(平靜心)은 이기심을 버리고 마음을 평안하고 고요하게 하는 것입니다. 그러려면 마음속의 분란을 일단 평정(平定)해야 하겠지요. 평정(平定)

은 평정(平靜)과는 달리 반란이나 소요를 누르고 평온하게 진정하는 걸 평정(平定)이라 하지 않습니까. 적을 무너뜨려 자기에게 예속하게 하는 것도 평정(平定)입니다. 마음속의 적을 죽이어(아니 자기 편으로 만들어) 걱정을 없애면 평정심(平靜心)을 갖게 되겠지요. 쉽지야 않겠지만서두.

이야기를 딴 데로 돌려 보지요. 오래 전에 본 『욕망이라는 이름의 전차』라는 영화 기억나지요? 비비안 리(Vivien Leigh)가 블랑쉬 드부아(Blanche Dubois)라는 주인공으로 등장합니다. 명문가문의 화려했던 과거를 회상하면서 현실에서 허상을 쫓는 인물, 의존적이고 현실 감각이 없이 사는 허상에 들뜬 주인공이 욕망이란 이름의 전차를 탔다가 죽음을 상징하는 마지막 전차로 갈아탄다는 내용입니다. 자신을 과포장한 이것, 현실의 자기 존재를 몰각한 이것, 자신을 욕망의 덩어리로 만드는 이것에서 탈출하지 못한 비극적 영화지요.

앞서 말한 톨스토이 소설의 『안나 카레니나』. 그녀는 러시아 고위 관리의 아름다운 아내였지요. 그녀는 어느 날 파티에서 잘생긴 귀족 청년 브론스키와 사랑에 빠집니다. 안나는 남편과 아들까지 버리고 브론스키의 곁으로 가지만 브론스키는 이 사랑은 현실을 무시한 무모한 사랑임을 알고 돌아섭니다. 둘 사이의 사랑이 식자 안나는 브론스키가 타고 오는 기차에 몸을 던져 자살하고 맙니다. 사랑은 자기 욕망으로 대질리는 인연이 아니지요.

자신을 꾸짖어 스스로를 가꾸는 사람은 실수가 적은 법 아닙니까. 그래서 좀처럼 불행하지 않지요.(설령 타에 의해 불행이 왔다 해도 극복하는 힘을 갖추려 하지요.) 그것이 남녀 문제든 여타 물욕 문제든 스스로에게 매질을 가할 수 있는 사람은 불행에 빠지기 어렵습니다. 아니 잠깐 한눈팔아 불행에 빠져도 곧 원상회복하지요.

남의 말 할 것 없군요. 세월을 값없이 소진한 초로의 늙은이 나는 어떤 존재인가. 탐욕을 비우고 맑은 정신을 채우면서 남은 세월 값지게 늙을 수가 없을까 이 문제가 요즘 내 화두입니다. 이런 생각을 갖고 나 자신을 타이르기 위해 이 글을 썼긴 썼지만 이런 생각도 한 때 뿐 날이 밝으면 다시 속물 늙은이로 환원된 탐욕의 나 자신을 발견하게 될 걸 생각하니 내일이 두렵네요. 가련한 내 인생이여.

종교도 전화해야 한다.

세계 구석구석에는 많은 신들이 살고 있습니다. 인간이 마당 닦은 곳마다 신이 없는 곳은 없지요. 인간들은 신은 온전하고, 신성한 실재이면서 비물질적 우주라고 생각합니다. 초자연적 행위자라고 생각합니다. 인간은 질환, 죽음, 자연재해에 대한 공포를 줄이거나 없애기 위한 바람으로 가공의 절대한 존재자인 신을 만들었다 합니다. 이것이 신학자들이 말하는 신입니다. 인간은 신이야말로 인간을 지배할 수 있는 절대 권력자 혹은 보호자라는 생각을 하였고, 원시시대부터 신의 명령에 복종하여야만 재앙을 이겨낸다는 생각을 하여 왔지요. 신의 뜻을 무당의 육성으로 전해들은 인간은 여기에 복종하며 살아야 무탈하다 생각한 겁니다. 신은 인간사를 주시하면서 참견하고 있다는 믿음은 원시종교든 과학화된 종교든 종교의 기본이치입니다. 원래부터 존재한 신도 있지만 신이 출생시킨

'아들 신'도 '딸 신'도 있습지요. 어떤 경우엔 신이 인간으로 인격화하기도 합니다.

한국의 건국신화에 나오는 신령스러운 신은 알에서 인간으로 깨어나기도 하지만 동물(곰)이 인간화되기도 하지요. 신들끼리 결혼해서 낳은 아들이 인간으로 태어나기도 하지요. 고구려 건국 신 주몽이 바로 그런 사람 아닙니까. 주몽의 아버지 해모수는 천신(태양신)의 아들이고 어머니 유화는 수신인 하백의 딸입니다. 고구려인들은 신으로부터 유래한 민족이라는 커다란 자부심을 갖게 한 내용이지요. 이런 괴이한 출생을 거친 인물이 나라를 세우는가 하면 역사적 사건을 만들기도 합니다. 강을 갈라 길을 내기도 하고, 자연의 도움을 받아 난국을 극복하기도 합니다.(거북 혹은 자라 등을 타고 도강합니다.) 어느 나라든 건국 신들은 신통스럽습니다.

신의 행위는 인간 행위와 아주 닮아 있습니다. 토라지고 화내고 아들 딸 낳고 하는 짓이 꼭 인간행위 아닙니까. 그리스 신화에 나오는 우두머리 신인 제우스는 여러 명의 처녀 신 혹은 기혼녀 신들, 약 서른 명(알크메네, 안티오페, 칼리스토, 다나에, 엘렉트라, 에우로페, 이오, 라미아, 레다, 니오베, 올림피아스, 세멜레 등이지요.)이나 임신시켰는데 이렇게 태어난 아이들(헤라클레스, 카스트로와 폴리데우케스, 트로이의 헬레네, 마케도니아의 알렉산드로스, 라케다이몬, 미노스, 라다만토스, 다르다노스 등)은 모조리 신통스런 존재가 되었습지요.

들은 이야기입니다만 신화학자들의 이야기로는 기독교는 기실

중동 지역에 흔한 신화 중 한 형태로부터 발전하였답니다. 신이 인간 여자를 임신시켜 영웅을 낳게 하고, 이 영웅은 기적을 행하다 하늘나라로 올라간 이야기는 성경에만 있는 게 아니라더군요.(『인간을 위한 신』, AG 그레일링 저, 하윤숙 역, 마디, 2015) 그리스 페르세포네 신화에서도 죽었다 부활하는 내용이 있지요. 이집트 신화는 생명의 부활을 강조합니다. 이집트인들이 죽은 자를 정성을 다해 미라로 만드는 이유는 육체가 온전해야 영(靈, Ka)이 다시 육체로 돌아올 수 있다는 믿음 때문이라나요.(『사자의 서』, 서규석 저, 문학동네, 1999)

신의 출생이 이렇든 저렇든 부활하든 안 하든 그걸 문제 삼으려 하는 것이 아니고, 신화 속 혹은 종교 속에 살고 있는 신들은 전지전능하다는 인식에 주목하고자 합니다. 기독교에서의 신은 인간에게 자애로운 존재로 각인되어 있습지요. 그런 신이라면 포악한 독재자 밑에서 신음하는 백성을 구출해 주셔야 합니다. 인간을 괴롭히는 자연재해나 질병, 테러나 공황 같은 불행을 미연에 막아주셔야 고맙지요. 이를 수수방관할 일이 아니라고 생각들 때가 있지 않나요. 신이 인간을 창조했고, 출산까지를 관여했다면 그릇된 인간들의 출현은 신의 실수이고 이 실수를 어쩌다 저질렀다면 나중에라도 이를 제거하거나 징벌하거나 그릇되지 않게 고쳐주셔야 신의 할 일 아닌가요. 우주를 창조했다면 왜 지진을 없애지 못하고 왜 악천후며 해일이 일어나 인간을 괴롭히도록 설계되었는가요. 어릴 적에도 철이 들어서도 나는 자애로운 행위자이면서 절대권을 행사한다는 신이 너무 자신의 임무에 충실하지 않는다고 생각한 적이 있었습니다. 나의 종교에 대한 무식이 이런 생각을 한 것이니 종교에 식견 있는 분들은 내 말을 고깝게 들을 필요는 없습니다. 원래 무식하면 별 소리 다 하는 겁니다.

이사야서 45장 7절에 "나는 빛도 짓고 어둠도 창조하며 나는 평안도 짓고 환난도 창조하나니 나는 여호아라 이 모든 일들을 행하는 자니라 하였노라." 욥기 2장 10절에는 "우리가 누리는 복도 하나님께로부터 받았는데, 어찌 재앙이라고 해서 못 받는다 하겠소." 이 대목이 썩 마음에 들지 않더군요. 인간에게 환난을 주면 안 되지요. 재앙을 줘서도 받아서도 안 되는 것 아닙니까. 꼭 줄 판이면 한 번만 주셔야지요. 전지전능하신 하나님이라면 유태인 600만 명 이상을 죽인 히틀러를 왜 사전에 막지 못했단 말인가요. 이런 인간은 애초부터 태어나지 못하게 해야 했던 것 아닌가요. 일본 군인들의 난징학살은 어떻습니까. 중일 전쟁 중 중국의 난징(南京)에서 일본 군대 마쓰이 이와네 대장 휘하의 5만 여 일본군이 1937년 12월 중국인 포로와 일반시민을 대상으로 강간·학살·약탈의 자행은 물론, 기관총에 의한 무차별 사격, 생매장, 휘발유를 뿌려 불태워 죽이는 등의 방법으로 인간 이하의 짓을 감행했지요. 극동국제재판 판결문에 적시한 바로는 비전투원 1만 2,000명, 패잔병 2만 명, 포로 3만 명이 무차별 살해되었고, 근교로 피난 가 있던 시민 5만 7,000명 등을 포함, 총 12만 9,000명이 살해되었다 하나 이것은 기록에 남은 최소한의 숫자랍니다. 실제로는 30만 명이 넘을 것으로 추정되

고 있다 하네요. 전지전능하다는 신이라면 이렇게 인간이 인간을
도륙하는 걸 구경만 하고 있어 될 일이 아니지 않습니까. 이런 일을
감행한 자의 뒤끝이 참담함을 증명하기 위함이라면 인간을 경계하
는 훈육으로서는 너무 잔인한 실례인 셈입니다.

신은 또 그렇다 치고 신을 경배하는 인간들끼리 종교의 교리 해
석의 차이로 인해 사람 못살게 하는 일이 있어선 안 되지요. 이런
문제로 중동이 늘 시끄럽지 않습니까. 이란에서는 동성애자를 교
수형에 처한다고 합니다. 동성애를 권장할 수는 없다 해도 동성애
자를 교수한다는 게 영 마음에 안 듭니다. 간통한 여자를 아프가니
스탄에서는 목 베고, 사우디아라비아에서는 돌로 쳐서 죽인답니
다. 간통을 여자 혼자 하는가. 간통한 남자는 죄가 없는 것인가 이
런 의문이 납니다. 내 믿는 종교만 절대하고 타 종교는 사교라는 편
견 때문에 분쟁이 그치지 않고 있다면 이것도 작은 일이 아닙니다.

성스러운 종교를 가지고 장난쳐서도 안 되지요. 중세시대 가톨
릭에선 예수를 믿는 것만으로는 천당 가는 데 미흡하니 따로 구원
받을 짓을 해야 한다면서, 구원 받기 위해서는 공로를 쌓아야 한다
는 것, 이를테면 봉사와 구제활동은 물론 헌금을 많이 해야 하고 십
자군 전쟁에 참여해야 한다고 주장하였답니다. 천국에는 사람마다
공로 창고가 있고, 창고가 넘치면 넘치는 양만큼은 부모, 형제들에
게 양도할 수 있어 이들까지 안녕히 천국으로 인도할 수 있다니 신
통스러운 말이지요. 죄를 사면할 수 있는 면죄부(indulgence)까지
판매하였습니다. 도미니크 수도사 테첼(Johann Tetzel)은 이런 걸작

의 말을 남겼지요. "돈이 헌금함에 짤랑 소리를 내며 들어가는 순간, 영혼은 지옥의 불길 속에서 튀어나온다." 그리고 "면죄부를 사면 성모 마리아를 범한 죄라도 용서 받는다."고 하였으니 성직자가 종교 상거래를 했다 해야 하나 종교 사기를 쳤다 해야 하나. 이런 작태를 비난한 체코의 얀(Jan Hus, 1372-1415) 그리고 이탈리아 사보나롤라(Girolamo Savonarola, 1452-1498)는 교황의 권위를 부정하고, 오직 성경만의 권위를 강조하다가 말뚝에 묶여 화형을 당하고 말았습니다. 종교가 뭐 이래? 그러나 이런 과정을 거치면서 종교는 더 가치 있는 의미를 향해 진화해 갔습니다. 종교 개혁이 그것 아닙니까.

정치 때문에 멀쩡한 종교를 탄압하는 일도 자주 일어납니다. 이건 안 되는 일입니다. 신앙의 자유를 유린해서야 되겠습니까. 조선조 순조 때(1802년 2월) 성리학적 지배 원리에 위배된다고 하여 중국으로부터 유입된 천주교 신자 100여 명 순교, 400여 명이 유배된 신유박해 사건 기억나지요. 티베트를 점령한 중국은 종교 탄압을 하자 이에 항거하는 승려의 자살 사건이 자주 벌어지고 있습니다. 사회주의 국가에서는 종교 그 자체를 사회주의 건설에 방해되는 인민의 적으로 간주하는 모양입니다.

한편, 종교가 어디서 연유했든 종교인들은 종교에서 삶을 긍정하는 영감을 받습니다. 신으로부터의 보호와 구제를 믿기 때문에 삶의 희망과 낙관을 얻고, 이것은 새로운 삶의 역동성이 되기도 하는 것이 종교이지요. 현실의 고난을 이겨내는 활력과 위안을 받는

데는 종교만한 것이 없지요. 다른 사람들이 볼 때 허황하다 해도 믿음이 강화된 사람은 그 세계 안에서 안정을 찾기 때문에 행복할 수 있고, 여기에 편입되지 못하고 사는 사람들이 측은해 보일 수도 있겠지요. 신의 가호에 행복이 보장되는 이치를 모르고 사니 어리석게도 보일 수 있겠지요. 종교를 믿음으로 해서 종교의 순기능을 맛볼 수 있다면 그것은 참 괜찮은 일 아니겠습니까. 좋은 일이지요.

　경건한 예배, 미사, 찬송가 그리고 교회나 성당에서의 결혼식, 장례식, 세례 절차 등은 일종의 종교의 연극적 요소라 할 수 있습니다. 이런 행사의 주인공을 경이롭게 하고, 참석자 여러분들에게는 특별한 주의가 요구되면서 결속의 의미를 주기 때문에 이런 절차는 종교에서는 필요한 의식이라 여겨집니다. 바람직한 인간 삶은 행복과 성취감을 느낄 때입니다. 돈이 있고 없고를 떠나 나 또는 타로 인해 괴로움과 고통이 유발되고, 제도화된 사회적 속박 때문에 불행을 느끼면서 인간들은 살고 있지 않습니까. 이럴 경우의 문제 해결에도 종교 경전을 읽는 것이 상당히 유리합니다. 어려움을 극복하거나 무화시키는 놀라운 말씀들이 거기 있기 때문이지요. 문학, 철학, 역사 속에서도 놀라운 의미야 얼마든지 있습지요. 그러나 이것은 경전에 비하면 암묵적으로 지시하거나 은유적으로 던지는 말들이라서 해석하는 데 시간이 걸립니다.

종교는 주변 과학으로부터 영향을 받아 내용을 풍부하게 하여 왔지요. 스토아 철학의 주된 신조는 무관심과 절제입니다. 그리고 두려움, 욕망, 욕구, 희망 등 자신이 통제할 수 있는 모든 것에서 극기심을 길러야 한다고 가르치고 있지요. 이를 통해 삶의 평온이 온다는 것인데 이러한 내용이 자연스럽게 성경에 녹아들어 성경이 풍부해졌다는 주장이 있더군요. 삶의 무쌍한 변화 속에서 인간으로서는 어쩌지 못하는 것, 이를테면 질병과 늙음 그리고는 죽음에 이르기까지의 과정을 그냥 그대로 무관심으로 바라보라는 것, 삶을 낭비하지 않고 절제된 생활을 하면 평온이 확보된다는 것 등의 내용은 성경에 자주 나오지 않습니까.

세월은 많은 걸 변화시키지요. 발전은 변화에서 비롯되지요. 새로운 시대의 새로운 그 무엇을 거부만으로 일관하면 발전이 어렵지요. 종교도 변화해야 한다고 생각 듭니다. 가톨릭이 처음 한국 땅에 들어올 때 이 나라는 제사 없이는 못사는 나라임을 알고 제사지냄을 허용하였지만, 기독교에서는 제사는 딴 신(조상신도 신이니까)을 믿는 것이니 이건 예수님께 불경한 일이라 용서할 일이 아니라 생각하였던 거지요. 그런데 희한하지요. 내 아는 목사님 한 분은 생각이 다릅디다. 그 뭐 제사라 이름 할 것 있나. 죽은 조상 추도회 정도로 생각하면 되지. 그래서 그 가정에서는 제사를 지내니 부모님도 좋아하시고 형제 우애에 금이 가지 않아 좋더라 하데요. 마음을 그리 먹으면 그렇게 되는 것이 사람살이입니다. 내 목사님께서는 고착된 생각으로 종교를 고수하면 이 산업사회에 종교가 살아남지 못한다고 하면서 종교가 새로운 시대를 호흡해야 한다고 하더군요. 깨어있는 목사님이라고 생각 들었지요. 거기다 내 목사님은 술 뭐 그걸 마신다 못 마신다 이게 성경에 없다고 하면서 나와 가끔 한 잔 합니다. 외국 목사님들이 술을 즐기는 모습은 여러 번 봤습니다만 한국 목사님이 술 마시는 모습은 별로 본 일이 없습니다.

설을 며칠 전 쇠었습니다. 종교가 달라 제사상 앞에서 가족 전쟁이 있었단 이야기는 올해도 예외가 아니더군요. 그 뭐 제사 행위를 불변의 가치라 생각할 것도 없고, 제사를 조상 추모 정도로 해석을 못할 이유도 없다는 생각이 드네요. 내 목사님처럼 종교관도 세월 따라 좀 달라지면 어떨까 해서 한 소리 적었습니다.

신유박해

신유사옥(辛酉邪獄)은 급격히 확대되는 천주교 세력에 위협을 느낀 지배 세력의 종교 탄압 사건이면서 동시에 진보적 사상가와 그 정치 세력을 배제하기 위한 탄압 사건이었다.

참을 수 없는 존재의 가벼움

태양으로부터 날아오는 빛은 무엇인가. 그것은 파동이다. 아니지 입자다. 무엇이다, 무엇이다 하여 이런 저런 이론이 있어왔지만 뉴턴이 입자의 흐름이 빛이라는 주장이 중심이론으로 자리 잡았던 때가 있었지요. 이런 중심이론이 자리를 잡으면 이것을 바탕으로 학문 연구가 진행되는 게 관례지요. 바탕으로 자리 잡은 중심이론 이것을 토마스 쿤(Thomas Kuhn)은 1962년에 펴낸 그의 책 『과학혁명의 구조』(The Structure of Scientific Revolution)에서 패러다임(paradigm)이라 명명하였습니다. 더 설명하자면 그는 과학사에서 보면 특정한 시기마다 과학자 집단에 의해 공식적으로 인정된 모범적인 틀이 있어왔는데 이걸 패러다임이라 이름 붙인 겁니다. 하나의 패러다임에 대한 성과가 누적되다 보면 기존의 패러다임은 차츰 부정되고, 경쟁적인 새로운 패러다임이 나타나는 것이 과학이라는 거지요. 이 패러다임은 본디 자연과학에서 쓰던 말이지만 이제는 모든 분야로 파급되어 쓰이고 있습니다.

천동설 시대엔 천동설이 패러다임으로, 빛의 입자설 시대엔 입자설 이 학설이 패러다임으로 자리 잡았을 때엔 이 패러다임을 보완 보충하는 여러 연구들이 진행되었다 이겁니다. 자리 잡은 한 패러다임이 다른 패러다임으로 바뀌는 데는 긴 시간이 필요했지요. 천동설이 지동설로 바뀌는 데는 쉽지 않은 절차를 거쳐야 했다 이겁니다.

빛은 어떤가요. 20세기 초에 와서야 빛의 광전효과를 발견하게 되었다네요. 1905년 알베르트 아인슈타인은 광파의 에너지는 광자라는 미세 덩어리로 양자화 되어 있다는 광양자설을 제안하여 광전효과를 설명했습니다. 한동안 이 학설이 패러다임이었지만 그러나 현대에 이르러선 여러 사람들의 실험 등으로 빛은 입자와 파동의 이중적 성질을 모두 갖고 있다는 것을 알아내기에 이르렀는데 이 학설이 현재로서는 빛에 대한 패러다임이지요. 또 나중에는 어찌 바뀔지. 과학세계만 그런 게 아니지요. 인문사회학 쪽에서도 한 패러다임이 바뀌는 데는 여간 힘든 일이 아니었습니다.

쿤보다 앞서 과학철학자 폴 파이어아벤트(Paul Feyerabend)가 있었습니다. 그는 『이성이여 안녕』(Farewell to Reason)이란 별난 책을 썼지요. 여기서 그는 이성 중심, 과학 중심을 고집하는 근대 이후 서구 세계관이 영 틀린다는 주장을 하였습니다. 과학이라는 것도 신화나 미신, 점성술과 마찬가지로 우월한 지식이 아니라 했습지요. 절대하고 고유한 과학적 방법, 신념체계란 애초 존재하지 않음에도 이를 신봉하는 우를 인간이 저지르고 살아왔다는 탄식을 했습니다. 과학은 몇 가지 규칙으로는 설명될 수 없는 복잡한 것인데도 과학자가 채택한 방법 하나가 일반적인 과학적 방법론으로 군림할 이유가 없다는 것이 핵심 주장이었습지요. 그는 종교는 물론이고 미리 정해놓은 인식과 방법 때문에 과학자들의 자유로운 사고를 방해하고 침해함으로써 과학적 진보를 오히려 막는다고까지 했습니다.

중세는 종교이념을 진리의 기반으로 생각했다면 근대는 이성 중심 세계관으로 얼룩진 시대이지요. 그러나 이 두 관점의 공통점은 이분법적인 사고였다 이겁니다. 동물 분류로 날짐승과 길짐승 혹은 척추동물과 무척추동물로 나누는 것 이게 이분법적 사고지요. 인간 세계도 둘로 나누었습니다. 계층을 지배계층과 피지배계층, 정치를 진보와 보수, 사회를 개인과 전체, 윤리를 의무론과 목적론으로 나눕니다. 어느 것이나 하나는 다른 하나를 억압한다고 본 겁니다. 그뿐 아닙니다. 남과 여, 서양과 동양, 선과 악, 백인과 유색인, 이성과 감성, 빈과 부, 미와 추 등 눈에 보이는 모든 걸 이분법적으로 구분하려 했지요. 이런 구분법의 밑바닥에는 기독교 사회를 지배하는 백인중산층의 사고가 도사리고 있다 이렇게 보는 견해가 있습니다.

세월이 흐르면 가려진 부분이 드러나는 것 아닙니까. 이런 이분법적 사고의 폭력성, 서양 중심적 편견이 안 맞는다는 견해가 나타났다 이거지요. 근대 이성 중심주의라는 패러다임을 과감히 해체

해야 한다는 주장이 대세로 등장했지요. 뭐냐구요. 포스트모더니
즘 이거 아닙니까.

종교 관념에서 벗어나 인간의 이성에 대한 믿음을 강조했던 계
몽사상은 합리적 사고를 중시했지만 합리적 사고 혹은 객관성이라
는 그 말 자체가 모순이라는 겁니다. 사르트르, 하이데거 등의 실존
주의를 이어 J. 데리다, M. 푸코, J. 라캉, J. 리오타르 등이 포스트모
더니즘 등장에 한 몫을 한 겁니다. 이것은 1960년에 일어난 문화운
동의 동력이 되었습니다. 정치, 경제, 사회의 모든 영역과 관련되는
한 시대의 패러다임이면서 서구를 중심으로 학생운동, 여성운동,
흑인민권운동, 제3세계운동 등의 사회운동은 물론 전위예술을 탄

생시켰습니다. 이것도 언젠가는 새로운 물결에 의해 퇴색되겠지만 현재로서는 대세 아닙니까.

한마디로 기존 질서의 틀에서 보면 포스트모더니즘은 어지럽습니다. 순종을 과감히 부수는 잡종성(hybridization)과 복합성(complexity), 중심과 주변이 혼재한 패러디(parody), 혼성모방(pastiche), 나열과 병치(juxtaposition), 콜라주(collage) 등 다양한 예술 테크닉을 구사하니 어지럽다는 거지요. 창조란 언제나 새로운 반복에 지나지 않는다는 포스트모더니즘은 누구 소설처럼 『참을 수 없는 존재의 가벼움』(Kundera, 1985)으로 예술이란 이름의 유희를 지금도 계속하고 있긴 있습니다.

한국 정치판도 이런 잡다한 예술 판을 흉내 내고 있는 것 같지 않습니까. 이 당 들어갔다 저 당 들어갔다 하는 것은 물론, 당을 떠났다 다시 이사 들어오는 것이 되느냐 못 되느냐 하는 꼴들을 보니 이 사람들이 바로 포스트모더니즘 예술가 같다는 생각이 듭니다. 처음 미국, 프랑스 등 서구를 중심으로 일어난 포스트모더니즘 운동은 사회 개혁의 측면에서 긍정적 평가를 받았다면 현 한국 국회의원들 하는 작태는 그야말로, 그야말로 포스트모더니즘 예술처럼 질정할 수 없는 난장판 같은 '참을 수 없는 존재의 가벼움'을 느끼게 합니다. 이게 여태 반복되어온 한국 정치 풍토의 패러다임인가요. 그런지는 몰라도 한심한 구석이 있어 한 마디 하였습니다. 동의하시지요?

포스트모더니즘

Post Modernism의 Post는 '후기'와 '탈'이라는 의미를 동시에 가진다.

파리잡이 유리항아리의 철학

요즘은 여러 가지 파리 잡는 방법이 개발되었지만 내 어릴 때는 파리잡이(fly trap) 둥근 유리항아리가 있었지요. 항아리는 세 발(네 발인가) 받침으로 서 있어 그 밑으로 파리가 드나들게 공간이 있고, 그 공간에다 밥알을 또는 생선 창자 같은 걸 놓아두면 파리들이 몰려 듭니다. 그래놓으면 날기 좋아하는 파리들은 먹이를 먹다가 곧장 위로 올라가는 구멍을 통과하고, 그 다음에는 계속 날아오르려 하지만 위는 막혀 있어 결국 둥근 항아리 옆으로 고여 있는 물속에 빠져 죽게 되어 있습니다. 파리가 위로만 날지 말고 아래로 날든지 기든지 하여 들어온 구멍으로 탈출할 수 있는데도 이런 방법을 알지 못해 결국 항아리 안에서 죽고 말지요. 물고기를 잡는 통발도 마찬가지 아닙니까. 물고기는 통발 안으로 들어와서는 들어왔던 그 구멍으로 나가는 방법을 생각하지 않고 결국 잡혀 죽는 이치와 같지요.

한 소년이 이 사실을 두고 철학적 사고를 해낸 것입니다. 소년은 교회에서 목사님이 하나님은 전지전능하신 존재라 하는 말을 들었지요. 그렇다면 파리잡이 유리항아리에 갇혀 죽는 파리를 어리석게 보는 인간의 눈과 부질없는 일로서 생을 마감하는 어리석은 인간을 위에서 바라보는 하나님의 눈은 같은 입장이라는 생각을 하게 된 것이지요. 소년은 크면서 철학을 공부하기로 하였습니다. 파리잡이 유리항아리에서 파리가 위로만 날아오르다 죽고 마는 것 같이 인간이 부질없는 행동으로 생을 마감하는 것, 인간이면 인간의 한계가 무엇이며 여기서 어떻게 벗어날 수 있는가, 못 벗어난다 해도 사실 자체를 직시하는 학문이 철학이어야 한다고 본 것입니다. 말하자면 전지전능한 하나님은 아니더라도 현재대로의 인간 삶을 달리 생각할 수 있어야 한다는 걸 생각했던 것이지요. 한 걸음 더 나아가 난해한 철학의 문제가 있다면 그것은 인간이 통상관례대로만 해석하려는 약점 때문에 빚어진 거짓문제일 것이라는 의구심까지 가지게 되었다 이것 아닙니까.

이 소년의 이름이 누구냐구요. 비트겐슈타인(Wittgenstein, 1889-1951)입니다. 제 1차 대전이 발발하자 그는 오스트리아군에 입대했으나 일 년 뒤 연합군의 포로가 되었지요. 수용소 생활을 하면서 공책과 연필을 지급받아 여기에 쓴 원고가 종전이 되자 책으로 출간되었습니다. 이 책이 세계를 놀라게 한 『논리철학 논고』(Tractatus Logico-philosophicus)라는 책입니다요. 이 언어철학 한 권으로 그는 일약 세계적인 철학자 반열에 올랐습니다. 그는 인간이 언어를 통해 세계를 드러내는

것이라면서 한 인간이 구사하는 언어에는 그 사람만의 세계가 내장된다고 보았습니다. 이 말을 이 책에서 이렇게 적었습니다. "모든 인간은 자신이 사용하는 언어의 한계에 의해 자신의 세계가 한정된다." 다르게 말하자면 내 세계의 확장은 내 언어의 한계를 확장하는 일이라 할 수 있다는 말입니다. 초등학생이 한 사물을 표현하는 내용과 고등학생이 같은 사물을 표현하는 내용이 달라지는 이유는 세계 확장 정도의 차이 때문이지요. 파리잡이 유리항아리에서 생각해낸 삶의 현실을 초극하는 문제에서 그는 언어논리 문제로 발전하였던 것입니다. 닥쳐진 현실을 해석하고 판단하고 그래서 현실을 타개하는 힘은 각자가 어떻게 자기 세계를 확장해 왔는가에 달려 있습니다.

제(齊, 지금의 산동지방)나라 때, 수도인 임치(臨淄)에서 천하의 유식을 자랑하는 학자들이 저마다 나라를 생각하고 세상을 바꾸어 보려는 주장들을 펼쳐 보였지요. 이 시대를 백가쟁명(百家爭鳴) 시대라 합니다. 여기서 펼친 내용들은 후대에 와서 중국 철학의 텃밭이 되었습지요. 고사성어가 이때 많이 생산되기도 하고, 다양한 철학이 경쟁하기도 하여 백가쟁명이라 하였지요. 공자와 맹자 사상의 유가(儒家), 노자와 장자의 도가(道家), 한비자와 순자 중심의 법가(法家), 묵자 중심의 묵가(墨家) 등 부국강병책과 정치철학이 펼쳐진 것이지요.

지금 한국은 대통령 선거를 앞두고 너나 나나 대통령 되겠다고 나서는 통에 방송매체가 시끄럽고 신문이 어지럽습니다. 제자백가들이 저마다의 지식으로 국가를 부흥하게 하겠다, 정치를 바로 잡겠다 주장하던 백가쟁명의 시대를 연상하게 하지 않습니까. 그러나 한국에서 벌어지고 있는 대통령 후보자들의 열변은 뒷날 한국 사상의 또는 학문의 기틀이 될 것이라고 믿는 사람은 아마 없을 겁니다. 일상적 관례를 부수고 새로운 시각으로서의 현실을 타개하려는 혜안(慧眼)이 안 보인다 이거겠지요. 이러다가 현실 문제에 갇혀 파리처럼 파리잡이 유리항아리에서 탈출하지 못하고 그냥 그대로 맴돌다 사라지고 말 한국이 되면 어쩌나 이거지요. 세상사에 관심을 멀리하고 사는 나마저도 걱정하는 말을 자꾸 들으니 별 생각이 들긴 듭니다.

제3부

돌아보는 우리의 삶

나는 특별히 한 일이 없어요.

좀 지난 신문(동아일보 2015. 10. 7)에 이런 내용이 실렸습지요. 하도 인상적이라 오려놓은 내용을 보여드릴 참입니다.

6일 서울 양천구의 한 공원에서 만난 이상락 씨(62)는 연신 손을 내저으며 "나는 특별히 한 일이 없어요." 이렇게 말했다. 이날 전까지 그의 이름은 '신월동 주민'. 4년 동안 구세군 자선냄비에 총 4억 원을 기부한 주인공이다. 이 씨가 익명으로 구세군 기부를 시작한 건 2011년. 어머니가 돌아가신 지 11년째 되던 해였다. 11이라는 숫자에 맞춰 그해 1억1000만 원을 기부했다. 일찍 감치 아버지를 여읜 그는 17세 되던 해 어머니 손에 이끌려 충남 보령에서 서울로 올라왔다. 이 씨는 "어머니와 형님, 형수님까지 2평(6.6m²) 크기의 단칸방에서 생활했다"며 "아버지를 잃고 가세가 기울면서 생활은 가난 그 자체였다"고 말했다.

객지 생활은 녹록지 않았다. 작은 인쇄소에서 사환으로 일했지만 먹고살기도 힘들었다. 막노동, 술집 웨이터 등 여러 궂은일을 해도 수중에 남는 돈이 없었다. 마침 중동 건설현장에 파견 나갈 기회가 생겼다. 2년간 모래바람을 견디자 서울에 작은 집을 장만할 수 있었다. 이 씨는 "어머니께서 '이제 우리 부자 됐다'며 웃던 모습을 잊을 수가 없다"고 말했다.

배운 건 기술뿐이고 가진 건 말 그대로 '근면성실'밖에 없었다. 이 씨는 "별을 보며 출근하고 달과 함께 퇴근하는 게 자랑스러웠다"고 말했다. 하지만 그 사이 어머니의 건강은 나빠졌다. 두 번의 낙상 사고로 다리가 부러져 인공뼈로 버티던 어머니는 노년에 침대에만 누워 지냈다. 효도 한 번 제대로 못했지만 어머니는 결국 세상을 떠났다.

어머니가 세상을 떠난 뒤 건물 내장용 타일을 판매하는 이 씨의 사업은 조금씩 번창하기 시작했다. 지금은 연매출 10억 원을 기록할 정도로 성장했다. 사업이 성공할수록 이 씨는 부모님을 떠올렸다. 고구마 한 개도 나눠 이웃집과 함께 먹자던 어머니였다. 이 씨는 "아버지께선 '사필귀정'이란 가훈을 늘 중시하셨다. 옳은 일을 하면 언젠간 밝혀진다고 강조하셨다"고 말했다.

이상락 씨가 2013년 12월 구세군 자선냄비에 1억 원을 기부하며 남긴 편지(위). 당시 이 씨는 1억 원짜리 수표가 담긴 봉투에 '신월동 주민'이라고만 적었다. 이 씨는 생전에 다하지 못한 효도를 기부로 대신하자고 결심했다. 하지만 다른 사람에게 알리고 싶지 않았다. 조용히 기부할 수 있는 곳을 찾은 끝에 구세군 자선냄비를 택했다. 2011년 12월 4일 자신이 사는 동네 이름을 따 '신월동 주민'이라고만 쓴 채 1억1000만 원이 든 봉투를 명동의 자선냄비에 넣었다.

이후 매년 12월 이 씨는 구세군 자선냄비를 찾아 익명의 기부를 이어갔다. 2012년엔 친구들과 환갑기념으로 여행을 가려던 계획이 취소돼 생긴 목돈 500만 원과 거래처가 갚은 외상값 73만 원을 합쳐 1억573만 원을 기부했다. 2013년과 지난해엔 각각 1억 원 자기앞수표와 편지를 함께 넣었다. 봉투에는 역시 '신월동 주민'이라고 적혀 있었다.

이 씨는 자신의 이름을 알리고 싶지 않았다. 2013년 홀몸노인을 직접 돕고 싶어 동사무소에 명단을 확인하고 싶었지만 개인정보보호법상 불가능했다. 익명 기부엔 한계가 있다고 느끼고 보다 적극적으로 봉사하기로 마음먹었다. 지난해엔 이름을 밝힌 채 사회복지공동모금회에 1000만 원을 기부했고, 신월동 주민들에게 쌀 100포대를 나눠주기도 했다. 이때 감사 표시를 하고 싶다는 문의가 쇄도했지만 이 씨는 한사코 거절했다.

4년간 본인의 이름을 숨긴 채 기부해온 이 씨의 선행은 지난달 한 지역 언론과 인터뷰를 하면서 우연히 알려지게 됐다. 민족통일협의회 전국대회에서 통일부 장관상을 받은 사실을 말하다 실수로 익명 기부 사실까지 알려진 것이다.

앞서 이 씨는 지난해 가족에게만 익명 기부 사실을 알렸다. 둘째 딸 이은주 씨(36)는 "늘 베풀고 살라고 강조하시는 아버지 모습이 존경스럽다"며 "아버지는 남몰래 기부하셨다고 했지만 사실 처음부터 아버지가 '신월동 주민'인 것을 알고 있었다."며 환하게 웃었다.

이런 기사를 새삼 소개하는 이유는 이걸 통해서 우리들은 잠시나마 행복에 젖어보자는 이유 때문입니다. 참 희한하지요. 남의 선행을 구경하면 마치 내가 그런 선행의 주인공처럼 착각하게 됩니다. 이런 착각은 잠시 나를 행복하게 한다는 보고가 있지요. 구경만 해도 그런 감정이라면 정작 그런 선행을 감행하는 당사자는 어떤 기분일까요.

Helper's High란 말이 있습니다. 이 말은 Runner's High에서 따온 말입니다. 달리기를 하면 처음은 괴롭지만 일정 고비를 넘기면 몸이 가뿐하고 기분이 좋아진다 하네요. 정신의학 용어로 남에게 도움을 주면 사람들은 높은 마음 상태를 유지한다는 뜻이지요. 이 말은 미국의 내과의사 앨런 룩스(Allan luks)가 쓴 『선행의 치유력』(2001)이라는 책에 처음 나오는 말입지요. 여러 가지로 실험을 해본 결과, 사람들이 남을 도우면 정서적 포만감이 찾아와서는 인간의 신체에 몇 주간 긍정적 변화가 일어난다고 합니다.

2003년, 미국 미시건 대학교에서는 70세 이상의 장수 부부 423쌍을 대상으로 그들이 병 없이 건강하게 장수하는 이유를 알아봤더니 바로 이 사람들이 불행한 사람들을 돕는 일을 자주 하여 왔다는 겁니다. 말하자면 앞서 말한 Helper's High 때문이라는 놀라운 사실을 발견했다 이것 아닙니까. 엔도르핀이 정상치의 3배 이상 분비되는 것은 물론이고 혈압, 콜레스테롤 수치까지 낮춰준다는 것을 밝혀내었습니다. 도움을 주는 사람뿐 아니라 도움을 받는 사람, 이를 구경하는 사람까지도 일정 효과가 발생한다는 보고도 잇따라 학계에 보고되었습니다.

테레사 효과(The Mother Teresa Effect)란 말도 있습니다. 테레사 수녀님은 인도 캘커타에서 평생 헐벗고 가난한 사람들과 고아들을 돌보았던 빈자의 성녀, 잘 아시지요. 1998년 하버드 대학 데이비드 매클레인 교수팀이 이런 실험을 했답니다. 일정 실험대상자들에게 테레사 수녀의 기록 영상을 보여줬지요. 보기 전후의 타액을 채취해 성분 변화를 비교했더니 그 결과 연구진들은 자선 활동을 보고 듣거나 생각하는 것만으로도 실험대상자들은 행복하고 건강해지는 현상을 발견하였답니다. 이를 테레사 효과라 딱 이런 이름을 붙였다 하네요.

철학 또는 종교적 관점에서의 행복감을 말하는 경우도 있습니다. agathos(그리스 철학에서의 선[善] 라는 뜻)가 그것입니다. 그리스 철학에서는 인간이 인간다우려면 본시 갖고 있는 인간다움을 망각하지 않았을 때라고 보았지요. 자연적 본성을 보존할 때를 선이라 생각하고 이런 상태를 인간다움의 세계이고 이게 인간 행복을 갖게 한다, 이렇게 생각한 겁니다. 물론 기독교 시대인 중세에서는 선은 전능한 신의 의지의 발현이기 때문에 신을 신앙함으로써 충만한 기쁨을 누릴 수 있으니 행복한 일로 여겼습니다. 이렇게 선을 향한 인간 자세도 행복한 일 아니겠습니까.

우리는 신월동 주민 이씨 말고도 크고 작은 선행의 모범들을 많이 보고 듣고 합니다. 예로 들어볼까요. 사후 재산을 사회에 환원하겠다고 전세금 4천만 원을 기부한 기초생활수급자 부부, 노숙자 신분으로 얼마 전 건설현장 일용직 근로자가 되었다며 첫 월급을 자선단체에 기부한 한 남성, 파지를 모우며 사는 노인이 우유병에 가득 돈을 담아 4년 째 기부단체를 찾는 노인, 추운 겨울을 따스하게 지내라고 연탄 배달을 해마다 하고 있는 자선단체 청년들, 해마다 김치를 담아 독거노인 댁을 방문하는 자선단체 주부모임, 참으로 훈훈한 인생의 향기를 날리는 분들 아닙니까. 이 반대 되는 분들 이야기는 오늘은 하지 맙시다.

이씨의 선행이나 앞서 보인 선행자들 역시 부모로부터 학습한 결과일 수도 있고 스스로의 깨달음으로부터 발현된 결과일 수도 있지요. 다만 그들의 자식들은 부모의 선행을 유산으로 당당하게 물려받을 겁니다. 부모가 자식에게 돈을 많이 남겨주는 일은 부러운 일이지만 선행을 유산으로 남겨주는 것만큼은 훌륭한 일은 못 됩니다. 인간이 인간답게 사는 걸 자식에게 가르치는 것만큼 훌륭한 일이 또 있을라구요.

선행이 정신 건강에 유효하여 장수하는 것을 덤으로 받는 것은 즐거운 일 아닙니까. 반면 이런 길이 있음을 알면서도 놓치는 건 어리석은 일이지요. 안 그런가요. 나부터 새해에는 더 많이 노력해 봐야 하겠습니다. 그래서 말인데 일단 죽음에 앞서 장기 기부부터 해놓고 남의 선행을 찾아다니며 구경을 자주하고 가끔은 나도 선행하여 자식에게 교육시키고, 이웃에게도 영향을 입도록 할 작정입니다. 그런데 이런 일에 익숙하지 않은 주제에 잘 될까 미리 걱정 되네요.

설이 왔습니다. 모름지기 우린 한 해를 더 늙었습니다. 세월의 부피를 쌓기만 할 게 아니라 새해에는 성숙한 인간애의 높이를 더해가는 한 해를 만들면 좋겠지요. 그런 의미에서 테레사 수녀님 남기신 한 말씀을 전하며 내 이야기를 마감합니다. 내일이 설입니다. 새해 한 살 잘 잡숫고 더 멋진 한 해 사시기 바랍니다.

"It is not how much we give, but how much love we put into giving."(얼마나 많이 남에게 주느냐가 아니라 얼마나 많은 사랑을 담아서 주느냐가 중요하다.)

늙은이들의 공부거리

늙은이들 중에는 자기 아집의 노예가 되어 소위 고집불통 영감쟁이란 말을 듣는 늙은이가 이외로 많습니다. 젊은 시절에도 그런 경향이 얼마간은 있었겠지만 늙을수록 더해져서 자기 아집이란 궁전에 박혀 사는 늙은이들을 자주 봅니다. 늙으면서 왜 이런 사람으로 둔갑하는 걸까요.

심리학 용어에 '확증편향성(確證偏向性 confirmation bias)'이란 용어가 있습니다. 어떤 사람이 다양한 사고와 판단에 근거하려 하지 않고, 선택적으로 사고하고 편향적으로 판단하는 경향을 이렇게 말하지요. 자기 신념을 세워 놓고 이것을 확증해줄 만한 것에만 주의를 치중하지만 이것과 다른 연관 또는 상반된 의견을 무시하고 배제하는 편협성을 보이는 증후를 이렇게 말합니다. 그렇다 보니 대인관계가 원만하지 못하게 되는 경우가 생깁니다. 상대방의 의견을 편향적으로 수용하기 때문에 토론이 어렵고, 토론의 결과가 자기 신념 혹은 의견과 상치된다면 수용하려 하지 않습니다. 인간 사고의 다양성을 존중하고 타인의 의견을 경청하여 자신을 돌아보는 보편적 인간의 생활태도에서 유리된 심리상태를 확증편향성이라 한다 이 말입니다.

사람들은 어느 정도는 이 같은 확증편향성을 행사하고 삽니다. 그러나 자신이 이 같은 증후군의 인물임을 알아차리어 궤도 수정을 하는 경우가 대부분이지요. 이런 경우를 확증편향성의 임자라고 말할 필요가 없지요. 자신만의 편중된 사고가 절대한 가치를 갖는다고 판단한다면 이 사람은 병적인 존재이고, 기피의 대상이 될 수밖에 없어요. 이런 사람은 외톨이 인생으로 살아갈 수밖에 없습니다. 자신을 부술 수 있는 슬기가 모자라서 얻은 병이라 해야 하나요. 많은 친구를 가진 사람은 이러지를 않습니다. 많은 독서를 하는 사람도 이러지를 않습니다. 친구와 책이 가르침을 주는 스승이 되어 아픈 매질을 하기 때문이지요. 그러나 간혹은 많이 배운 사람 중에서도 이런 증후를 보입니다. 이것은 여태의 배움을 자기 편리로 해석한 사람입니다. 자신을 리모델링할 마음이 없는 정신적 장애가 있는 것 같지 않습니까.

종교인들 중에도 이런 관념의 주인공들이 많습니다. 내 믿는 종교 외는 모두 사교라고 하여 외면하는 것까지는 경전에 적혀 있는 대로니 그렇게 믿어도 좋지요. 그러나 타 종교를 퇴치해야 할 적으로 몰아붙인다면 주위로부터 적을 만드는 경우가 됩니다. 이런 경우의 극단이 종교전쟁을 유발시켰고, 지금도 이런 유의 전쟁을 하는 나라들이 있지 않습니까. 나의 종교는 타 종교보다 장점이 많아서 내가 이를 선택하여 지금 잘 믿고 잘 살고 있다고 생각하면 근사한 종교관입니다. 종교가 그래야 하고, 경전의 해석도 이렇게 해석해야 할 것 같습니다. 생활태도든 종교든 편향적 사고 이게 삶을 위험에 빠뜨림을 배워야 하겠습니다.

늙은이 중에는 이런 경우도 있습니다. 자신의 늙음을 인정하지 않고 젊은이 못지않게 생산 활동을 하는 건 좋습니다. 그러나 조금만 몸이 이상하면 무조건 병원 문을 두드리는 병원의존형의 사람들을 흔히 볼 수 있습니다. 나이 들면 온전한 데가 없기 마련 아닙니까. 고물차는 덜그럭거릴 수밖에 없는 것입니다. 늙으면 횡격막과 호흡기관이 약해져서 호흡이 곤란할 때가 자주 발생하지요. 허파꽈리며 폐 내의 모세관 역시 줄어지기 때문에 숨이 차는 것은 당연한 일입니다. 미세먼지가 날리면 재채기가 자주 나고 콧물이 흐를 때가 있고, 음식을 삼킬 때도 억지스러울 때가 있고, 소화가 예전 같지 않아 화장실 변기에 오래 앉아 있을 때가 자주 있는 것은 늙으면 당연한 일입니다. 몇 잔 술에도 취기가 빨리 도는 것 역시 알콜 분해 능력이 예전 같지 않음에서 오는 현상입니다, 거기다 쓸쓸함과 허무함이 엄습하여 까닭 없는 불안이 찾아올 경우가 자주 있는 것 역시 늙음의 증거입니다. 늙어지니 기침 할 때가 많아서 걱정이라면 기침은 폐에 들어온 세균 또는 이물질을 청소하기 위한 것인데, 아직은 호흡 근육이 살아 있음을 다행으로 생각해야지요.

병원을 찾아가봐야 별 수 없음을 확인하고 오는 번거로운 절차를 안 해야 합니다.

다 이런 건 늙음의 증거인데도 무언가 병이 몸을 짓누른다고 판단하여 병원을 자주 찾아나서는 이런 징후를 '의료의존증(medicalization)'이라 합니다(이렇게 번역해 봅니다.). 늙으면 이리 될 수밖에 다른 도리가 없음을 인정하지 않으려 하고, 건강했던 어제의 나에 집착하여 그 시절로 돌이키려는 엉뚱한 생각이 바로 의료의존증의 주인공들이지요. 노화 현상을 둔화시키려는 노력은 중요하나 이것도 시간의 문제이지 이런 현상이 찾아오지 않는 사람은 한 사람도 없습니다. 늙으면 음식을 삼킬 때마다 인후가 약해져 기도를 막는 일이 둔해지기 때문에 찰떡이나 젤리 먹다가 곤란을 당하는 수가 있고, 목뼈에 골다공증이 와 머리가 앞으로 숙여지는 현상도 찾아오는 것이 당연합니다.

건강보조 식품이나 약품을 권하는 장사꾼 말에 속지 마십시오. 이것도 결국은 줄어든 간세포를 괴롭히는 결과를 초래하여 이런 것 자주 먹는 게 위험할 수 있음을 알아야 합니다. 불로초 찾아다닌 진시황도 흙이 된 지 오래이니 오래 살기보다 잘 살다 갈 생각을 해야지요. 늙음이 자연현상이므로 자연현상을 그대로 받아들이는 교육, 이런 교육을 어디 가서 수업 받거나 아니면 볼만한 책을 챙겨 읽어보는 늙은이는 공부 제대로 하는 늙은이입니다. 그래야 남은 인생을 즐겁게 살 수 있다 이겁니다.

이런 늙은이는 제발 되지 맙시다.

　가진 돈이 상당히 있지만 거지 행사하는 늙은이, 이를테면 친구들에게 얻어먹는 것은 즐기지만 막상 한턱내는 건 너무 인색한 고약한 늙은이, 몇 백을 살 것 같은 착각에 빠져 더 늙음에 대비해야 한다고 써야할 돈을 못 쓰는 늙은이는 뭐라 해야 할지 모르겠네요. 못사는 이들을 돌보는 사람들은 가진 게 많아서 그런 행동을 하지만 정작 자신은 가진 게 별로 없어 그럴 여유가 없다고 딴전 피우는 이런 늙은이는 되지 말아야지요. 이게 젊을 때부터 습관된 고질이라 못 고치는 늙은이라면 이젠 어쩔 수 없으니 그냥 두고 보는 수밖에, 그대로 살다 가도록 내버려둘 수밖에 더 있나요.

　자식에게 한 푼이라도 더 남겨주려고 안간힘을 다한다면, 그 부성애를 칭찬해도 무방하지만 자기 개인의 행복을 구기면서까지 이런 행위를 한다면 불쌍하게 보인다 이 말이지요. 오래 전 부모의 유산 때문에 형제 간 전쟁을 치르고 난 뒤부터 형제간의 발걸음이 끊기고, 부모 제사도 혼자 지내는 사람이라면 얼마나 측은합니까. 그런 사람 내가 더러 봤다니까요. 다 가는 외국 여행조차 돈이 아까워 고작 중국 여행 한 번으로 자족하는 늙은이. 돈을 써야 자기 돈이 됩니다. 자기 삶의 향상을 위해 투자하기도 하지만 인정을 베푸는 데도 인색하지 않다면 근사한 삶을 산다 할 수 있겠지요. 이런 삶의 교육은 이웃으로부터 혹은 책을 통해 학습해야 할 필수 과목이지요 필수 과목. 건강하게 오래 산 사람들의 공통점은 사회에 기부를 많이 한 사람, 친구가 많은 사람이란 놀라운 통계가 있습니다. 이런 행위는 나를 더 정신적으로 건강하게 만들고, 나는 사회를 위해 친구를 위해 무언가 하는 사람이라는 자부심을 갖게 하기 때문에 스트레스 받지 않습니다. 사회로부터도 친구로부터도 존경을 받으니 왜 스트레스 받겠습니까. 가진 자는 가진 자답게 사회적 책임(social responsibiliy)을 질 때에 그를 존경하게 된다 이 말입니다. 그러고 보니 늙은이들이 배우고 익혀야 할 일들이 많습니다. 여태 말한 이런 공부 잘 해서 멋들어지게 건강하게 그리고 오래 살다 저 세상 갑시다. 늙은이 여러분!

다문화 가정의 자식들,

잘 키워야 합니다.

엊그제 저녁(2016. 5. 9) 뉴스 한 토막은 미국 육군 사관생도들의 사진 한 장이 화제였습니다. 흑인 여학생들이고 모두 주먹을 불끈 쥔 행동 때문입니다. 이런 행동을 흑인들이 한다면 그건 흑인에 대한 차별 대우에 저항하는 몸짓이라나요. 사관생도들은 장차 장교가 될 사람들이라서 정치적 이슈를 제공해서도 또 동조해서도 안 된다는 이유 때문에 화제가 된 셈입니다.

좀 지난 영화 『뿌리』 생각나지요. 이 영화는 Alex Haley(1921-1992)가 쓴 대중소설을 영화화한 것입니다. 내용은 이렇지요.

1750년의 봄, 서부 아프리카 감비아의 만딩카족 부락에 쿤타 킨테라는 남자아이가 살았습니다. 쿤타 킨테가 17세 때 노예 상인에

납치되어 미국으로 와 노예생활을 하였습니다. 7대 손이 저자라는 데서 실화 같은 감을 느끼게 한 소설입니다. 인간으로서가 아니라 가축으로서의 생활, 때로는 성노리개로서의 삶을 그리기도 하고 때로는 백인들의 오락을 위한 놀잇감으로 삶을 살았다는 게 당시 흑인들이라는 것이지요. 물론 이 영화는 사실과 영 동떨어진 것은 아니지만 사실 그대로가 아닌 소설의 영화화였습니다. 아마 당시 는 그랬을 것이라는 강한 긍정이 자리 잡자 미국 사회에서도 흑인 에 대한 차별이 더 이상 있어서는 안 된다는 여론이 일기 시작했지 요. 대통령이 흑인이 되었어도 흑인에 대한 차별 대우는 영 없어진 게 아니라는 여론이 아직도 대세입니다. 하고 많은 손짓이 있는데도 흑 인 여 사관생도들(옛날에는 흑인이 사관생 되기 어려웠다네요. 거기 다 여자흑인이 사관생이 되었다니 세상 많이 바뀐 셈입니다.)이 주먹 을 불끈 쥔 게 그냥 장난이 아닌 것이라 생각하게 되지요.

20C 이후, 세계는 세계화(globalization) 또는 초국가주의(transnationalism) 가 본격적으로 진행되었다고 할 수 있지요. 경제시장, 노동시장이 개 방되자 국가 간의 장벽이 사라졌다는 말이 되겠습니다. 다르게 말 하면 국제적인 인구이동 현상이 대대적으로 일어나서 현재 전 세 계인구의 3%인 1억 9천 2백만 명이 모국이 아닌 곳에 거주한다는 말입니다. 이 점은 한국도 예외는 아니지요.

한국은 탈북자(이를 새터민이라 부르지만 용어가 어색합니다. 한국을 삶의 새 터로 삼은 다문화 가족 모두가 새터민이기 때문입니다. 법률상으로는 북한이탈주민이라 합니다.)와 국제결혼이민자, 외국인 노동자 등의 숫자가 2015년 통계에 의하면 무려 156만 명을 넘었습니다. 현재의 숫자는 약 200만 정도가 될 것이라 추산하고 있습니다. 이 숫자는 우리나라 총 인구의 3.1%에 해당합니다. 이 중에서도 국제결혼이민자 가족 수는 거의 절반의 숫자입니다. ㉠어머니가 탈북자인 경우나 ㉡조선족인 경우는 그 자녀들이 한국어를 습득하는 데에 큰 지장이 없습니다. 그러나 ㉢동남아 여성들(주로 중국, 베트남, 티베트, 캄보디아, 몽골, 필리핀 등)이 한국 국적의 남자와 결혼(대부분이 매매혼이지요.)하여 낳은 자녀들은 한국어가 어색하고, 아버지의 직업이 안정적이지 못한 경우가 많지요.

백의민족이다, 단군의 자손이다 하여 우리는 단일민족임을 누누이 강조하여 왔지만 혼혈의 정도가 다른 나라에 비하여 적다는 것이지 단일민족은 아니지요. 잘못 학습된 순혈주의와 제3세계 국가들에 대한 잘못된 우월감 때문에 다문화 가정이 파탄 난 경우가 허다합니다.

한국 내 다문화 가족이란 '다문화가족지원법'의 제 2조에 이렇게 정의하고 있더군요.

가.『재한외국인 처우 기본법』제 2조 제 3호의 결혼이민자와 『국적법』제2조에 따라 출생 시부터 대한민국 국적을 취득한 자로 이루어진 가족.
나.『국적법』제 4조에 따라 귀화허가를 받은 자와 같은 법 제 2조에 따라 출생 시부터 대한민국 국적을 취득한 자로 이루어진 가족.

한국 내 다문화 가족이 무려 200만 명이라면 이들은 한국 경제에 특히 내수 경제에 적잖은 도움을 주고 있지요. 한편 ㉢가정의 자녀들 문제가 예사롭지 않다는 점을 우리는 심각하게 생각해야 합니다. ㉢가정은 경제적 여유가 없는 데다 어머니의 한국어 능력이 시원찮아서 자녀들이 한국어를 제대로 익히지 못한 경우가 많지요. 학교에서 따돌림 당하여 학교 가기를 싫어하는 학생들이 자연히 생기게 됩니다. 이런 경우를 딱하게 여겨 몇 군데 이들 학생들만의 교육기관을 만들어 교육하는 곳이 있습니다만 교육 환경이 열악하고 교사들은 자원봉사에 의존하는 경우가 대부분이지요. 다문화 가족 자녀들을 위한 정규 학교로는 안성에 있는 원불교 재단 '한겨레중고등학교'가 돋보입니다. 북한이탈자 자녀들만의 학교인데 모두 기숙사 생활을 하고 일체의 납부금은 없습니다. 찾아가봤더니 교육 환경이 너무 잘 되어 있더군요. 잘된 일 아닙니까.

㉢가정의 자녀들 중에는 학교생활에 잘 적응하는 경우도 많습니다. 그러나 그렇지 못한 학생들이 적지 않기 때문에 이들을 위한 정규 학교가 필요합니다. 이 문제를 방치한다면 어찌 될까요.

미국은 다문화 국가의 대표적인 나라입니다. 미국 전체 인구 3억 8백만 중 백인 72.4%, 흑인 12.6%, 아시아계 4.8%, 기타 6.2%, 혼혈 2.9%, 소수의 미국 본토 원주민과 태평양 섬 주민들로 구성되어 있지요. 뭣보다 흑인 사회가 문제입니다. 교육을 제대로 받지 못한 경우가 많지요. 이들에 대한 사회적 배려가 약했다 이겁니다. 이것이 적지 않은 사회 문제를 일으키는 결과로 나아간 것 다 알고 있는 일 아닙니까.

ⓒ가정의 자녀들은 부모의 이혼 또는 어머니의 가출 혹은 귀국으로 인하여 어려움을 겪는 경우가 허다하다 듣고 있습니다.(TV 프로에서는 다문화 가족의 성공적 사례들만 보여주더군요.) 그들 자식들을 대한민국 국민으로 잘 성장하도록 도와주는 건 당연합니다. 그대로 방치한다면 그 해악은 곧 되돌아옴을 다른 나라의 예에서 쉽게 찾아볼 수 있지요.

가수 인순 씨는 어머니는 한국인, 아버지는 미국 흑인 군인이었다지요. 말 들으나마나 어린 시절은 피부 빛깔 때문에 얼마나 많은 고초를 당했겠습니까. 불우한 환경을 이겨내서 대한민국 제일가는 가수로 성장하였으니 대단합니다. 또 대단한 일은 자신처럼 힘들고 어렵게 사는 다문화 가족의 자녀들을 거두어 주는 대안 학교를 강원도 홍천에다 세웠다는 점이지요. 고마운 일이지요.

안산시는 다문화 가족 밀집 지역입니다. 여기에 김성기 목사가 팔을 걷어붙이고 다문화 가정의 학생을 위해 정규 학교 '상록수고 등학교'를 내년 3월 개교한다고 하지만, 아마 진행 속도로 봐 어렵게 보입니다. 도와주는 이가 적으니 그렇지요. 목회 활동이나 열심히 할 일이지 교육부장관도 하지 않은 일을 목사가 한다? 이 분은 나와 같은 대학에서 오랫동안 잘 지낸 친구의 동생입지요.

소외 계층 자녀들을 위하여 만든 '지리산고등학교'가 산청 지리산 밑에 있습니다. 이 학교는 입학만 하면 모든 게 공짜입니다. 모두 기숙사 생활을 하지요. 내가 여기에 관여하고 있어 잘 압니다만 명문대 입학이 전국 최고인 학교가 바로 이 학교라니 놀랍지 않습니까.

상록수고등학교도 마찬가지입니다. 모두 다 학교 재단이 교육비 전담을 하겠다고 합니다. 친가 나라말은 물론, 외가 나라말도 잘 하도록 가르치겠다니 이게 바로 세계화(globalization) 또는 초국가주의(transnationalism)로 진출할 수 있는 교두보 확보 아닐까요. 친가 나라와 외가 나라의 단단한 연결이 이런 사람들로부터 이룩될 수 있겠지요. 그러니 이런 학생들 잘 키워내면 두 나라 사이에 큰 일해낼 것 같은 생각이 미리 듭니다.

기성세대는 후세대를 위해 봉사를 게을리 해선 건전한 사회가 못 되고 안 됩니다. 후세대를 위한 봉사 이건 기성세대의 임무고 책임이지요. 그래서 이런 학교를 빨리 세워야 하겠다, 해서 출발했지만 일이 순조로우면 하나님 하실 일이 없지 않나요. 공원 부지를 학교 부지로 변경, 설립인가 취득, 기초공사까지는 잘 진행 되었는데 건설업자의 농간에 어려움이 발생하고 말았답니다. 힘들게 개교를 위해 지금 노력 중에 있습니다만 보기 딱해서 나서기 잘 하는 내가 제 주제도 모르고 덤벼들고 있습니다. 가련한 이 중생은 언제 철들는지 걱정이네요.

『뿌리』

원작소설 『뿌리』는 1976년 발표되어 그해 퓰리처상을 받았다. 그리고 그 이듬해인 1977년 총4부로 구성된 동명의 TV 드라마가 제작·방영되었다.

돈의 노예들, 돈의 주인들

조선 중기 화가 이정(李楨, 1578-1607)은 별난 그림 하나를 남겼습니다. 기섬도(騎蟾圖, 이화여대 박물관 소장)란 그림인데 유해(劉海)라는 인물이 두꺼비를 타고 세상을 유희하고 다니는 모습이지요. 두꺼비는 재수나 재물을 상징하는 동물 아닙니까. 돈을 부려 쓰는 주인 노릇하는 모습이지요.

심사정(沈師正, 1707-1769)이 수묵담채로 그린 유해희섬(劉海戲蟾, 간송미술관 소장)이란 그림도 있습니다. 돈을 좋아하는 두꺼비를 동전으로 유인해서 낚아 올린 후 유해가 두꺼비를 꾸짖는 내용이지요. 돈 밖에 모르는 탐욕스러운 인간을 꾸짖는다 해도 되겠네요.

유해는 어떤 인물인가. 유해의 본명은 유조(劉操), 중국의 후량(後梁)의 재상을 지낸 인물입니다. 어느 날 유조가 정양자(正陽子)라는 도인을 만났더니 도인은 동전 위에 계란 열 개를 쌓아놓고 유조에게 보여 주면서 재상 자리는 금전 위에 쌓은 계란보다 훨씬 위태로운 자리임을 암시하곤 사라지자 이에 유조는 크게 깨달아 재상 직을 버리고 신선이 되었다 합니다. 신선이 된 유조는 이마에 머리카락을 내린 어린 아이 모습을  하고는 두꺼비를 타고 다니면서 어려운 백성들에게 돈을 나누어 주었다는 전설이 있지요.

앞에 보인 두 그림이 의미하는 바는 무엇일까. 왜 이런 그림을 옛 사람들은 자주 그려 왔을까 이것이 오늘 내가 말하고자 하는 의미입지요.

우선 권력을 쥔 자는 돈의 유혹에 노출된 자이기 때문에 돈의 유혹을 뿌리치지 않으면 낭패 당함을 암시한다고 할 수 있지요. 전 국무총리 한 모는 뇌물 받은 게 탄로나 감옥살이를 하고 나왔습니다. 국무총리를 지낸 인물이 싸늘한 감방에 수의를 입고 앉아 있다 생각해보십시오. 명문대 총장을 지낸 김 모 역시 뇌물 수뢰 때문에 몇 년 힘든 삶을 살았습니다. 검사장을 지낸 홍 아무개 변호사도 콩밥 먹고 있다지요.(예전에는 감옥의 밥이 콩밥이었던 시절이 있었다지요.) 홍 변호사 이 사람은 2013년 한 해만 91억 2천만 원을 변호사질해서 벌어들였다하네요. 이 돈은 개인 소득 전국 15위, 법조인 수익 1위에 해당한다니 놀라운 노릇 아닙니까요. 압수 수색의 표면적 이유는 수임료 축소신고, 탈세 등이지만 정 모 네이처리퍼블릭 대표가 원정 도박 혐의로 경찰 수사를 받을 때 변호를 맡아 2014년 검찰의 무혐의 처분까지 끌어냈으니 전관예우 덕을 단단히 받은 것 아닌가 이 점을 수사하고 있습니다. 아마 여러 사람 많이 다칠 것 같네요. 진 모 전 검사장이 또 사건의 중심에 등장하였습니다. 2005년 검사장 시절 비상장주식을 통해 120억이라는 거액을 눈 깜짝할 사이에 벌어들였습니다. 그 중심에 넥슨이라는 거대 게임사가 있는데 회사 책임자가 회사 자금을 빌려준 정황이 드러나 수사받고 있습니다. 회사 돈을 한 개인에게 그것도 검사장에게 빌려준다는 게 상식적으로 이해될 일입니까. 이 사람도 몇 년 편한 밥 먹기 틀렸습니다. 돈이 아쉬운 사람들도 아니고 배곯는 사람들도 아니면서 돈을 왜 그리 탐내는 겁니까. 돈은 많아도 귀찮은 물건입니다. 그렇지 않습니까.

　앞서 거론한 인물들은 누구나 부러워하는 자리에 오른 머리 좋은 사람들입니다. 명문 대학 나오고 학교 다닐 땐 우등상 받았던 인물들 아닙니까. 이런 사람들이 자신을 타이르는 일에는 소홀하여 본인 명예는 물론 처자식들 입장까지 난처하게 만들었으니 진실로 머리 좋은 사람으로 보이지 않네요.

고관대작의 자리에 앉았다 해도 안 그런 사람은 안 그럽니다. 이승만 대통령 시절 외무부 장관을 지낸 변영태 선생(이런 분의 이름은 밝힙시다.) 이야기는 이렇습니다. 유엔 참석차 미국으로 해외출장을 갔는데 여인숙 같은 데서 자고 음식도 그저 그런 음식을 먹으면서 최소한의 비용만 쓰고 출장비를 남겨 국고에 넣은 분으로 유명합니다. 신생국 외무부 장관이 어려운 국가 돈을 출장비로 쓰려니 함부로 못 쓴 거지요. 국가 예산이 남으면 어떻게 해서든 이월해서 다음 해 예산에 편성해서 쓰도록 하는 장관은 누구입니까. 국가 혈세를 아껴야 한다고 판공비 절약 또 절약 이렇게 하는 그런 장관이 누굽니까. 십 년이 넘도록 국민소득 3만 불이 안 되는 이 국가 살림을 국회의원이다 장관이다 중앙정부 고급관리다 이런 사람들이 판공비를 어찌 써왔는지 살펴보면 한심스러울 게 뻔합니다, 뻔해.

법조인이라 해도 안 그런 사람은 안 그럽니다. 딸깍발이 판사라는 별명을 얻을 정도로 청렴하게 생활해 후배 판사들의 사표(師表)가 돼왔던 조무제 전 대법관 이야기를 좀 하지요. 조 선생은 1993년 재산공개 때 고위 법관 중에서 가장 적은 6,400만 원 가량을 신고했고, 98년 대법관으로 임명될 당시에도 재산은 약 7,200만원이었습니다. 대법관 취임 후 수년 간 서울 서초동의 보증금 2,000만원 짜리 원룸 오피스텔에 살았다 하지 않습니까. 장관급 예우를 받는 대법관에게 배속되는 전속 비서관도 6년 간 두지 않았지요. 전속 비서관 뭐 그런 사람이 굳이 필요하지도 않고 그런 사람 월급이라도 국민 세금으로 지급되니 그렇게 나랏돈 함부로 쓸 수 없다는 이유에서입니다. 그와 사시 동기(4회)인 심 모 전 법무부 장관은 "그 친구 집에 가면 전화기와 텔레비전 등이 모두 골동품 수준"이라고 전한 바가 있습니다.

조 전 대법관은 진주사범을 졸업, 부산에서 초등교사로 재직 중 야간에 동아대 법대를 나와 70년 부산지법 판사로 법관 생활을 시작하였고, 98년 대법관이 될 때까지 한직이라 할 수 있는 영남 지역을 떠나지 않았지요. 94년 창원지법원장 승진 당시 관행으로 받은 전별금 500만 원을 창원지법의 도서 구입비로 기증했는가 하면, 매달 나오는 400만 원의 판공비와 재판연구 활동비를 총무과장에게 맡겨 직원들의 경조사비에 쓰도록 했다는 이야기가 전설처럼 남아 있습니다. 지금 그는 부산 동래구 낙민동에 있는 26평 아파트에 살면서 모교에서 강의를 맡고 있다지요. 희한한 일은 그가 사는 그 아파트의 딱 한 집만 베란다에 알루미늄 새시를 하지 않은 채 있다 네요. 그 이유는 베란다를 막는 게 불법이기 때문입니다.

요즘은 선생이란 말을 아무에게나 붙이지만 이런 분을 선생이라 칭해야 합니다.

다시 그림 이야기나 계속합시다. 공주 마곡사 대광보전을 가본적 있습니까. 거기 하마선인도(蝦蟆仙人圖)란 그림이 살고 있습니다. 하마(蝦蟆)란 두꺼비를 말합니다. 신선 유해(劉海)가 세 다리를 가진 두꺼비(三足蟾)를 가지고 노는 그림이지요. 뒷다리 하나는 먹은 것이 배출되지 않게 하기 위해 항문을 막고 있는 별난 그림이지요. 사찰 벽면에 하필이면 이런 그림을 그려놓다니. 스님이 돈을 알면 절이 망하는 일임을 깨닫게 하고자 함인가요. 사람이 돈의 노예가 되어서는 안 된다는 걸 깨우치기 위함인가요. 돈을 노리개(두꺼비)처럼 희롱해야 한다는 의미를 깨우쳐야 한다고도 해석할 수 있겠지요. 돈을 먹으면 배설할 줄을 알아야 하는데 그것마저도 안하는 놈들을 향해 한 소리 값비싼 말을 하고 있는 것 같기도 하고. 좌우간 그림이나 감상해보시지요.

시원찮은 내 안목으로 봐도 이 그림은 상당히 훌륭하게 보이는데 관리가 잘 안 되어 많이 상했네요. 두꺼비가 두 발을 들고 용서를 비는 것 같이 보입니다.

개같이 벌어 정승같이 쓴다는 속담 생각나지요. 비록 돈을 번 행위가 개 같았다 해도 어진 정승 같이 돈을 썼다면 그 사람은 개가 아니고 정승 된다는 그 말이지요. 돈은 벌기도 잘 해야 합니다. 설령 개 같이 벌었다 해도 그 돈 잘 쓰면 개짓을 한 행위가 어느 정도 덮일 수 있단 말도 되는 것 같네요. 벌기만 하고 쓰기를 잘 못하면 그것 안 되지요.

게오르그 짐멜(Georg Simmel, 1858~1918)이 쓴 『돈의 철학』에 이런 내용이 적혀 있더군요. 한 부분만 요약합니다.

> 돈은 기본적으로 인간을 자유롭게 하는 물건이다. 그리고 인간성을 회복하게 한다. 인간은 돈이라는 저장 수단이 없을 땐 항상 일을 해야 했지만 돈을 바탕으로 가치 저장을 하고부터는 문화와 예술, 나아가서는 삶을 즐길 수 있게 되었다. 이것 때문에 일하는 존재 호모 라버스(homo labors 노동하는 인간)에서 노는 존재 호모 루덴스(homo ludens 유희 인간)으로 나아가게 되었다. 돈은 철학적으로는 우리를 자유롭게 하지만 정치, 사회학적으로는 우리를 속박하는 물건이다. 돈을 어떻게 벌고 어떻게 쓰느냐에 따라 인간성을 복구도 하고 인간성을 파멸시키기도 하는 매우 위험한 물건이다.

이렇게 요약하니 돈에 대한 상식 같은 이야기네요. 그런데 이런 상식을 몰각하는 사람들 때문에 이런 책이 필요하다 하겠습니다. 지금 롯데 그룹의 형제 전쟁 보고 계시지요. 신 모 회장부터가 형제들 간 싸움 더러 해왔지요. 많지도 않은 아들 둘이가 아버지 재산

서로 많이 가지려 전쟁하는 꼴을 아버지 신 회장이 봐야 하니 심정이 어떠하겠습니까. 돈의 인간성 파멸을 새삼 느끼고 있지 않겠습니까.

돈에는 독이 있어서 돈을 많이 가질수록 돈에 대한 저항력도 커져야 합니다. 아무나 많은 돈 가지면 돈의 독 때문에 일찍 죽는다 이 말입니다. 돈은 가져야 할 사람이 가져야 하는 위험한 폭탄이라 이거지요. 돈이 주인 행세 못하도록 할 수 있는 사람이 따로 있다 이거지요. 앞 그림 마곡사 벽화에서 주인 유해가 두꺼비(돈)를 희롱하는 것 다시 보셔요. 이정의 기섬도 그림처럼 돈의 노예가 아니라 돈의 주인으로 돈을 부리고 희롱하는 이런 그림 잘 간수했다 수시로 꺼내어 보시기 바랍니다. 돈의 노예가 되지 말고 돈의 주인이 되어 돈을 호령하고 어떤 땐 돈을 내 곁에서 추방할 줄 아는 사람 이게 중요하다 이 말씀입니다. 알아듣겠지요.

게오르그 짐멜(Georg Simmel, 1858~1918)의 『돈의 철학』
『돈의 철학』은 1900년에 출판된 책으로, 현재 우리나라에도 그 번역본이 여러 권 나와 있다.

로빈슨 크루소와 철새

한 이틀 계속해서 눈보라가 날렸습니다. 어찌나 추운지 밖을 나다닐 수가 없었습니다. 엊저녁 기온은 영하 27도라 전합니다. 내가 사는 연변의 겨울은 가끔 이렇게 끔찍합니다. 이 혹한에 기어이 힘들여 여길 찾아와 살려는 사람은 영 맛이 간 사람 아니겠습니까. 내가 시방 그러한 사람이 되어 눈 속에 묻혀 있습니다. 지난 학기 내내 묵었던 대학 숙소에 들어가 먼지를 털고 남겨둔 짐을 끄르고 한기와 마주앉아 있습니다. 기분이 좀 이상은 하네요.

고독은 혼자라야 확인되는 자산입니다. 나는 시방 혼자입니다. 내가 객원교수로 와 있는 연변과기대의 학생들은 모두 집으로 돌아가고 교수들 역시 학교를 비웠습니다. 집을 지키는 수위 몇이 눈을 치워 길을 낸다고 어른거리는 황량한 분위기 속에 내가 시방 혼자 살다니. 자의든 타의든 고독은 자신이 완전히 홀로 남았다는 주

관적 증상입니다. 고독은 개체로서의 혼자인 경우 아니면 군중 속이라 해도 느끼는 개체 감정세계이지요. 그 비슷한 감정에 나는 스스로를 함몰시키는 데 일단 성공했습니다.

얼마 전 신영복 교수가 타계했단 말을 들었습니다. 신 교수는 나보다 몇 살 위이고 불행히도 20년을 감옥살이 한 사람입니다. 경제학을 했던 석사, 그리고 한때 사관생도들을 가르쳤던 교수가 반국가행위란 처벌을 받고 20년 감옥살이를 했다는 것은 개인으로 보면 너무 참담한 이력입니다. 그는 20년의 세월을 허탕 치지 않으려 많은 독서를 하였고, 그 결과로 나온 저서들은 사람들에게 읽을거리로서 훌륭하다는 평들이 소개되었습니다. 그랬겠지요.(『강의』란 책을 읽은 적 있지요. 내가 철학 방면에 신통하지 않아서 그런지는 몰라도 매스컴이 이분 저서에 대해 너무 떠들썩하게 하여 점잖게 있는 이분을 난감하게 하고 있는 것 같았습니다.)

표류된 로빈슨 크루소는 무인도에서 혼자 살 수밖에 없는 작중 인물입니다. 자기 손으로 집을 짓는 동안은 고향 생각, 친구 생각, 심지어는 제 살던 집 생각을 할 겨를이 있을 수 없지요. 생존을 위한 노력이 있을 뿐이고 세월이 얼마나 흘러갈 건지에 대해서도 별 관심이 없는 것 아니었겠습니까.

신 교수의 의식주에 대한 문제는 열악하지만 해결되었습니다. 다만 행동의 자유는 제한 받았지요. 로빈슨 크루소는 당장 의식주가 걱정이었지만 행동의 자유는 보장받았습니다. 두 사람 다 감옥 생활이긴 해도 다른 삶을 살았지요.

강제된 수단 때문에, 자연 재해 때문에 폐칩된 생활을 할 수밖에 없다면 이것은 괴로움입니다. 그러나 스스로의 결정에 의해 그런 상황을 만들었다면 그건 자기 목적을 위해 감옥을 스스로 만든 경우지요. 사람들은 절대한 자기 공간과 자기 시간을 갖고 싶어 합니다. 이것을 위해 비싸게 사서 하는 고독 생활은 사치입지요. 의식주가 해결되고 스스로 만든 속박은 언제든지 풀 수 있으니 이런 상황이라면 괴로움이 아니지요. 감옥이 아닌 허위 감옥인 셈입니다.

내가 여기 온 지도 3주가 넘었는데 어제 온 것 같습니다. 세월 흘러가는 소리를 못 듣고 또 들리지 않으니 자연 그렇게 지내게 된 것입니다. 아침은 준비해둔 빵을 구우면 되고 점심은 뭘로 할까만 걱정하면 됩니다. 학교 식당은 문을 닫았고 거리의 식당까지는 눈길을 걸어 15 분은 너끈히 걸어가야 합니다. 한 끼 해결을 위해 혹한의 눈길 15분을 투자한다? 아니지요. 밥솥이 있고 쌀이 있고 김치가 있으니 걱정거리야 안 되지만 점심을 잘 해먹으려고 하니 걱정이라 이거지요. 저녁은 또 어쩌나.

일체의 절연(絕緣)된 상태, 혹은 내가 필요한 인연을 선택해서 잠시잠깐 만날 수 있는 자유로운 생활, 이게 그런대로 괜찮습니다. 이런 생활을 사람들은 꿈을 꾸지만 그게 누구나 누릴 수 없는 것입니다. 자식이 배우자가 놓아주질 않지요. 세상 일거리들이 또 구속합니다. 무엇보다 그런 생활을 구태여 자신이 하고 싶지 않기도 하겠지요.

일상을 파괴한 나만의 공간과 시간, 잡것이 섞이지 않는 진공의 상태 속에서 이렇게 지내는 재미는 쏠쏠합니다. 니체의 짜라투스트라가 스스로 택하여 동굴에서 십여 년을 갇혀 자기 성숙으로 지냈듯이 나도 그런 별난 취미로 잠시 살아볼 생각으로 여길 왔다 이겁니다. 내 아는 스님 한 분은 산 속 동굴 속에서 참선하며 지금 살고 있습니다. 그러나 나는 깨달음을 위해서의 참선 같은 시간을 갖자고 여기 온 것이 아닙니다. 혼자 사유하고 싶은 순간을 잠시 갖고 싶고, 여태 읽으려다 밀쳐둔 몇 권 책을 마저 읽고 싶고, 뭣보다 나를 자유롭게 놔두고 싶은 별난 취미로 여길 왔지요. 취미활동 뭐 그리 말하면 되겠네요. 그리고 이제 해는 석양에 기울고 남은 체력으로는 그렇게 오래 버틸 것 같지 않는 내 삶, 잔돈 같은 내 삶을 결산하고 정리하자니 이런 동굴 같은 공간 안에 나를 밀어 넣은 겁니다. 일단 한 두어 달 이런 생활을 즐기자는 마음은 아직 변함이 없습니다.

얼마 전 세계적인 과학 전문 학술지 『사이언스』지에 이런 논문이 실린 적 있습니다. 개미 몇 마리를 집단에서 분리해서 혼자 살도록 해뒀더니 집단으로 사는 개미보다 모두 일찍 죽더라는 내용입니다. 개미도 그런데 인간을 혼자 떼어놓고 잘 살아보라 하면 제 명대로 잘 살 것 같지 않습니다. 고독사가 이래서 생기는 것 듣고 있지 않습니까. 물론 나는 고독사 하고 싶지 않습니다. 개미가 아니기 때문에 현재까지는 혼자라서 외려 다행한 삶을 삽니다.

현실이란 두꺼운 장막을 걷어내면 장막 안에 내재한 진실이 발견되는 법입니다. 과육을 벗기면 씨가 보이는 것 아닙니까. 엑스레이 같은 투시력을 가진 사람은 가려 있는 현실을 들추어내지요. 그래서 니체는 인간다운 삶을 신이란 위엄이 너무 옥죈다고 판단하여 이를 초월한 초인의 도래를 주장하였지요. 그래서 손에 짚히는 책, 대학 때 건성으로 읽은 니체의 『짜라투스트라는 이렇게 말했다』를 다시 만나보고 있습니다. 그는 세계를 향한 신의 죽음을 외쳤다면 나 같은 사람은 세계의 경각을 위한 초극의 사상과는 거리가 너무 멀고 다만 나의 삶을 원초부터 다시 진단하여 나 자신에게 나를 스스로 타이를 수 있는 말 이걸 준비하고 싶어서 여길 오긴 왔지요.

솔직히 말하면 한동안이라도 나는 더 자유로워지고 싶습니다. 남은 내 시간을 어찌 소모해야 하느냐도 생각해볼 참입니다. 자유도 너무 자유로우면 부자유가 됩니다. 권태가 됩니다. 자유를 자유롭게 느끼기 위해서는 가끔 구속의 시간을 만나고 난 뒤입니다.

　오늘은 연변대 교수들 몇 분과 늦게까지 시끌벅적한 잡담으로 시간을 보냈습니다. 얼른 몸을 빼고 도망가고 싶어도 그러지 못하는 것이 술자리 아닙니까. 장장 4시간 넘게 앉아 있었습니다. 어디를 가나 세상사는 그게 그겁니다. 가족 이야기, 자식 이야기, 직장 이야기, 정치이야기를 초월하지 않습니다. 그게 인생이니까요. 그러나 그런 번연한 이야기라도 하는 순간은 즐겁고 들어주는 것도 즐겁습니다. 며칠 만에 사람 사는 냄새를 맡았습니다. 이것이 즐거웠다 이겁니다. 그리고는 다시 며칠은 꼼짝 않고 방구석에 박혀 나만의 삶을 살 겁니다. 로빈슨 크루소가 집을 짓는 심정으로 밥거리를 걱정하는 심정으로 살면서, 소중한 나만의 자유를 탐닉할 것입니다. 그러다 이 짓도 겨우면 며칠 다른 도시로 갈 겁니다. 가서 로빈슨 크루소가 산 너머 다른 지형을 탐색하듯이. 살기 위해 사는 일 말고는 생각하지 않을 겁니다.

나무도 병이 드니 정자(亭子)라도 쉴 이 업다
호화(豪華)이 셨을 때는 올 이 갈 이 다 쉬더니
잎 지고 가지 꺾인 후는 새도 아니 앉는다

송강 정철(1536~1593)은 가사문학 대가답게 성산별곡, 사미인곡, 관동별곡 등의 작품을 남겼고 시조의 대가답게 훌륭한 시조도 많이 남긴 사람입니다. 정치인으로 사화에 연루되어 귀양살이를 많이 했지만 권력의 중심에 서서 이 벼슬 저 벼슬로 영화를 누린 사람입니다. 그러나 인생이란 항상 호화롭지 않지요. 벼슬 떨어지고 볼품없는 늙은이로 나앉아 있으니 찾는 사람 없는 처량한 신세를 개탄해서 이런 시조를 지었나 봅니다. 내 친구 모는 국회의원도 장관도 지내다 낙향하여 돈을 벌 욕심으로 부산 모처에서 우동 장사를 했습지요. 이 짓도 생각보다 어렵고 왕년에 잘나가던 자신을 몰라주는 데 속이 상했던지 얼마 안 가 집어치우는 걸 봤습니다. 사람은 한 순간을 그럴듯하게 살다 가는 것임을 미리 알았어야 했고, 현재대로 사는 것도 재미라는 걸 학습해야 했지요.

선거철이 다가오자 이 당 저 당 왔다 갔다 소위 철새 떼가 날아다닙니다. 당을 쪼개어 자기 지분을 확보하려 법석을 떨기도 하더군요 교수로 잘 늙었으면 좋았을 인물들이 정치권을 기웃거리다가 뜨는 인물의 뒷 그림으로 서 있는 그런 사람들도 구경합니다. 그런 사람들에게 위 정철 시조가 유효했으면 좋겠네요 다 헛것이다, 헛것! 이걸 가르쳐 주고 싶네요 그래서 말인데 나는 내가 성숙했으면, 그래서 값진 책 속에 묻혀 사색했으면 하는 마음 간절합니다. 집을 멀리 떠나와 이 짓이라도 더 늦기 전에 해봐야 나중에 후회하지 않을 것 같아서 별난 짓을 하고 있는 별난 늙은이로 시방 연변 와 삽니다. 사방이 온통 눈으로 도배를 했구먼요.

물론 집으로 돌아가면 시장 구석의 잡화상점처럼 이것저것 늘어놓은 일상의 일거리 속에 파묻혀 살 겁니다. 그렇게 사는 것도 그 나름의 재미가 있는 법이거든요. 그러다 그 짓거리가 싫증나면 나는 또 유배를 자처해서 로빈슨 크루소가 될 공산이 큽니다. 그러고 보니 내가 바로 철새이네요. 그것도 한 마리 혼자만 떠돌아다니는 별난 철새, 이게 바로 나구먼요.

신영복 교수

『감옥으로부터의 사색』의 작가로 널리 알려진 신영복(1941-2016)은 (전)성공회대 석좌교수였다. 1968년 통일혁명당 사건에 연루되어 무기징역을 선고받았으며, 1988년 광복절 특별가석방을 받아 출소했다. 이후 사면복권 되었다.

로빈슨 크루소

1719년에 『요크의 선원 로빈슨 크루소의 생애와 이상하고 놀라운 모험』이라는 제목으로 발표되었던 다니엘 디포의 소설 속에 등장하는 인물이다. 소설 제목은 인물 이름을 그대로 딴 『로빈슨 크루소』로 더 잘 알려져 있다.

박근혜 법을 기대하며

일반적으로 고전학파 경제학의 선두를 영국의 Adam Smith(1723-1790)로 꼽는 사람들이 많습니다. 그는 1776년에 쓴 『여러 나라 국민의 부의 본질과 원인에 관한 고찰』(An Inquiry into the Nature and Causes of the Wealth of Nations)인데 이를 줄여 『국부론』(國富論)이라 말하지요. 그는 자본주의란 자유경쟁을 통해 자본을 축적하고 국가를 부흥하게 하므로 정부가 나서서 이래라 저래라 해선 안 된다는 겁니다. 이건 중상주의(重商主義)에 반기를 든 논리입니다. 중상주의는 정부의 규제와 통제 아래 경제활동이 이루어져야 한다는 다소 사회주의 색채를 띤 것이었지요. 그러나 Smith는 '보이지 않는 손(시장 자율 조정기능)에 의해 물가가 조정되고 수요와 공급이 균형을 유지한다는 주장을 이 책에서 한 겁니다.

한참 지나 Smith 이론에 반기를 들고 이랬다가는 큰일 난다고 외친 이가 나타났습니다. 영국 경제학자 Keynes(1883-1946)이지요. 그로부

터를 현대파 경제학의 등장이라고들 하지요. '보이지 않는 손'에 의해
가격과 수요 공급이 어느 정도는 조정되지만 그렇지 않는 경우도 얼마
든지 있을 수 있다고 주장했지요. 수요 예측이 틀려 과잉 생산이 되면
어찌 될까요. 만들어 놓은 물건이 안 팔리니 생산이 멈추게 되고 실업
자가 늘지요. 그의 주장은 세계 경제공황을 예측한 셈이 되었습니다.
이럴 때는 어찌해야 하나. 사람이 사고자 하는 욕망을 가졌을 때 살 수
있는 능력 즉 유효수요(effective demand 有效需要)를 늘려야 한다는 겁
니다.

　　정부는 국가사업을 일으켜 고용 증대를 통해 실업자를 구제하고
그들이 돈을 쓰도록 해야 돈이 돈다는 이 이론은 경제 공황을 극복
하는 데 적잖게 기여를 했습니다.(물론 그의 주장도 수정을 가해야
한다는 주장이 뒤를 이었습니다. 시카고학파지요.) Adam Smith 탄

생으로부터 Keynes 탄생까지 꼬박 150년이 걸렸습니다.

이탈리아의 Galileo Galilei(1564-1642)는 철학자라고도 과학자, 물리학자, 천문학자라고도 하지만 그의 무게 중심은 물리학 그것도 천체물리학이라 해야 옳지요. 그는 나름의 망원경을 제작, 천체를 관찰하고, 천체 운동 법칙의 확립, 코페르니쿠스의 지동설 이론을 따르면서 태양계의 중심이 지구가 아니라 하는 바람에 교황청의 박해를 심하게 받았던 인물 아닙니까.

등가속 물체의 운동 뭐 이런 말 우리 어릴 때 들은 이야기입니다. 거기다 목성의 위성 네 개를 발견하는 등 천문학에 큰 업적을 남겼습니다. 말하자면 과학적으로 관측하는 천문학의 시발이 바로 이 사람으로 비롯되었다 할 수 있지요.

현대물리학의 선두는 Albert Einstein(1879-1955)이지요. 그는 질량과 에너지의 등가를 단언하면서 공간·시간·중력에 관한 새로운 이론들을 제공하여 물리학계를 발칵 뒤집었습니다. 그는 상대성 이론과 중력 이론 등으로 물리학의 새로운 지평을 연 인물 아닙니까. 물리학은 자연계를 지배하는 원리와 이치를 구명하는 학문이므로 이것의 발견이 어려워서 그런지 Galileo 탄생으로부터 305년 뒤에야 아인슈타인이 등장하였습지요.

정치는 어떨까요. 통치자나 정치가가 사회 구성원들의 다양한 이해관계를 조정도 하고 통제도 하여 국가 정책과 목적을 실현시키는 일을 정치라 말합니다. 정치선진국이라는 나라는 다양한 형태의 정치 체제를 겪으면서 또는 다른 나라의 모범적 사례를 수입하면서 국가 관리에 최선이 뭔가를 나름대로 선택한 나라를 말합니다. 경제학이나 물리학에서 보듯이 앞선 연구를 받아들이어 내 것으로 만들면 후진국이란 말 안 들어도 되는 겁니다. 정치 선진국의 정치를 받아들이면서 나름대로 연구하여 실행한다면 정치 후진국이란 말 안 들어도 되는 것이지요.

우리나라는 어떤 나라입니까. 경제 선진국으로 발돋움하려는 그런 나라라고 다른 나라 사람들이 야단 아닙니까. 아, 그런데 정치는 영 그렇지 않다고 보는 국민들이 많으니 이 일을 어찌하면 좋겠습니까.

오늘(2016.5.19.) 19대 국회가 폐막한다고 뉴스가 전합니다. 시끄럽고 분주하긴 하였지만, 제일 적게 일한 국회라는 말을 듣고 이제 막을 내리는 모양입니다. 조그만 나라에 왜 이리 국회의원 수가 많은 것(일본 26만 명, 미국 70만 명, 브라질 37만 명, 멕시코 21만 명 중 1명의 국회의원을 뽑습니다. 우리는 16만 명이라니 국회의원 수가 많다는 겁니다.)도 그렇지만 국회의원 대우가 황제 대우입니다. 화가 어지간히 난 어떤 분이 아래 내용을 인터넷에 올렸더군요. 이게 사실인가요.

일단 국회의원 금배지 3만5천 원, 불체포 특권, 면책 특권은 금액으로 따지기 곤란하고, 신식 1900억짜리 초호화 의원회관 및 25평에서 45평으로 늘어난 의원실 이용, 대략 1억4천여만 원 연봉, 활동비 지원 1년 4,741만원, 겸직이 가능하고 장관급 예우 받고, 연 2회 이상 해외시찰 지원 받습니다. 거기다 공항 가보셨지요. 공항 귀빈실 이용에다 공항 VIP주차장 이용하지요. 대한민국 어느 골프장이든 사실상 회원자격에 VIP 대우 받습니다. 해외 출장시 재외공관원이 나와 영접합니다. 심지어 자동차 주유비를 지원 받고, 의원실 경비지원 5천만원 지원에다 가족 수당 지원 (매월 배우자 4만원, 자녀 1인당 2만원 거기다 자녀학비 수당 분기별 고등학생 44만6,700원, 중학생 6만2,400원) 단 하루만 배지를 달아도 지급되는 평생연금 120만원, 연간 450여만원의 교통 경비 지원, 사무실 전화요금과 우편요금 지원, 차량 유지비 지원 (1년 1,749만원) 사무실 운영비 지원(1년 600만원), 국회의원을 지원하기 위한 국회사무처와 입법조사국에 들어가는 돈 10억에서 13억 지원이라.

여기다 정당 보조금이라고 정당에 지원하는 액수가 매년 610억원, 선거 때는 두 배 지원하고, 늦게까지 국회가 열리면 야근 식비 지원, 정책홍보물 구입 및 정책자료 제작비, 발송료 등 지원, KTX 공짜 탑승은 물론이고 선박, 항공기 공짜 탑승에 비행기는 비즈니스석 이상 배정 받고, 4급 2명, 5급 2명, 6급 1명, 7급 1명, 9급 1명 등 최대 9명까지 보좌진을 거느리는데 드는 비용 연간 3억9,513만원 지원합니다.

상임위원장이 되면 1개월에 1,000만원의 판공비를 추가로 받을 수 있지요. 국회 건물 들어서면 의원 전용 주차장과 이발소·미장원·헬스장·목욕탕, 한의원, 양의원 무료 이용하고, 국회 본청과 의원회관 중앙 의원 전용 출입구 이용하고 의원 전용 승강기 이용하고, 국회도서관 전용 열람실 이용은 물론이고, 후원회로부터 매년 1억

5000만원까지 정치자금 모금 가능, 선거 때는 두 배인 3억까지 가능하고, 민방위, 예비군 훈련 면제 받고, 건강보험료까지도 안 내고, 본인은 물론 가족까지 무료 진료를 받을 수 있고, 의원실에서 마시는 커피 값까지도 공짜입니다. 통신요금 지원 (1년 1,092만원), 국회의원 간식비 1인당 연간 600만원.

이런 판이니 국회의원 1명의 4년간 유지하기 위해 35억 소요됩니다. 300명 곱하기 35억 하면 얼마입니까. 자그만치 1조 500억 소요됩니다.

국회의원 세비(1억3796만원, 요즘은 더 올랐겠지요.)만 따져 봐도 GDP 대비하여 유럽 선진국보다 2배 이상을 받는 나라가 우리나라입니다. 이건 국민 1인당 GDP(2450만원)의 5.63배입니다. 국회의원들 해도 해도 너무하는 것 아닙니까. 아 이런 돈 들여도 아깝지 않은 의정활동을 하느냐, 이것도 아니니 한심하고 통탄스럽다 이것 아닙니까. 친박이다, 비박이다, 친노다, 비노다에 열중하는 국회, 돈 챙기다 적발되어 법정에 서기 잘하는(20대 국회 개원도 안 했는데도 벌써 불법 청탁 미끼로 거액 챙겼다 하여 검찰청 들락거리는 인물이 등장했더군요.) 이런 국회, 국회도서관을 잘 꾸며놔도 여기 와서 공부하는 국회의원 보기 힘들다는 국회, 의정활동비로 동네 슈퍼에서 라면이나 사는 국회의원, 전 홍 모 지사는 "2008년 여당 원내대표를 할 때 국회대책비로 매달 4000만원에서 5000만원씩 나온다. 국회대책비로 쓰고 남은 돈을 집사람에게 줬다."고 말하니 한심하고 한심합니다. 이게 국회의원이라니.

요즘은 또 국회의원을 위해 강원도 고성에 혈세 500억을 들여 수영장 딸린 연수원, 사실상 휴양 시설을 짓고 있다는 보도가 있었습니다. 지금 아마 다 지었는지 모르겠네요.

어느 나라 국회의원이 이런 대접 받습니까. 얼마 전 스웨덴 국회의원 모습을 텔레비전에서 봤습니다. 자전거나 지하철 또는 버스 타고 등청은 물론, 개인 비서는 자기 월급에서 지급합디다. 국민 위에 군림이 아니라 국민을 위해 봉사하는 일꾼으로서의 국회의원 모습을 보면서 우린 언제 저런 국회의원을 구경할 수 있을까를 생각나게 하더군요. 도시락을 싸들고 다니는 국회의원, 나랏돈 쓰기를 무서워하고, 거드름 피우지 않고, 어떻게 하면 민생을 도울 것인가에 바쁜 아 이런 대한민국 국회의원을 내가 죽기 전에 구경이나 하고 죽어야 할 건데….

어느 나라 국회의원이 제 월급을 제가 올린답니까. 얼마를 올려도 누구도 말 못하는 그런 나라가 이 지상에 있습니다. 한 달만 국회의원 뱃지를 달아도 연금을 받는 나라가 있습니다.

제헌국회는 1948년 5월 31일 개원했습지요. 66년이 흘렀습니다. 고전학파 경제학이 현대학파 경제학으로 발전하는데 150년 걸렸고, 고전학파 물리학이 현대학파 물리학으로 탄생되기까지 305년 걸렸다 말하지 않았습니까. 우리나라 국회도 고전국회에서 현대국회로 바뀌기에는 66년으로는 안 되고 100년은 채워야 이룩될 일일까요.

김영란법 알지요. 김영란 전 국민권익위원장이 추진했던 법안으로 정확한 명칭은 '부정청탁금지 및 공직자 이해충돌 방지법'을 말합니다. 공무원이 직무 관련성이 없는 사람에게 100만원 이상의 금품이나 향응을 받으면 대가성이 없어도 형사처벌을 할 수 있도록 하는 내용이지요. 이참에 박 대통령은 이제 임기도 얼마 남지 않은 마당이니 박근혜법 이것 하나 딱 만들고 떠남이 어떠할까요. 앞서 말한 국회의원들 수를 확 줄이고, 온갖 특혜 싹 정리하여 마구 새는 혈세 이것 막는 법, 이름 하여 박근혜법, 이걸 청와대 짐 싸기 전에 국회에다 던져 놓고 나오시면 어떨까 하는데요. 당신께서도 오래 국회의원 생활하여 이런 혜택 받았으니 이런 법안 발의하기 어렵 겠지만, 용기를 내어 발의했다 해도 이런 법이 통과되긴 어렵겠지요만, 양심 있는 국회의원이라면 해도 해도 우리가 너무했으니 얼마간이라도 혈세를 줄이자는 말이야 나오지 않겠습니까. 제발 박 대통령이 이 글을 읽으셔야 할 터인데. 그리고 이런 용기를 내셔야 할 터인데.

* 박근혜 전 대통령은 이런 법을 제안할 겨를이 없었던 대통령으로 보입니다. 나중에는 대통령직에서 파면조치를 당하였습니다. 아버지 후광을 입고 대통령이 되긴 했지만 아버지의 명예를 먹칠한 딸이 되고 말았으니 안타깝네요.

시카고학파
시카고대학을 중심으로 경제학설을 펼친 학자들로 자유경쟁을 바탕으로 한 경제활동을 지지했다. 신자유주의학파라고도 한다.

구별 짓기와 짝퉁 만들기

　인간은 타와 구별되기를 희망하는 동물인가 봅니다. 타와 다른 행동을 보임으로 해서 자기 존재를 확인하고 그 가치를 주위로부터 인정받으려 한다 이 말입니다. 이런 행동을 개인의 취향이라 할 수 있습니다. 이 취향이라는 게 어느 날 갑자기 내가 고집해서 작정한 것이 아니고 일종의 계급적 또는 이데올로기적인 사유에서 비롯된다고 하니 이래서 인간이 고등 동물인가 봅니다.

　물론 취향은 대물림일 수도 있습니다. 아버지가 승마를 즐겼다면(승마는 아무나 즐기는 놀이가 아닙니다.) 어릴 적부터 간접적 교육이 몸에 닿아 그 아들도 승마를 즐기는 사람이 되겠지요. 그러나 선천적 가풍적인 대물림과는 달리 후천적으로 행위자 스스로가 그것의 정당성을 수긍하고 취향에 몰두하는 경우가 더 많다는 것입니다. 이럴 때 그의 취향은 자기가 소속하고자 하는 계급을 객관화시키려는 문화적 전략이지요. 자기가 지향하는 계급 구성원들이 공통적으로 갖고 있는 문화를 동경하고, 거기에 편입하고자 하는 욕망의 결과이지요.

한 개인의 삶의 환경, 교육 환경 등에서 비롯되기 보다는 동일 계급 구성원들의 공통적 문화에 동석하고자 하는 이것, 이것을 피에르 부르디외(Pierre Bourdieu 1930~2002)의 『구별 짓기 ; 문화와 취향의 사회학』에서는 '아비투스(habitus)'라 하더군요. 아비투스는 개인적인 것 같지만 집단적인 문화 감각이라 할 수 있겠습니다. 예사스럽지 않고자 하는 사람들은 이 아비투스를 갖고 삽니다.

이왕 부르디외 말이 나왔으니 조금 더 말해볼까요. 그는 학교 교육에 대해 별난 생각을 했습니다. 학교는 지배 계급의 문화를 교육 과정으로 선택하여 가르치기 때문에 지배 집단의 기득권을 유지하고 강화하는 데 학교 교육이 크게 공헌한다고 봤지요. 학교 교육은 학생들로 하여금 지배 집단의 문화에 따르고 익숙하게 함에 있기 때문에 어릴 때부터 이를 익숙하게 접해 온 지배 계급 가정의 자녀는 여타의 평가에서 유리하게 작용한다는 거지요. 예를 들면, 학교에서 배우는 외국어는 물론 클래식 음악은 이를 교육 받지 못한 아이보다는 유리하게 작용할 때가 많다고 보고, 그는 지배 계급이 이러한 교육 내용을 사회 구성원이 합의한 것으로 위장하여 계급 간의 불평등을 인식하지 못하게 한다고 봤습니다. 그래서 결국은 학교는 지배-피지배 집단 간의 불평등한 권력관계를 정당한 것으로 받아들이면서 지배 계급에게 유리하게 편성된 사회의 불평등한 구조를 확대 재생산한다고 본 겁니다. 말이 좀 험악한 데가 있긴 있습니다. 그런 게 사실이니 어쩔 수가 없지요. 아니 어느 사회든 앞뒤가 있고 상하가 있기 마련이고 상층으로 상승하려면 타와 다른 능력을 갖추어야 하는 것 아닙니까. 그러자면 많이 배워야 하고 많이 노력해야 하지만 부르디외의 말은 사회 조직은 수직적 계급의 분화가 아니고 수평적 직업의 분화인 세상이 바람직하다는 논지로 한 말 같이 들립니다.

음악을 두고 이야기 해 보면 이렇습니다. 12C 경의 연주음악은 종교적 예악(禮樂)의 의미를 잘 갖추어야 훌륭한 음악으로 인정받았지요. 중세엔 귀족들의 여가를 위하여 연주 음악이 필요하였습니다. 모차르트 이전엔 귀족들이 음악가를 아예 고용했습지요. 손님들을 초대하여 이들에게 음악을 선사하고 음악에 맞추어 춤을 즐기게 하는 접대용으로 음악이 소용되었다 이겁니다. 이런 음악을 즐기려면 그러한 사회(부르조아 계급)에 소속되어야 하고 춤은 물론이고 그런 음악의 기초 소양을 또 갖추어야합니다. 그러기 위해선 많은 학습 시간이 요구되었겠지요.

19C 이후 들어서야 본격적으로 대중을 위한 연주 공연이 실시되었고 이때부터 클래식이란 음악 장르가 탄생하였습니다. 클래식 음악을 이해하고 감상하려면 역시 훈련된 상상력을 가져야하기 때문에 클래식에 맹물인 사람이라면 클래식 음악을 이해하기 힘들지요. 연주회의 입장료를 내고 양복을 차려 입은 채 음악을 감상하기 위해 모인 사람들, 이들은 삶에 찌들어 여유가 없는 서민들이 아니

기 때문에 대중 속의 선별자임을 서로가 서로를 확인하는 곳이 바로 음악회라 하겠습니다. 이런 모임에 잠시 잠깐 앉는다 하면 음악의 즐거움보다 선별된 자의 행복을 먼저 누리게 됩니다.

골프를 치는 사람들이 부쩍 늘어났습니다. 한국 골프장은 도심에서 멀리 떨어져 있어서 거기까지 가려면 대중교통으로는 불편한 장소에 있습니다. 회원권 구입이 장난이 아니고 그린피라는 것도 무시하지 못할 돈입니다. 골프 역시 돈이 있고 생활의 여유가 있는 사람만이 즐기는 놀이 아닙니까. 골프를 칠 때 공이 잘 맞든 안 맞든 그건 나중 일이고 우선 대중 속의 선별자임을 스스로 확인하는 데에 일차적 다행을 맛보는 놀이가 바로 골프입니다. 한 순간 계급 상승을 한 것 같은 안도감이 나를 행복하게 하겠지요.

명품 의류, 이런 옷은 고가이기 때문에 구입해 입는다는 게 서민으로서는 쉽지 않습니다. 명품 가방, 이걸 들어야 귀한 존재(명품인간)임이 드러나는 것이라 여겨 선호하는 사람들이 많습니다. 이런 값비싼 의류나 가방을 못 구입하는 사람에게도 길은 있습니다. 소위 짝퉁을 구입하는 겁니다. 겉보기에는 진품과 조금도 다름이 없기 때문에 자신의 존재를 드러내기 좋아하는 사람들을 위해 가짜 명품을 만드는 이런 사업이 짭짤하다고 하네요. 아 그런데 명품이 명품다우려면 기능적 가치, 실질적 가치가 어떠하냐가 중심이 되어야 합니다. 내가 몰라서 그러는데 장식적 가치 때문에 명품을 산다면 이건 영 아니라는 생각이 듭니다. 돈이 없어서도 그렇지만 나는 명품 같은 것을 썩 내키지 않게 생각하는 사람입니다.

대학에 발전기금을 상당히 내고 명예박사 학위를 받는 경우도 짝퉁 가방 든 기분과 비슷하지 않을까요. 책가방 끈의 짧음을 어느 정도 경감할 수 있을 것이라는 생각에서 명예박사 학위를 받으려 돈 싸들고 다니는 사람들 많이 봤습니다.

이번에는 자신을 완전히 짝퉁 인간으로 만든 이야기를 하지요. 2007년 우리사회를 떠들석하게 했던 신 모라는 여자의 학력 위조 사건 기억날 겁니다. 성곡미술관 큐레이터와 동국대학교 조교수, 2007년 광주 비엔날레 공동 예술 감독으로 명성을 날리던 그 신 모는 미국 캔사스대, 예일대 학력을 자랑하여 이런 명성을 얻었습니다. 그러나 학력 위조가 들통 나는 바람에 개망신 당하고 말았지요. 신분 상승을 꿈꾸는 건전한 취향이야 나무랄 일이 아닙니다. 자신을 짝퉁으로 포장하여 신분 상승을 노리는 이런 사기꾼들이 문제 아닙니까. 더 큰 문제가 있습니다. 짝퉁을 진품으로 잘못 판단한 감식가와 그를 도운 조력자입니다.

불나비 춤꾼들

몇 달 만에 다시 연길로 돌아왔습니다. 특별히 할 일이 있는 것이 아니라 가족과도 친구들로부터도 잠시 떨어져 혼자이고 싶어 여길 왔습니다. 혼자만의 시간은 나의 소중한 재산입니다. 눈에 덮인 연변과학기술대의 내 숙소에 짐을 던져 놓고 친구들에게 전화를 했습니다. 친구 K는 내 그럴 줄 알고 기다리고 있었다며 촛불에 덴 상처를 달래줘야 하겠다는 농부터 하면서 모레(2016년 12월 9일) 국회에서 탄핵 소추가 결정 나는 것 보고 한 잔 하자는 것입니다. 만약 탄핵소추가 결정되면 친박인 나(나에겐 박[朴]이란 개념은 없고 가치중립적 임[林]이 있음에도 그는 나를 친박 맹렬분자라 합니다.)를 위로하기 위해서 술을 사고 그 반대인 경우는 한 잔 얻어먹겠다는 것입니다.

엊저녁 우리는 만났고 약속대로 대통령 박근혜는 탄핵소추가 결정되었습니다. 물론 약속대로 한 잔 잘 얻어먹었지요. 모인 친구들은 연길 제일가는 교수들입니다. 박학도 하거니와 한국 사정을 너무 잘 아는 분들입니다. 대뜸 "슬픔을 어찌 감당하느냐", "마음을 크게 먹어라" 등등의 농들이 오고 간 뒤, 민주주의가 발달했다는 미국에서도 여자 대통령은 없었는데 이번에 당선될 뻔했지만 박대통령 사건 때문에 미국 여자 후보가 낙선하였단 우스갯말을 하였지요. 일본이나 중국에서 여자 총통이 나올 가망은 현재로서는 없다면서 한국은 대단한 나라라고 하였습니다. 우선 여기까지는 듣기 좋았습니다. 그러면서 남편도 자식도 없고, 부모는 모두 총 맞아 죽고, 동생들에겐 부모 역할까지 하였던 연약한 여자 대통령을 두고 너무 심하게 닦달하는 게 마음에 안 들더라는 말을 하는 것입니다. 특히 대통령의 사생활에 대해 시시콜콜 따지는 것이 영 마음에 안 들더라는 것입니다. 이를테면 미용이나 건강보조재 약들을 사용한 것은 그가 대통령이기 전에 여자 아니냐, 머리 손질한 것도 죄냐, 한국 남자들이 왜 쪼잔하냐, 이겁니다. 세월호 7시간이 탄핵에 해당되느냐도 묻더군요. 대통령을 대신하는 사람이 장관인데 해수부장관에게 명을 내려놓고 초조히 TV를 보며 애태우고 있었던 시간 아니었겠느냐는 것입니다.

여행가다 사고를 당한 어린 학생들의 죽음은 너무 안타까운 일이지만 그게 언제 쩍 이야기인데 지금도 세월호 리본을 달고 다니는 정객들, 탄핵 현장에까지 유가족들을 초청하는 것 등이 너무 정치적이더라는 것이었습니다. 어느 대통령은 군인이 적과의 교전으로 죽어 가는데도 일본에서 월드컵 구경하는 게 대통령이냐고 그런 대통령을 향해 촛불을 켜지 않은 이유를 모르겠다고 하였습니다. 나는 듣고만 있었습니다. 역대 대통령들은 통치행위라고 하면서 적장에게 물품으로 현찰로 엄청나게 갖다 바쳤는데 그게 다 실효성 없는 짓거리들을 하였다는 말도 하더군요. 이를 두고는 통치행위라고 눈감아주고 측근 최 여인의 농락에 이용당한 가련한 여인을 이렇게 야단치고 욕 먹이고 하는 게 영 마음에 안 든다는 것입니다. 내가 인터넷으로 대북지원 자료를 제공해 주었지요.

국회 외교통상위에서 통일부가 공개한 자료 2010. 10. 5.에 이렇게 나와 있었습니다.

> 김영삼 36억 달러 [4조원]
> 김대중 13억4,500만 달러 [1조5,500억 원]
> 노무현 14억1,000만 달러 [1조6,200억 원]
> 이명박 7억6,500만 달러 [8,600억 원] 임기 절반 2010.6까지

적장에게 이런 돈 갖다 준 대가는 핵으로 위협받는 나라로 전락한 것이니 이건 이적 행위에 다름 아니라 하면서, 여기에 비하면 박 대통령 잘못은 큰 잘못이 아니라는 말까지 하더군요. 기업으로부터 걷은 돈이 많기야 하지만 박 대통령이 챙긴 것도 아니고, 지금이라도 그 돈 돌려주면 되는 일이니 너무 심하게 닦달할 일이 못 된다 이거지요. 다른 친구는 이렇게 말을 이었습니다. 과거 대통령의 자식 놈들 또는 형님이란 작자가 대통령인 양 설쳐 나라를 어지럽힌

일은 대통령이 집안 잘 다스리지 못한 책임이므로 그때도 촛불 켜야 했고 탄핵했어야 한다고 하면서 잠자코 술만 마시는 나에게 잔을 가득 채워주더군요. 술만 마시지 말고 한 말씀 하라는 거겠지요. 내가 꾸지람 받는 어린애 심정이었습니다. 여태 조용히 있던 또 다른 친구는 내년 4월에 하야하겠다는 말을 믿고 몇 달만 기다리면 될 일인데 그 몇 달을 못 참는 조급함을 이해하지 못하겠다면서 촛불 시위에 앞장서서 선동하는 잠룡무리들 저래가지고 대통령 되겠느냐 하더라구요. 선동정치가 성공할 것 같은가를 내게 물었습니다. 내가 취조 받는 기분이었습니다. 나는 그게 어떠냐, 정치판이 그런 것 아니냐 했더니 야단났습니다. 소위 교수라는 분이 그런 말이 뭐냐는 겁니다. 그러면서 말을 이렇게 이었습니다. 더불어민주당이니 국민의당이니 하는 야당들은 언론에서 최 모 여인의 만행을 들추고 국민들이 화가 나서 촛불 들자 그때야 앞서거니 뒤서거니 하여 촛불 행진에 동참하고 국회에서 이런 말 저런 말 무책임한 발언을 하기 시작하는 걸 봤다고 합니다.

술값하는 셈 치고 나도 한 마디 거들었습니다. 박대통령은 한나라당 천막당사를 지켜내었고, 국회의원 선거 때 박근혜 당시 당대표 찬조 연설로 당선에 힘을 얻었던 사람, 당대표 비서실장으로 있으면서 정치적 텃밭을 가꾸었던 사람, 친박 좌장으로 정치판에서 힘을 썼던 사람 이런 사람들이 한 둘이 아니었건만 정작 박대통령이 어려움에 직면하자 배신 때리는 게 정치판임을 확인하였을 것이다. 어쨌든 나라를 어지럽힌 장본인이지만 자기 잘못을 뉘우치기보다는 배신 이걸 생각하기에 바쁠 것이라고 하였지요. 시시한 한국정치 이야기 그만하고 안주나 들라고 말머리를 돌렸습니다. 그러나 이내 정치판 이야기로 돌아왔습니다.

한 친구는 야당에서는 아마 박대통령이 탄핵소추 결정을 한 오늘 저녁 어디에선가 축배를 들고 춤추고 야단할 것 같다는 말을 하더군요. 여당이 탄핵소추에 앞장섰으니 보수 여당의 내일이 크게 걱정 된다고도 하더군요. 모셨던 주군을 박살내면 판이 깨지는 거라더군요. 내일 토요일이라 또 촛불꾼들 무슨 교조니 또 무슨 노동자니 무슨 당이니 여기다 귀가 여린 젊은 것들이 우쭐대어 광화문을 메우면 잠룡인지 잡룡인지 하는 인물들은 잘한다고 부추기고 박수치고 할 것이 뻔하다는 말까지 해대는 겁니다. 이 사람들이 하라는 공부는 안 하고 한국 TV만 냅다 본 모양입니다. 나보다 훤하게 알고 있으니 기가 죽더라구요.

나는 잠잠히 들으면서 이해를 초월해 사는 해외 동포가 이렇게 족집게 판단을 하고 있을 줄을 미처 몰랐습니다. 한 대 야무지게 맞은 것 같이 어리벙벙하여 술만 마시고 있다가 "여보시오. 당신들이야 말로 친박이고 박근혜 근위병들이구먼" 했더니 한바탕 웃음판이 벌어졌지요. 탄핵소추가 결정된 어제는 여당의 자살행위(?)에 힘입어 야당에서는 목적하는 바가 이루어졌으니 저녁 자리는 있었을 겁니다. 술도 한 잔 하였겠지요. 그게 그리 영광이라고 춤판이야 벌렸겠습니까. 춤이라고 하니 생각나는 이야기가 있습니다.

키케로의 연설에 이런 말이 나옵니다. "그 누구도 멀쩡한 상태에서 춤을 추지는 않는다." 그가 이 말을 한 이유는 이렇습니다. 그의 친구 무레나가 유권자를 매수한 사건이 있자, 이를 비판하는 한 사람이 무레나를 두고 '춤추는 놈'이라고 비아냥거리자 키케로가 친구를 옹호하기 위해 한 말이 바로 이 말입니다.

춤이란 음악의 선율에 맞추거나 박자에 맞춰 몸으로 표현하는 예술적 행위 아닙니까. 춤은 집단 상호 간의 소통 수단이면서 정서적 교류를 목적으로 하지요. 어찌 되었건 음악적 상태에 몸을 맞기기 때문에 정상적 상태가 아니란 말을 한 것으로 보입니다. 춤도 상황에 따라 여러 종류의 춤이 있지만 무레나를 비판한 사람이 말한 춤은 술 취한 사람들이 무례하게 추는 춤, kordax(그리스의 선정적 가면무용)를 의미하고 있다고 여겨집니다. 한 말로 역겹고 아니꼬운 행동이라 이거지요.

이번 사태에 춤추는 사람들을 많이 봤습니다. 첫째 춤꾼은 비서실장 김 아무개입니다. 이 사람은 얼굴을 가린 가면무도회에 등장하는 것 같더군요. 비서실장이라는 사람이 청와대에 들락거리는 최 모를 모른다, 최 모가 대통령 곁에서 이상한 짓을 하고 있음도 몰랐다고 오리발 내밀었지요. 같이 찍힌 사진을 들이대니 이름 정도는 안다는 것 아닙니까. 이 사람만이라도 정신 차렸어도 이 지경은 안 되었을 겁니다. 다음은 문고리 삼인방(언론이 이름 잘 붙이지요. 청와대 문고리를 잡고 있는 인물들이라 이 말입니다.) 그리고 비서진 여럿도 역시 최 모라는 여인이 시키는 대로 춤을 춘 인물들입니다. 영혼이 없는 춤꾼들 아닙니까. 이런 사태를 미연에 방지하지 못한 책임은 누구도 지지 않으려 합니다. 여당도 야당도 이런 사태에 책임이 없을까요.

아니 판이 이렇게 크게 벌어졌다면 박대통령은 사표 턱 던지고 사저로 돌아가면 국민들이 밤마다 촛불 드는 그런 고생 안 해도 되는 것이지요. 그러나 그 자리가 어떤 자린데 그리 쉽게 그런 결정하겠습니까. 이승만 대통령은 달랐습니다. 그의 잘못을 솔직히 시인한 하야 성명은 용기 있는 지도자로서의 모습이었지요. 노한 군중 속을 뚫고 홀로 걸어서 퇴진하는 모습을 보고는 군중들은 일제히 박수로 보내드렸지요. 지도자라면 이 정도는 되어야 합니다.

Matthew Arnold가 옥스퍼드 대학에서 한 고별 강연은 '교양과 그 적들'이란 주제였습니다. 그는 교양이란 고전에 대한 겉핥기식 지식이 아니라 '세상을 지금보다 더 낫고 행복하게 하려는 숭고한 열망'이 교양이라고 했습니다. 아름다움과 지성을 갖춘 모범적 사례로서 국민을 이끌 주도적 세력으로 군림하는 의회정치, 우중(愚衆, populace)에 따라 행진하는 맹목적인 소란의 주인공이 아니라 미래 지향의 발전을 위해 횃불을 드는 교양의 주인으로서의 자세, 이런 정치꾼 어디 없을까요. 폭로성 외침 또는 선동적 고성도 중요하지만 그예 앞서 역사 발전에 충실한 분노의 주인공 이런 사람 구경하고 싶지 않습니까.

촛불 따라 모이는 정치꾼들을 우리는 뭐라 이름 붙이긴 붙여야 하는데 뭐라 할까를 토론하였더니 잠정적으로 '불나비 춤꾼들' 이렇게 하기로 하였지요. 이런 저런 말로 밤이 늦고 취기마저 어지간하여 헤어지는 판에 모 교수가 이런 말을 슬쩍 던지고 어둠 속으로 사라졌습니다.

"우리는 촛불 들 일도 없고 여야 싸움 구경할 일도 없습니다. 영도자들이 잘 해준다 생각하고 그냥 묵묵히 살고 있을 따름입니다. 그것말고는 더 할 일이 없습니다. 여하간 한국 정치판 구경은 한국 연속극 보다 더 재미있습니다."

*몇 달 뒤 2017년 3월 10일, 헌법재판소는 재판관 전원일치로 박근혜 대통령 탄핵 소추안을 인용하여 대통령 박근혜는 대통령직에서 파면되었습니다. 그리고 감옥 생활을 하면서 재판을 받기 위해 오랏줄에 묶여 재판을 받고 있습니다.(2018년 1월 현재) 국민으로서 참 보기 딱하다는 말들을 하더군요.

잘난 놈들을 위하여!

내가 며칠 있다 연길을 떠나 귀국할 참이란 말을 전해 듣고 이리 보내면 안 된다면서 전날 모였던 연변대 교수들 몇이 또 모였습니다. 모이자 말자 화제의 첫 장은 또 한국 정치판 이야기입니다. 청와대 근무하였던 김 모, 우 모의 이름을 외며 이들을 안주 삼더군요. 최 모라는 주역 여배우는 워낙 악역 연기를 완벽하게 하였기 때문에 거론할 필요가 없고, 조역인 문고리 삼인방은 연기 요령이 없는 불쌍한 놈들이라 하더군요. 결국 이들은 연기가 미흡해서 쇠고랑 찼지만 같은 조역이라도 김 모, 우 모는 고수답게 연기력이 뛰어난 배우라 아직 쇠고랑 안 차고 견디기는 하지만 멀지 않아 쇠고랑 차지 않겠느냐고 하더군요. 이 족집게들!!

화제가 바뀌면서 이 교수가 한국 사람들은 검사나 판사를 왜 그리 선망하느냐고 물었습니다. 그러면서 머리 좋은 사람들은 다른 데서 일해야 하지 않느냐고도 하였지요. 이런 말 듣고 보니 한국 사회가 뭔가 좀 잘못 돌아간다는 생각이 들었습니다. 한국의 명문고는 서울대에 얼마나 많이 들어가느냐로 판가름 하고 있습니다. 거기다 서울 법대에 몇 사람 들어갔느냐를 다시 묻기도 하지요. 사실 머리가 명석한 사람들은 굳이 법학을 공부할 이유가 없지요. 법이란 글자 그대로 물 흘러가는 이치(法이란 글자가 그래서 생긴 것이지요.) 아닙니까. 재판은 상식대로 판단하면 되는 것이지요. 정말 머리 좋은 사람은 인류를 위하여 공헌할 자리에 가야하고 그런 일을 맡겨야 하는 것 아니겠습니까.

조선조 사회에서는 과거 급제하기 위해 사서삼경을 외우다 시피 했습지요. 입신양명을 위한 학문이긴 하였지만 사람들은 임금에 대한 충성은 이래야 되고, 부모에 대한 효는 이래야 되고, 자식을 키울 때나 친구를 사귈 때 가정을 다스릴 때는 이게 원칙임을 교육 받았습니다. 당시 사람들은 당시로서는 가치 있는 교육을 단단히 받은 셈입니다. 그 결과 주자학은 세계에 제일 발달한 나라가 되어 지금도 주자학을 배우기 위해 한국을 찾고, 한국 책을 뒤적거린다 이것 아닙니까. 그러나 주자학의 폐단이 너무 커 나라를 어렵게 만들었음도 사실이지요.

서양 지성사에서 보면 가장 뛰어난 머리들이 전인미답의 정신세계를 철학으로 풀이해서 세상 사람들에게 새로운 인간가치를 깨닫게 하고 있습니다. 세계를 놀라게 하는 예술가가 나와도 좋은 것 아닙니까. 일각에서는 돈 주고 샀다고도 하는 평화상 말고는 노벨상 받은 사람이 없는 것도 희한한 일입니다.

이야기를 좀 바꾸어 보지요. 좀 오래 전 영화 "죽은 시인의 사회"라는 영화 속에서 John Keating 선생이 학생들에게 이런 말을 들려줍니다.

> 의학, 법률, 경제, 기술 따위는 삶을 유지하는 데 필요해. 하지만 시와 미, 사랑, 낭만은 삶의 목적인거야. 천국에 들어가려면 두 가지 질문에 답해야 한다는 거야. 하나는 인생에서 기쁨을 찾았는가이고, 다른 하나는 당신의 인생이 다른 사람을 기쁘게 해주었는가이다. 이 질문에 답해야 한다는군.

물론 전자는 생활 도구를 위한 공부이므로 무시할 수야 없지요. 그래, 그런 도구 공부를 잘 활용해서 산다 해도 내 인생을 풍부하게 할 마음의 여유를 가져야한다 이것 아닙니까. 시와 미, 사랑, 낭만을 삶의 목적으로 생각하지 않는다면 그의 삶은 메마른 사막 같은 것이지요. 돈 버는 기계밖에 더 됩니까. 후자는 그래서 인간 삶이 자기 자신도 기쁨을 누려야 하고, 타인에게도 기쁨을 선사할 줄 알아야 천국 갈 수 있다니 참 괜찮은 말이네요. 이 영화는 명문고의 수재 학생들에게 인간가치가 일류 대학 들어가는 것보다 더 중요한 뭣이 있음을 가르쳐주는 내용입니다.

사람살이는 일단 의식주가 걱정 없어야 합니다. 그 다음에는 사서하는 고생을 하지 않아야 합니다. 더 잘 살려고 억지를 부려서는 안 된다 이 말이지요. 억지는 늘 걱정을 낳습니다. 이런 가르침을 잘 일러준 스토아 철학자가 있지요. Epiktetos입니다. 그의 말 한번 들어보지요.

아무 명예도 얻지 못한 채 하찮은 사람으로 살다가 죽는 것이 아닐까 염려하지 마라. 남들에게 칭찬받지 못한다고 해서 삶이 잘못되는 것은 아니다. 인생의 목적이 무엇인가. 권력이 있는 자리인가. 아니면 내로라하는 사람들의 모임에 초대되는 것인가. 아니다. 권력이 없고 대단한 사람이 못된다고 그것이 어찌 잘못된 삶이라고 할 수 있겠는가.

우리가 할 일은 각자 자신의 일을 충실하게 하는 것이다. 모든 사람들이 성실하게 자기 일을 한다고 해서 그대가 쓸모없는 사람이 되지는 않는다. 그대 또한 자기 몫을 하는 것이기 때문이다. 성실성과 겸손함을 유지할 수만 있다면 어떤 자리에 앉든 상관없다. 사회에 이바지한다는 핑계로 이런 품성을 잃어버린 채 염치도 모르고 의리도 없는 자가 된다면 그것이야 말로 잘못된 삶이다.

괜찮은 말 아닙니까. 이걸 그는 쉬운 말로 다시 이렇게 말했습니다.

입구가 좁은 병 속에 팔을 집어넣고 무화과와 호두를 잔뜩 움켜쥔 아이에게 어떤 일이 일어나겠는지 생각해보라. 그 아이는 팔을 다시 빼지 못해서 울게 될 것이다. 이때 사람들은 "과일을 버려라. 그러면 다시 손을 빼게 될 거야"라고 말한다. 너희의 욕망도 이와 같다.

로마의 황제이자 역시 스토아 철학자인 Marcus Aurelius는 『명상록』 (Meditations)이란 책을 남겼지요. 이참에 명상록의 말도 들어보면 좋지요.

그대는 행복한 삶을 원하는가. 그렇다면 자기에게 주어진 일을 원칙에 따라 성심성의껏 열성을 다해 다른 일에 한눈파는 일 없이 차분하게 완수하라. 마치 무언가를 고이 되돌려 주어야 할 책임이 있는 것처럼 말이다. 내면의 신성이 손상되지 않게 그 무엇을 바라거나 두려워하지도 말고. 다만 하늘이 네게 맡긴 일을 해내는데 만족하며 모든 언행에 거짓이 없다면 반드시 행복한 삶을 누리게 될 것이다. 그 누구도 이를 방해할 수는 없다.

Marcus Aurelius가 스승으로 모셨던 Epiktetos는 서기 50년경 태어났는데, 어머니가 노예였다 합니다. 너그러운 주인을 만나 스토아 철학을 배웠고, 노예생활에서 해방되자 젊은이들에게 철학을 가르쳤다지요. 에픽테토스는 바른 삶을 살아가기 위해서는 신성과 자연의 의지에 복종하고, 운명에 저항하지 말고, 남의 것을 탐내지 말고, 현재 생활에 충실해야 한다고 했다지요. 있는 그대로의 '자연'을 인식하고 그러기 위해서는 끊임없이 '수련'해야 한다가 그의 핵심 철학입니다. 그래서 그는 인간의 행복은 행동과 생각이 우주의 이성과 조화롭게 만날 때에 비로소 행복하다고 하였습니다. 불행할 때는 자신이 변화시킬 수 없는 것을 변화시키려고 시간과 힘을 낭비할 때, 억지 부릴 때라 이거지요. 그렇게 하면 분노와 부자유만 생겨 불행해진다고 했습니다.

두 사람 말 들어보니 스토아 철학이 대충 어떤 것인지 짐작 갈 겁니다. 인간의 목표를 평온한 마음가짐과 확실한 도덕을 낳는 행동 양식에 두어야한다 이것 아닙니까.

내가 이런 생각을 하고 있는 동안 술잔을 비우라는 성화가 또 날아왔습니다. 그리고는 다시 화제를 김 모, 우 모 쪽으로 바뀌면서 이들에 대해 아는 바를 말하라는 것입니다. 술자리는 없는 사람을 안주 삼는 자리 아닙니까. 김 모나 우 모나 다 한적한 시골에서 이렇다 할 가정적 배경 없이 자라났고, 신분 상승을 하고 싶어 사법시험 합격하고는 괜찮다는 집의 사위가 되었고, 청와대 입성하여 못된 짓을 골라한 하잘 것 없는 인물들을 왜 신성한 이 술자리에 안줏감으로 올리느냐, 인생살이 다 부질없음을 모르면 삶이 힘 드는 것 아니냐 하고는 내가 수박 겉핥기로 아는 앞서 말한 스토아 철학 이야기 한 토막을 해댔지요. 그러고는 이런 말로 마무리를 하였습니다.

불로초 찾아 헤매었다는 진시황(B.C.259-B.C.210)은 50도 다 못 채웠고, 광기에 스스로를 침몰시켰던 네로황제(A.D.37-68)는 겨우 31살에 자살할 수밖에 없었음을 상기할 때, 황제면 뭘 하느냐. 그렇거늘 치마 입은 청와대 주인 종노릇(?)하는 주제에 목에 힘주고 살더니 이젠 남은 인생 낯 들고 살기 어렵게 된 불쌍한 자들을 안주 삼으면 술맛 떨어진다고 했지요. 거기 비하면 비록 초라한 술상 앞에 앉은 내 놓을 것 없는 우리지만 제 처지를 알고 사는 우리는 잘난 놈들이라 했더니 맞다고들 하더군요. 판이 이렇게 되자 김 교수가 건배를 제의하였습니다.

"잘난 놈들을 위하여!!" "위하여!!"

남은 안주는 미약하다고 김 교수는 튼튼한 안주 한 접시를 새로

주문을 하였습니다. 술도 한 병 다시 내오라 하고. 내년 봄에 내가 다시 올 터이니 이번에는 이 교수 처갓집 있는 내몽고 가서 양이나 한 마리 눕히자고 했지요.(이 교수는 한 30몇 년 전 내몽고에서 교사 생활 하다가 현재의 예쁜 아내를 얻었습니다.) 박수가 나왔습니다. 연길에 오면 이런 친구들이 있어 겨울이라도 춥지가 않더군요. 돌아오는 눈길은 몹시 미끄러웠지만 술에 취하고 인정에 취하다 보니 넘어져도 행복한 밤이었습니다. 2016년의 끝자락 나는 기분 좋게 취했지요. 그리고 나는 눈길 속에서 Epiktetos가 한 말을 중얼거렸습니다.

> "진정한 장님은 눈이 먼 사람이 아니라, 이성적인 판단에서 멀어진 사람이다."

Epithets
로마의 스토아 철학자. 추방령으로 그리스로 가서 학교를 창설하였다. 제자들이 필사한 어록과 제요(提要)가 남아 있다.

선뢰받기와 국격 쌓기

한 10년 되었나. 대한무역투자진흥공사(KOTRA)와 산업정책연구원 공동으로 OECD 여러 국가의 이렇다 할 경제인들을 대상으로 한국 브랜드의 상품가치에 대해 물었더니 100달러짜리 한국 제품이 미국이나 영국, 독일 제품으로 이름을 바꾼다면 150달러는 너끈히 받을 수 있다는 말을 들었다고 합니다. 땀 흘려 만든 우리 제품이 왜 제값을 못 받는 걸까요. 이 점이 안타까워 다시 대한무역투자진흥공사가 미국, 유럽, 아시아, 중남미 등 세계 73개국의 소비자 3173명을 대상으로 앙케이트 조사를 하였더니 「브랜드를 봐 한국 상품을 구매한다」라고 하는 회답은 7%에 지나지 않았답니다. 한국 상품 구입의 이유는 「품질」(39%), 「저가격」(34%), 「디자인」(15%)의 순서였다는 놀라운 답이 돌아왔습니다. 한국 상품을 산 적이 있는 소비자는 69%, 한국 상품을 구입하지 못한 이유로는 「인지도가 낮다」(45%)가 가장 많았다는 답을 들었다더군요. 한국 상품은 품질 면에서도 우수하고 가격 면에서도 비싸지 않음에도 브랜드 인지도가 너무 낮다는 결론을 얻었다는 것 아닙니까.

요즘은 달라졌습니다. 30년 전만해도 일본 여행하고 돌아오는 짐 속에는 전기밥솥이 들어 있었지요. 요즘 이런 것 사들고 오는 사람 봤습니까. 오히려 우리 밥솥이 일본 것 보다 우수합니다. 한국 전자제품이 세계에 널리기 시작한 것 보십시오. 그새 우리는 품질관리를 엄격히 해왔습니다. 신뢰성 인증(信賴性認證recognition of reliability)이란 말 생각나지요. 소재, 부품의 품질과 성능 따위가 수준을 갖추고 있는지 여부를 신뢰성 인증기관이 확인하고 법정인증마크를 딱 붙여줍니다. 이걸 붙여야 제대로 된 한국제품이 됩니다. 이러니 한국제품 좋아질 수밖에요. 여기다 한국의 이미지를 세계에 알리는 역할자들이 등장하여 큰일을 하였습니다. 한류 열풍, 태권도 보급, 무역다변화 정책, 월드컵, 올림픽 개최 등 스포츠 외교 같은 것이 큰 몫을 해왔지 않습니까. 상품 가치는 그 상품의 질과 한국 인지도, 뭣보다 국제사회에서 확보한 신뢰성이 크게 작용합니다. 신뢰(信賴)는 타인의 미래 행동을 예측해 볼 때, 자신에게 호의적이거나 또는 최소한 악의적이지는 않을 가능성에 대한 기대와 믿음 바로 그것입니다. 영어로 trust 또는 faith라고 번역하더군요. 인간사회에서의 성공 여부는 신뢰를 받고 안 받고 하는 문제에 달려 있습니다. 신뢰가 없는 허풍쟁이에게 누가 돈을 빌려 줍니까. 이런 사람 집에 누가 물건 사러 갑니까. 이런 사람과 누가 사귀려 합니까. 국가도 마찬가지라 이겁니다. 국제관계에서 얼마나 신용과 신뢰를 확보하였느냐에 따라 물건을 사고파는 것이고 물건 값 매김도 여기에 영향 받습니다.

2016년 「브랜드 파이낸스」에서 발표한 국가 브랜드 순위는 한국이 12위더군요. 한 국가의 명성 지수를 수량화하고 객관화한 지표를 국가 브랜드(nation branding)라 합니다. 경제순위와 비슷하지 않습니까. 이렇게 된 것은 상품의 질적 향상도 있었겠지만 동양권에서 불던 한류 열풍이 K-POP 이름으로 세계로 진출한 시기와 맞물리니 이 사람들 영향도 적다 할 수 없지요. 거기다 골프로 세계를 석권하면서부터 한국의 이미지가 향상되고 인지도 또한 높아졌지요.

국가신용등급이란 게 또 있지요. 국가가 채무를 얼마나 잘 이행할 수 있을까를 따지는 수치입니다. 높은 평가를 받고 있더군요. 경상수지 흑자가 지속되고, 2017년 9월 현재 세계 9위 규모인 3,846.7억 달러 내외의 외환 보유액을 확보하고 있습니다. 이건 국가 경제적 측면에서의 신용 평가와 상관되지만, 국민이 국제 관계에서 보여주는 신뢰성 이것 역시 대단히 중요합니다. 우리들은 신뢰성을 높이는 일과 인지도 높이는 일을 적극 해나가야 합니다. 신뢰를 어떻게 쌓느냐. 스위스 용병 이야기에서 배워보기로 하지요.

스위스는 국토(41,000㎢)의 25%만이 경작 가능하고 나머지는 알프스 산맥과 쥬라 산맥, 그리고 호수로 이루어진 산악국가 아닙니까. 식량이 턱없이 부족하지요. 그래서 수백 년 전부터 미국 등으로 이주하여 여러 나라에 스위스 지명의 마을들을 이루고 삽니다. 가족제도상 장자가 모든 토지를 상속 받기 때문에 다른 아들, 딸들

은 이민을 가든지 남의 나라에 품팔이 가든지 해야 했지요. 남자의 경우 1,500년대 초부터 다른 나라 왕이나 교황의 용병으로 가서 생계를 유지해야했던 아픈 역사를 가지고 있습니다.

1527년 스페인 국왕이면서 신성로마제국의 황제였던 카를 5세는 교황 클레멘스 7세 군대와 프랑스 군대를 격파하고 로마로 진입하였습니다. 교황의 근위를 맡았던 스위스 용병 189명은 교황을 위해 끝까지 항전하였지요. 그중 147명이 사망했지만 교황을 피신시키는 데 성공하였습니다. 이런 일로 인하여 지금도 바티칸 교황청 근위대는 모두 스위스 용병들입니다. 프랑스 대혁명 때, 튈르리궁(Tuileries Palace)이 혁명군에 의해 포위되자 끝까지 루이 16세와 그의 왕비 마리 앙뜨와네뜨를 지킨 근위병은 프랑스 군인이 아니라 스위스 용병들이었습니다. 혁명군들은 이들에게 퇴각해줄 것을 명령하면서 퇴로를 열어줬지만 그들은 퇴각을 못한다고 하였습니다. 그 이유는 아직 용병 계약이 끝나지 않았기 때문이라면서 책임을 다하다 최후를 맞이했습니다. 이들 중 어떤 이가 가족에게 보낸 편지엔 "우리가 신뢰를 잃으면 후손들은 영원히 용병을 할 수 없기 때문에 죽음으로 계약을 지킨다."라는 내용이 적혀 있더랍니다. 용병들이 보내온 피 묻은 돈을 관리하는 스위스 은행 역시 '안전과 신뢰'를 기업정신으로 삼았고, 지금도 세계 부호들의 돈을 보관료까지 받아가며 안전하게 관리해주고 있습니다.

　국격(國格)이란 말이 독재정권 시절 가끔 쓰이다가 이명박 전 대통령 연설문에서 다시 이 말이 등장하였습니다. 나라의 품격(national dignity) 뭐 이런 정도의 말이겠지요. 누가 어찌 썼든 괜찮은 말입니다. 지금 우리가 더 잘사는 나라가 되려면 나라의 품격 관리에 너나없이 신경 써야 합니다. 그러자면 국제사회 속에서 신용과 신뢰를 쌓아야 합니다. 더 나아가 재난을 당한 나라에 원조하고, 배고픈 아프리카 여러 나라를 도와주는 인류애를 발휘해야 한국이 그럴듯한 나라가 되는 것 아닙니까. 돈만 버는 한국인 이것 곤란합니다. 개인이든 단체든 외국에 나가면 외교사절의 일원이라 생각하고 품위 있는 행동을 보여줘야지요. 한국에 온 외국인들에게 친절히 대해야 자국에 가서 한국을 그럴듯하게 선전하는 건 물론 다시 이들이 한국을 찾지 않겠습니까. 국제사회 속에서 모범을 보이는 태도는 근사한 국민임을 만방에 알리는 일이고 국격을 높이는 일입니다. 이렇게 하면 국가 브랜드도 상향 조절될 것입니다. 이렇게 하면 우리 상품이 제값 받게 되겠지요. 이렇게 하면 일등 국민으로서 자부하는 나라 대한민국 확실하게 되겠지요.

이런 주례사 들어보시지요

며칠 전 부산 해운대 어느 거리를 걷게 되었습니다. 거리 한 벽에 이런 글이 크게 써진 걸 보았습니다. "Life is not fair. Get used to it. (인생은 불공평하다. 여기에 익숙해져라)" 뜻밖의 장소에서 평범하지만 의미심장한 이 말을 읽으면서 이 말을 내 아들에게 전해줘야 하겠다는 생각을 하였습지요. 그리고 언제 주례사에 써 먹어야 하겠단 생각을 하였습지요.

이 말의 출전을 찾아보니 빌 게이츠(Bill Gates)가 마운트 휘트니 고등학교(Mt. Whitney High School)의 졸업연설에서 한 말로 혹은, 그가 쓴 책,『생각의 속도(The speed of thought)』에 남긴 글로 알려져 있습니다. 그러나 사실은 미국의 찰스 사이키스(Charles Sykes)라는 교육자가 학생들에게 '학교에서는 배우지 못한 14가지 룰'이라는 글에 처음 나오는 말을 빌 게이츠가 다시 인용한 거랍니다. 어쨌든 기억할 만한 말 아닙니까.

공법상의 원칙은 평등입니다. 합리적 사유가 존재하지 않는 한 국민을 공평하게 처우해야 한다는 것이 평등의 원칙입니다. 이것을 헌법에서는 이렇게 적시하고 있더군요.

> 헌법 제11조 ①
> 모든 국민은 법 앞에 평등하다. 누구든지 성별·종교 또는 사회적 신분에 의하여 정치적·경제적·사회적 ·문화적 생활의 모든 영역에 있어서 차별을 받지 아니한다.

앞의 인생이 불공평하다는 말은 공법상의 원칙을 의미하지는 않습니다. 인간의 삶 속에서 발견할 수 있는 각자의 차별성에서 같아질 수 없음을 의미한다고나 할까요. 누군들 미인으로 태어나고 싶지 않겠습니까. 누군들 재벌 2세로 태어나고 싶지 않겠습니까. 누군들 성공하고 싶지 않겠습니까. 사람마다 타고난 운명, 주어진 여건이 다르고 능력과 취미가 다르기 때문에 남과의 차등이 생기는 겁니다. 이것을 불평하면 자신만 난처해진다는 말을 앞에서 한 것이라 이거지요.

내 능력에 맞는 일을 내가 선택해서 일하기도 어렵고, 돈을 모아 유복한 삶을 살기도 어렵고, 자식을 잘 길러 남의 부러움을 사기도 어렵고, 건강이 보장되어 오래 살기도 어렵습니다. 재벌 부모 만나 힘들지 않게 살기는 옥황상제나 하느님 마음에 달렸다고 할 수 있는 것이지 인간인 내가 조정한 일이 아닙니다. 그런데 개중에는 이런 걸 고루 갖추고 사는 사람들이 있는 통에 내 배가 아프다 이것 아닙니까. 그러나 이걸 불평해선 안 됩니다. 세상에는 내 능력에 딱 맞는 일도 없고 심지어는 같이 사는 내 마누라도 내 취향에 딱 맞지 않지요. 맞는 것처럼 스스로를 위로하면서 사는 게 인생이란 말씀입니다. 한 날 한 시에 태어난 쌍둥이도 재간이 다르고 성격이 다르다고 하지 않습니까.

남과 다른 환경 때문에 상대적 빈곤이 찾아올 수 있는 것이 현실입니다. 그러나 여기에 주눅 들어 하지 마십시오. 상대적으로 부유한 그도 다름 아닌 하루 세 끼 밥을 먹는 대단하지 않는 그저 그런 사람이고 백 살 너머 건강하게 산다는 보장이 없는 그저 그런 사람임을 알고 나면 내 삶도 꽤 괜찮은 거라 느껴지지요.

주어진 내 환경에 나를 맞추어 살려고 하는 사람은 현명한 사람입니다. 사이키스 선생이나 빌 게이츠 선생이 하고 싶은 말이 바로 이런 의미입니다. 사이키스 선생은 이런 말도 했습니다. 참 의미 있는 말입니다.

햄버거를 뒤집는 일은 부끄러운 직업이 아니다. 당신의 할아버지는 그것을 "기회"라고 불렀다. 그들은 최저 임금을 받는 일도 부끄럽게 여기지 않았다. 그들이 부끄럽게 여긴 것은 주말 내내 퍼질러 앉아 쓸데없는 농지거리나 하는 것이었다.

참 의미 있는 말입니다. 햄버거 가게를 여는 일 혹은 햄버거 가게 종업원으로서 일하는 것이 부끄럽다 생각해서는 안 된다는 말입니다. 자신을 위하고 가정을 위한다면 직업의 귀와 천을 따질 게 못됩니다. 그렇지 않습니까. 그것보다 실업자로 노는 걸 부끄럽게 생각해야 한다는 것이니 좋은 말이지요. 또 이런 말도 하였습니다.

당신의 어떤 경우도 부모님의 잘못이 아니다. 당신이 곤경에 처한다면 그건 당신의 잘못이다. 이건 "내 인생은 나의 것이에요" 라는 식의 독립 선언과 동전의 양면 같은 것이다. 18세가 되면 인생은 당신의 것이다. 자기의 인생을 놓고 부모님에게 징징대다가는 영원히 어린애 대접을 면치 못할 것이다.(중략) 당신이 태어나기 전에는 부모님의 인생도 괜찮았다. 그들의 인생이 재미없게 된 건 당신의 재미있는 인생을 뒷바라지해야 했기 때문이다. 부모님 세대가 열대우림을 망친다고 분노하기 전에 자기 방의 옷장 안이나 제대로 정리할 일이다.

두 분은 곧 부모가 될 것입니다. 부모의 일이 얼마나 힘들고 어려운 일인지를 알게 될 겁니다. 당신들을 오늘 여기 신랑 신부로 세우기까지 부모님들이 얼마나 많은 불면의 밤과 고된 나날들이 있어왔는지는 당신들이 부모가 되어봐야 확실하게 알게 됩니다. 그러기 전에 여러분은 부모님들에 대해 의미 있는 해석을 미리 하시기 바랍니다.

남편은 아내가 낳고 아내는 남편을 낳습니다. 남편이라 말하는 이는 아내이기 때문에 아내는 남편이란 존재를 탄생시킨 인물입니다. 아내는 남편이 낳았습니다. 아내가 없는 사람은 남편이 없는 사람입니다. 서로가 서로의 존재를 탄생시킨 인물들을 부부라 합니다. 그러므로 나는 상대 때문에 남편이란 혹은 아내란 이름을 얻었고 가정을 얻었습니다. 가정을 위해서 나는 상대를 위해 사랑해야 하고 협조해야 하고 그리고 헌신해야 하는 존재가 바로 나라는 사실입니다.

상대가 부족하다 느끼면 그게 바로 내가 부족해서 오는 불평임을 아셔야 합니다. 남의 아내 남의 남편이 잘나 보이는 것 같지만 더 자세히 보면 그도 나와 같은 그렇고 그런 삶을 사는 갑남을녀임을 알게 되는 데는 그렇게 많은 시간이 필요하지 않아야 합니다. 내 아내도 혹은 남편도 뜯어보면 그와 못지않은 아름다운 사람임을 생각하면서 멋지게 인생 살아볼 일 아닙니까. 내 몸에 맞는 옷 같은 존재는 바로 당신, 내 남편, 내 아내라는 걸 언제나 생각하며 내가 행사한 최고의 선택은 당신을 선택한 것임을 자부하십시오. 그러면 행복할 겁니다. 그리고 서두에서 한 말 Life is not fair. Get used to it. 이 말을 늘 외우며 사시면 행복할 것입니다.

인간답기와 물주기

우리는 흔히 인간답다는 말을 합니다. 이 말의 뜻을 풀어보면 됨됨이나 하는 행동이 사람으로서의 도리에 어긋남이 없는 듯하다는 말이 되지요. 동물을 동물답다 이렇게 말하면 워낙 동물은 동물다운 존재이므로 이렇게 말하면 이상하게 들리지 않습니까. 그러나 동물을 두고 인간답다라고 말하면 어떤가요. 인간 닮은 행동을 보여줌으로 하여 비록 동물이지만 동물다움을 벗어난 존재같이 보인다 이거지요. 인간을 두고 인간답다라고 하면 인간에는 거죽은 인간이지만 정신은 동물에 비유되는 인간들이 있고, 거죽과 정신이 인간다운 됨됨이를 갖춘 인간이 있다고 보아 후자의 인간이라는 뜻이 되지요. 인간을 동물답다라고 말하면 인간이기를 포기한 존재이므로 욕이 됩니다. 화가 나서 상대를 욕할 때 '개새끼'란 말이 이래서 욕이 되는 것 아닙니까.

나는 금강산이 개방되었을 때 금강산 구경을 한 적이 있습니다. 고등학교 시절 국어책에 실린 정비석의 '산정무한'이란 수필은 워낙 명문이기도 하지만 절절하게 그린 그 경개(景槪) 때문에 꿈에 그리던 금강산을 밟는 순간 이렇게 아름다운 산을 이제라도 구경할 수 있음에 감격했지요. 이럴 게 아니라 '산정무한' 중 한 대목을 읊어드리지요.

> 이름도 정다운 백마봉(白馬峯)은 바로 지호지간(指呼之間)에 서 있고, 내일 오르기로 예정된 비로봉(毘盧峯)은 단걸음에 건너 뛸 정도로 가깝다. 그밖에도, 유상무상(有象無象)의 허다한 봉들이 전시(戰時)에 할거(割據)하는 군웅(群雄)들처럼 여기에서도 불끈 저기에서도 불끈, 시선을 낮춰 아래로 굽어보니, 발밑은 천인단애(千人斷崖), 무한제(無限際)로 뚝 떨어진 황천계곡(黃泉溪谷)에 단풍이 선혈처럼 붉다.
> 우러러보는 단풍이 새색시 머리의 칠보단장(七寶丹粧) 같다면, 굽어보는 단풍은 치렁치렁 늘어진 규수의 붉은 치마폭 같다고나 할까. 수줍어 수줍어 생글 돌아서는 낯붉힌 아가씨가 어느 구석에서 금방 튀어나올 것도 같구나!

금강산이 이런 산입니다. 그런데 정작 금강산에 가보니 절경의 바위에다 김일성, 김정일 칭송 글귀가 어지럽더군요. 아름다운 자연을 이렇게 훼칠하다니! 나는 망연자실했지요. 그건 그렇고 나중안 일이지만 1998년 이후 11년 동안 금강산 입장료로만 5억 달러가 김정일 비자금 금고로 들어갔답니다. 박 모의 피살 사건 이후로

금강산은 문을 닫고 여기 투자한 현대아산은 지금 곤혹을 치루고 있지요.

개성공단은 어떤가요. 2000년 6·15공동선언에 기초해서 남북교류협력의 하나로 2000년 8월 9일 남쪽의 현대 아산 북쪽의 아태, 민경련 간에 소위 '개성공업지구건설운영에 관한 합의서'를 체결하면서 시작 되었습지요.

남측의 자본과 기술, 북측의 토지와 인력이 결합하여 통일로 가는 길목이라고 우리는 흥분했었던 사업이 아닙니까. 2014년 현대경제연구원 보고서에 밝힌 바로는 개성공단은 2004년 12월 첫 제품을 생산한 이후 10년간 남측에 32억6000만 달러(약 3조 9000억 원)의 내수 진작 효과를 줬고, 북한엔 3억8000만 달러(약 4550억 원)의 이익(현금)을 가져다줬다고 적고 있네요. 그렇다면 현재까지 북한은 5억 달러 이상의 현금 이익을 챙긴 셈입니다. 그런데 이 돈의 70%가 김정일과 김정은의 금고로 들어갔다고 하지 않습니까. 근로자 수도 처음엔 1만 5천 명 정도이던 것이 5만 7천 명으로 늘어났고.

생산품 몇 개를 몸 속에 품고 나와 장마당에 팔고 간식으로 주는 초코파이조차 장마당에 팔면 이 수입도 개성공단 노동자 입장에서는 괜찮은 수입이라나요. 그러니 당 간부에게 뇌물 주고 개성 공단에 취업하려 하겠지요. 맨 입으로 개성공단에 취업하는 건 어렵겠지요. 안 그런가요.

그 돈이 누구 금고로 들어갔건 우리는 남북의 화해와 통일을 위한 기반 조성이 되었으면 하는 바람으로 우리들은 이 사업들을 지켜보고 왔습니다. 통일을 위한 공사는 수뇌부를 움직이지 않으면 안 되는 일입니다. 그렇건 저렇건 남북관계가 하마나 나아질까하고 기다린 세월이 10년도 넘었습니다. 그런데 어떻습니까. 우리는 천안함 폭침 도발, 연평도 폭격, 얼마 전에는 목침지뢰 사건 등을 겪었습니다. 그러면서도 개성공단 이것만은 지키려 하였지요.

박근혜 정부의 대북정책 중의 하나는 한반도 신뢰프로세서입니다. 남북 간 신뢰를 형성함으로써 남북 관계를 발전시키고, 한반도에 평화를 정착시키며, 나아가 통일의 기반을 구축하려는 정책입지요. 박 대통령은 통일대박론도 주장했지요. 통일이 되면 우리는 선진국으로 도약할 수 있음을 천명한 것입니다. 그랬는데 이건 우리만의 꿈이었습니다. 핵 개발을 단행하더니 이젠 수소폭탄까지 만들었다는 둥 얼마 전에는 4차 북 핵실험, 한 달 만에 대륙간탄도미사일(ICBM)급 로켓에 성공했다고 자랑을 늘어놓고 있지 않습니까. 이로 인한 개성공단 폐쇄 사건, 고고도미사일방어(THAAD·사드) 체계 배치 도입 등이 이슈로 등장하자 이 나라 이웃나라 할 것 없이 송신(悚身)스런 이야기가 되었습니다. 그러면서 북한은 시도 때도 없이 남한을 향해 으름장을 놓습니다. 하 이제 우리의 염원인 통일은 요원하다 이런 생각이 들게 되고 말았지요. 돈 주고 뺨 맞는다는 말이 이를 두고 하는 말 같지 않습니까.

준 돈을 국가 건설에 쓴다면 누가 뭐라 하겠습니까. 평양과 개성 말고는 입쌀을 먹지 못하는 실정이라는데 다른 동네도 입쌀 먹게 하면 얼마나 좋겠습니까. 세끼 밥이라도 배불리 먹이는데 그 돈을 썼더라면 개성 공단을 더 확충하고 제 2의 개성 공단을 지었을 것 아닙니까.

우리는 북한을 볼 때 시각을 둘로 나누어 봐야 한다고 봅니다. 1) 통치 수뇌부와 거기에 빌붙은 상층 부류 2) 이것과 상관없는 일반 백성 이렇게 봐야 합니다. 돈을 주든지 물자를 주든지 이것을 2)에게 전달하자면 1)을 통하지 않고서는 불가능합니다. 2)를 위해 준 돈과 물자가 의도대로 전달되지 않는다면 지원하는 만큼은 1)의 정권 연장을 위한 박수밖에 안 되지요. 여태 우리는 이걸 알지만 그래도 민족 동질성만은 확보하고 언제가 될지는 모르지만 통일을 위해 노력하자는 뜻에서 금강산 관광, 개성공단 건설을 추진했습니다. 사람은 자라면서 철이 들기 시작하지요. 철이 든다는 그 말은 바로 사람다운 모습과 행동으로 성장한다는 것 아닙니까. 왜 1)은 철이 안 듭니까. 왜 사람다운 모습하고는 멉니까. 우리는 부단히 참아왔고 철 들 날을 기다리고 살았습니다. 사람이 사람다워야 신뢰가 쌓이는데 역반응으로 나오면 이건 사람답다고 할 수 없는 노릇입니다.

개성 공단 폐쇄는 누가 뭐라 말하든 어쩔 수 없는 고육지책임을 우리는 잘 압니다. 그러나 여기서 잠깐 생각을 해봐야 합니다. 1)을 겨냥한 문제가 2)에 번지는 걸 생각해봐야 한다는 것이지요. 2)는 사실 어쩌지 못해 사는 목숨들입니다. 뼈 빠지게 일해 받은 임금이 가로채인다면 마음이 편할 리 없지요. 개성시민들이 수도꼭지를 틀 때마다 남한 정부의 고마움을 모를 리도 없지요. 상하수도 시설이 제대로 안 되어 지저분한 도랑물을 생활용수로 사용하다가 수돗물을 사용하였을 때의 감격은 보나 안 보나 짐작할 만하지 않습니까.

개성 시민들에게 물만은 줍시다. 이게 오늘 이렇게 긴 이야기를 적는 이유입니다. 이건 오로지 2)를 위한 일이므로 민족 유대감의 확보라는 차원에서 권할 만한 이야기라 생각 드네요. 물만은 줍시다. 1)의 난폭을 저지하는 데 개성공단 폐쇄는 어느 정도 유효하겠지만 수도꼭지마저 무효화 하면 2)가 너무 고통 받을 것이고, 개성 시민을 위한 남쪽의 배려마저 무화(無化)되는 형국 아닙니까.

내가 이 방면에 아는 바가 적고 또 정부를 움직이는 전문가들의 의견을 경청하지 못한 데서 비롯된 무식한 발언일수 있습지요. 그러나 개성공단 설립 취지 하나만은 화석처럼 남겨 두면 안 될까 해서 이런 말 끄적거린 겁니다. 무식하면 이런 저런 말 함부로 하는 법이지요. 이 무식쟁이의 말도 한 번 경청해 주시면 어떨까요. 물만은 줍시다.

솔직히 말하자면 저들이 인간답지 못한 데 대한 우리의 인간다움만은 살려놓자 이겁니다. 언제가 될지는 모르지만 다시 전개될 수 있는 한 가닥 끈이라도 남겨 놓자 이거지요.

물주기 영 안 되고 틀리는 말일까요. 답답하고 답답해서 한 소리 한 것뿐입니다. 북은 또 무슨 난동으로 우리를 격분시킬는지. 아 참담한 내 민족사여.

인간은 가면 쓰는 동물

　인간이 삶을 살기 위해서는 자기 약점을 강점으로 부각시키는 일에서부터 강점을 작전상 약점으로 보이려는 경우가 있습니다. 때에 따라서는 자기 포장을 해야만 하는 것이 인간 삶이라 이 말입니다. 인간만 그런 게 아닙니다. 조류들은 위험이 다가오면 깃털을 한껏 세워 자신의 덩치를 과장하지요. 어떤 도마뱀은 위험에 직면하면 목의 근육을 부풀게 하여 위협적 존재로 둔갑하는 것 보셨지요. 몸 빛깔을 요리 조리 채색하는 카멜레온도 있습니다. 바구미 같은 곤충들은 외부 자극을 받으면 다리와 더듬이를 움츠리고 가사(假死, feign death)상태에 들어갑니다.

　인간은 분노와 비애를 미소로 바꾸기도 하고 슬픔과 기쁨을 얼굴에 나타내지 않기도 합니다. 이러한 은폐술의 적극적인 수단(이것을 가면 혹은 탈이라 합니다.)은 얼굴 표정만이 아니고 실지로 가면을 써서 은폐하는 경우도 있고 언어로 신분을 은폐하는 경우도 있지요.

먼저 언어상의 은폐술에 대해 말해보지요. 나를 얕잡아 보지 않게 혹은 나의 무식이 드러나는 것을 염려해서 유식을 포장하기도 하고 상대방을 언짢지 않게 하기 위하여 상대방 비위를 맞추는 말을 준비하기도 합니다. 자신의 배경을 돋보이게 하기 위해 잘나가는 모 실력자가 친구로 친척으로 등장하는가 하면, 청와대 누구가 고향 친구로, 국회의원 모는 내 동생의 동창생으로 고법 부장판사는 처조카로 등장하는 것 더러 보지 않습니까.

음흉한 사람들은 자기 장점을 감쪽같이 숨기고 침묵합니다. 그래야만 이웃할 수 있고 친하게 지낼 수 있음을 학습했기 때문에 자신을 숨기는 탈을 잘 활용하지요. 쇼펜하우어가 한 말이 생각납니다. 영리한 인간은 지적 능력을 감춘다고. 박식과 유식을 드러내어 상대를 지적으로 누르려 하는 자일수록 심리적으로는 열등감이 자리 잡은 사람이지요. 그런 사람은 그런 행동이 한동안은 심리적으로 친구를 제압할 수 있을지 몰라도 멀지 않아 친구로부터 소외를 자청하는 행위였음을 알게 되지요.

다음은 가면을 써서 본디 얼굴을 가리는 경우를 말해보지요. 본디 모습을 감추는 조형품을 가면이라 합니다. 이것은 단순히 얼굴을 가리는 데에 그치는 것이 아니라 본디 인간과 다른 새로운 인간으로 혹은 동물로 둔갑하여 초자연적인 힘을 과시하는 신적인 존재, 탁월한 권위로 재탄생하는 경우가 됩니다만 어떤 땐 타락한 존재로 둔갑하여 희극적 존재로 낙하하기도 하지요. 생명을 보호하기 위한 얼굴 덮개 이를테면 가스 마스크(gas mask)나 베이스볼 마스크(baseball mask)와는 용도가 영 판이합니다.

지금도 미개사회 부족들 이를테면 에스키모족, 아프리카오지의 토인, 오세아니아 토인들 사회에서는 주술적 기능을 극대화하기 위해서 가면을 사용하고 있습니다. 이를 신앙가면이라 하지요. 그러나 신앙과는 달리 현대 여러 나라에서는 민속행사에 가면이 등장하고 있습니다. 이를테면 우리나라에서의 양주별산대놀이, 봉산탈춤, 통영오광대, 고성오광대, 북청사자놀음, 봉산탈춤, 하회별신굿이나 중국의 경극, 사자놀이 등이 있지 않습니까. 이를 연희가면이라 하지요. 신앙가면은 벽사, 의술, 영혼 위로를 위해 동원된다면 연희가면은 무용, 연극을 위한 놀이 가면임을 알 수 있습니다. 문학작품에 등장하는 작중 화자는 상상의 세계에 노는 작가의 탈(이것을 일반 가면 mask와 구별해서 persona라고 함)이지요.

카니발(Carnival)은 어떤가요. 카니발을 사육제(謝肉祭)라 번역하는데 그 이유는 이렇습니다. 가톨릭의 사순절을 준비하기 위해 40일 동안 광야에서 고난을 받은 그리스도를 위하여 40일간 금육, 금식, 참회, 희생 등을 해야 하므로 사순절 전에 미리 고기도 배불리 먹으며 즐긴 데에서 유래하였습니다. 브라질 리오데 자네이로의 카니발은 삼바음악에 맞춰 거의 전신을 드러낸 미희들의 현란한 복장을 한 퍼레이드, 이탈리아 베니스 카니발은 중세 귀족으로 분장한 사람들 축제이지요. 어느 것이나 일상을 벗어나 한 순간의 희열을 춤으로 노래로 승화하는 축제 아닙니까. 그런데 이상합니다. 브라질 리오 카니발은 화려한 조명과 관능적인 춤, 노출 수위가 상당한 풍만한 미희들의 육체미 이것이 중심인 축제라면(내 가보지는 않았지만 화면을 구경하니 그런 것 같데요.) 베니스 카니발은 중세 귀족 차림이라니 좀 이상하지요. 인간은 벗은 그대로의 인간을 보고 싶어 하기도 하지만 반대로 현재의 초라한 모습을 다르게 포장하여 위엄의 상태로 둔갑하려고도 하지요.

앞의 것은 치마 밑에는 여성이 있음을 숨기는 일을 이 날만큼은 하지 않았으면 좋겠다는 것이지만 뒤의 것은 구질구질한 일상을 떠나 당신을 상당한 위치의 근엄한 모습으로 꾸몄으면 좋겠다는 것이지요. 여름날 해운대 해수욕장을 찾는 이유 중 하나는 잠깐 더위를 피해보자는 것보다는 싱싱한 육체를 거리낌 없이 노출해서 서로가 서로를 보며 즐기자는 행사라 하면 틀리는 말일까요.

언어도 마찬가지이지요. 점잖음을 과장하고 싶은 공간에서는 예의를 갖춘 수사(修辭)가 동원되고 완곡어법(euphemism), 이를 테면 second class(2등석)는 business class(사업용 일반석), third class(3등석)는 economy class(절약용 일반석)라 한다든가 used car or second-hand car(중고차)를 previously owned car(전에 주인이 있었던 차), old(늙은) 대신 experientially enhanced(경험이 많은)로 사실을 예쁘게 포장하는 말이 등장하는 법입니다. 그러나 인간은 이런 상태를 항상 고수하는 데는 진력이 나서 해방되고 싶어 합니다. 사람들은 그들만의 비밀 공간, 남들 눈치 안 봐도 되는 공간에서는 음담패설을 즐깁니다. 아

이 음담패설만큼 재미 있은 이야기는 없지요. 고금소총에는 별의별 음담이 실려 있지 않습니까. 다 그렇지는 않겠지만 대부분 사람들은 이런 책을 남이 없는 혼자만의 공간에서 읽는다면 웃음이 나올 겁니다. 그러나 이런 재미있는 이야기도 여러 사람이 있는 곳에서 이런 이야기를 들으면 한 쪽은 재미있어 계속하라 하지만 다른 한 쪽은 저질스럽다고 그만 하라 할 것입니다. 각자의 탈이 존재하기 때문이지요.

인간은 무수한 탈을 준비해 뒀다가 그 때 그 때 상황에 맞게 탈을 쓰고 현장에 서게 됩니다. 그런데 상황에 맞지 않은 탈을 쓰면 어색한 분위기를 연출하는 것이 되고 굳이 탈을 쓰지 않아도 될 자리에 어색한 탈을 쓰면 사람들은 메스꺼워 합니다. 이 탈놀이에 익숙하지 않은 사람은 성공하지 못합니다. 어떤 땐 탈을 벗어야 하지만 어떤 땐 단단히 탈을 써야 할 때가 있지요. 탈을 쓸 판이면 남이 알아

못 차릴 음흉하면서도 엉큼한 탈을 써야 하지요.

이런 탈과는 판이한 탈이 우스개 시에 등장하고 있음도 재미있습니다.

김삿갓이 방랑하던 중 한 서당에 들러서 한 끼 얻어 먹을까 하고 들어섰더니 훈장이 김삿갓의 용모를 보고 외면하자 훈장의 박대를 육담시 한 수를 지어 던지고는 훌훌 떠났다는 이야기 들어보십시오.

> 書堂來早知 (서당내조지) 서당에 일찍와서 보니
> 房中皆尊物 (방중개존물) 방 안에는 모두 존귀한 분들만 있고
> 生徒諸未十 (생도제미십) 생도는 모두 열 명도 못 되는데
> 先生來不謁 (선생내불알) 훈장은 나와 보지도 않구나.

이건 한국어를 사용하는 사람만이 알아듣는 말장난(pun)입니다. 글자의 뜻과 소리의 뜻을 이중화한 해학이지요. 소리를 들으니 욕이지만 의미를 따지니 시 아닙니까. 욕은 욕이지만 욕만은 아닌 묘한 말장난 이것도 세상세태를 회화하고자 하는 장난의 탈이 등장한 경우지요 뭐. 한 번 웃자는 것이니 이런 시를 초 정월부터 소개하는 걸 저질스럽다 말하지 말기 바람.

김삿갓
조선후기의 방랑시인 김병연으로, 김삿갓이라는 속칭으로 더 알려져 있다.

적나라한 힘
(naked strength)

시인은 한 그루 나무에조차 자기 식으로 이름을 붙이고 그 나름의 가치를 새로 부여합니다. 앨프리드 테니슨(Alfred Tennyson, 1809-1892)은 영국 빅토리아 시대의 계관시인으로 대접 받은 사람입니다. 집 앞에 떡갈나무(oak) 한 그루가 서 있었던 모양인데 이걸 보고 이런 시를 썼습니다.(다른 이가 번역한 게 내 생각하고 좀 달라 이렇게 번역했음)

The Oak 떡갈나무

Live thy life, 인생을 살아도

Young and old, 젊거나 늙거나
Like yon oak, 저 떡갈나무처럼
Bright in spring, 봄엔 눈부신
Living gold; 황금빛으로,
Summer-rich 여름엔 풍성하고
Then; and then 그리고 그리고 나서는
Autumn-changed, 가을이 찾아오면
Soberer-hued 은은한 빛을 가진
Gold again. 다시 황금빛으로,
All his leaves 모든 나뭇잎이
Fall'n at length, 다 떨어져도 우뚝이
Look, he stands, 보라, 나무가 서 있다,
Trunk and bough, 줄기와 가지에
Naked strength. 적나라한 힘을 가지고.

이 시의 핵심어는 적나라한 힘(naked strength)입니다. 뭐가 적나라한 힘인가요. 겉치레하였던 잎을 다 떨구고 떡 버티고 선 저 당당한 체구의 떡갈나무의 우뚝함, 이런 떡갈나무가 자랑스럽다 이겁니다. 사람도 현란한 장식의 직함을 던지고 난 연후의 당당함이 돋보여야 된다, 이것 아닙니까.

짧은 민주 헌정사에 우리는 여럿 대통령을 봐왔습니다. 그런데 역대 대통령 중에는 대통령직을 하야 하고 망명을 떠나 살아서 못 돌아온 경우, 재직 시에 부하에게 총살당한 경우, 대통령직에서 물러나자 사형선고를 받았다 특별사면한 경우, 영광스럽지 못한 삶

이라 해서 자살로 마무리한 경우, 최근에는 현직 대통령이 탄핵 당하고 재판을 받고 있는 지경까지를 경험하였습니다. 대통령에서 물러난 뒤가 더 당당해 보이는 그런 인물이 아직 안 보이는 것 같지요?

요즘은 문재인 정부의 각료 후보들이 국회 청문회에 불려 다니고 있습니다. 하나같이 명문대를 거친 이 사회의 엘리트들이지요. 그런데 하나같이 구린 냄새가 나는 인물들이더군요. 이들은 나이를 먹을 대로 먹은 사람들이고 해당 분야에서 내로라 하고 어깨에 힘이 들어갔던 인물들입니다. 이 사람들이 문 대통령의 최측근이었거나 최측근에게 손을 써서 각료 후보로 등장한 인물들이겠지요. 이런 자리에 등장하기 위해 어지간히 공을 들여왔을 겁니다. 세상엔 거저 되는 일이란 없는 법이니까요.

가을이 오고 겨울이 되어도 벌거벗은 몸이 외려 자랑으로 서 있는 적나라한 힘의 소유자로 우뚝 선 떡갈나무. 인생이 이래야 한다는 교훈을 테니슨은 시로 말하고 있지요. 저 떡갈나무 같은 인물 아 이런 인물 만나고 싶지 않습니까.

'마지막 광복군'이자 '행동하는 지식인' 우리는 고 김준엽 전 고려대 총장을 잊지 못합니다. 그는 24세 때 일본 게이오대 유학시절 학병으로 강제 징집되었다가 고 장준하 선생과 함께 탈출해서 충칭까지 걸어서 '6,000리 대장정' 끝에 광복군에 합류하였지요. 일본 놈의 병정이 된다 이게 말이 됩니까. 해방이 되어도 중국에 남아 중국사를 연구하다 돌아와 고려대 교수로 봉직하였습니다. 나중에는 총장이 되었습지요. 총장 재직 시가 공교롭게도 전두환 정권 시절이던 1985년, 당시 고려대엔 민주화 운동에 가담한 학생들이 많았습니다. 이들을 처벌하라는 정권의 압력에 굴하지 않고 오히려 학생들을 보호하다가 총장직에서 쫓겨났습니다. 이로 인해 학생들은 한 달 이상 총장 사퇴 반대 시위를 했습니다. 지금도 여타한 대학에서는 총장 물러가라 외치는데 외려 사퇴 반대를 하루 이틀도 아니고 한 달 넘게 시위하다니. 정권이 바뀔 때마다 김 전 총장을 요직에 앉히려 요청이 들어왔으나 번번이 거절했다지요.

"나는 교육자다. 민주주의를 외치다 투옥된 제자가 아직도 감옥에 있는데 스승이라는 자가 어떻게 그 정부의 총리가 될 수 있겠는가." 1988년 1월 6일 당시 대통령 당선자인 노태우 씨의 국무총리 제안에 대해 김 전 총장이 했던 말입니다. 명문대 총장을 지낸 인물들 중에는 총리 자리에 오르긴 했어도 총리직을 시원찮게 마감한 경우 여러 번 봐왔고, 그런 인물이 정치판에 지금도 기웃거리는 못

난 꼴도 보고 삽니다. 그런데 김 전 총장은 12차례에 걸친 모든 관직 제의를 거절했습니다. 그래서 김 전 총장의 별명은 '고사 총리'라고 일러 왔습니다. 사람이 이쯤은 되어야 적나라한 힘의 소유자라 칭할 수 있지 않겠습니까. 까짓 총리 자리가 뭔데.

이런 분이 있는가 하면 앞서 말한 각료 후보자들은 흠결이 없는 인물이 없고 온갖 구질구질한 이력을 변명으로 일관하면서 어떻게 해서든 한 자리 꿰 차려는 불쌍한 모습들을 시방 우리들은 보고 삽니다. 개중에는 낯 뜨거운 이력이 들추어지자 사퇴하는 자도 있지만 제 얼굴 부끄러운 줄 모르고 버티는 자도 있습니다. 이 꼴을 보니 구역질이 나더군요. 언제부턴가 정치교수란 말이 새로 생겼습니다. 정치를 할 판이면 교수직을 사표내고 정치판에 나서야 옳은 일 아닙니까. 정치하다 다시 교수로 돌아온다? 안 됩니다. 안 되어야 합니다.

지조(志操)란 것은 순일(純一)한 정신을 지키기 위한 불타는 신념이요, 눈물겨운 정성이며, 냉철한 확집(確執)이요, 고귀한 투쟁이기까지 하다. 지조가 교양인의 위의(威儀)를 위하여 얼마나 값지고 그것이 국민의 교화에 미치는 힘이 얼마나 크며, 따라서 지조를 지키기 위한 괴로움이 얼마나 가혹한가를 헤아리는 사람들은 한 나라의 지도자를 평가하는 기준으로서 먼저 그 지조의 강도를 살피려 한다. 지조가 없는 지도자는 믿을 수가 없고 믿을 수 없는 지도자는 따를 수가 없기 때문이다. … 지조는 선비의 것이요, 교양인의 것이며, 지도자의 것이다. 장사꾼에게 지조를 바라거나 창녀에게 지조를 바란다는 것은 옛날에도 없었던 일이지만, 선비와 교양인과 지도자에게 지조가 없다면 그가 인격적으로 장사꾼과 창녀와 가릴 바가 무엇이 있겠는가.

조지훈의 수필 '지조론(志操論)'(종합지 『새벽』 1960년 3월호에 발표된 조지훈의 중수필)에 나오는 말이지요. 국회의원들 중에는 이 당 갔다가 저 당으로 이사 다니는 자들. 박근혜 탄핵에 앞장섰다가 분당하여 딴 살림 차리던 자들이 세 불리를 느끼자 다시 친정으로 돌아오는 코미디언들도 구경하고 삽니다. 이런 인물들이 나중에 국회의원 자리에서 떨어지고 그야말로 낙목한천에 벌거벗은 몸이 된다면 누가 적나라한 힘의 소유자라 칭하겠는가요. 테니슨의 시를 읽다가 요즘 웃겨도 너무 웃기는 정치판을 보고 한 소리 적었습니다.

조선족은 씨밭이런가

1월도 막가는 날(2017년 1월 31일)이라며 점심이나 같이 하자는 바람에 연변대 앞 냉면 잘 하는 집에서 연변대 김 교수, 또 김 교수, 이 교수와 만났습니다. 간 밤 한일전 축구 경기 본 소감이 먼저 탁자 위에 반찬으로 얹히더군요. 이 교수는 전반전에 2:0이 되자 후반전은 볼 것 없다는 듯이 안도하고 있었고 같이 보고 있던 사위 역시 이럴 땐 맥주나 한 잔 하면서 기분 좋게 보시라고 맥주잔을 권하더라는 것입니다. 일본 방송의 해설자 역시 한국을 무시한 일본 축구가 한심스럽다는 투로 해설하고 중국 방송의 해설자는 한국 축구가 장족의 발전을 하였다며 문전 패스를 멋지게 한다고 하더라나요. 한국 방송에서는 연신 칭찬 위주로 나가더라고 3국 텔레비전을 비교해서 봤다 하더군요. 후반전에 들자 이게 웬일 삽시간에 두 골을 넣더니 급기야는 2:3으로 역전패당하는 걸 보니 맥주 맛이 싹

가셔지더라는 겁니다. 김 교수는 그건 일찍 샴페인을 터뜨리더니 IMF 환난을 당한 꼴의 재판이라고 힐난합니다. 또 김 교수는 만약 전반전에 한 꼴이라도 졌더라면 아마 한국이 일본을 이겼을 것이란 말도 하면서 축구 경기 해설은 여기서 끝났습니다.

술자리 안주는 한 가지로는 부족하지요. 이 교수는 한국에 여당 대표 김 아무개가 그런 질량으로 어째서 여당 대표가 되었는지 모르겠다고 다른 안주를 턱 식탁 위에 얹었습니다. 김 교수는 "조선족을 씨받이로 보는 놈이 무슨 대통령감이냐. 그놈 출신이 어디더라 부산이지 아마" 하고 힐끗 나를 보는 것 아닙니까. 내가 겸연쩍어 하자 또 김 교수는 "부산사람 임 모 교수는 빼고." 아야 나까지도 안줏감이 되는가. 부산 사람 임모 교수 왈 "국산품이 여러 질이니 술잔이나 받으소." 하여 화제를 돌려도 씨받이 안주는 계속되는 것이었습니다.

저출산 해결책 하나로 조선족을 대거 수용하자는 김 아무개 새누리당 대표의 발언(2016년 12월 29일)에 이 아무개 성남 시장이 "조선족이 애 낳는 기계인가"라고 비난한 내용을 언론에서 듣고 하는 말이었지요. 김 교수는 다년간 일본 유학을 한 사람답게 한국이 한심스럽다며 일본이 저출산 때문에 고초를 당하는 걸 뻔히 보아왔으면서도 이런 훌륭한 교과서를 배우지 못하고 일본이 걸은 길을 다시 걷는 꼴이 우습다고 하니 이 교수는 일시적 방편으로 이민정책을 한다는 것이 우습지 않느냐며 출산 장려를 위한 유인책이 시급하지 잘 사는 조선족을 데려가려는 발상 자체가 괴악하다고 하였습니다. 하나같이 한국 정치인들은 동북아의 지정학적 위치에 대해 무지한 것 같다며 조선족은 중국 내 한국의 문화 확장에 기여하는 저수지 같은 존재임을 못 알아보는 것이 섭섭하다는 눈치입니다. 오히려 한반도 문화 영토인 이 땅을 잘 지켜나가도록 출산장려를 해야 할 땅인데도 조선족 전멸정책을 강구하려는 이런 놈이 어찌 여당 대표감이냐고 김이 열을 냅다 내는 통에 듣고 있는 부산 사람 내가 무색해서 견디기 어려웠지요.

이 교수는 어머니가 안동 땅에서 소박을 맞고 홀로 여길 와 소장수 하던 아버지를 만나 늦게 자기를 낳았다고 하며 어머니 가꾼 이 땅을 내가 지키다 죽을 것이라며 독한 바이주(白酒) 52도 술을 거푸 두 잔하는 겁니다. 그의 말을 듣고 있는 나도 속이 상한 것은 마찬가지라 몇 잔 마셨지요.

18C 말부터 아니면 그 전부터 두만강 압록강 주변으로 우리 민족은 여기에 이주해 살았습니다. 당시에는 국경 개념이 지금 같지 않아서 함경도 일대 또는 강변 주변은 여진족과도 이웃해서 잘 살았던 터였답니다. 한때는 청이 그들 조상 발원지라 해서 동북 지역을 대금령(封禁令)으로 묶어 놓아 우리 민족의 유입을 막았지만 막아봐야 별 무효과이고 황무지 개간을 위해서는 오히려 우리 민족 유입이 나쁘지 않다고 판단해서 1885년에 대금령이 해제되자 인구 유입이 가속되어 1922년 조사에 의하면 동북3성에 거주하는 조선인 수가 65만 명, 전체 인구의 70%가 되었다네요.

1931년 일본은 9.18 사변을 일으켜 동북3성을 식민지화하였습니다. 중국침략의 교두보를 만들 요령으로 식량기지화 정책을 폈지요. 이때 동양척식주식회사(東洋拓植株式會社)에 농토를 빼앗긴 농민들을 대거 유입시켰습니다. 1944년 통계에 의하면 조선족이 165만 명에 달했답니다. 조선족들은 황무지를 개간해서 옥토를 만들었지요. 특히 관개를 잘 해서 벼 재배에 성공하자 피땀 흘려 개간한 옥토를 관헌과 토호들에게 빼앗기는 아픔에서부터 마적들 습격의 아픔까지 겪어야 했지요. 그리고 1910년 이후 항일애국투사들이 세운 서당과 학교 교육을 통해 항일사상을 고취, 중국의 항일전투에 가담하여 큰 공훈을 세웠다는 것 아닙니까. 1945년 일본이 항복하자 중국내 국민당 공산당과의 싸움에서 모택동이 이끄는 공산당에 가담해서 오늘의 중국 건설에 앞장 섰던 게 자랑스러운 조선족 역사입니다.

조국이 해방 되어도 돌아가 봤자 송곳 꽂을 땅 한 뙈기 없는 사람들도 많았고 그새 돌아가신 부모님 묘역과 일군 땅을 두고 갈 수 없어서 주저앉은 사람들이 조선족들입지요. 문화혁명 당시엔 조선족들에게 외국 간첩 또는 특무라는 이름을 붙여 박해당한 경우가 허다했지만 인내는 우리 민족의 자산이라 꿋꿋하게 잘 견뎌 남았습니다. 1949년 민족대학 연변대학을 설립한 것 보십시오. 1992년 9월에 부산사람 미국 국적 김 진경 선생이 연변과학기술대학을 설립하였으니 연변 땅에는 민족 대학이 2개나 됩니다. 조선족으로서의 민족 특성을 유지하면서 언어, 문자, 풍속, 그리고 전통적 생활방식을 그대로 보존하면서 한족들 틈에서도 당당히 살아가는 조선족들 장하지 않습니까.

점심때의 안주는 축구로 시작하였는데 조선족 문제로 발전하고 말았습니다.

부산 사람 임 모 교수는 한 십 년 넘게 여기를 내왕하고 있습니다. 부모들이 한국 돈벌이 가 있는 통에 조선족 어린이들 중에는 고아 아닌 고아처럼 사는 경우가 많지요. 초중 교사들 60 여명을 모아 연변교사시조사랑회라는 단체를 만들었습니다. 이 교사들로 하여금 학생들에게 민족정서 함양을 위해 시조 감상과 짓기를 지도하게 하였지요. 학생들 상대의 백일장을 열어주고 입상자들의 작품과 교사들의 작품들을 책으로 발간하는 일을 도와왔습니다. 이런 일을 해온 경력 때문에 부산사람 임 모에게 면죄부(?)를 주는 모양이더군요. 어쨌든 주안상머리의 이야기가 너무 무거웠습니다. 술도 쓰고 안주도 쓴 점심 상이였습지요.

동양척식주식회사(東洋拓植株式會社)
1908년 서울에 설립되었던 일본의 국책회사. 한국민에게 문명의 혜택을 입게 할 중책을 띠고 설립되었다고는 하나, 일본의 대륙 침략의 이익을 담당하기 위한 의도에서 비롯됨.

천민은 말고
양민이라도 됩시다

어느 나라든 천민이란 신분이 낮아서 천하게 취급 받는 백성을
이름인데, 전쟁 포로나 애초부터 세습된 천민 신분들 또는 천민으
로 신분 계급이 강등된 사람들을 말합니다. 이 사람들은 노예처럼
매매, 양도하기도 하고, 가축과도 교환할 수 있는 신분이니 사람대
접 못 받고 살았지요. 그렇지 않다 해도 일반 양민들과는 획연히 차
별화된 삶을 살았던 사람들 아닙니까. 그런데 독일의 사회학자 막
스 베버(M. Weber)는 이상한 말 하나를 만들어냈습니다. 그가
1905년에 쓴『프로테스탄트 윤리와 자본주의』란 책에서 천민자본
주의(賤民資本主義, pariah capitalism)라는 말을 썼지요.

전근대사회에 있었던 프로테트탄트 윤리을 위반한 비합리적이

고 비인간적인 폐쇄적 자본주의 또는 그 소비 및 생산 문화 일체를 한 마디로 함축해서 천민자본주의라 한 겁니다. 자본의 소유자(자본가)가 자본으로 재화 및 서비스를 생산하기 위해 임금 노동자를 고용함과 동시에 생산 원료·기계 등을 구입하고, 이를 통한 그 결과물을 상품으로 판매하여 이윤을 획득하는 걸 자본주의라 합니다. 그런데 중세에서 근대로 넘어오면서 상류층과 천민층의 경계가 허물어지자 금융업과 상업에 종사한 사람들이 중심 세력으로 등장합니다. 중세시대 천민으로 대접 받던 유태계 자본가들이 상품유통과정 또는 고리대금업으로 이득을 취득하고, 자본의 축적에만 몰입하여 그들의 종교와 사회적 권위 행사에 몰입함으로써 자본주의 문화의 기형이 나타나자 베버는 이를 천민자본주의라고 하였던 것이지요. 『베니스의 상인』에 나오는 유태인 샤일록을 셰익스피어가 그냥 등장시킨 게 아니라 이 말입니다.

여기서 더 나아가 오늘날 말하는 천민자본주의는 건전한 자본주의 형태와 다른 형태의 자본주의, 이를테면 정치, 경제, 사회, 문화 등에서 퇴폐적 경직화 현상이 일어남에 대해 이 말을 그대로 쓰곤 합니다. 자본주의 본래의 합리성을 무시하고 배금주의가 심화하면서 사회 전반에 퇴폐적 자본주의 문화로 인해 경제의 비효율적 현상이 나타나고, 자본주의의 단점이 겹쳐져서 생산비례로 자본이 원활하게 돌아가지 않는 상태, 재산을 모으기만 하고 사회에 환원하는 데는 인색한 기업 형태는 물론이고, 자본 투기, 불공정거래 등으로 시장경제를 타락시키고, 경제 생산력과 경제 효율성을 떨어뜨리는 행위 등을 천민자본주의라 이렇게 말합니다. 그래서 윤리의식 없는 경제활동을 하는 기업가는 양반이 못되는 천민이다 이런 투로 이 말을 쓰고 있다 이렇게 해석해도 되겠지요.

이런 책 읽어보셨는지요. 『100년기업의 힘 타타에게 배워라』(오화석, 매일경제신문사, 2013)인데요, 기업정신이 이래야 된다를 가르쳐주는 책이지요. 내용을 좀 요약 소개해 볼까요.

타타 그룹(Tata Group)은 설립(1868년)된 지 150년 된 회사이면서 인도에서 두 번째로 큰 회사입니다. 이 기업은 맨 처음 회사 설립 때부터 '사회로부터 받은 것은 사회로 환원한다'는 창업정신을 지금도 이행하면서 직원과 협력업체, 고객, 국가, 사회에 대한 책임을 철저히 시행해 오고 있는 기업으로 세계적 명성을 떨치고 있습니다. 이 기업은 우리 기업형태와 같이 각종 문어발식 구조를 갖고 있긴 하지만 우리나라 문어발 기업들과는 달리 인도 국민들로부터 적극적인 호응과 지지를 받고 있습니다. 철강산업, 수력발전 등 국가 기간산업 육성에 큰 공을 세웠고, 직원복리후생, 지역사회공헌, 빈민구제사업, 협력업체와의 상생, 과학인재 양성, 등 이익금의 사회 환원에 주저함이 없이 과감히 투자함으로써 기업의 사회적 책임을 다하고 있기 때문에 인도는 물론 세계적인 기업의 귀감이 되었습니다.

2008년 11월 26일 인도 뭄바이에 있는 이 회사 소속 타지마할호텔에 자동소총과 수류탄 등으로 무장한 괴한들이 2박3일 동안 이 호텔을 점거하는 사태가 벌어졌습니다. 호텔에 머물던 투숙객 수

천 명이 비상 대피하였지만 미처 못 빠져나온 투숙객은 인질로 잡혔습니다. 호텔 직원들은 너나없이 목숨을 아끼지 않고 손님들을 대피시켜 1,500여 명을 구출했으나 이 과정에서 12명의 호텔 직원이 희생당하고 말았지요. 희생된 타지마할호텔 직원들에게 타타그룹이 어찌 했는지 아십니까. 타타 그룹은 세계가 놀라는 보상을 했습지요. 희생 직원이 사망한 시점부터 은퇴까지의 모든 급료를 지급, 사망 직원 유자녀들의 평생 학비 지원, 사망 직원이 진 부채 모두를 청산, 사망 직원 모두에게 각각 360만 루피(약 9000만원) ~ 850만 루피(약 2억1250만원)의 위로금 지급 등을 시행한 것입니다. 이 돈은 당시 1인당 연간 국민소득이 고작 1000달러 남짓한 인도에서는 엄청난 금액이지요. 그뿐 아니라 최고경영자 타타 회장은 100여개 자회사의 45만여 명을 거느린 사람이지만 이 테러로 사망하거나 부상당한 80여명의 집을 직접 방문하는 것은 물론 사흘 내내 희생자 장례식장을 직접 찾아다니며 조문했다지요. 이런 태도이고 보니 누가 감동먹지 않겠습니까.

타타 그룹의 운영 방침은 어떠한 부정행위도 철저히 금지하고 있습니다. 이를 잘 아는 부패한 인도 정치인이나 관료들은 타타 그룹을 찾아가 정치헌금 등 지금 한창 말썽이 난 미르·K 스포츠재단을 위한 강제 기부금 같은 걸 요구하지도 않고 요구해도 돈을 주지 않는다 이거지요.

우리나라 기업가들은 어떤지 궁금하지요. 다음은 이 책에 실린 출판사 서평 내용을 일부 옮겨보기로 합시다.

2013년 SK그룹 최 모 회장 횡령혐의로 구속기소, 2009년 삼성그룹 이 모 회장 배임 및 조세 포탈로 징역 3년, 집행유예 5년 선고, 2008년 현대차그룹 정 모 회장 비자금 조성 및 횡령으로 징역 3년, 집행유예 5년 선고. 최근 우리 재벌기업들의 행태가 심각한 사회적 문제가 되고 있다. 국가 경제를 이끌어 가는 긍정적 측면도 많지만, 국민들은 최근 재벌들의 부정적 행태에 분노한다. 기업을 편법·불법으로 후손에게 물려주는가 하면, 비자금 경영과 분식회계, 계열사 일감 몰아주기, 불법 내부자거래, 중소기업 납품값 후려치기, 중소기업의 핵심기술·인력 빼가기, 정경유착, 인맥을 통한 기득권 강화와 부의 세습 등 전통적인 재벌들의 악습이 갈수록 더욱 심해지는 양상이다.

최근에는 대기업들이 골목상권까지 진출해 소상공인들의 생존권을 박탈하거나 위협하고 있다. 예를 들어 대기업들은 동네 편의점, 빵·커피가게 등을 비롯해 분식집까지 진출하고 있다. 재벌들이 튼튼한 자본력과 유통망을 앞세워 골목상권까지 장악하면서 전국 수백만 영세업자들이 문을 닫거나 폐업 위기를 맞고 있다. 이것이 대한민국을 대표하는 그룹들의 실상이다. 이런 모습을 보노라면 '기업은 과연 왜 존재하는가'라는 근본적인 물음을 던지게 된다. 기업의 가장 중요한 역할은 당연히 돈을 버는 일이다. 그러나 기업들이 직원의 행복이나 협력업체와의 상생, 사회에서의 역할 등을 고려하지 않고 오직 돈 버는 데만 관심이 있다면, 그 사회는 결국 파멸을 면치 못할 것이다.

우리나라를 대표하는 대기업들이 이런 천민자본주의를 답습하고 있으니 한심하고 통탄스럽지 않습니까. 오늘 아침 신문에 의하면 박 모 특별검사팀은 삼성이 미르·K 스포츠재단에 출연한 자금 204억, 동계스포츠영재센터에 낸 16억2800만원, 최 모의 회사인 '코레스포츠'와 213억 원대 컨설팅 계약을 맺은 부분 등 총 433억 2800만원을 박 전 대통령의 뇌물수수 혐의로 적용하자 검찰은 이를 받아들여, 박 전 대통령에게 구속영장을 청구한다고 보도하고 있습니다.(2017. 3. 28) 이게 뭡니까. 삼성이 어떤 기업인데 아무 대가 없이 이런 거액의 돈을 바칩니까.

아무리 선의라 해도 대통령이 기업에게 이런 돈 요구해서도 안 되고, 요구한다고 갔다 바쳐서도 안 되는 것 아닙니까. 인간 가치를 스스로 높이는 사람을 양반이라 합니다. 그렇지 않은 사람은 상놈이라 하지 않습니까. 뭔가 이 나라가 천민화 되어가고 있는 것 같은 걸 확 느껴 한 소리 해댄 겁니다.

> "제발 기업인들, 정치인들, 천민은 말고 양민이라도 됩시다.
> 타타 경우처럼 양반되면 더할 나위 없고."

막스 베버(M. Weber)
19세기 후반부터 20세기 초에 걸쳐 활동한 독일의 저명한 사회과학자이자 사상가. 강단 사회주의자와 대결하였으며, 역사학파가 가지는 이론적 약점을 지적하고, 그 극복에 노력하였다.

한 가지 이념으로는
큰 나라 못 만든다

세상이 시끄러울 때는 으레 이런 저런 처방이 유효하다는 주장들이 난무하게 됩니다. 세상은 각종 인종들이 살고 각자 생활 습속이 다르기 때문에 이로 인한 갈등이 생기기도 하지요. 거기다 환경재해가 시도 때도 없이 나타나고 예상 못한 사건들이 등장하기 때문에 세상은 늘 시끄럽습니다.(세월호 사건 때문에 얼마나 시끄러웠습니까. 이 사건이 언제 때 사건인데 아직도 세월호 리본을 달고 다니는 사람들을 흔히 봅니다.) 거기다 지도층의 패권주의 때문에 국토가 동강나기도 하고(우리나라나 내전을 겪는 아프리카를 연상해 보십시오.) 지배층의 편의대로 한 나라로 뭉쳤다가 다시 쪼개지기도 합니다.(소련 연방을 생각해보십시오.)

병이 창궐하면 명의를 자처하는 인물들이 등장하듯이 난리 통에는 해결사를 자처하는 인물들이 속출하고 이들의 주장도 각색임을 우리는 역사에서 자주 읽어왔지 않습니까.

주나라가 약해지자 100여 개의 제후국들이 독자적으로 힘을 발휘하여 그들끼리 전쟁을 일으키고 혹은 회맹(會盟)을 하면서 시끄럽던 시대를 춘추전국시대(春秋戰國時代, B.C.770-476)라 이릅니다. 싸움도 먹을 게 있어야 합니다. 새로 등장한 철제 농기구, 우경(牛耕) 농작법은 농업 생산을 중대시키고 이로 인해 상공업도 발달하게 되자 땅 욕심이 생겨 전쟁이 수시로 일어난 시기가 바로 이 시기라 이 말씀입니다. 이런 난리 통에 해결사 역할을 하겠다는 인물들이 속출했습니다.

묵가(墨家)는 공리주의(功利主義)의 입장이었지요. 상대자와 사회를 위해 개인이 행사해야 하는 겸애(兼愛)·비공(非攻)·상동(尙同)·상현(尙賢)·천지(天志)를 강조하는 한편, 군권(君權)이 뭣보다 튼튼해야 된다고 주장했지요. 유가(儒家) 특히 공자의 뒤를 이은 맹자는 천명(天命)을 받들고 도덕적 정치를 강조했습니다. 우선 왕도(王道)가 갖추어져야 하고 백성들은 인성을 선하게 가져야 한다고 하였습니다. 법가(法家)는 최우선으로 군권(君權)이 확보되어야 하고 법(法)을 술(術)로 운영하되 신상필벌(信賞必罰)해야 국가가 제대로 돌아간다 했지요. 도가(道家)는 무위자연(無爲自然)의 도를 따라야 한다고 역설했지요. 어떠한 인위적 조작은 오래가지 못하고 자연의 이법 앞에 무릎을 꿇는다고 주장했습니다. 대단한 사상들이고 어느 것이나 상당히 호소력 있는 말씀들이지요.

논리가 많으면 서로가 서로에게 영향을 주어 모자람을 채워주지요. 이들 제자백가의 쟁명이 중국 철학을 든든히 한 건 맞지만 어느 것 하나만의 통치이념으로 국가를 통치하면 억지가 생기기 마련이지요.

가장 오랫동안 중국 뿐 아니라 아시아를 지배한 공자 철학을 좀 이야기 해 볼까요. 공자철학을 유학이라 하지 않나요. 유(儒)를 요새는 선비를 뜻하는 말로 되어 있지만 애초엔 제사나 의식을 집행하는 관리를 지칭한 말이었습니다. 요새 말로 하자면 의전 담당관 뭐 이래도 될지 모르겠습니다. 그런데 당시 사회는 제사를 아주 중히 여기던 시대고 의식을 고결하게 여기던 시대이니 요즘의 의전 담당관하고는 차이가 있긴 있습지요.

공자는 바로 유(儒)에 종사하는 가문 출신입니다. 공자는 어릴 적부터 제사 지내는 흉내를 내며 놀기를 좋아했고, 전통적 종교의례, 제도, 관습에 밝았다는 말이 남아 있습니다. 그는 예법으로 신과 인간을 섬기는 가문의 전통을 잘 이해하여 이걸 밑천삼아 인간 삶의 본질이 인(仁)과 예(禮)임을 강조하기에 이른 것이지요.

공자는 춘추전국의 난리가 예(禮)를 지키지 않은 버르장머리 없는 인간들 때문이라 생각한 겁니다. 그런데 생각해보십시오. 서로 내가 잘했니 네가 못했니 하는 멱살 노름하는 두 사람에게 예를 지키라하면 될 말입니까. 싸우는 두 사람을 상대해서 입회하고 있는 객관자가 뜯어말려야 싸움이 끝나지 않겠습니까. 객관자가 누굽니까. 그게 권력자이지요. 권력을 앞세워 내 말에 따르라고 강요하면 될 것 같지 않습니까. 권력자의 권위에 타가 복종하도록 다듬어 놓은 지침서가 바로 논어요 논어의 핵심인 삼강오륜 아닙니까. 이걸 들이대면 하던 싸움이 그쳐진다고 생각한 것이 공자사상이지요. 그러나 나라가 안정되어 있을 때 말이지 전시(戰時)에는 예의를 지키라는 말이 신통하게 들리지 않는 법입니다.

한(漢) 무제는 중국의 위상을 세계에 내보인 인물입니다. 전쟁에 지친 국민을 다독이고 통치기반을 다지기 위해서는 여태 거들떠보지 않았던 공자 사상을 통치이념으로 도입했습지요. 동중서(董仲舒)라는 모사가 통치이념으로 공자 사상을 수용하자고 한 것을 무제가 받아들인 겁니다. 비로소 공자 사상은 대단한 정치철학으로 재탄생되었습니다. 군주는 인품과 덕망으로 백성을 다스리고 백성은 군주에 충으로서 복종 의무를 가지고, 사회는 늙음과 젊음을 위아래로 구분하여 질서를 유지하고, 친구는 신의를 바탕으로 해서 유대하고, 가정은 아비와 아들은 친(親)으로 결속하고 부부는 한 몸이라 해도 차별지어 살아야 한다고 하니 국가, 사회, 가정이 계율적 관계로 뭉치기를 강요하였습니다. 이래야만 사회 안전망이 구축된다는 것입니다. 그러나 따지고 보면 상층이 하층을 지배하기 위한 이데올로기요, 정치패권자인 유학자들만의 세상 만들기에 불과한 논리에 불과한 것이라 할 수 있지 않나요.

우리가 건강하게 오래 잘 살려면 스트레스를 받지 않아야 합니다. 받아도 적게 받아야 합니다. 국가도 마찬가지이지요.

신라는 불교를 통치기반으로 하면서 성골, 진골하는 뼈 타령 때문에 여기 들지 않은 다른 뼈들은 변변한 자리에 오를 수가 없어서 무지하게 스트레스 받았겠지요. 고려도 불교를 통치기반으로 삼았고 왕실과 혼인하여 정권을 장악한 문벌귀족, 원 세력을 등에 엎고 등장한 권문세족들의 발호 때문에 여기 들지 않은 층은 무지하게 스트레스 받았겠지요. 마침 과거시험을 봐서 관계(官界)에 진출한 신흥 사대부층은 권문세족들이 인사권을 갖는 바람에 과전과 녹봉도 제대로 받지 못하자 도덕정치가 필요하다 하여 유학을 들이대었습니다. 사람이라면 예의염치가 있어야 한다는 것이었습니다.

정치는 늘 허점을 공략합니다. 이성계의 쿠데타가 성공할 수 있었던 것은 바로 비판 세력의 규합과 스트레스 받고 살던 민중들의 지지를 얻을 수 있었기 때문이지요. 조선은 폐습이 많은 불교를 집어 치우고 주자학을 통치이념으로 삼았습니다. 자신의 욕망을 누르고 예의를 갖추어 행동할 것(克己復禮)과 사람을 진심으로 대하고 배려할 것(忠恕)과 인격수양을 하기 위해서는 우선 사물의 이치를 연구하고(格物) 세상이치를 깨달아(致知) 행동해야 한다니 무엇 하나 그럴듯하지 않은 말이 없지요. 그러나 이건 지도자가 인격 수양을 열심히 하여 바른 지도자가 되어야 한다는 말이지 생산성과 효율성을 강조하는 행정실무하고는 거리가 있는 논리를 행정지침으로 활용하자니 무리가 생겼습니다. 모든 실무에서 늙은이를 우대하고 군(君)이 군답지 않아도 신(臣)은 충(忠)으로 절대복종해야 하는 사회를 올바르다 할 수 있습니까. 죽은 자에 대하여서도 예를 다하자니 제사가 문제고 이 제사 잘 지내려다 사화까지 일어나는 그런 사회가 바람직한 사회입니까.

권력 투쟁의 무기로서 유학이 동원되고 정적(政敵)의 흠집을 잡아내는 무기로 활용되니 민중의 삶과는 별개의 논리가 조선조를 지배하였습지요. 지나친 예의 절차도 사람살이에는 성가신 것입니다. 이러니 나라가 망하지 않고 어쩝니까.

국가를 우리 몸에 비유해 봅시다. 우리 몸은 편식을 원하지 않습니다. 골고루 영양을 섭취해야 건강해집니다. 한 가지 정서에 매몰되면 편식입니다. 조선이 망한 것도 주자학에 편식되어서 망한 겁니다. 다른 나라의 발전적 모델을 도입하지 않았고 성리학이라 해도 양명학을 철저히 막아서 편식증에 걸렸던 것 다 아시는 일입니다. 당쟁이 아니라 국가 정책의 수월성과 항진성을 고려해야 국가 정책이랄 수가 있겠는데, 시시콜콜 예가 어떻고 공자가 주자가 무슨 말을 어떻게 했고만 따져서는 될 일이 아닙니다. 건전한 비판과 다양한 정책이 언제나 살아 있어야 나라가 제대로 가동된다 이거지요. 상대적 가치를 가진 축은 사회 발전에 거추장스러운 부분보다 도움 주는 부분이 더 많은 겁니다.

근대사회에 들어서는 상대적 가치의 축이 둘로 나뉘어 발전해 왔지요

프랑스 혁명 당시 국민의회는 두 갈래로 나뉘었지요. 왕정을 유지하면서 이를 보수 운영하자는 우파와 왕정을 무너뜨리고 근본적 변화를 모색해서 공화국을 세우자는 좌파로 양분되었습니다. 왕정의 덕을 본 부유층과 기득권층은 점진적 변화를 요구한 지롱드 파,

그들은 오른쪽에 앉고, 왕정을 무너뜨린 서민을 대변한 자코뱅 파, 그들은 왼쪽에 앉는 바람에 좌파, 우파라 이름 붙여졌습니다.(개화기 때 현 체제를 교정하여 수호하자의 수구파와 서구식 개화를 통해 나라를 바꾸자의 개화파가 대립한 것과 유사하지요.) 이후 초기 자본주의가 실현될 때 자본주의의 폐해인 빈익빈 부익부를 비판한 마르크스 자본론의 등장으로 경제적 이념체계로서의 좌파가 등장하였습니다. 이것은 다시 자본주의에 대비해서 사회주의 노선을 좌파라 부르게 된 것입니다. 그러나 현 자본주의 사회 속에서는 한쪽은 자본주의의 발전 모태가 자유경쟁과 시장경제의 활성화, 개인의 재산권을 중시하자는 요지로서 보수당이 있다면 다른 한 쪽은 노동자의 권익과 그들의 삶의 질을 높이고, 복지정책 강화, 분배 정의 실현, 공동체 삶의 중시에 힘쓰는 진보당이 있습니다.

영국은 보수당과 노동당이, 미국은 공화당과 민주당이, 독일은 자유당과 기민당이 경합하면서 발전하고 있는 것 우리는 구경 잘하고 있지 않습니까. 한번은 이쪽이 한 번은 저쪽이 집권하여 정책대결로서 국민의 선택을 받으려 합니다. 전라도 살아도, 경상도 살아도 자기 판단에 따라 정당을 선택해야 정당정치가 제 자리에 앉게 되는데 우린 그렇지 못하는 것 같지 않습니까. 그래서 우리나라의 정당정치를 두고 한심하다고들 합니다. 국민이 선택해야 할 정책적 차이가 별로 없어서 누구를 어느 정당을 선택해야할지를 모르겠다는 말입니다. 애매한 지역감정만 부채질하고 여기에 현혹되어서 국민대표를 뽑으니 될 일이 아니지요.

걸핏하면 친북좌파라 몰아붙이기도 합니다. 김일성을 추앙하는
친북주체사상 좌파(이런 인물이 국회의원 배지를 단 적이 있지요.)
라면 큰일이지만 민족 동질성 확보를 기반으로 통일 대업을 진행
하기 위해서는 배북(背北)만이 능사가 아니라 경우에 따라서는 친
북(이 용어가 문제 된다면 동정북파[同情北派]라면 어떨까요.)이
용인되어야 할 것인데 북한 동포에 동정적 태도를 보이면 좌빨이
라고 힐난해서는 안 되는 일이지요.

현재 여당이 야당할 때도 그랬지만 야당만 되면 여당하는 짓이
못마땅하다는 태도를 보여야만 야당의 야성(野性)이 살아있다고
판단하는 모양입니다. 잘하는 정치는 잘한다고 하지 못하는 옹졸
함, 비판만이 야성이라는 그릇된 태도로서는 정치 발전이 어렵습
니다. 국민들은 여당을 만들어 주긴 했지만 야당이 여당의 독주를
견제해 주기를 동시에 바라지요. 여당을 견제한다는 것이 비판 일

변도라면 문제이지요. 거기다 기껏 당의 패권, 공천권 확보 때문에 당이 쪼개지면 영 말이 안 됩니다. 현재 그런 형국 아닌가요. 물론 이러다가 다시 하나로 뭉치리라는 기대는 남아있지만 그렇게 된다고 해도 당이 쪼개지고 다시 뭉치고 하는 이런 장난은 이제 식상합니다.

한 가지 정서, 한 가지 이념으로는 나라 발전을 기약할 수 없지요. 우린 왜 보수 정당과 진보 정당의 양축으로 성장하지 못하고 지역 정당 같은 정당 체제가 되었을까요. 하는 꼴이 사색당쟁 그 시절을 재현하고 있으니 정치 진절머리 난다는 사람들이 늘어나고 있습니다. 나 역시 한심한 현재 한국 정치를 구경하다 화가 나서 이런 말 끄적거린 것에 불과합니다. 백가쟁명이라! 나도 춘추전국시대인양 이런 쟁명 하나를 소리내 본 것뿐입니다. 여러분 무게감 없는 내 말에 마음 상해할 필요는 전혀 없습니다.

동중서(董仲舒)

유교 국교화의 기응 연 중국의 학자이자 관료. 그의 정치론은 '춘추'의 필법에 근거하였으며 지배 계급이 사치와 방종에 빠지지 않고, 도덕 원칙과 대의 명분에 맞는 정치를 하도록 채찍질했다.

한은 풀고 선바람은 내고

한국인들이 행하는 행사 중 하나는 한풀이 행사입니다. 한풀이 는 가슴에 맺힌 원한을 푸는 일이지요. 사람살이를 하는 동안 서로 간의 이해 때문에 남에게 적잖은 슬픔과 분노를 던져주는 경우가 발생하게 되고, 이 슬픔과 분노가 쌓이면 한(恨)이 된다 이거지요. 한국인의 한은 욕구나 의지의 좌절과 그에 따르는 삶의 파국, 또는 삶 그 자체의 파국 등과 그에 처하는 편집적이고 강박적인 마음의 자세와 상처가 의식·무의식적으로 얽힌 복합체를 말합니다. 원한 (怨恨)과 유사한 말로 쓰인다고 사전에서는 말하고 있더군요.

그렇겠지요. 그런데 한국인은 이 한을 일단 실꾸리 같은 것이어 서 이게 잘못하면 헝클어지기

도 하지만 그렇다 해도 이걸 잘 풀면 풀어낼 수 있는 물체(실) 같 은 게 한이라 생각하지요. 그리고 한은 맺히기도 맺기도 합니다요.

한 맺힘은 순전히 타인이 나에게 가해해서 얻은 결과이고, 한 맺음은 스스로가 외부 충격을 소화해내지 못하여 얻은 얽힘의 결과라고 생각할 수 있습니다. 일단 얽힌 한이 커지면 응고되어 단단한 고체감으로 바뀐다고 한국인들은 생각합니다. 그리고 이 한은 살아 있는 자는 물론 죽은 영혼까지도 소유한다고 한국인들은 생각한답니다요. 어쨌든 한이 쌓이면 한 응어리가 되지요. 물질의 뭉침은 덩어리지만 정신상태의 뭉침은 응어리입니다. 고체감을 보이는 이 응어리를 그대로 두면 안 되기 때문에 녹여 없애야 하겠습니다.

한풀이의 적극적 방법은 앙갚음입니다. 자신이 입은 상처와 아픔을 너도 한번 당해보라는 식이니 복수 행동 아닙니까. 칼에는 칼, 뭐 이런 식이니 용서하기 어려운 한이라 할 수 있지요. 그러나 소극적 방법도 있습니다. 자신은 물론 자신과 같은 원한을 소유하게 된 자의 편에 서서 맺히거나 맺은 원한을 풀어주는 것, 나아가 나와 다른 사람도 이와 같은 원한을 품지 않게 막아 주는 관대한 행위가 그것입니다. 후자는 보통 역사적인 사건인 경우가 많지요. 이걸 어찌 녹이고 풉니까.

굿이란 게 있습지요. 굿은 무당이 주관하는 행사입니다. 무당이 노래하고 춤을 추고 주문을 외면서 산 자의 원한을 귀신에게 부탁하여 풀어달라고, 아니면 한을 품고 죽은 자의 천도(薦度)를 목적으로 행하는 원시신앙입니다. 그러니까 굿의 목적은 병을 낫게 하거나 초복(복을 부름)·초혼(혼을 부름)·진령(영혼을 가라앉힘)·축귀(귀신을 쫓음)를 내용으로 합니다. 이런 굿에는 농악이 곁들여집

니다. 굿은 무당 자신의 접신을 위해 하는 굿도 있고 민가에서 액운 소멸을 위하는 굿, 마을의 번영과 악귀를 축출하기 위한 굿 따위가 있지요. 우리가 흔히 굿이라는 것은 여러 사람이 모여 떠들썩하거나 신명나는 구경거리를 싸잡아 굿이라 하지요마는 원래는 무당 주관의 종교 행사입지요.

진도 씻김굿 들어보셨지요. 죽은 자가 생전에 풀지 못한 원한을 풀어주고 그가 저지른 모든 죄업까지도 씻어주어 천도하기를 기원하는 의식 아닙니까. 진도에서는 씻김굿이라 하지만 지방마다 굿 이름이 다릅니다. 이를테면 서울·경기도·황해도의 지노귀굿, 동해안의 오구굿, 전라도에서 씻김굿, 함경도의 망묵굿, 평안도의 수왕굿 등이 있지만 그게 그겁니다.

굿에는 흔히 돼지 대가리를 삶아서 굿판에 놓지요. 굿 요청자나

굿하고 연관된 사람들은 돼지 대가리 벌어진 틈에 돈을 찔러 넣는 게 관습입니다. 이 돈은 순전히 무당 일행들 몫이지요. 상여 메고 갈 때 상여 줄에 돈을 끼우면 그 돈을 상여꾼들이 뒤풀이 잔치비로 쓰는 것과 같지요. 돼지 대가리는 어찌 되나요. 굿 파장에 나누어 먹는 건가요.

한국인들은 어쨌건 쌓인 한은 풀어야 한다고 생각하는데 한도 아닌 기분을 냅다 풀어재끼는 게 또 있습니다. 이게 뭐냐 신바람이라는 겁니다. 신바람은 신명 바람이 불어와 어깨가 우쭐거릴 정도의 즐거운 기분이 나서 이 기분을 감출 수 없는 상태를 말합니다. 봄이든 여름이든 가을이든 아니 겨울이든 쾌적한 바람이 시원하게 불어오면 살맛나는 것 아닙니까. 이 살맛나는 진풍경이 바로 신바람 아니겠습니까. 신명을 푼다고도 하지요. 마음속에 갇혀 있어 밖으로 튀어 나오고자 하는 이 욕망(신명)을 끄집어내는 행위가 신 난다이지요.(신난다는 신 나온다의 준말인가요.) 신명이라, 과연 신명이 뭘까요. 일단 신명은 흥겨운 멋이나 기분을 말하는데 이 말이 순우리말 같지 않습니다. 아마 하늘과 땅의 신령 즉 신명(神明)을 말하는 것 같습니다. 신명이 난다, 줄여서 신이 난다고도 하고 신바람 난다고도 또 신명을 푼다고도 하지 않습니까.(바람났다는 말은 영 다른 말이지요. 바람직하지 않은 이성 간의 교제를 말하니 바람도 여러 질이네요.)

신난다는 말은 하늘과 땅의 신령님이 나에게 어깨춤이 나올 정도의 기분을 불어넣어 주었다는 뜻이 됩니다. 그런데 우리 한국인들은 신명을 그냥 두어선 안 된다고 생각합니다. 이것도 한처럼 풀어야 하고 끄집어내어 마음을 시원하게 해야 한다고 생각합니다. 그래서 신명풀이 행사를 하지요. 신명풀이의 적극적인 방법은 농악 놀이였지요. 농악의 주 악기는 타악기 아닙니까. 징과 북과 꽹과리 거기다 별 큰 영향력을 발휘하지 않는 소고 같은 것들을 두들겨서 장단 가락에 맞추어 어깨춤을 추어야 신명이 풀리는 게 우리네 한국인들입지요. 뭐 춤이라는 것도 서양처럼 남녀가 손을 잡고 격식을 갖추는 그런 춤이 아니라 제 흥에 겨워 제 멋대로 추어재끼는 그런 소박한 춤을 우리들은 추었던 겁니다. 신명이 나는데 격식이 어디 있답디까.

한 2년 되었습니까. 고(故) 황 모 교수의 강의를 들으면 웃음이 나서 자칭 타칭 그를 신명박사라 불렀지요. 물론 그리 불러도 되겠지만 웃음만으로는 신명이 제대로 난다고 할 수 없습니다. 웃음이 곁들은 춤이 따라야 합니다. 우쭐우쭐 마구 추어도 흥이 안 되는 경상도의 보릿대춤이란 것 생각납니까. 도굿대춤이라고도 하는 이 춤은 허튼춤의 하나로, 발동작 없이 양팔을 굽히고 손목을 젖혔다 뒤집었다 하며 좌우로 흔들며 추는 춤이지요. 마치 보릿대처럼 뻣뻣하게 춘다고 하여 붙여진 이름이라나요. 발동작이 제대로 스텝을 밟는 그런 게 아니지요. 손과 발을 잘 맞추면 그야말로 서양식의 댄스가 되겠지만 바쁜 일상에 춤만 추고 살 수는 없고 그걸 배울 요령이면 논농사 밭농사 언제 짓고 살겠습니까. 그러니 되는 대로 흥에 겨워 팔과 손을 휘저어 추는 우리의 춤 도굿대처럼 절구에 도굿대를 찧는 모양의 춤이면 딱이지요.

이런 춤을 한바탕 추고 나면 머리 속에 남은 생활의 찌꺼기가 몽땅 사라진다고 보는 거지요. 우리네 문화는 엉기고 감기는 문화가 아니라 녹이고 풀어내야 하는 문화임을 이제 알겠지요.

좀 다른 말도 해야겠네요. 니체가 그의 책 '짜라투스트라는 이렇게 말했다' 에서 이런 철이 많이 난 말을 했습지요.

모든 것은 가며, 모든 것은 되돌아온다. 존재의 바퀴는 영원히 돌고 돈다. 모든 것은 시들어가며, 모든 것은 다시 피어난다. 존재의 해는 영원히 흐른다. 모든 것은 부러지며, 모든 것은 다시 이어진다.

한 세월 속에 부대끼고 들볶이어 삶이 힘든다 해도 얼마 안 가서 되돌아오는 삶의 이치가 있고 나를 힘들게 했던 그 사람도 나와 같은 고역의 주인이 되어 사는 그 꼴을 쉽게 구경하며 사는 게 인생이라는 겁니다. 맺힌 것 엉긴 것 풀어가며 쉬엄쉬엄 살다 가자는 게 내 말 요지입니다요.

스트레스는 암의 결정적 근원이라 하네요. 장수의 비결은 웃음이란 말이 있습지요. 노래 열심히 부르고 운동 열심히 하는 이것도 참 괜찮은 장수 비결 아니겠습니까. 이것 다 엉긴 것 맺힌 것(스트레스) 녹이고 푸는 행위지요. 보릿대춤도 추고 흘러간 옛 노래도 멋들어지게 뽑아 보고 이 동네 저 동네 기웃기웃 걸어 다니면서 '백세에 저 세상에서 날 데리러 오거든 아직은 건강해서 못 간다고 전해라' 이렇게 흥얼거리면 딱입니다, 딱! 그러다가 내 아버지 18번 노래 낙화유수'의 '한 많은 인생살이 고개를 넘자'나 노래 부르며 인생 고개 넘어보지요, 뭐.

향신료와 인간미

    향신료를 영어로는 스파이스(spice)라 합니다. 애초 이 말은 약품
이라는 뜻이었지요. 식물의 줄기, 뿌리, 씨 같은 것 이를테면 겨자·
고추·후추·생강·파·마늘 등을 향신료라 말하는데 우리 식으로 말하
자면 양념감이라 해야 하나요. 역사적으로 향신료는 고기를 주로
먹는 유목민족들 사이에서 고기의 역겨운 냄새를 제거하는 한편,
부패를 더디게 하는 그야말로 약품으로 사용하였지요. 단군신화에
도 인간이 되고자 하는 곰과 호랑이에게 쑥만 먹기 힘들다 하여 마
늘을 곁들여 먹도록 하는 것 봤지 않습니까. 쑥만 냅다 먹어도, 그
렇다고 마늘만 냅다 먹어도 역겨운 노릇입니다.

    고려시대 『향약구급방』(鄕藥救急方)이란 책에 보니 마늘(大蒜)·
부추(菲)·염부추(薤)·파(葱)·회향(茴香)·소자(蘇子)·무이(蕪夷)·치자
(梔子)·천초(川椒)·감초(甘草)·겨자(芥子)·양하(蘘荷)·박하(薄荷)·생강

(生薑)·오수유(吳茱萸)·산수유(山茱萸) 등 요즘 음식에 첨가하는 식물들 모두가 약재들임을 말하고 있더군요. 먹어 약되고 향이 좋아 음식을 즐겨 먹게 되니 귀한 것 아닙니까. 고려시대에는 서역으로부터 후추가 들어옵니다. 신안 앞 바다에서 건져 올린 배에서 후추가 발견되었으니 아마도 당시엔 후추가 값진 교역품 중 하나이었지 싶습니다. 후추는 3,500년 전부터 서양에서는 값있는 향신료였기 때문에 귀족들이나 맛보는 것이지 아랫것들이야 구경도 못하고 살았겠지요. 오죽하면 콜럼버스가 인도를 찾아간다는 게 신대륙을 찾아갔지만 그의 발걸음은 후추 구매와 무관하지 않았다 하더군요. 그러나 뭐니 뭐니 해도 한국의 대표적 향신료는 고추와 마늘 아닙니까.

몇 년 연변에서 살다 보니 향신료가 한국과 좀 다른 데가 있음을 알았습니다. 이름부터 다른 경우가 있더군요. 연변에서는 부추를 염지라고 합니다. 개고기를 찍어먹는 장을 만들 때는 염지꽃에다 소금을 넣어 찧어 즙을 냅니다. 여기에 개고기를 찍어먹지요. 소고기 국을 끓일 때도 이걸 넣습니다. 연변에만 먹는 이상한 풀이 또 있습니다. 내기풀이라는 것인데 개고기를 삶을 때 꼭 넣습니다. 개고기즙(개고기 양념장) 만들 때도 이걸 넣고, 물고기 비린내를 없앨 때도 이걸 사용합니다. 차즈기란 채소가 있습니다. 들깨 잎 같은데 자주색입니다. 이런 채소를 국 같은 데 넣어 먹기도 합니다. 또 쯔란(芝蘭)이란 게 있습지요. 미나리과에 속하는 초본식물인데 이 씨를 향신료로 씁니다. 양고기 꼬지 먹을 때 연변 조선족들은 여기에

고기를 찍어 먹습니다. 알싸한 기분이 나고 향도 멋집니다. 한국에
서는 고소라고 하는데 중국에서는 샹차이(香草), 이것 안 들어가는
중국 음식 맛이 없을 정도입니다만 한국 사람들은 빈대 냄새 난다
고 질겁하지만 이걸 국 같은 데 넣어 먹으니 참 괜찮더라구요. 간혹
한국 절 마당에 이걸 심어 스님들이 먹는 걸 봤습니다.

한국에서도 지방마다 좀 다릅니다. 부산, 울산, 경남 사람들은 보
신탕 먹을 땐 약속처럼 방아 잎을 잔뜩 넣어 먹지 않습니까. 돼지
국밥에는 꼭 부추를 넣어서 맛을 더하기도 역한 고기 냄새를 제거
하기도 하지요. 추어탕에는 말할 것 없이 제피가루를 넣습니다. 간
혹 제피와 산초가 같은 걸로 알고 있지만 서로 다른 식물입지요.

사람들은 사람들을 대할 때 음식처럼 맛을 보려 합니다. 인간미
(人間味) 이게 그런 의미 아닌가요. 사람에게서 음식에서와 같이 맛
깔스러움을 느끼면 인간미가 있다고 말합니다. 기름기가 꽉 끼인
음식 맛을 느끼하다 하지 않습니까. 사람이 멋스럽지 못하고 꾀죄
죄하면 음식에서 느끼는 것처럼 느끼하다고 말합니다. 음식은 앞
서 말한 향신료를 곁들여 맛을 더하지만 인간은 인간미를 돋보이
게 덧칠하는 향신료 같은 건 없습니다. 옷치장을 잘 했다 해서 인간
미가 있다고 하지 않고, 돈이 많다고 해서 인간미가 훌륭하다 하지
않지요. 얼굴이 잘났다도 아닙니다. 인간미는 그 인간이 행사하는
행위가 바람직해서 내가 모범 삼고 싶고 나도 그렇게 하고 싶은 욕
망이 느껴질 때, 우리는 그를 인간미가 있다고도 하고 인간미가 훌

룽하다고도 하지요. 남과 나누고 남에게 인정을 베푸는 모습에서
아름다운 인간미를 맛보는 경우가 많습니다. 인정을 베푸는 방법이
야 많지요. 그 중 하나는 돈으로 남의 궁핍을 도와주는 행위이지요.

돈이 뭡니까. "금전은 인간의 순결한 심성을 타락시키며 염치없
는 행위와, 간악한 생각과, 배신을 사람에게 가르친다."고 합니다.
소포클레스의 『안티고네』에 나오는 말 아닙니까. 셰익스피어『아
테네인 티몬』에는 이런 심한 말이 나오더군요.

　　이 놈은 다 만들어 놓은 신앙도 부수어 버리며, 저주받은 자도
　　축복을 주며, 문둥병자 앞에서도 절하게 만든다. 도적에게도 사
　　회원로 지위와 명예를 주며, 늙어빠진 과부도 시집가게 한다.

그러나 돈이 이런 요술만 부리는 것이 아니라 돈을 잘 부려 쓰면 인간미를 훈훈하게 느끼도록 하는 아주 중요한 구실을 하고 있음도 말해야 합니다. 돈을 가지려고만 하지 말고 있는 돈 잘 쓰면 인간미가 돋보이니 이럴 때의 돈은 음식에 넣는 양념구실을 한다고 할 수 있겠네요.

한국은 기부문화가 아직 정착되어 있지 못한 듯합니다. 돈은 자식에게 주는 것이 값지다고 생각하는 사람들이 많지요. 이걸 나쁘다고 할 수는 없지만 애써 번 돈을 더 값지게 쓴다면 더 좋은 일 아닙니까. 생활이 힘든 사람들을 위해 기부하는 겁니다. 기부는 인간을 값지게 보람되게 만듭니다. 그래서 서양에서는 기부문화가 활성화 되어 있습니다. 기부문화의 활성화를 위해서 사회는 기부 환경을 잘 만들어줘야 합니다. 기부도 잘못하다간 선의를 왜곡해석해서 세금 폭탄을 맞을 수 있기 때문이지요.

2002년 생활정보 소식지 『수원교차로』를 창업한 황 모 씨는 2002년 8월 수원교차로의 주식 90%(180억원)와 현금 3억여 원을 기부해 장학재단을 설립했습니다. 전 재산을 사회에 환원하겠다는 취지이니 보통 일이 아니지요. 그런데 수원세무서는 2008년 9월 '황 씨의 주식 기부는 무상증여에 해당한다'며 재단에 140억여 원의 증여세를 부과하였습니다. 재단 기부금의 절반이 넘는 돈을 세금으로 납부해야 한다! 1심에서는 법 조항을 형식적으로 해석하면 증여세를 물리는 게 맞겠지만, 경제력 세습목적과 무관한 장학사업에만 활용하는 데까지 세금을 물리는 것은 위헌적이라며 황 씨 측의 손을 들어줍니다. 반대로 2심 재판부는 "장학재단에 과세하는 것이 장학재단 존속을 불가능하게 하는 불합리한 결과를 초래하더라도 법정 요건이 충족되는 이상 해당 과세 처분이 적법하다"는 옹졸한 판결을 하여 세무당국의 손을 들어줬습니다. 이 재판은 결국 대법원으로 향했고, 대법관들은 황 씨에게 증여세 부과는 부당하다는 결론을 내렸습니다. 이런 판단을 얻는데 무려 14년이나 걸렸습니다. 재벌들이 공익재단을 만들어 편법증여를 해왔기 때문에 이를 막기 위한 제도적 장치가 황 씨 같은 선량한 사람까지 못 살게 만든 것이지요. 기부정신이 어디 있느냐를 따져야지 법조문의 형식적 해석에 얽매여 재판하다 보니 황 씨는 희생자가 되었다 이것 아닙니까. 기부정신을 살려주지 못하면 누가 기부하려 합니까. 선진국에서는 기부문화 발전을 위해 어떠한 법적 장치들을 갖추고 있는지 이걸 왜 찾아보지 않는지.

어쨌든 그간 모은 재산을 사회에 환원하려는 이런 분들을 두고 기부천사라 합니다. 인간미가 넘친다고도 합니다. 아버지의 이런 기부정신을 존중해준 자식들도 보통이 아닌 것 같지 않습니까. 기부 정신은 인간의 향기입니다. 인간 정신을 맑게 하고 스스로를 위안하는 신경안정제입니다. 남의 아픔을 치유하는 의약품입니다. 향료를 몸에 냅다 발라도 향기가 나지 않는 사람들 많이도 봐왔지 않습니까. 맛깔스런 인간행위를 잘 보여주는 모범적 사례, 희망사항이긴 하지만 이 정신을 학습하고 복습하고 그래서 보다 맛깔스럽게 한 세상 잘 살다 가면 나쁘지 않겠지요. 그렇겠지요?

호걸은 가고 부산이 비었다

　지혜와 용기가 뛰어나고 높은 기개와 사나이다운 풍모를 갖춘 사람을 일러 호걸이라 합니다. 처신이 꾀죄죄하고 자기 호신에나 바쁘고, 도량이 좁고 좀된 마치 나 같은 남자를 두고는 졸장부라고 하지요. 전 부산일보 민립(民笠) 김상훈 사장을 나는 형님이라 불렀습니다.(민립이란 호는 백성을 위한 삿갓이 되라고 서예가 고 오재봉 선생이 주신 호, 이하 민립이라 함) 민립을 아는 이는 그가 호걸임을 다 압니다. 풍채도 거구고 행동도 범인을 초탈하는 데가 있어 호걸이라 해도 넉넉한 분이었습니다.

　민립을 처음 만난 것은 내가 대학생이던 1966년 가을이라 생각듭니다. 대구에는 이호우 선생님을 축으로 이우출 선생님과 김천의 정완영 선생님 같은 대 시조시인들이 대구시조동호회(뒤에 영남시조문학회)를 결성, 한 달에 한 번 모여 각자 작품들을 돌려가며 읽으면서 시조공부도 하고 행사 계획도 하던 터였지요. 대학생으로 내가 여기에 가입해서 노 선배님들 틈에 끼어 시조를 공부하였던 것이지요. 여기서 민립을 처음 만났습니다. 그는 대구 모 일간지의 논설위원으로 재직하고 있었고, 어떤 땐 그의 집무실로 찾아가서 한 끼 밥을 신세지기도 하였습니다.

1970년 이호우 선생님이 타계하였습니다. 대구에선 처음으로 모여상의 운동장에서 대구 문인장으로 이호우 선생님을 보내는 자리에 나도 참석했지요. 이 행사를 민립이 책임을 맡아 하면서 문인 외 누구도 조사(弔詞)하지 못하게 하였는데 한솔 이 효상 당시 국회의장이 바쁜 일정인데도 참석했으나 역시 조사하지 못했습니다. 식은 군악대의 조악과 선생님을 추모하는 조곡을 급히 만들어 대구 제일가는 성악가가 노래하는 걸 보고는 이를 주관한 그의 역량을 헤아리게 되었지요. 다음 해 대구 앞산에다 이호우 문학비를 건립하는 자리에 참석하였더니 역시 민립은 예사롭지 않은 일을 한 걸 알고 감탄하였습니다. 거긴 공원이라 어떠한 비를 세울 수 없고, 나무를 베어서도 안 된다는 시청 공무원의 요구가 있었지만 그는 몇 그루의 솔을 베고 길을 만들고 하여 좋은 자리에 시비를 우뚝 세우고 말았습니다. 대구가 낳은 민족의 시인은 이런 대우 받아 마땅하다는 게 이분의 생각이었지요.

그는 박정희 정권에 반기를 드는 논조로 사설을 많이 썼기 때문에 알게 모르게 신문사 경영을 어렵게 한 일면이 있었던 것으로 생각됩니다. 거기다 여태 썼던 논설을 모아 '고발과 비판'이라는 책을 발간하였습니다. 그 뒤 '응시와 도전'이란 책을 발간하려다 중앙정보부에 불려가 원고를 빼앗긴 것은 물론 상당한 박해를 받기도 하였다 합니다. 이런 그의 필치들은 대구 대학사회에 큰 영향을 끼쳤고, 특히 경북대 학생들 사이에 책 내용이 회자되기도 하였다 합니다. 그러다 신문사는 문을 닫게 되고 그는 낭인생활을 몇 년 한 뒤 어렵게 부산일보 논설위원으로 부임한 것입니다. 몇 년 신산(辛酸)의 세월을 겪고 난 후라 그의 논조는 많이 수그러졌습니다. 부산일보가 다름 아닌 5.16장학재단(뒤에 영수장학재단) 산하 사업체이기 때문에서도 조신해야 했던 것이지요.

뒤에 부산일보 사장이 되면서부터 부산일보를 일신시켰습니다. 부산일보 주최로 각종 문화행사를 벌인 것입니다. 여성시낭송대회, 00음악상, 단축마라톤대회, 00휘호대회, 생각이 언뜻 안 떠오르지만 이런 행사들을 많이도 거행하였던 것이지요. 신문사 사정이 그리 좋지 않았는데도 부산은 문화 불모지라는 오명을 씻기 위해서 신문사가 앞장 서야 하겠다는 생각을 하였으니 부산으로서는 다행이고 고마운 노릇이었습니다.

부산일보 초청 전시회 같은 것도 많이 열렸습니다. 서예가, 화가 여러분들이 전시를 마치고 나면 약속처럼 남은 작품 몇 점을 들고 사장실을 찾았다 하지 않습니까. 그러면 민립은 술대접은 물론 몇 점씩을 사주었던 사람, 전국의 가난한 문인들이 부산에 오면 부산일보 사장실부터 찾아와 술대접 받는 것은 예사이고, 어떤 땐 노잣돈까지 얻어가는 게 관례처럼 되었음은 아는 이는 다 아는 일이지요. 부산일보 사장실은 문화예술인들의 사랑방이었지요.

민립은 삶이 힘들고 어려운 처지에 놓인 사람을 돕는 일에도 앞장섰고, 장애인 돕는 일에도 힘을 다하였습니다. 더러는 지인들이 자식 취직 부탁을 들고 와서 간청하는 것까지도 발 벗고 나서는 걸 여러 번 보아왔지요. 이런 민립이고 보니 민립 둘레에는 많은 사람들이 모였습니다. 모이면 술판이 벌어지고 그러면 응당 술값은 민립 몫이었지요. 여러 번 신세 지면 한 번이라도 술빚을 갚아야 사람같이 보이는 법 아닙니까. 그런데도 그렇지 않는 경우를 왕왕 보고 공연히 내가 화가 났던 때가 여러 번 있었지요. 그러나 민립은 이런 일에 개의하지 않았습니다. 사람이 크면 도량이 이렇게 큰 건가, 나는 민립을 통해 인간살이를 공부하였으니 민립은 형님이 아니라 내 인생의 스승인 셈이었지요.

민립은 나와 9살 차이. 그래서 나는 민립을 형님으로 칭하였지만 부끄럽게도 정작 형님으로 모시는 동생 역할에는 인색하였습니다. 민립은 내게 언제나 말을 낮추어 대하지 않았고 술자리에 밥자리에 늘 나를 챙겨준 고마운 분이었습니다.

재혼한 부인 사이에 아들 둘, 딸 하나를 두었습니다. 남편이 크면 큰 만큼 아내도 커줘야 하는 것이 부부관계 아닙니까. 호걸을 호걸로 인정하고 그 뒷바라지를 해 줘야 격에 맞는 아내 역할이라는 것인데. 그렇지를 못해서 결국 헤어졌지요. 헤어져도 아비로서의 역할은 남아 자식들 공부를 위해 퇴직금을 미리 받아 학업을 시켰습니다. 학비가 많이 드는 미국의 사립명문대를 하나도 아니고 셋을 졸업시키는 데서 민립은 허리가 부러지기 시작한 겁니다.

퇴직을 해도 챙겨 가질 돈도 없고 오히려 빚을 안고 퇴직하였으니 처지가 딱했습니다. 거기다 병든 몸이 의지할 데가 없었지만 호걸을 알아보는 이는 딴 데 있음을 알고 민립 처지를 아는 우리는 너무 감복한 적이 있지요. 김원은 고려대 상대를 나온 수재이고 민립 첫 부인 소생의 아들. 이 사람이 자식으로는 홀로 아버지 빈소를 지키다 내가 조문을 가니 내게 어머니라고 소개한 그분이 아! 여태 민립이 우리에게 여동생이라고 늘 소개한 그분이 아닌가. 짐작이야 했지만 늙고 병든 몸 그리고 가진 것 없는 호걸을 마지막까지 모셨던 여인, 나는 눈물이 나서 형수님 하고 그 분 손을 잡고 어린애처럼 울었습니다. 이런 분을 일찍이 만났다면 호걸을 더 큰 호걸로 키울 수 있었던 것을.

우리 민요 성주풀이에 이런 말이 나옵니다.

낙양성 십리하에
높고 낮은 저 무덤은
영웅호걸이 몇몇이며
절세가인이 그 누구냐
우리네 인생 한번 가면
저기 저 모양이 될 터이니
에라 만수 에라 대신이야

낙양은 수, 당 시절의 수도 아닌가요. 낙양성 둘레에 묻힌 영웅호

걸이 하나 둘이었겠는가요. 그들도 한 번 가면 돌아올 줄 모르는
것. 민립은 부산을 지킨 우뚝한 호걸이었지요. 사람을 아끼고 사랑
하였던 사람, 인정으로 세상을 데운 난로 같았던 사람. 그는 지금
백운공원 묘원에 잠들어 있습니다. 비록 그는 갔지만 그래서 부산
이 텅 빈 것 같지만 부산 문인, 예술인들은 물론이고 민립을 만났던
많은 전국의 재사들 마음속에는 늘 살아있는 호걸로 남아있을 것
이 분명합니다.

"형님 편히 계십시오. 저도 얼마 있다 형님 곁으로 가서 적적
함을 덜어드리겠습니다."

<지은이 소개>

1945년 경남 산청군 생초면 하촌리에서 태어남. 부산대 국문학과 졸업, 부산대 대학원에서 박사 학위 받음, 모교에서 교수로 정년퇴임. 한국시조학회 회장 역임, 시조문학 관련 논문 다수 발표, 시조문학 관련 전공서적 11권 ,수필집 4 권, 시조집 8권 저술. 부산시 문화상, 성파시조문학상, 오늘의 시조문학상 받음. 몇 번 객원교수로 외국 대학에서 한국문학을 강의함. 시조시인으로 활동 중.

사색으로 본

한국인의 삶

| 초판 1쇄 인쇄일 | 2018년 3월 29일 |
| 초판 1쇄 발행일 | 2018년 3월 31일 |

지은이	임종찬
펴낸이	정진이
편집장	김효은
편집/디자인	정구형 우정민 박재원
마케팅	정찬용 이성국
영업관리	한선희 우민지
책임편집	정구형
인쇄처	국학인쇄사
펴낸곳	국학자료원 새미(주)

등록일 2005 03 15 제25100-2005-000008호
경기도 파주시 소라지로 228-2 (송촌동 579-4)
Tel 442-4623 Fax 6499-3082
www.kookhak.co.kr
kookhak2001@hanmail.net

| ISBN | 979-11-88499-35-9 *03800 |
| 가격 | 18,000원 |